곽곽선생뎐

곽곽 선생뎐

곽경훈 지음

싱긋

차례

제1부

제2부

제1부

제1장
흑선

1

태양은 아무 일도 없다는 듯이 수평선 위에 나타났다. 물론 태양만 천연덕스러운 것이 아니었다. 하늘과 바다도 마찬가지였다. 이틀 꼬박 낮게 깔린 먹구름으로 하늘이 어두컴컴하고 천둥소리가 요란하게 울리며 번개가 번쩍이면서 무시무시한 파도가 성벽보다 높게 출렁였다. 이후 갑작스레 구름 한 점 없는 맑은 하늘과 눈부시게 내리쬐는 태양, 너무 잔잔해서 하늘과 구분하기 힘든 바다가 펼쳐졌으니 하늘, 바다, 태양 모두 악랄한 거짓말쟁이처럼 느껴졌다. 그저 부러진 소나무와 검은 돌이, 해변에 밀려온 온갖 잡동사니가 지난 이틀의 광란을 알려줄 뿐이었다. 소년은 그런 풍경이 야속했으나 커다란 나무통을 들고 해변으로 걸음을 재촉했다. 지난 이틀간 부서진 집을 어른들이 수리하는 동안 아이들은 해변에 나가 조개를 줍고 밀려온 잡동사니 가운데 쓸 만한 물건을 찾아야 했다.

해변에 다다른 소년은 벼락이라도 맞은 듯 얼어붙었다. 무심코 고개를 들었을 때 소년의 눈에 띈 거대한 물체 때문이었다. 해변에서 가까운 얕은 바다에 비스듬히 서 있는 크고 검은 배, 흑선이었다. 물론 소년은 그 배가 흑선임을 알지 못했다. 지금껏 한 번도 흑선을 본 적이 없었기 때문이다. 어른들이 흑선을 타고 다니는 푸른 눈의 악마를 이야기한 적이 있었으나 소년은 눈앞의 크고 검은 배와 흑선을 연결하지 못했다. 소년은 그 크고 검은 배가 와에서 온 해적선이라 생각했다. 와의 해적이 마지막으로 섬을 약탈한 지도 벌써 10년이 지났으나 어른들은 입버릇처럼 해안에 크고 이상한 배가 나타나면 꼭 알려야 한다고 당부했다. 그래서 소년은 나무통을 내던지고 달리기 시작했다.

"해적이에요! 와에서 해적선이 왔어요! 지금 해변에 있어요!"

소년은 온 힘을 다해 달리면서 소리쳤다. 처음에는 작은 외침에 불과했으나 그 외침을 들은 사람들은 신속하게 움직였다. 징과 꽹과리를 울렸고 봉수대에 연기를 피워올렸다. 백성들은 성으로 피신하거나 숲으로 몸을 숨겼고 병사들은 무기고에서 창과 활을 꺼냈다. 관리들은 "10년간 잠잠하던 해적놈들이 하필 내 임기에 오다니"라고 신세를 한탄하며 병사들을 살폈다. 10년 남짓 해적이 출몰하지 않았던 터라 활시위는 느슨했고, 칼과 창은 녹이

슬거나 부러졌으며, 병사들의 체격도 왜소했다. 의지할 수밖에 없는 성벽은 관리가 부실하여 승냥이떼 같은 해적을 막지는 못할 듯했다.

그런데 아무리 기다려도 해적은 나타나지 않았다. 봉수를 보고 부랴부랴 정예병을 소집한 절도사가 도착했을 때까지 해적의 머리카락 한 올도 구경할 수 없었다. 그제야 사람들은 소년의 말에 의심을 품었다. 다만 소년이 거짓말을 했으리라 생각하는 사람은 드물었다. 소년이 무엇인가 보았을 것이라 생각하고 절도사는 직접 병사들을 거느리고 해변으로 향했다.

해변으로 향하는 절도사는 마음이 복잡했다. 다행히 봉수대의 연기를 보았을 때 엄습한 불안은 완전히 사라졌다. 소년이 해변에서 본 것이 무엇이든 당장 심각한 위험은 아닐 가능성이 컸다. 쥬의 남쪽 끄트머리에 위치한 커다란 섬, 단순히 거리만 따지면 쥬보다는 와에 가까운 흑도에 사는 사람이 가장 두려워하는 위험은 태풍과 해적이었다. 태풍은 이미 지나갔고 소년이 해변에서 본 것은 확실히 해적이 아니었다. 물론 절도사는 소년이 해변에서 무엇을 보았는지 어느 정도는 짐작했다. 크고 검은 배는 색목인의 흑선이 틀림없었다. 따지고 보면 정상적인 상태의 흑선은 와에서 온 해적보다 훨씬 심각한 위험이었다. 색목인이 흑선에 설치한 대포는 쥬의 어떤 대포보다 정확하고 강력했다. 또한 쥬의 무기로는 색목인의 튼튼한 갑옷을 뚫지 못했다.

그러나 아무래도 소년이 본 흑선은 태풍에 휩쓸려 얕은 바다에 좌초된 상태일 가능성이 컸다. 화약이 죄다 젖어 대포는 쏘지 못할 것이며 제아무리 덩치가 크고 힘센 색목인일지라도 기진맥진하여 칼 한번 휘두르지 못할 터였다. 아니 살아 있는 색목인은 없고 시신만 마주할지도 모를 일이었다. 만약 기진맥진한 상태의 살아 있는 색목인이 있다면 어떻게 해야 할까? 국왕이 색목인의 출입을 금했으니 당장 목을 베어야 할까? 혹시 목을 베었다가 나중에 책임을 추궁당하면 어떻게 할까? 국왕도 변덕스럽고 권력을 잡은 백색당의 수뇌도 마찬가지여서 색목인의 처형 같은 되돌릴 수 없는 섣부른 판단은 위험했다. 일단 살려두고 상부에 보고하는 편이 안전할 터였다. 다만 흑도에서 가장 가까운 육지까지 뱃길로 2주가 걸리므로 보고해도 서너 달 후에나 명령을 받을 수 있을 것이었다. 그렇다면 그때까지 색목인을 어떻게 대우해야 할까? 귀한 손님으로? 죄수로? 아니면 조난을 당해 표류한 평범한 카락 선원처럼? 절도사는 살아남은 색목인이 없기를 바랐다.

그러나 해변에 도착한 순간 절도사의 바람은 산산이 부서졌다. 얕은 바다에 좌초된 흑선에서 탈출하여 가까스로 해변에 도달한 기진맥진한 상태의 색목인이 열 명이 훌쩍 넘었다. 절도사가 예상한 상황 가운데 최악에 해당했다.

2

흑도는 반도로 이루어진 쥬의 남쪽 끄트머리와 네 개의 커다란 섬으로 이루어진 와의 서쪽 끄트머리 사이에 위치한 커다란 섬이었다. 쥬에 딸린 섬 가운데 독보적으로 클 뿐 아니라 와에서도 네 개의 커다란 섬을 제외하면 흑도보다 큰 섬은 없었다. 화산섬인 흑도 가운데에는 거대한 화산인 흑산이 있었으나 흑산은 더이상 불을 뿜지 않았다. 한때 불과 연기, 용암으로 가득했던 분화구에는 이제 자그마한 호수가 있을 뿐이었다. 흑도와 흑선이라는 이름도 화산이 분화하여 만들어진 구멍이 뻥뻥 뚫린 검은 돌과 검은 흙 때문에 생겼으며 흑산의 분화구에 있는 호수를 제외하면 커다란 강이나 호수는 존재하지 않았다. 그러므로 비가 많이 오지 않는 기후였다면 흑도는 사람이 살지 못했을 테지만 다행히 흑도는 봄, 여름, 가을, 겨울 가리지 않고 비가 많이 내리고 습도가 높았다. 물론 엄청나게 많은 비가 내려도 검은 돌과 검은 흙으로 뒤덮인 땅은 물을 머금지 못해 쥬의 다른 지역에서 주로 하는 벼농사가 가능하지 않아 대개 밭농사를 했다. 또 검은 돌과 검은 흙이 깔린 해변에는 전복과 해삼 같은 다양한 해산물이 풍부했고 흑도 근처 바다 역시 풍요로운 어장이었다. 따라서 흑도는 쥬의 다른 지역과 비교해도 사람이 살기에 나쁘지 않았다. 오히려 제법 풍족한 삶, 적어도 굶어 죽을 걱정과는 거리가 먼 삶을 살 수 있는 곳이었다.

그러나 이는 어디까지나 현명한 지배자가 공정하고 정의로우며 효율적인 통치를 펼친다는 가정 아래에서 가능한 일이었다. 흑도뿐 아니라 쥬의 역사를 통틀어도 현명한 지배자는 많지 않았고 또 그런 지배자도 그저 효율적인 통치만 할 뿐 공정하고 정의로운 통치를 할 때는 극히 드물었다. 1000년 남짓 전 흑도에 있는 작은 왕국이 몰락하고 쥬의 영토가 된 이래 육지에서 온 관리는 흑도의 백성을 돌보는 일보다 흑도의 자원을 효율적으로 착취하는 데 집중했다. 흑도의 백성은 국왕의 사랑하는 백성이 아니라 국왕이 빼앗을 수 있는 모든 것을 빼앗을 노예에 불과했다. 국왕의 관리는 흑도의 백성이 굶주리는 것은 개의치 않아 했고 전복과 해삼 같은 진상품 수에만 관심을 기울였다. 흑도의 백성을 먹여야 할 조, 수수, 보리 같은 곡식 대신 국왕에게 바쳐야 할 유자와 귤을 재배했고 흑도의 어부가 목숨을 걸고 바다에서 잡은 생선도 대부분 소금에 절이거나 햇볕에 말려 육지로 보냈다. 배고픔을 참다못한 흑도의 백성이 항의하면 어김없이 곤장을 때렸고 궁지에 몰린 백성이 봉기하면 육지에서 온 군대가 잔혹하게 살육했다. 그런 육지에서 온 관리와 군대는 대부분 흑도 북쪽 끝에 있는 항구와 남쪽 끝에 있는 항구에 주둔했다. 특히 남쪽 끝에 있는 항구가 고기잡이에 주력하는 반면, 북쪽 끝에 있는 항구는 쥬와의 교역에 집중하여 관청, 시장, 절도사를 비롯한 육지에서 온 관리의 호화스러운 거주지와 시끌벅적한 유흥가가 있었다.

북쪽 항구의 부두는 늘 활기가 넘쳤다. 육지에서 오는 교역선이 도착하는 날에는 더욱 그랬다. 교역선에 실을 물품과 교역선에서 내린 물품이 여기저기 쌓였고 인부가 부지런히 오갔다. 관리는 날카로운 눈빛으로 교역선에서 내리는 물품과 교역선에 실을 물품을 확인하고 혹시 몰래 사사로운 교역을 행하는 자, 이른바 밀무역을 하는 자가 없는지 촉각을 곤두세웠다. 물론 이율배반적이게도 대부분의 관리가 밀무역을 해서 큰 수익을 남겼기에 엄밀히 말하면 나라의 법을 지키는 것이 아니라 경쟁자를 제거하는 행위일 뿐이었다. 그러므로 관리의 관심이 낯선 사내와 그 일행에 쏠리는 것은 당연했다.

사내는 보통 남자보다 머리 하나쯤 큰 키에 어깨가 벌어진 탄탄한 체격을 지녔고 특히 쌀 한 섬을 가볍게 지탱할 만큼 허벅지가 튼실했다. 찢어진 눈매는 날카로웠으며 콧날은 오뚝했고 입술은 얇았으며 피부는 햇볕에 갈색으로 그을렸다. 또 검은 두건을 쓰고 검은 옷을 입었는데, 무관의 차림과 비슷했으나 관리는 아닌 듯했다. 더구나 열 명 남짓한 일행도 이상했다. 대여섯 명은 차림새와 지닌 장비로 보건대 사냥꾼이 틀림없었으나 서너 명은 정체가 모호했다. 감정을 드러내지 않는 표정과 절도 있는 동작으로 보아 무사일 가능성이 컸으나 백색당이 권력을 회복한 이후 쥬에서 사사롭게 무사를 데리고 다니는 것은 범죄에 해당했다. 그렇다고 낯선 사내와 그 일행을 무턱대고 체포할 수는 없었다.

교역선은 아무나 태우지 않기 때문이었다. 교역선에 타려면 관리이거나 국왕, 세자, 백색당의 수뇌 같은 사람과 연줄이 닿아야 했다. 이번 교역선에 관리가 탄다는 연락이 없었으므로 낯선 사내와 일행은 후자일 가능성이 컸고 국왕, 세자, 백색당 수뇌와 가까운 사람을 함부로 건드렸다가는 큰 화를 입을 것이 틀림없었다.

"자네들 가운데 누가 여기 책임자인가?"

그런데 상황은 전혀 예상하지 못한 방향으로 흘렀다. 관리들이 낯선 사내의 정체를 두고 고민하며 망설이는 동안 낯선 사내가 성큼성큼 다가와 묻자 다들 기가 꺾였다. 그들의 예상대로 낯선 사내는 높은 분과 가까운 부류임이 틀림없었다. 평범한 사람은 관리에게 먼저 묻지 않고 어떡하든 눈길을 피하며 굽신거리기 때문이다.

"내가 여기 책임자요."

부두와 교역선을 책임지는 관리는 그리 신분이 높지 않았으나 다행히 절도사의 부관이 있었다. 절도사의 부관이 부두에 나온 이유는 교역선을 통해 절도사가 백색당 수뇌에게 바칠 뇌물을 보내기 위해서였다. 물론 그런 뇌물 외에 절도사와 부관 모두 짭짤한 이익을 남기는 밀무역에도 깊이 관여했다. 모든 관리는 그런 뇌물과 밀무역에 사용할 물품을 얻으려고 혹도의 백성을 가혹하게 수탈했다. 마른 수건을 비틀어 짜듯이 그들의 착취는 엄청났다.

"국왕 전하의 녹을 먹는 관리라면 응당 이름과 관직을 밝혀야 하지 않소?"

낯선 사내가 얇은 입술을 한쪽으로 일그러뜨리는 묘한 미소와 함께 물었다. 책망인지, 항의인지, 도발인지, 단순한 물음인지 애매했다. 그래서 절도사의 부관은 짜증이 치밀었다.

"절도사를 모시는 부관 오규라 하오. 당신은 뉘시오?"

부관의 짜증 섞인 말에 사내는 빙긋 웃었다. 그러고는 손을 입에 가져가며 헛헛 하고 헛기침했다.

"절도사의 부관이라, 고작 그런 벼슬로 이토록 오만방자하단 말이오?"

사내는 헛기침한 후 혀를 끌끌 차며 말했다. 그러자 부관은 화가 치밀어 귀가 화끈거렸다. 그러나 상황이 애매했다. 관리에게 시비를 걸고 절도사의 부관을 노골적으로 모욕하는 사람은 정신 나간 미치광이거나 그럴 만한 뒷배가 있는 작자일 터였다. 어쩌면 두 가지 모두 해당할 가능성도 있었다. 든든한 뒷배를 지닌 정신 나간 미치광이. 교역선을 타고 왔고, 사냥꾼과 무사를 거느렸으며, 범상치 않은 기운을 내뿜는 것으로 보면 더욱 그랬다. 부관은 화를 다스리며 공손하게 물었다.

"그랬다면 죄송합니다. 그런데 나리께서는 어떤 일로 이 먼 곳까지 오셨습니까?"

부관의 태도가 돌변하자 사내도 한층 부드러운 웃음을 머금었다.

"그야 흑도가 아름답다기에 유람을 왔다오. 또 흑산에는 육지에서 구경할 수 없는 진기한 짐승이 있다 하여 잡아보러 왔소. 이래 봬도 무과에 급제한 몸이라 활이면 활, 화승총이면 화승총, 소질이 있다오."

그제야 부관을 포함한 관리들의 의문이 풀렸다. 사내는 백색당 수뇌와 가까운 놈팡이인 듯했다. 백색당 명문가에서 태어났으나 공부를 게을리하여 무과에 겨우 급제하고 벼슬에 나아가지 않고 왈패를 모아 전국을 유람하는 팔자 좋은 잉여가 틀림없었다. 흑산에 있는 진기한 짐승이라 말하는 것으로 보아 흑산의 가파른 비탈에 사는 산양을 사냥하고 해산물을 안주 삼아 조로 만든 술을 즐기러 온 듯했다.

"그러시군요. 그럼 저희가 도울 일이라도 있겠습니까?"

놈팡이라도 상관없었다. 백색당 수뇌의 측근이라면 잘 보이는 것이 중요했다. 언제까지 절도사의 부관만 하고 있을 수는 없지 않은가. 부관의 그런 마음을 알아차렸는지 사내는 씽끗 웃으며 말했다.

"그렇다면 청이 하나 있소."

그런 부류의 청이라고 해보았자 기껏해야 평판 좋은 기방을 수소문하는 정도일 것이었다. 그러나 사내의 청은 부관의 예상을 빗나갔다.

"내 듣기로 흑도에는 두 가지 명물이 있다고 하외다. 하나는 전복을 반쯤 말린 것인데, 쫄깃쫄깃한 것이 감칠맛이 천하의 진미라 들었소. 다른 하나는 우황으로 황소의 배를 갈라도 매번 얻을 수 있는 것이 아니라 들었소. 그 우황을 넣은 술을 마시면서 전복을 안주로 먹으면 최고라 들었소만, 부관이 그걸 좀 구해줄수 있겠소?"

순간 부관의 안색이 변했다. 반쯤 말린 전복과 우황 모두 진상품이었기 때문이다. 진상품을 거래하는 것은 범죄에 해당했다.

"농담이 지나치십니다. 두 가지 모두 진상품이라 사사로이 유통할 수 없습니다."

그러자 사내는 허리를 젖히며 껄껄 웃음을 터뜨렸다. 한참을 그렇게 웃다가 너무 웃어 배가 아프다는 표정으로 말했다.

"부관이야말로 거짓말이 지나치구려. 내가 세어보니 진상품으로 바칠 물품보다 훨씬 많은 전복과 우황이 쌓여 있던데, 이러기요? 그거 나도 맛 좀 봅시다."

부관을 비롯한 관리들은 얼어붙었다. 사내는 단순한 놈팡이가 아니라 암행관일 가능성이 컸다. 지방관의 부정을 조사하고 국법을 바로 세우고자 국왕이 몰래 파견하는 관리일 수도 있었다. 그런 암행관에게 진상품을 몰래 거래하는 것을 들켰으니 이만저만한 문제가 아니었다. 그러나 다행히 이곳은 흑도였다. 가장 가까운 육지까지도 뱃길로 2주나 걸리는 외딴곳이었다. 그러므로 암행관이든 뭐든 죽이면 그만이었다. 그 일행까지 죄다 죽여 흔적을 없애면 그만이었다. 흑도에서 일어난 일을 소상히 밝히기는 어려울 터였다.

부관과 관리들은 눈짓을 주고받았다. 교역선의 물품 하역을 경비하기 위해 병사들을 제법 데려왔으므로 사내와 열 명 남짓한 일행쯤은 어렵지 않게 제압할 수 있으리라 판단했다. 그러나 병사들에게 명령하기 전에 부관이 먼저 바닥에 나뒹굴었다. 영혼이 빠져나간 것처럼 털썩 무릎을 꿇고 이내 허물어지듯 쓰러진 부관의 머리는 피투성이였다. 관리들이 미처 알아차리기도 전에 사내가 짧은 몽둥이를 꺼내 부관의 머리를 내리친 것이었다. 사내의 일격은 빠를 뿐 아니라 강력하여 단 한 번으로 부관은 황천길에 오른 듯했다.

"죽고 싶은 녀석은 나서도 좋다. 어디 지옥을 빨리 보고 싶으면 용기를 내보아라!"

사내는 흑단에 쇠를 입힌 짧은 몽둥이를 양손에 들고 있었다. 흑단은 카락에서 수입하는 나무라 암행관이라도 구하기 어려웠다. 검은 두건, 검은 옷, 그리고 얇은 쇠를 입힌 흑단 몽둥이. 생각이 거기에 이르자 관리 가운데 몇몇은 벌벌 떨기 시작했다. 사내는 단순한 암행관이 아니었다. 또 사내의 일행 역시 암행관을 호위하는 단순한 수행원이 아니었다. 관리들과 병사들이 모두 덤벼도 굉장히 운이 좋아야 한두 명 쓰러뜨릴 수 있는 그런 무시무시한 상대였다.

"이놈들! 위로는 국왕 전하를 모시고 아래로는 백성을 평안하게 할 관리란 작자들이 밀무역에 환장하여 국왕 전하를 속이고 백성을 착취하고 있으니 그 죄는 엄히 다스려야 마땅하다. 특히 흑도 같은 외딴곳이라면 더욱 용서할 수 없어 너희 모두를 참하여 그 목을 장대에 달아 일벌백계로 다스려야 할 것이다. 다만 순순히 협조하는 자는 선처할 것이니 다들 현명하게 판단하라."

누구도 사내의 말에 저항하지 못했다.

3

전복은 적당히 말리는 것이 중요했다. 너무 말리면 딱딱해져 기껏해야 탕 같은 요리에 쓸 수밖에 없었다. 물론 바다에서 멀리 떨어진 내륙까지 보내려면 완전히 말리는 방법을 써야 했으나 흑도에서는 굳이 그럴 필요가 없었다. 약간 꾸덕꾸덕할 때까지만 적당히 말리면 쫄깃한 식감뿐 아니라 특유의 감칠맛이 도드라져 복잡하게 요리하지 않아도 되는 최고의 먹을거리였다. 특히 안주로는 그만한 음식이 드물었다. 흑도에서 재배하는 조를 수확하여 밑술을 만든 다음 서너 번 증류하여 만든 증류주에 역시 흑도의 특산품인 우황을 넣어 한 잔 들이켜고 그 강렬하고 쌉쌀한 맛이 입안에서 사라지기 전에 반쯤 말린 전복을 씹으면 10년이 흘러도 잊기 힘든 맛을 경험할 수 있었다.

다만 흑도의 백성은 굳이 전복을 반쯤 말려 먹는 것을 이해하지 못했다. 신선한 전복은 날것으로 먹는 것이 제맛이었다. 전복을 너무 많이 잡아 보관하려고 말린다면 모를까 맛 자체는 날것 그대로 먹는 것이 최고였다. 그러나 절도사 같은 육지 사람은 날것을 먹는다는 생각을 떠올리기만 해도 역겨워했다. 그 비린 것을 먹다니! 더구나 날것을 먹으면 배앓이를 할 가능성도 크지 않은가. 절도사를 비롯하여 육지에서 부임한 관리 대부분은 흑도의 백성이 야만인이나 다름없어 그런 음식을 즐긴다고 판단했다. 그러므로 국왕이 그들을 백성으로 받아들여 문화 혜택을 주는 것만으로도 대단히 큰 은혜라 생각했다. 그런데도 흑도의 백성은 고분고분 충성하지 않았다. 그들은 거칠고 반항적이었다. 한마디로 배은망덕한 무리였다.

생각이 거기까지 이르자 절도사는 다시 우황을 섞은 증류주를 들이켜고 반쯤 말린 전복을 씹었다. 그러나 그 탁월한 맛도 절도사의 기분을 달래지 못했다. 흑도의 배은망덕한 백성이 떠올라 그런 것은 아니었다. 색목인, 흑선이 좌초되며 조난한 색목인이 절도사의 골칫거리였다. 절도사는 해변에서 좌초된 흑선과 색목인 생존자를 본 순간부터 고민할 수밖에 없었다. 쥬에서 색목인과의 교류는 반역에 해당하는 중죄였다. 쥬는 카락과 와와는 교류하나 사신을 통해 이루어지는 것만 합법이었고 사사로운 무역은 엄밀히 따지면 불법이었다. 따라서 흑선을 불태우고 색목인을 모두 참수해야 법에 맞는 판단이었다. 그러나 무턱대고 흑선을 불태우고 색목인을 참수했다가 그 소유주가 카락의 황제로 밝혀지면 낭패였다. 카락의 황제는 쥬의 국왕에게 책임을 물을 것이며 그러면 쥬의 국왕은 절도사에게 책임을 추궁할 것이 틀림없어 자칫 목이 달아날 수도 있기 때문이다. 따라서 상부에 사실을 알리고 기다리는 것이 현명했다. 그런데 그러자니 색목인에 대한 대우가 문제였다. 너무 각박하게 했다가 훗날 카락 황제의 수하로 밝혀지면 난감하고 그렇다고 너무 안락하게 대우하면 색목인과 밀통한다고 모함당하기 쉬웠다. 또 상부에서, 아마도 국왕을 비롯한 백색당 수뇌부가 내린 명령이 전달되기 전까지 색목인 가운데 사망자가 생기면 큰일이었다. 열다섯 명을 구조했으니 처분 명령이 떨어질 때까지는 열다섯 명 모두 살아 있어야 했다.

역시 이래도 저래도 색목인은 골치 아팠다. 소식을 알리는 인편을 상부로 보낸 지도 벌써 석 달이 지났다. 가장 가까운 육지까지도 2주가 걸리는 것을 감안하면 아직 소식이 없는 것도 크게 이상한 일은 아니었으나 이제 두어 달만 지나면 바다가 거칠어져 한동안은 뱃길이 닫힐 터였다. 그러므로 절도사는 어떻게 하든 그 전에 상부의 지시가 도착하기를 간절히 바랐다.

그때 갑작스레 멀리서 시끄러운 소리가 들렸다. 절도사가 기거하는 관사 주변에서 소란을 벌이다니! 그렇지 않아도 기분이 나쁜 터라 절도사는 화가 치밀었다. 술 한 잔과 함께 고민을 달래며 홀로 시간을 보내는 것이 이렇게 힘들다니!

"무슨 일이냐! 왜 이렇게 시끄러운 것이냐!"

절도사가 크게 소리치자 나무틀에 종이를 발라 만든 문이 열리고 하인이 들어왔다. 절도사에게 예를 차리려고 허리를 잔뜩 굽힌 하인은 중년 사내로 엄밀히 따지면 관청에 소속된 노예 신분이었으나 평범한 평민보다 훨씬 안색이 좋고 옷차림도 깔끔했다. 그는 조용히 문을 닫은 후 말했다.

"갑작스러운 일이라 소인도 아직 알아보지 못했습니다. 사람을 보냈으니 잠시 후에는 아뢸 수 있을 듯합니다."

관사에 소속된 노예를 총괄하는 우두머리 격이라 사내는 차분했다. 그 말에 절도사도 고개를 끄덕였다. 하긴 대수롭지 않은 일일 터였다. 육지라면 몰라도 흑도에서는 예상하지 못하는 일이 드물었다. 육지라면 추밀원의 암행관이 들이닥치거나 하늘의 뜻을 받들어 백성을 구제한다는 도적떼가 관청을 습격하고 지방관을 살해하는 사건이 종종 발생하겠지만 흑도는 달랐다. 추밀원의 암행관이 오기에는 너무 멀었고 어차피 항구를 통해 도착하므로 미리 알 수 있었다. 또 흑도에도 도적떼는 있었으나 굶주려 도망친 소작농에 불과하여 흑산으로 향하는 중산간에서 출몰할 뿐, 꽤 골치 아프긴 해도 절도사의 관사를 습격할 만한 세력은 없었다.

절도사는 다시 술잔을 들어 입에 털어넣었다. 그런데 그 순간 전혀 예상하지 못한 소리가 들렸다. 펑펑, 묵직하고 둔탁한 폭발음은 틀림없이 화승총 소리였다. 호랑이 사냥을 제외하면 흑도에서 화승총을 쏠 일은 극히 드물었다. 더구나 화승총은 사사로이 사용을 허가한 무기가 아니었다. 절도사가 지휘하는 병사에게만 지급하고 관청에 보관할 뿐 일반 백성은 사용할 수도, 보관할 수도 없었으며 화승총을 만들려고 시도하는 것만으로도 중죄에 해당했다. 그러므로 절도사는 놀랄 수밖에 없었다. 혹시 와의 해적이 기습한 것일까? 아니면 조난한 동료를 구하려고 색목인이 몰려온 것일까? 그렇다면 왜 봉수대에서는 연기가 오르지 않았을까? 절도사는 당황했으나 어쨌든 심상치 않은 사건이 틀림없어 갑옷과 칼을 찾으려 자리에서 일어났다. 하지만 반쯤 술에 취한 절도사가 갑옷과 칼을 찾기 전에 절도사가 있는 안채로 향하는 중간문이 부서지는 소리가 들렸다. 이윽고 거친 발소리가 어지러이 이어지더니 방문이 열렸다.

놀랍게도 안채로 향하는 중간문을 부수고 절도사가 있는 방문을 부서져라 열어젖힌 존재는 절도사가 지휘하는 병사들이었다. 절도사와 우두머리 하인 모두 깜짝 놀랐다. 놀란 것은 병사들도 마찬가지였다. 그들은 애써 절도사의 시선을 피했다. 그렇게 잠깐 어색한 침묵이 흘렀고 곧 낯선 사내들이 위협적이고 거침없는 걸음으로 성큼성큼 나타났다.

그 무리 앞에는 검은 옷을 입고 장검을 빼든 대여섯 명의 사내가 있었다. 모두 감정을 알 수 없는 차가운 표정이었으며 분위기만으로도 뛰어난 검객임을 짐작할 수 있었다. 그리고 그들보다 몇 걸음 뒤에 역시 검은 옷을 입고 검은 두건을 쓴 거구의 사내가 묘한 표정으로 나타났다. 분명히 웃는 얼굴이었으나 기쁘고 따뜻한 미소는 아니었고 조롱하는 냉소에 가까웠다. 사내는 날카롭게 찢어진 눈매와 얇은 입술을 가져 그런 표정이 정말 잘 어울렸다. 절도사와 우두머리 하인은 섬뜩했다. 그래서 그 무리가 신도 벗지 않고 절도사의 방까지 들이닥치는 모습을 그저 지켜볼 수밖에 없었다.

"당신이 흑도절도사 배장호인가?"

당장이라도 절도사와 우두머리 하인을 베어버릴 것만 같은 분위기에서 거구의 사내가 물었다. 예상과 달리 사내의 목소리는 거칠지도, 묵직하지도 않았다. 오히려 날카롭고 약간 높은 목소리였다. 그제야 정신을 차린 절도사는 가슴을 펴고 대답했다.

"그렇다. 내가 흑도절도사 배장호다. 절도사 관사에 겁도 없이 들이닥치다니, 네놈의 정체는 무엇이냐?"

그 말에 거구의 사내는 너털웃음을 터뜨렸다. 아무도 입을 열지 않는 상황에서 사내의 웃음소리만 요란하게 울렸다. 사내는 술상 앞, 즉 절도사 맞은편에 털썩 앉았다. 그러고는 말린 전복 한 조각을 손으로 집어 입으로 가져갔다. 그는 특유의 차가운 미소를 띤 표정으로 천천히 전복을 씹으며 맛을 음미했다.

"역시 듣던 대로 반쯤 말린 전복의 맛은 기가 막히는군. 그렇다면 이건 우황을 넣은 술인가?"

그러면서 술이 든 도자기 병을 들어 잔에 따르지도 않고 벌컥벌컥 들이켰다. 증류주의 강렬한 맛과 우황의 씁쌀한 맛에 잠시 얼굴을 찡긋거리더니 다시 절도사를 노려보았다.

"그런데 절도사, 전복과 우황은 모두 진상품이 아닌가? 국왕 전하께서 하사하지 않는 이상 일개 지방관 따위가 사사로이 즐길 수 있는 진미가 아닐 텐데?"

일개 지방관이라. 절도사는 일개 지방관이 아니었다. 국왕이 직접 임명하는 관리였으며 적어도 그 지역에서는 행정, 사법, 군사 전반을 책임지는 관리였다. 절도사는 모욕감을 느꼈으나 다른 한편으로는 두려움이 밀려왔다. 절도사 휘하의 병사를 동원하여 절도사의 관사를 공격할 수 있는 존재는 적어도 추밀원의 암행관뿐이 없었기 때문이다.

"그렇게 우두커니 서 있지만 말고 뭐라고 말을 해야 하지 않겠나? 변명을 늘어놓거나, 호통을 치거나, 아니면 지금이라도 무릎을 꿇고 빌어야 하지 않겠나? 자네 같은 지방관 대부분은 죽을죄를 지었으니, 고의가 아니라 어쩌다보니 이렇게 되었다느니 비굴하게 구는 사례가 많은데. 물론 당신처럼 반쯤 얼이 빠져 그렇게 서 있는 경우도 있지. 그나마 대담한 녀석은 이 몸을 돈으로 매수하려 하더군."

그러면서 거구의 사내는 검은 옷을 입은 부하들에게 명령했다.

"당장 이놈의 관복을 벗기고 감옥에 가두어라. 진상품을 빼돌려 사사로운 이익을 탐한 죄가 무거우니 독방에 가두지 말고 잡범과 함께 가두어라."

검은 옷을 입은 사내들은 칼을 집어넣고 바람처럼 빠르고 그림자처럼 소리 없이 절도사에게 다가왔다. 절도사가 무어라 저항하기도 전에 거친 주먹이 복부에 꽂혔다. 절도사는 윽 하는 소리와 함께 무릎을 꿇고 주저앉았다. 사내들은 절도사의 관복을 찢어서 벗겼다. 관복뿐 아니라 바지만 남기고 상의 전부를 찢어 벗겼다. 우두머리 하인은 구석으로 물러서서 벌벌 떨며 상황을 지켜보았고 가까스로 정신을 차린 절도사는 거구의 사내에게 물었다.

"당신은 대체 누구요?"

그제야 사내는 호탕하게 웃으며 대답했다.

"나? 자네, 혹시 곽곽 선생이라 들어보았는가? 그게 바로 날세."

제2장

잔칫날

1

쥬는 반상의 구분, 신분제도가 엄격한 국가였다. 물론 처음에
는 그렇지 않았다. 법령만 따지면 쥬에는 자유민과 노예, 두 계급
만 존재했다. 또 국왕이 다스리는 세습왕국에 해당했으나 국왕이
무소불위의 권력을 휘두르는 전제국가는 아니었다. 쥬의 건국에
크게 공헌하고 국가의 뼈대를 구성한 부류는 대부분 열교를 신봉
하는 지식인이었기에 새로운 왕국에 그들의 이상을 구현하려 노
력했다. 국왕과 관료가 때로는 협력하고, 때로는 견제하는 체제
를 마련했고 자유민에게는 누구나 과거시험을 치러 관료가 될 수
있는 권리를 보장했다. 그러나 시간이 흐르면서 이상은 흐려졌
고 체제는 경직되었다. 특히 지식인 계층이 백색당과 흑색당으
로 분열되어 권력투쟁을 벌이면서 상황은 더욱 악화되었다. 급기

야 국왕을 살해한 후 새로운 국왕을 옹립하지 않고 과두제로 나라를 다스리던 흑색당이 몰락하고 백색당 중심의 왕정복고가 성공하자 쥬는 엄격하고 경직된 신분제 국가가 되었다. 관직을 독점하는 귀족이 가장 높았고 다음은 자신의 토지를 소유한 농민으로 이 두 계급은 과거시험을 볼 수 있었다. 반면 자유민이라도 상인과 수공업자는 과거시험을 치를 자격이 없었다. 또 귀족, 농민, 상인, 수공업자를 제외한 나머지 하층민은 모두 노예에 해당했다.

이런 엄격한 신분제도는 일상의 사소한 부분까지 간섭했다. 신분에 따라 식사 예절과 식사 장소가 달랐다. 다른 신분끼리 함께 음식을 먹는 경우는 극히 드물었다. 심지어 형벌을 받을 때도 계급에 따라 형틀이 달랐다. 귀족의 목을 치는 칼과 노예의 목을 치는 칼이 달랐다. 또 몇몇 형벌은 지나치게 잔인하여 귀족에게는 시행하지 않았다. 감옥에 가둘 때도 마찬가지여서 계급마다 처우가 달랐다. 또 농민, 상인, 수공업자를 함께 감금하는 경우는 흔해도 귀족을 다른 계급과 함께 수용하는 사례는 극히 드물었다. 따라서 절도사는 독방에 구금하는 것이 일반적이었다.

그러나 암행관은 절도사를 잡범과 함께 감금했다. 절도사뿐 아니라 함께 체포한 관리 모두를 예외 없이 잡범과 함께 가두었다. 더구나 잡범이라 해서 사소한 범죄를 저지른 조무래기가 아니었다. 쥬의 감옥에서 잡범은 범죄의 경중이 아니라 계급을 의미했다. 따라서 절도사와 그 심복은 온갖 흉악범과 함께 갇혔고 그들 가운데에는 최근에 흑산의 도적떼를 토벌하며 생포한 포로도 있었다. 다만 아무리 잡범과 함께 구금되어도 절도사와 그 심복이 고초를 겪을 가능성은 크지 않았다. 절도사 같은 지방관에게 추밀원의 암행관은 무시무시한 존재였으나 그래 보았자 지나가는 소나기에 불과했다. 절도사가 파직당하고 벌금을 내고 정말 운이 없으면 반년 남짓 유뱃길에 오를 수도 있겠지만 그다음에는 다시 관직으로 돌아올 터였다. 그러니 간수와 죄수 모두 절도사와 그 심복에게 호의를 베풀 수밖에 없었다.

하지만 이번은 달랐다. 곽곽 선생은 평범한 암행관이 아니었다. 지나가는 소나기에 불과한 다른 암행관과 달리 곽곽 선생은 절도사 같은 부류를 영원히 삼켜버리는 태풍 같은 존재였다. 다른 암행관처럼 뇌물로 매수할 수도 없었고 쥐도 새도 모르게 죽여버리기도 어려웠다. 백색당의 수뇌 가운데 끈이 닿는 사람에게 도움을 청하는 것도 별다른 의미가 없었다. 그래서 검은 두건과 검은 옷을 착용한 거구의 사내가 나타나면 지방관 대부분은 체념했다. 쥬의 지방관 가운데 부패하지 않은 자는 거센 비바람에 꺾이지 않는 갈대만큼 드물었기 때문이다.

그런 곽곽 선생이 가장 가까운 육지에서도 배로 2주나 걸리는 흑도에 나타나다니! 절도사는 크게 한숨을 내쉬었다. 흑도는 쥬에서도 가장 외딴곳이었으며 와에서 건너오는 해적뿐 아니라 흑산에 근거지를 둔 도적떼가 출몰하거나 백성을 마음대로 수탈할 수 있는 것이 매력인 곳이었다. 너무 외딴곳이라 수도에서는 실상을 알기 어려웠고 반항하는 자는 흑산의 도적떼와 내통한다는 죄목으로 제거하면 그만이었다. 또 전복, 우황, 귤 같은 진상품은 매우 비싸 법이 정한 것보다 훨씬 많이 거두어 착복하면 한몫 단단히 챙길 수 있었다. 절도사도 그런 목적으로 흑도에 왔고 누구보다 성실하게 백성을 쥐어짰다. 그렇게 얻은 재물을 백색당 수뇌에게 바치는 뇌물로 사용하여 출셋길이 열리려는 찰나 하필이면 곽곽 선생이 나타나다니!

"이보시오, 절도사 나리, 여기로 좀 와야겠소."

그때 감옥 저편에서 절도사를 불렀다. 조금 전 보리죽을 아침밥으로 나누어준 터라 절도사는 짜증이 치민 상태였다. 감옥에 갇힌 것도 벌써 나흘이라 살려면 그런 죽이라도 먹어야 했기 때문이다.

"웬 놈이냐!"

짜증을 참지 못한 절도사는 평소처럼 소리쳤다. 그러나 평소와 달리 감옥 전체에서 깔깔거리는 조롱 섞인 웃음이 들렸다.

"여보게, 절도사 나리. 아직도 정신을 차리지 못하셨소? 바지만 겨우 입은 반벌거숭이 주제에 목소리가 너무 크외다."

그 말에 절도사는 자신도 모르게 움츠러들었다. 물론 나흘 전 처음 감옥에 왔을 때는 달랐다. 절도사는 위엄을 세우려 했고 심복도 그를 도왔다. 그러나 곧 심복부터 감옥에서 잔뼈가 굵은 죄수에게 흠씬 두들겨맞았다. 절도사를 가둔 암행관이 곽곽 선생이라는 소문이 죄수들에게도 퍼졌기 때문이다. 죄수들은 절도사와 그 심복을 두려워하지 않았고 간수는 애써 모른 척했다.

"내가 가난하고 배운 것이 없어 지금껏 그릇을 들고 먹거나 바닥에 놓고 먹었다오. 글쎄, 탁자란 것을 한 번도 경험하지 못했지 뭐요. 당신 같은 나리가 먹는 것을 시중한 적은 있어도 내가 탁자에 그릇을 놓고 먹은 적은 없다오."

창목 저편에서 들리는 목소리의 주인은 죄수 우두머리였다. 그는 관청에 속한 노비였다가 도망쳐 도적이 된 사내였다.

"그래서 오늘은 탁자에 그릇을 올리고 아침을 먹으려 하오. 그런데 탁자가 없으니 아무래도 절도사가 도와주어야겠소."

도와달라니? 어떻게? 여기는 감옥인데 어디서 탁자를 구하란 말인가? 그러나 절도사의 의문은 곧 풀렸다. 죄수 우두머리가 호탕한 웃음과 함께 말을 이었다.

"절도사가 여기로 와서 탁자로 좀 있어야겠소. 팔과 다리를 굽히고 엎드리면 절도사의 등판이 바로 그럴듯한 탁자가 되지 않겠소?"

절도사는 모욕감에 얼굴이 화끈거렸다. 돼먹지 못한 죄수 놈이 감히 절도사를 우롱하다니! 그의 심복도 그렇게 생각했는지 한 명이 벌떡 일어서서 소리쳤다.

"네 이놈! 감히 절도사 나리에게 무슨 행패냐! 무지렁이 죄수 녀석이 감히!"

그러나 절도사의 용감한 부하는 계속 호통치지 못했다. 죄수 서너 명이 달려들었기 때문이다. 그들은 절도사의 심복이 축 늘 어질 때까지 주먹질과 발길질을 퍼부었다.

"어서 여기로 와서 탁자 노릇을 하시오. 그렇지 않으면 흠씬 두들겨맞고 의자 노릇을 할지도 모르오."

절도사는 어쩔 수 없이 자리에서 일어나 죄수 우두머리를 향해 터덜터덜 걸어갔다. 그때 갑자기 감옥 문이 열렸다.

"죄수 배장호, 나와. 암행관께서 직접 심문하길 원하신다."

감옥 문을 열고 들어온 간수가 소리쳤다. 덕분에 절도사는 가 까스로 굴욕을 면했다. 그러나 그리 기쁘지 않았다. 죄수 우두머 리 따위는 비교도 할 수 없을 만큼 곽곽 선생은 무시무시하고 예 측할 수 없는 존재였기 때문이다.

2

흑도는 매우 큰 섬이었다. 또 흑산도 쥬에서 손꼽을 만큼 높고 거칠었다. 흑도는 값진 진상품의 산지일 뿐 아니라 해적이 들끓 는 와의 서부 해안과 가까웠다. 그래서 흑도를 관할하는 절도부 도 규모가 컸다. 쥬의 다른 지방관과 마찬가지로 절도사는 행정 뿐 아니라 군대를 지휘하고 재판도 담당하여 온갖 송사와 죄인의 심문을 진행하는 안뜰은 제법 넓어 작은 광장에 가까웠다. 절도사에게 그 안뜰은 매우 익숙한 공간이었다. 다만 이번에는 위치가 바뀌었을 뿐이다. 높은 단상에 놓인 화려하고 편안한 의자에 앉은 사람은 절도사가 아니라 암행관, 곽곽 선생이었다. 반면 절도사는 발목에 무거운 쇠사슬을 찬 채 안뜰의 가장 낮은 바닥에 섰다.

"죄인은 무릎을 꿇어라."

절도사에게 소리친 사람은 곽곽 선생을 수행하는 검객 가운데 한 명이었다. 곽곽 선생을 수행하는 열 명 남짓한 무사는 절반은 검객, 절반은 포수였으며 모두 일당백의 무서운 실력자라고 소문났다. 방방곡곡을 누비며 지방관을 감찰하는 임무 특성상 암행관에게 호위무사는 당연했지만 대부분 서너 명에 불과했다. 곽곽 선생의 호위대처럼 규모가 크고 실력이 뛰어난 경우는 극히 드물었다.

그제야 주변을 둘러보니 평소처럼 많은 관원이 자리했다. 다만 대부분 부서의 우두머리는 보이지 않았다. 그도 그럴 것이 그들은 절도사와 함께 감옥에 갇혀 있었다. 그 밖에는 곽곽 선생이 절도사의 의자에 앉고 그 곁에 호위대가 있는 것만 달랐다.

어쨌거나 절도사는 무릎을 꿇고 싶지 않았다. 단순한 자존심의 문제가 아니었다. 절도사는 백색당의 유력한 가문에 속했고 어려서부터 열교의 경전을 공부했다. 그런데 곽곽 선생은 어떤가? 그의 가문은 백색당도 아니었고 그렇다고 흑색당도 아닌 어중간한 부류, 회색당에 속했다. 또 곽곽 선생은 아예 열교를 믿는 신자도 아니었다. 곽곽 선생이 믿는 내수교는 백색당 입장에서는 어리석은 사교에 지나지 않았다. 그래서 절도사는 곽곽 선생에게 무릎을 꿇을 수 없었다.

"죄인 배장호는 어서 무릎을 꿇어 암행관에게 예를 지켜라!"

검객은 다시 거친 목소리로 외쳤다. 절도사는 두려웠으나 눈을 질끈 감고 애써 모른 척했다. 그러자 곽곽 선생이 특유의 다소 경박한 웃음을 터뜨렸다.

"배장호, 아직도 자신을 절도사라 생각하나보군. 자네들은 그게 문제야. 국왕 전하의 백성은 딱 두 부류밖에 없네. 자유민과 노예, 그렇게 두 부류만 존재해. 관료는 계급이 아니라 지위에 불과해. 자네는 이제 절도사가 아니니 당연히 암행관에게 무릎을 꿇어야지."

단상 위 의자에 앉은 곽곽 선생은 절도사를 내려다보며 말했다. 틀린 말이 아닌지라 절도사는 한층 화가 치밀었다. 내수교를 믿는 이교도 따위가 감히 백색당인 자신을 훈계하다니!

"끝까지 무릎을 꿇지 않겠다면 어떻게 할 것 같나? 자네가 절도사일 때를 떠올려봐. 끝까지 무릎을 꿇지 않는 죄수에게 어떻게 했나? 흑산의 도적을 잡아 심문하려는데, 무릎을 꿇지 않고 노려보면 어떻게 했나?"

곽곽 선생은 싱긋거리며 물었다. 절도사에게 어려운 질문은 아니었다. 흑산의 도적떼 가운데 그런 녀석이 적지 않았기 때문이다. 도적이 끝까지 무릎을 꿇지 않으려 버티면 병사가 쇠몽둥이로 정강이를 부러뜨렸다. 그러면 주저앉을 수밖에 없어 무릎을 꿇은 것처럼 보였다. 식은땀이 절도사의 목덜미를 타고 등으로 흘러내렸다. 정강이가 부서지는 끔찍한 고통을 상상하며 절도사는 천천히 무릎을 꿇었다.

"역시 희한하게 고통을 주는 것에 익숙할수록 그걸 버틸 배짱이 없더군."

곽곽 선생은 손뼉을 치며 말했다. 절도사는 부들부들 떨었으나 어쩔 도리가 없었다.

"뭐, 하여튼 지난 나흘 동안 절도사 시절 자네의 비위를 살펴봤네. 그런데 심해도 너무 심하더군. 보통 지방관은 착복할 때 진상할 물품의 두 배를 거두기 마련인데, 자네는 네 배나 거두었더군. 욕심이 과했어. 게다가 어리석기 짝이 없어."

곽곽 선생은 쯧쯧 혀를 차며 말을 이었다.

"왜 어리석은가 아직 깨닫지 못한 듯하니 내가 가르쳐주지. 진상할 물품을 네 배나 거두면 백성이 살아갈 수 있겠나? 쥐어짜더라도 최소한의 살길은 남겨두어야지. 그렇게 당장 죽을 만큼 쥐어짜니 이래도 죽고 저래도 죽는다고 생각한 백성이 흑산으로 도망쳐 도적이 되지 않나? 또 도망치지 않은 백성도 도적떼를 동정할 수밖에 없으니 어떻게 토벌이 가능하겠나? 더구나 자네가 토벌하며 도적이라고 목을 베어 보고한 사람 가운데 상당수는 가난한 농민이지 않은가? 자네는 아둔해서 알아차리지 못했겠으나 이미 흑도에는 반역의 기운이 충만하네. 자칫 큰 규모로 민란이라도 일어나면 막아낼 수 있겠나? 막아내지 못하면 육지에서 군대가 오는 데 얼마나 걸릴 것 같나? 이러니 국왕 전하께서 나를 보낼 수밖에!"

곽곽 선생의 말에 절도사는 깜짝 놀랐다. 흑산의 도적떼? 민란? 그렇다면 색목인 때문에 온 것이 아니었나? 온갖 생각에 머리가 복잡했다.

"그럼, 색목인 때문에 온 것이 아니었습니까?"

절도사가 처음 입을 열자 곽곽 선생은 다시 빙긋 웃었다.

"자네가 보낸 연락선은 육지에 도착하지 못했어. 난파되었다네. 나도 여기에 도착할 때까지 색목인의 문제는 몰랐네. 하지만 어차피 왔으니 함께 해결할 수밖에!"

의자에서 일어난 곽곽 선생은 천천히 단상 아래로 내려와 절도사 가까이 다가왔다. 그는 야릇한 미소를 머금고 절도사의 귀에 속삭이듯 말했다.

"색목인의 문제는 걱정하지 말게. 국왕 전하의 근심은 흑산의 도적떼에 쏠려 있다네. 더구나 자네가 그 해결에 큰 도움이 될 듯하네."

그 말에 절도사는 적지 않게 안도했다. 물론 절도사는 곽곽 선생의 말이 무엇을 의미하는지 정확히 알지 못했다.

3

돼지는 시끄럽고 영리한 동물이었다. 힘도 만만치 않아 노련한 사냥꾼도 커다란 송곳니를 자랑하는 멧돼지를 마주하면 긴장했다. 그러나 산과 들을 떠나 푹신한 풀이 깔린 안락한 축사와 인간이 주는 부드러운 먹이에 적응한 집돼지는 야생의 형제가 지닌 강력한 힘도, 날카로운 송곳니도, 불굴의 투지도 모두 잃어버렸다. 그래서 마을에서 키우는 돼지를 도축하는 일은 크게 어렵지 않았다. 더구나 홀로 돼지를 도축하는 일은 거의 없었다. 마을 전체가 함께 누리는 잔치가 아니면 돼지를 도축하는 일은 극히 드물었다.

그래서인지 돼지를 도축할 준비를 시작하면 마을 전체가 들썩였다. 가장 신난 것은 아이들이었으나 어른들도 크게 다르지 않았다. 허리가 굽고 머리가 희끗거리며 치아가 얼마 남지 않은 노인도 돼지의 부드럽고 고소한 지방을 떠올리며 입맛을 다셨다. 청년들이 도축할 돼지를 골라 옆으로 넘어뜨리고 긴 장대에 다리를 묶으면 구경꾼이 모여들었다. 짐승에 불과했지만 오랫동안 정성을 들여 키운 터라 숨통을 끊는 순간만큼은 다들 정숙했다. 먼저 마을을 지키는 신령님께 감사드린 다음 돼지에게도 고마움과 미안함을 전했다. 그러고는 건장한 청년이 겨우 휘두를 수 있는 망치로 일격에 돼지 정수리를 내려쳤다. 힘껏 정확하게 내려치는 것이 가장 중요했다. 그래야 돼지가 고통 없이 죽음을 맞이하기 때문이다. 돼지의 숨통을 한 번에 끊지 못하면 고통에 울부짖고 몸부림치면서 자칫 잔칫날이 엉망진창이 될 수도 있었다. 그렇기 때문에 아무나 망치를 들 수 없었다. 마을 사람들이 모두 신뢰하고 그런 긴장과 부담을 기꺼이 감수할 수 있는 사람만 망치를 들었다.

다행히 이번에도 망치질은 순조롭게 끝났다. 한 번의 깔끔한 타격에 돼지가 축 늘어졌다. 사람들은 다시 한번 신령님과 돼지에게 감사를 표한 후 돼지를 커다란 나무틀에 옮겼다. 장대에 묶은 다리를 풀고 이번에는 나무틀에 뒷다리만 묶었다. 그리고 나무틀을 세워 돼지머리가 아래로 향한 상태로 매달리게 되면 날카로운 칼로 돼지 목에 있는 굵은 혈관을 잘랐다. 일단 피를 빼야 고기 맛이 좋기 때문이다. 물론 돼지 피는 값진 식량이라 허투루 버릴 수 없었다. 특히 흑도처럼 모든 것이 소중한 곳에서는 더욱 그랬다. 커다란 나무통을 준비해 잘린 혈관에서 뿜어지는 피를 바닥에 흘리지 않고 담았다.

그렇게 피를 충분히 빼고 나면 가장 중요한 순간이 다가왔다. 마을에서 가장 숙련된 칼잡이가 나서 숫돌에 날카롭게 간 칼을 꺼내들고 돼지 배를 갈랐다. 그 과정에서 자칫 창자를 터뜨려 내용물이 쏟아지면 고약한 냄새가 고기에 배기도 했다. 또 허파, 심장, 간, 쓸개, 콩팥, 위, 작은창자, 큰창자 어느 것 하나 버릴 것 없는 소중한 식자재라 훼손하지 않고 분리했다. 칼잡이가 장기를 하나씩 떼어낼 때마다 기다리던 사람이 잽싸게 나무통에 넣었다. 위, 허파, 심장, 간, 콩팥은 커다란 가마솥에 삶고 작은창자와 큰창자는 깨끗한 물에 씻어 안에 들어 있는 내용물을 모두 제거하면 앞서 받은 돼지 피에 보리와 조 같은 곡식과 갖가지 채소, 소금을 넣고 버무린 다음 채워넣었다.

이제는 본격적으로 고기를 손질할 차례였다. 일단 커다란 돼지머리를 자른다. 돼지머리는 위, 허파, 심장, 간, 콩팥처럼 커다란 가마솥에 삶는다. 그러고는 발을 잘라내고 거친 털이 있는 가죽을 벗긴다. 가죽 아래에 있는 두툼한 지방을 긁어내면 이번에는 겨우내 사용할 기름을 만든다. 부위에 따라 자른 고기도 대부분은 다가올 겨울의 양식으로 삼기 위해 소금에 절이는 작업을 한다. 그러고 나면 돼지뼈와 거기에 붙은 고기가 남는데, 이번에도 커다란 가마솥에 넣고 당근과 고사리 같은 채소와 함께 푹 끓인다. 돼지를 잡는 잔칫날에도 마을 사람들이 먹는 음식은 위, 허파, 심장, 간, 콩팥을 삶은 것과 돼지뼈를 삶아 만든 국이 전부다. 고기 대부분은 소금에 절여 저장하고 작은창자와 큰창자에 돼지 피를 넣어 만든 순대도 마찬가지다. 물론 소중한 돼지 지방은 조금 남겼다가 노인에게 대접한다. 그들은 마을의 원로라 충분히 그럴 자격이 있었다.

그런데 이번 잔치는 조금 달랐다. 곧 다가올 겨울을 대비하려고 가을의 절정에 열린 것은 변함없었으나 도축하는 돼지가 한 마리가 아니었다. 다섯 마리! 지금껏 그렇게 많은 돼지를 한 번에 도축하는 일은 없었다. 더구나 그 돼지는 마을 사람들이 힘을 모아 열심히 키운 것도 아니었다. 절도부에서 나누어준 돼지였다. 절도부에서 이런저런 이유로 돼지를 강탈하는 일은 흔하디흔했으나 절도부가 백성에게 돼지를 나누어주는 일은 극히 드물었다. 그래서 처음에는 다들 걱정했다. 분명히 무슨 꿍꿍이가 있으리라. 돼지고기를 먹었다가 자칫 목이 달아나는 것은 아닌지 걱정했다. 흑도에는 "육지것을 믿지 마라", "특히 육지것이 웃으며 호의를 베풀 때는 더욱 조심하라"는 옛말이 있다.

그러나 다행히 걱정과 의심은 곧 사라졌다. 절도부에서 돼지를 나누어준 것은 틀림없었으나 절도사가 나누어준 것이 아니었기 때문이다. 돼지를 나누어준 사람은 암행관이었다. 물론 암행관도 육지것이며 특히 암행관과 절도사가 한통속인 경우도 많았다. 흑도뿐 아니라 육지에서도 암행관을 믿었다가 도리어 큰 고초를 겪었다는 이야기가 적지 않았다. 하지만 이번에는 달랐다. 평범한 암행관이 아니었기 때문이다. 곽곽 선생, 검은 두건과 검은 옷을 착용하고 흑단나무 몽둥이를 휘두르는 기이한 사내의 이야기는 외진 흑도에서도 유명했다. 귀신을 부리는 자이며 술법을 외워

비와 바람을 부르고 해가 지면 그림자에 숨어 사라진다는 사내, 그래서 아무것도 두려워하지 않아 쥬의 모든 지방관이 그 이름만 들어도 벌벌 떨었다. 그런 사내가 암행관으로 왔으니 절도부에서 키운 돼지를 나누어주는 데 다른 속셈이 있을 리 없었다. 그리고 따지고 보면 절도부의 돼지 모두 흑도의 백성들이 키운 것이지 않은가. 관리 놈들이 이런저런 이유로 빼앗은 것뿐이었다. 물론 아무리 곽곽 선생이라도 그가 떠나면 절도사를 비롯한 육지것들이 다시 백성을 괴롭히고 한층 핍박할 수도 있었다. 그럼에도 불구하고 마을 사람들은 그런 걱정을 모두 떨쳐버리고 정말 오랜만에 돼지고기를 즐겼다. 이번에도 겨울을 대비하여 고기를 소금에 절이고 지방을 모아 돼지기름을 만들었으나 그래도 두 마리는 온전히 잔치에 사용했다. 암행관의 명령을 받은 절도부에서는 돼지뿐 아니라 조와 보리로 만든 술도 나누어주었다. 지금껏 백성이 죽어라 농사짓고 또 뜨겁고 위험한 증류기 앞에서 열심히 만들었으나 한 방울도 제대로 마셔보지 못한 귀한 증류주를 몇 통이나 나누어주었다. 정말 잔치였다. 아이부터 노인까지 평생 한 번도 겪어보지 못한 일에 휘둥그레 눈을 뜰 정도였다.

그렇게 잔치가 한창 무르익었을 때 징이 커다랗게 울리고 꽹과리가 요란하게 울렸다. 절도부의 하급 관리와 병사의 행렬이 천천히 마을에 들어섰다. 마을 광장에서 잔치를 벌이던 사람들은 잠깐 얼어붙었다. 절도부와 관련 있으면 무엇이든 일단 경계하는 것이 흑도 백성들의 습성이었다. 그러나 다행히 이번 행렬은 그들을 벌하러 온 것이 아니었다. 징과 꽹과리를 울리며 나타난 행렬에는 병사들이 커다란 장대 대여섯 개를 들고 있었는데, 장대 끝마다 몸뚱이가 사라진 머리가 매달려 있었다. 공포의 순간이 그대로 드러난 표정을 간직한 머리의 주인을 알아보는 것은 어렵지 않았다. 가장 앞에 있는 장대에 달린 머리 주인은 절도사였고 그다음은 부관이었으며 나머지도 모두 육지에서 온 관리였다. 흑도의 백성이면 누구나 그들의 사악하고 탐욕스러운 얼굴을 단번에 알아볼 수 있었다.

"모두 들으시오!"

징과 꽹과리가 만드는 거친 소리를 멈추고 절도부의 하급 관리가 소리쳤다.

"다음은 암행관 나리가 전하는 말씀이외다."

관리는 한층 목소리를 가다듬고 말했다.

"국왕 전하께서 탐욕스러운 관리를 처단하고 흑도 백성의 억울함을 풀어주고자 나, 곽곽을 암행관으로 임명하여 파견하셨다. 내가 살펴본바 절도사 배장호의 탐욕이 하늘을 찌를 듯하며 그 악행이 100리 밖까지도 고약한 냄새를 풍겨 위로는 국왕 전하를 속이고 아래로는 백성의 고혈을 뽑아 착취한 죄를 물어 배장호와 그 일당을 참수했다. 아울러 그 일당이 사악하게 모은 재물을 백성에게 되돌린다. 배장호와 그 일당의 사악한 계략으로 억울한

옥살이를 하거나 토지를 몰수당한 자에게는 정당히 보상하겠다. 또 배장호 일당의 악행을 견디지 못해 집을 버리고 흑산으로 달아나 도적떼에 합류한 자는 다시 백성으로 귀순하면 도적떼의 괴수를 제외하고는 죄를 묻지 않겠다. 이 모든 내용은 국왕 전하께서 흑도의 전권을 위임한 암행관 곽곽의 명령이며 추호의 거짓도 없음을 전능자의 이름으로 맹세한다."

전능자의 이름이라. 그 대목에서 마을 사람들은 고개를 갸웃거렸다. 그러다가 이내 고개를 끄덕였다. 그랬다. 곽곽 선생은 백색당도 아니고 열교를 믿는 부류도 아니었다. 내수교였나? 그는 아주 이상한 종교를 믿는 기이한 사내였다.

제3장

도적떼

1

비구름이 낮게 깔리거나 짙은 안개가 내려앉은 날을 제외하면 흑도의 어디에 있든 녹색과 검은색이 뒤섞인 높이 솟아오른 흑산을 볼 수 있었다. 그러나 그 점을 제외하면 흑도의 모든 지역은 저마다 독특했다. 심지어 날씨조차 그랬다. 같은 시간에 여기에 선 비가 내리고 저기에선 해가 쨍쨍했다. 이곳은 바람 없이 후덥지근하고 저곳은 강한 바람이 불어 서늘했다. 특히 해안을 떠나 흑산에 가까울수록 그런 특징은 한층 도드라졌다. 그래서 흑산 중턱은 흑도에서 태어나 자란 사람이 아니면 살아가기 쉽지 않은 곳이었다. 절도부를 비롯하여 관청과 육지에서 온 관리의 거주지 가 북쪽 항구와 남쪽 항구에 집중된 이유였다. 또 같은 이유로 가혹한 수탈을 견딜 수 없어 집을 버리고 떠난 백성은 중산간의 거친 숲으로 숨었다. 절도사를 비롯한 관리는 그런 백성을 도적, 반역자라 불렀지만 그들이 집을 떠나지 않았어도 비슷한 결과를 마주했을 가능성은 컸다. 세금을 내지 못해 감옥에 갇혀 노역하거나 세금을 내려고 고리대금업자에게 돈을 빌렸다가 노예로 전락했을 터였다(재미있게도 절도부의 관리가 고리대금업자인 경우가 대부분이었다).

적지 않은 백성이 중산간으로 도망쳤고 그런 처지에서 농사지을 수 없어 도적이 될 수밖에 없었다. 그래도 그들은 백성의 집을 약탈하지 않았다. 그들이 곧 백성이고 백성이 곧 그들이었기 때문이다. 그래서 중산간의 도적떼는 세금을 거두어 돌아가는 관리를 습격했고 때로는 해안까지 내려와 관청 혹은 관리의 거주지를 기습했다. 물론 도적떼는 도망친 농민에 불과하여 절도부에 소속한 병사에 비하면 무기와 훈련 모두 부족했다. 그래도 그들이 중산간에서 버틸 수 있는 이유는 백성이 그들을 돕기 때문이었다. 도적떼는 수탈을 견디지 못해 도망친 백성이라 아직 도망치지 않은 백성도 언젠가는 도적떼에 합류할 가능성이 있었다. 따라서 백성의 지지와 지원을 받는 도적떼를 소탕하기란 매우 어려웠다. 그러다보니 화가 난 병사들은 도적떼가 아니라 백성을 공격했다. 무고한 백성의 목을 베고 도적떼를 토벌한 증거라며 보고하는 일이 비일비재했다. 그럴수록 백성들은 더욱 관리와 병사를 미워하고 도적떼에 협력했다.

소년도 그런 악순환에 휘말려 도적떼에 합류했다. 소년의 아버지는 고기잡이도 하고 조그마한 밭도 경작하여 아주 가난한 편은 아니었다. 그러나 몇 년 전 절도사가 바뀌면서 갑자기 할당한 진상품이 늘어났다. 절도사가 부임할 때마다 그런 일은 빈번했으나 그때는 갑자기 두 배의 진상품을 요구했다. 당연히 백성들의 불만이 폭발했다. 특히 소년의 아버지처럼 어부면서 밭도 있는 경우에는 해산물과 농산물 모두 바쳐야 해서 더욱 부담이 컸다. 그래도 참는 것 외에는 별다른 방법이 없었다. 아니 정확히 말하면 참아야 했다. 그런데 소년의 아버지는 잠깐 평정을 잃고 진상품을 조사하러 온 절도부의 관리에게 항의했다. 주먹다짐을 한 것도 아니었고 그저 갑자기 진상품을 배로 올리면 어떻게 살란 말이냐며 가볍게 항변했을 뿐이었다. 그러나 절도부는 그런 불만도 용납하지 않았다. 다음 날 절도부에서 나온 병사들이 소년의 아버지뿐 아니라 어머니도 잡아갔다. 흑산의 도적떼와 내통하여 민란을 선동한다는 죄목이었다. 그때가 소년이 아버지와 어머니를 본 마지막이었다. 절도사는 도적떼의 소굴이 어디인지 실토하라며 모진 고문을 가했고 이틀 만에 소년의 아버지와 어머니는 죽음을 맞이했다. 소년은 반역자의 아들인 셈이었기에 절도부의 노예가 되어야 했으나 불쌍하게 생각한 동네 사람들의 도움으로 가까스로 몸을 피했다. 소년이 갈 곳은 흑산밖에 없었고 그렇게 소년은 도적떼에 합류했다.

이름만 도적일 뿐 도적떼는 절도부의 수탈을 견디지 못하고 도망친 백성이라 소년을 반겼다. 그러나 그런 환대에도 도적의 삶은 고단했다. 백성들의 도움에도 공격이 성공하지 못할 때가 많았다. 그럼에도 불구하고 도적떼는 절대 백성들을 약탈하지 않았다. 차라리 백성들이라도 약탈하자고 주장하는 사람이 가끔 있었으나 우두머리가 허락하지 않았다. 그런 식으로 백성들을 약탈하면 잠깐은 편할지 몰라도 곧 백성들의 지지를 잃고 고립되어 토벌당할 수밖에 없음을 우두머리 도적은 간파하고 있었다. 훈련과 장비가 부족해도 도적떼가 버틸 수 있는 이유는 흑산의 험준한 지형과 백성의 지지 때문임을 우두머리는 잘 알고 있었다. 그래서 도적의 삶도 백성의 삶과 비교하여 특별히 나은 것이 없었다. 그래도 수탈하고 착취하는 관리가 없었기에 마음의 평안을 누릴 수 있어 대부분의 도적은 만족했다.

하지만 최근 갑작스레 상황이 변했다. 그 변화는 육지에서 온 암행관이 절도사와 몇몇 관리를 참수하면서 시작되었다. 이전에도 암행관이 흑도에 몇 번 왔으나 하급 관리를 처벌한 사례는 있어도 절도사와 그 심복을 참수한 경우는 없었다. 그뿐 아니라 암행관은 절도부의 돼지와 술을 백성에게 나누어주고 진상품을 줄였다. 물론 절도사를 비롯한 관리들이 착복하려고 나라가 정한 진상품보다 많이 거두었던 것이라 줄였다가 아니라 원래대로 되돌렸다고 하는 편이 정확했다. 또 고리대금업을 금지하고 모든 고리대금업자의 장부를 압수하여 불태웠으며 억울하게 빼앗긴 토지를 원래 주인에게 돌려주었다. 그러면서 흑산의 도적도 귀순하면 불문에 부치고 용서한다고 선언했다. 사람들은 반신반의했으나 암행관이 그 유명한 곽곽 선생임을 알고 다들 수긍했다. 도적떼는 술렁일 수밖에 없었다. 확실히 백성의 삶이 좋아졌고 암행관이 도적 활동을 불문에 부친다고 했으니 돌아가는 것이 낫지 않을까? 이제는 굳이 힘든 도적의 삶을 지속할 이유가 없지 않은가? 그런 분위기가 퍼졌다.

"너는 돌아갈 거냐?"

함께 보초를 선 남자가 소년에게 물었다. 늦가을 수평선 너머로 해가 사라지고 땅거미가 지기 시작하면서 제법 쌀쌀해졌다. 남자와 소년은 대나무를 날카롭게 깎아 만든 조잡한 창에 몸을 기대고 웅크렸다.

"저는 갈 곳이 없어요."

소년은 짧게 말했다. 소년의 아버지와 어머니는 공교롭게도 형제가 없어 돌아가도 찾아갈 가족이 없었다. 암행관이 억울하게 빼앗긴 토지를 돌려준다고 했으니 아버지의 조그마한 밭을 받을 수 있었으나 그것만으로는 막막했다. 또 암행관이 떠나고 새로운 절도사가 부임하면 상황이 어떻게 변할지 알 수 없었다.

"나는 아무래도 돌아가야 할 것 같아."

남자는 크게 한숨을 내쉬면서 말했다. 흑도의 다른 백성처럼 평범한 어부이자 농부인 남자에게 도적의 삶은 어색하고 고단했다. 상대가 아무리 사악한 관리와 잔인한 병사라 하더라도 사람을 공격하고 생명을 빼앗는 일은 너무 힘들었다. 그런 상황에서 암행관이 사면을 약속했고 곽곽 선생의 평판과 소문을 감안하면 거짓이 아닐 가능성이 컸기에 남자는 돌아가고 싶었다.

"이렇게 잡담하면 보초를 제대로 설 수 있는가?"

갑작스레 들린 굵은 목소리에 남자와 소년은 깜짝 놀랐다. 낮고 굵어 강인한 힘을 느낄 수 있으면서 동시에 부드러운 목소리, 그 목소리의 주인은 도적떼의 우두머리가 틀림없었다. 남자와 소년은 황급히 목소리가 들린 쪽을 돌아보았다. 다행히 우두머리는 편안한 미소를 지은 표정이었다. 절도부에 소속한 노예로 태어난 우두머리는 어릴 때부터 커다란 체격과 또래보다 월등한 힘으로 유명했다. 흑도 최고의 씨름꾼으로 꼽혔고 절도사가 사냥에 나설 때 몰이꾼으로도 이름을 날렸다.

그는 도적떼의 우두머리로 손색없는 인물이었으나 처음에는 도적에 관심이 없었다. 노예로 태어나 그저 노예의 신분에서 평온하게 살기를 바랐다. 결혼하여 가정을 꾸릴 때까지도 그의 바람은 이루어지는 듯했다. 절도부에 소속한 노예라도 씨름꾼과 몰이꾼으로 널리 알려져 대부분의 절도사는 그를 좋아했다. 하지만 몇 년 전 새로운 절도사가 부임하고 우두머리의 아름다운 아내를 탐하면서 재앙이 시작되었다. 절도사의 노골적인 요구에 아내는 자결했고 그는 절도부를 탈출하여 흑산으로 향했다. 씨름꾼과 몰이꾼으로 이름을 날렸을 뿐 아니라 사람을 부리는 재능도 있어 그는 곧 흑산으로 도망친 백성들을 모아 도적떼를 구성했다.

"두목, 죄송합니다."

남자가 어렵게 입을 열었으나 우두머리는 괜찮다는 표정으로 고개를 저었다. 우두머리는 강한 인상을 주는 각진 사각 턱과 짙은 눈썹이 도드라지는 얼굴이었다. 또 씨름꾼과 몰이꾼으로 이름을 날린 만큼 어깨가 떡 벌어졌다. 그는 늑대가죽으로 만든 옷을 입고 커다란 쇠몽둥이로 무장했다. 도적떼 가운데 죽창이 아니라 칼과 쇠몽둥이 같은 진짜 무기로 무장한 사람은 우두머리를 비롯하여 대여섯 명뿐이었다.

"죄송할 것 없네. 그건 그렇고 하던 이야기를 계속하지. 그래서 자네는 돌아가고 싶나?"

우두머리의 말에 남자의 얼굴이 하얗게 질렸다. 전쟁에서 탈영은 곧 사형이었다. 도적떼는 더 말할 것도 없었다. 남자 같은 존재를 묵인하면 도적떼는 따듯한 햇살에 녹는 얼음처럼 사라질 터였다. 그렇기에 우두머리가 당장 쇠몽둥이로 남자의 머리통을 부수어도 이상하지 않았다.

"아닙니다, 두목! 그런 뜻이 아니었습니다. 제가 생각이 짧았습니다. 제발 용서해주세요!"

남자는 무릎을 꿇고 울부짖었다. 그러나 우두머리는 쇠몽둥이로 남자를 내려치지 않았다. 대신 크게 한숨을 쉴 뿐이었다.

"아닐세. 이제 세상이 바뀌었으니 돌아가는 것이 맞을 거야. 그렇지 않아도 모두에게 알릴 생각이네. 암행관이 절도사를 비롯하여 사악한 관리를 처형했고 사면령까지 내렸으니 도적떼를 해산할 계획이네."

소년의 눈이 휘둥그레졌다. 도적떼를 해산한다니! 암행관이 사면령을 내린 것은 맞으나 그 사면령에는 도적떼의 괴수는 제외한다고 했다. 그런데 도적떼를 해산한다니!

"두목, 그럼 두목은?"

소년의 다급한 말에 우두머리는 너털웃음을 터뜨렸다.

"그거야 내가 걱정할 일이지, 자네들이 걱정할 일은 아닐세. 어쨌든 그래도 오늘 보초는 제대로 서게나."

우두머리는 나타났을 때처럼 홀연히 어둠 속으로 사라졌다.

2

자신의 능력을 제대로 이해하는 것은 항상 중요하다. 아주 세부적인 부분까지 완벽하게 알기는 매우 어려우나 적어도 자신이 할 수 있는 것과 할 수 없는 것 정도는 구분할 수 있어야 한다. 덧붙여 소속한 조직에서 자신이 맡은 역할을 알아야 한다. 그렇지 못하면 개인은 허망하게 죽기 쉽고 조직은 뜻한 목표를 이룰 수 없을 가능성이 커진다.

이런 법칙은 거창한 일이 아니라 사냥처럼 소소한 일에도 힘을 발휘한다. 사냥의 주인공인 엽사부터 몰이꾼 그리고 미물인 사냥개 한 마리까지 자신의 역할을 알고 자신이 할 수 없는 일과 할 수 있는 일을 구분할 수 있어야 한다. 물론 그런 법칙을 어겨도 토끼와 노루 같은 안전한 사냥감을 쫓을 때는 위험한 일이 일어나지 않는다. 그러나 멧돼지, 표범, 호랑이 같은 위험한 사냥감을 쫓을 때는 다르다. 원칙을 어긴 대가로 목숨을 내놓아야 하고 사냥 자체도 실패할 것이다. 그래서 멧돼지, 표범, 호랑이 같은 동물을 사냥할 때는 사냥개의 훈련 상태를 세심하게 점검한다. 몰이꾼은 엽사가 말로 통제할 수 있으나 사냥개는 그렇지 않기 때문이다. 따라서 훈련을 통해 사냥감을 엽사가 치명타를 날릴 수 있는 상황으로 모는 것이 역할일 뿐 직접 사냥감의 숨통을 노려서는 안 된다는 점을 깨우치지 못한 사냥개는 사냥에 쓰지 않아야 한다. 그런 사냥개는 겁도 없이 멧돼지, 표범, 호랑이에게 홀로 나섰다가 도리어 죽임을 당하기 쉽다. 맹수일수록 그 틈을 효과적으로 이용하여 탈출해서 사냥 전체를 그르칠 것이다. 운이 없는 경우에는 사냥개의 포위를 뚫은 맹수가 엽사와 몰이꾼을 해칠 수도 있다.

그런 이유로 곽곽 선생은 육지에서 사냥개를 데려오지 못한 것이 못내 찜찜했다. 사람도 힘들어하는 2주의 거친 뱃길이라 애지중지하며 사냥할 때마다 데려가는 사냥개 무리를 육지에 남겨둘 수밖에 없었다. 절도부에서 키우는 사냥개를 살펴보았으나 하나같이 마음에 들지 않았다. 절도사 녀석은 백성을 쥐어짜는 데만 전념한 샌님이라 사냥개 상태가 엉망이었다. 토끼나 꿩을 잡기도 어려울 정도였다. 곽곽 선생은 흑도의 백성들이 키우는 사냥개를 수소문할 수밖에 없었다. 다행히 흑도의 토종 사냥개는 늑대의 피가 섞여 무리를 지으면 표범도 물어 죽일 수 있다는 소문이 있을 만큼 평판이 좋았다. 그래도 곽곽 선생은 못 미더웠다. 아무리 훌륭한 사냥개라도 직접 키우고 함께했던 개와 남이 훈련한 개는 다를 수밖에 없었다.

하지만 곽곽 선생의 찜찜한 기분과 달리 흑도의 토종 사냥개는 아주 우수했다. 늑대의 피가 섞이기도 했고 무엇보다 흑도에서 태어나고 자라 흑산 중턱의 험한 지형에 익숙했다. 그래서 사냥개들은 능숙하게 커다란 멧돼지를 추적했다. 멧돼지와 사냥개는 사람보다 빨라 무턱대고 쫓으면 엽사와 몰이꾼이 낙오하기 십상이었다. 그러므로 사냥개 무리는 멧돼지와 정면으로 대결하지 않으면서도 중간에 몇 마리씩 끼어들어 속도를 늦추어 궁극적으로는 삼면이 막힌 막다른 계곡처럼 멧돼지가 도망칠 수 없는 장소로 몰아야 했다. 그런 측면에서 흑도의 토종 사냥개는 매우 훌륭했다. 곽곽 선생도 육지에 두고 온 사냥개를 떠올리지 않을 만큼 만족했다.

그래도 멧돼지를 쫓는 일은 쉽지 않았다. 바위부터 흙까지 죄다 검었고, 육지와 사뭇 다른 나무가 울창했으며, 고사리와 이끼가 잔뜩 자라는 흑산의 가파란 중턱을 달리다보니 숨이 턱 끝까지 차올랐다. 더구나 활과 화살뿐 아니라 가까운 거리에서 멧돼지와 마주할 때를 대비하여 등에 짧은 쇠망치까지 짊어진 터라 더욱 힘들었다. 물론 곽곽 선생은 멧돼지의 거친 숨소리, 무리를 지어 추적하는 사냥개의 울부짖음, 이끼와 고사리로 덮인 검은 땅을 밟을 때의 감촉, 늦가을에 접어든 날씨에도 이마부터 목덜미를 지나 등까지 흘러내리는 땀방울, 사냥과 관련한 그 모든 것을 즐겼다.

그렇게 한참 흑산의 중턱을 달리자 드디어 추적의 끄트머리가 보였다. 사냥개 무리가 멧돼지를 삼면이 막힌 마른 계곡에 몰아넣은 것이다. 십여 마리의 사냥개가 출구를 봉쇄하고 멧돼지를 향해 맹렬하게 짖었으나 섣불리 움직이지는 않았다. 몇 마리가 함께 덤벼도 쓰러뜨리지 못할 만큼 멧돼지가 거대했기 때문이다. 거칠게 뻗은 검은 털과 날카로운 송곳니가 도드라진 멧돼지는 곽곽 선생의 건장한 체격을 압도할 만큼 커서 괴물에 가까웠다. 사냥에 잔뼈가 굵은 곽곽 선생도 그런 크기의 멧돼지가 낯설었다.

곽곽 선생은 멧돼지에서 눈을 떼지 않은 채 오른손으로 날카로운 강철촉이 달린 화살을 꺼내 왼손에 든 활에 메겼다. 카락을 드나드는 사신을 통해 구한 물소뿔로 만든 활은 평범한 활보다 사정거리도 길고 살상력도 뛰어났으나 그런 괴물 멧돼지를 잡으려면 아주 가까운 거리에서 쏘아야 했다. 대여섯 길, 아무리 멀어도 열 길을 넘기지 않는 거리까지 다가가야 해서 기회는 한 번뿐이었다. 화살이 빗나갈 가능성은 크지 않았으나 한 번에 멧돼지를 무력화하는 치명상을 입히지 못하면 상처를 입고 광기에 날뛰는 멧돼지에게 도리어 엽사가 생명을 잃을 수도 있었다. 그러므로 멧돼지의 눈을 겨냥해야 했다. 괴물처럼 거대한 멧돼지였기에 정수리를 겨냥해서는 두개골을 뚫지 못하고 눈에 명중시켜야만 날카로운 강철촉이 뇌를 파고들 수 있기 때문이다.

곽곽 선생은 얼굴 피부가 긴장으로 팽팽해진 것을 느끼며 크게 숨을 들이쉬고는 오른손으로 활시위를 당겼다. 물소뿔로 만든 활은 강력한 만큼 활시위를 당겨 굽히는 데도 큰 힘이 필요했다. 활을 움켜쥔 왼손과 왼팔, 활시위를 당기는 오른손과 오른팔 모두 근육이 부풀어 피부 밑으로 힘줄이 커지는 것이 느껴졌다. 곽곽 선생은 숨을 참으며 날카로운 눈빛으로 멧돼지를 겨냥하고 자연스럽게 활시위를 놓았다. 팽팽하게 잡아당겨졌던 활시위가 펴지고 양손에 그 탄력이 느껴지면서 순식간에 화살이 튕겨나갔다. 그러나 곽곽 선생에게는 활을 떠난 화살이 멧돼지에 이르는 짧은 시간이 엄청나게 길게 느껴졌다. 뒤틀리며 날아가는 화살이 깃까지 보일 만큼 주변 모든 것이 정지하고 오직 화살만 천천히 움직이는 듯했다. 그러다가 다시 정신을 차렸을 때 화살은 괴물 같은 멧돼지의 눈을 관통했고 강철촉이 뇌에 박히면서 멧돼지는 그 자리에 주저앉아 경련을 일으켰다. 곽곽 선생은 활을 내려놓고 등에 짊어진 짧은 쇠망치를 오른손에 움켜쥐었다. 경련을 일으키는 멧돼지의 고통을 덜어주는 자비의 일격을 가할 순서였다. 곽곽 선생은 의식을 치르는 사제처럼 엄숙하게 멧돼지에게 다가가 천천히 쇠망치를 들어올리고 힘껏 내려쳤다. 이내 멧돼지의 움직임이 완전히 멈추었고 그제야 다른 일행이 도착했다.

3

쥬에서 이름을 갖는 것은 대단한 특권이었다. 물론 노예와 가난한 농민에게도 저마다 이름은 있었다. 그러나 가문에 해당하는 성과 개인에 해당하는 명으로 이루어진 번듯한 이름은 아니었다. 귀족과 부유한 평민만 그런 번듯한 이름을 가질 수 있었다. 또 열교의 신분질서에 충실한 백색당이 권력을 장악하면서 그런 관습을 강화했다. 노예와 농민을 비롯한 대부분의 백성은 다른 사람과 구분하여 부를 수 있는 호칭에 충실한, 때로는 별명에 가까운 간략한 이름을 가질 뿐이었다.

도적떼의 우두머리도 마찬가지였다. 절도부에 딸린 노예로 태어났기에 가문과 개인을 나타내는 번듯한 이름이 아니라 별명에 가까운 간략한 호칭이 전부였다. 다만 그의 조근이란 이름을 처음 들으면 육지 사람과 흑도 사람 모두 고개를 갸웃거릴 때가 많았다. 육지 사람은 노예에게 가문과 개인을 구분하는 번듯한 이름이 있는 것에 놀랐고 흑도 사람은 조근이란 별명이 우두머리의 건장한 체격에 어울리지 않아 의아해했다. 조근이란 이름은 육지 사람의 생각과 달리 조란 가문의 명칭과 근이란 개인의 명칭으로 이루어진 것이 아니라 작은 혹은 작다라는 뜻의 흑도 사투리였다. 따라서 건장한 체격을 지닌 절도부 최고의 씨름꾼이 작다라는 뜻의 이름을 가졌으니 흑도 사람도 고개를 갸웃거릴 수밖에 없는 것이었다. 물론 우두머리에게 붙은 조근이란 이름은 체격과는 관계없었다. 조근에는 둘째란 뜻도 있었기 때문이다. 우두머리는 쌍둥이 가운데 둘째였다.

"조근이라니 이름이 특이하군. 개똥이, 말똥이 같은 이름일 것이라 생각했는데, 이름만큼은 노예가 아니라 고관대작에 어울리는군."

말투만 들어도 우두머리에게 말을 건넨 사내는 육지 사람이 틀림없었다. 커다란 모닥불 근처에 앉아 한참 동안 말없이 불꽃을 바라보다가 사내가 먼저 입을 열었다. 해가 저물어 어둠이 깔리기 시작하여 불을 피울 시간이었으나 도적떼의 은신처를 환하게 밝힐 만큼 모닥불을 크게 피워 평소와 조금 달랐다. 여느 때였다면 행여 눈에 띨까 그렇게 커다란 모닥불은 피우지 않았을 것이다. 평소와 다른 점은 모닥불만이 아니었다. 돼지고기를 굽는 냄새, 지방이 녹으면서 타는 고소한 냄새가 은신처에 가득했다. 거칠고 보잘것없는 잡곡으로 끼니를 해결하던 평소와는 완전히 달랐다. 마지막으로 낯선 무리가 은신처에 있었다. 조근에게 이름이 이상하다며 말을 건넨 사내의 일행 무리는 얼핏 사냥꾼처럼 보였으나 평범한 사냥꾼과는 달랐다. 그들은 평범한 사냥꾼에게서는 느끼기 힘든 차갑고 무거운 기운을 풍겼다.

"그건 당신네 생각일 뿐이오. 나는 조씨가 아니오. 가문이니 뭐니 하는 것 따위는 없수다. 조근은 우리말로 둘째란 뜻이오."

조근은 특유의 낮은 목소리로 말했다. 그러자 사내는 손뼉을 치며 웃었다. 검은 두건과 검은 옷을 착용한 사내도 조근만큼 건장했다. 다만 건장하면서도 날렵한 느낌의 조근과 달리 사내는 강건하지만 거칠고 다소 투박했다. 두 사람이 당장 힘을 겨루면 승자를 예측하기 힘들 듯했다. 절도부 최고의 씨름꾼으로 이름을 날린 조근이었지만 사내도 만만치 않았다.

"형이 있었나보군. 형은 어디 있나? 죽었나?"

거칠고 투박한 체격과 달리 사내의 목소리는 날카롭고 약간 높았다. 길게 찢어진 눈매와 얇은 입술, 오뚝한 콧날의 얼굴이 풍기는 분위기도 독특했다. 야비한 말솜씨와 거친 주먹질, 사뭇 어울리지 않는 두 재주를 함께 지닌 듯했다.

"어릴 때 죽었소. 죽지 않았다면 당신네가 고문하고 죽였을 것이니 차라리 다행이외다."

조근은 담담하게 말했다. 날카로웠으나 증오와 원한, 슬픔은 느낄 수 없었다. 그러자 검은 두건을 쓴 사내가 깔깔거리며 다소 경박한 웃음을 터뜨렸다.

"역시 도적떼 우두머리답게 여간내기가 아닐세. 그 점은 마음에 드는군."

조근은 사내의 마음에 든다는 말에 씁쓸하게 웃었다. 마음에 든다고? 조근이 사내의 마음에 들어도 앞으로 닥칠 일에는 조금도 영향을 주지 못할 터였다.

"남은 도적은 몇 명인가?"

사내는 깔깔거리는 웃음을 멈추고 차분한 목소리로 물었다. 조근 역시 특유의 낮고 담담한 목소리로 답했다.

"당신네가 사면령을 내렸다는 소식에 대부분 떠났소. 아직 남은 사람은 100명 남짓이오."

가장 많을 때는 1000명에 육박했으나 암행관이 절도사를 참수하고 돼지와 술을 나누어주며 사면을 약속했다는 소식이 전해지자 순식간에 500명까지 줄어들었다. 그리고 암행관이 고리대금업을 금지하고 빚을 탕감해주고 몰수한 토지를 돌려준다는 소식이 전해지자 다시 100명까지 줄어들었다. 아직도 은신처를 떠나지 않고 남은 100명은 오랫동안 조근과 함께 싸웠거나 암행관의 사면령을 믿지 못하는 신중한 부류였다. 물론 도적질 자체가 즐거운 사람도 있긴 했다.

"모두 나와 오랫동안 함께해서 인정에 끌려 떠나지 못하는 사람들이외다."

조근은 모두가 그렇지 않다는 것을 알면서도 약간의 거짓을 말할 수밖에 없었다. 도적질 자체에 푹 빠진 사람이 있다고 말할 수는 없지 않은가. 그러나 사내는 이미 그런 조근의 마음을 알아차린 듯했다.

"도적떼의 우두머리도 우두머리지. 수백 명을 거느린 두목답네."

그러면서 사내는 한쪽 입술을 일그러뜨리며 차갑게 웃었다. 조근도 놀랄 만큼 섬뜩한 표정이었다.

"그러나 거짓말은 그만하지. 인정에 끌려 차마 자네를 떠나지 못하는 사람이 대부분이겠지. 하지만 도적질이 너무 좋아 떠나지 못하는 인간도 분명 있을 걸세. 살인을 저지르고 한번 피를 맛보면 그걸 떨치지 못하는 인간이 가끔 있지."

조근의 표정이 어두워졌다. 무슨 뜻일까? 모두를 사면한다는 말은 거짓이었나? 그런 조근의 마음을 알아차린 듯 사내는 다시 깔깔거리며 웃었다.

"머리를 잘 굴리는군. 걱정하지 말게. 나, 곽곽 선생은 약속을 어기지 않아. 도적떼의 우두머리를 제외하고 모두 과거는 묻지 않고 용서하겠노라 약속했으니 다른 말은 하지 않겠네."

사내의 말에 조근은 자신도 모르게 큰 숨을 내쉬었다. 그러자 사내, 곽곽 선생은 크게 웃음을 터뜨렸다.

"도적떼의 우두머리치고는 순진한 구석이 있군. 다만 딱 한 명은 살려줄 수 없네. 아니, 두 명은 살려줄 수 없지."

그러면서 곽곽 선생은 조근의 얼굴을 뚫어져라 쳐다보았다.

"알다시피 자네는 살려줄 수 없네. 자네는 도적떼의 수괴지. 국왕 전하께서 이 곽곽 선생을 암행관으로 보낸 것도 자네의 반역이 심각한 위험을 초래했기 때문일세. 그러니 반역의 수괴를 살려줄 수는 없네. 내가 자네를 살려주고 싶어도 암행관에게는 그런 권한이 없다네."

조근은 천천히 고개를 끄덕였다. 천하의 곽곽 선생이라도 조근까지 살려주지는 못할 듯했다.

"그리고 자네 부하 가운데 가장 악질적인 녀석 역시 살려줄 수 없어. 이미 살인에 중독되어 벗어날 수 없는 자는 결국 흑도의 평범한 백성에게 더 큰 위험이 될 테니. 다만 누가 그런 녀석인지 나는 판단하기 어렵다네."

조근 자신에게 살인에 중독되어 그 길을 벗어날 수 없는 자를 지목하란 뜻이 분명했다. 물론 그런 자가 있었다. 그런데 암행관 입장에서는 조근만 처형하면 그만인데, 왜 그런 자의 목숨까지 바랄까? 조근은 궁금했으나 그렇다고 물어보기는 어려웠다.

"그럼 나머지는 확실히 사면하고 어떤 죄도 묻지 않는 것이 명백합니까?"

그 말에 곽곽 선생은 고개를 끄덕이며 말했다.

"당연하지. 어떤 죄도 묻지 않겠네. 어쨌거나 이제 모든 문제를 해결했으니 오늘은 고기와 술을 즐기게나. 특히 고기는 내가 직접 사냥한 멧돼지일세. 가축으로 키우는 짐승의 고기와는 맛이 다르지."

그렇게 흑산의 도적떼에게 마지막 밤이 찾아왔다.

제4장
색목인

1

흑도의 중심지는 절도부가 자리한 북쪽 항구였다. 육지를 오가는 선박이 주로 이용하는 항구였고 절도부를 비롯한 관청뿐 아니라 관리의 거주지, 홍등가, 시장도 북쪽 항구에 위치했다. 가운데 시장은 육지에서 온 관리와 흑도 백성, 모두의 삶에 매우 중요했다. 세금과 진상품이라는 가혹한 착취에도 겨우 보존한 물품을 팔고 그렇게 마련한 돈으로 꼭 필요한 것을 사는 장소였으며 삶에 필요한 정보를 교환하는 공간이었다. 그래서 절도부도 죄인을 처형할 때는 시장을 이용했다. 죄인을 심문하고 고문하고 곤장을 때리는 것은 절도부 내부에서 진행했으나 처형만큼은 백성에게 일벌백계의 교훈을 남기려고 시장에서 집행했다. 그런 이유 때문에 시장 중심의 광장에는 아직도 절도사를 비롯한 부패한 관리의 머리가 달린 장대가 세워져 있었다. 몸뚱이가 없는 머리는 햇볕에 말라 뒤틀리고 반쯤 부패하여 점점 섬뜩하게 변했고 그 모습을 통해 백성에게는 위안을, 나머지 관리에게는 경고를 했다. 다만 처음에는 놀란 표정으로 장대를 바라보던 사람도 시간이 흐르면서 심드렁해했다. 장대에 꽂힌 머리가 점점 무섭게 변하는 것과 달리 그 모습을 바라보는 시선은 점점 무심하게 바뀌었다.

그러나 그날만큼은 분위기가 달랐다. 시장은 늘 붐비는 곳이었으나 장대를 중심으로 평소보다 훨씬 많은 사람이 모였다. 물론 장대에 달린 머리를 보려고 모인 것은 아니었다. 공개 처형을 구경하러 모인 인파였다. 일벌백계의 교훈을 남기겠다는 의도와 달리 쥬의 다른 지역과 마찬가지로 흑도에서 공개 처형은 신기하고 흥미진진한 구경거리였다. 평범한 백성에게 공개 처형은 광대패의 놀음보다 백배는 재미있었다.

그런데 분위기가 묘했다. 엄청나게 많은 사람이 모인 것은 여느 공개 처형과 다르지 않았으나 슬픔과 동정이 그 거대한 무리를 지배했다. 평소라면 죄인의 처형을 앞두고 증오와 혐오가 섞인 흥분을 쏟아내던 무리가 거센 빗줄기를 맞은 짐승처럼 차분하게 가라앉아 있었다.

태양이 가장 높이 떠올라 공개 처형을 시작할 무렵에 이르러 병사들이 죄인을 끌고 나올 때도 그랬다. 손과 발에 쇠사슬이 채워져 무거운 걸음을 옮길 때마다 절그럭거리는 소리가 났으며,

아랫도리만 겨우 가린 헐벗은 몸뚱이는 채찍질로 피범벅이었고, 얼굴이 드러나지 않도록 머리 전체에는 커다란 자루가 씌워져 있었다. 그러나 목을 타고 가슴과 등까지 흐르는 피로 볼 때 얼굴은 두들겨맞아 엉망이 되었을 터라 굳이 커다란 자루를 씌우지 않아도 알아보기는 힘들었을 것이다.

평소라면 사형수가 걸어올 때 욕설을 퍼붓고 침을 뱉으며 조그마한 돌을 던졌을 군중이 이번에는 숨을 죽인 채 바라만 보았고 어느덧 사형수는 장대 근처에 도달했다. 그곳에는 커다란 나무 기둥이 있었고 기둥 밑에는 송진을 바른 장작이 쌓여 있었다. 병사들은 쇠사슬을 이용하여 사형수를 커다란 나무 기둥에 묶었다. 사형수는 조금이라도 가혹한 죽음을 늦추려 저항했으나 병사들은 아랑곳하지 않고 몽둥이로 사형수를 두들겨패며 신속하게 진행했다. 그들은 사형수를 나무 기둥에 묶은 다음 사형수 머리에 씌운 자루 위로 끈끈한 액체 상태의 송진을 부었다.

"죄인 조근은 절도부에 소속한 노예로 비천한 출신에도 국왕 전하의 은혜 덕분에 씨름하는 재주를 뽐내며 윤택하게 살았으나 배은망덕하게도 사악한 마음을 먹고 흑산으로 도망하여 불량한 무리를 모았다. 무고한 백성의 생명과 재산을 훔친 것으로도 모자라 무리의 세가 커지자 감히 반역을 도모했다. 다행히 국왕 전하께서 하늘보다 높고 바다보다 깊은 은혜를 베푸시어 조근의 반역에 참여했어도 죄를 뉘우치고 백성으로 돌아오고자 하는 자는 모두 용서하셨다. 그럼에도 불구하고 간악한 조근은 죄를 뉘우치지 않고 끝까지 간악한 행위를 지속하여 국왕 전하의 명을 받든 암행관 곽곽이 토벌했다. 이에 암행관 곽곽은 사악한 반역 수괴 조근에게 화형을 언도한다."

준비가 끝나자 절도부의 하급 관리가 군중을 향해 판결문을 소리치듯 읽었다. 그러고는 병사 가운데 한 명이 송진이 흥건한 장작더미에 불을 붙였다. 불길은 순식간에 타올라 장작더미와 사형수를 집어삼켰다. 사형수는 인간의 것이라 여기기 힘든 괴성을 지르며 고통으로 몸부림쳤다. 쇠사슬에 묶인 사형수가 몸을 비틀 때마다 불길은 기묘한 춤을 추는 듯했고 사람의 살과 피가 타는 역한 냄새가 시장에 퍼졌다. 이내 몸부림이 잦아들었으나 평소와 달리 군중은 장작더미가 완전히 타올라 불길이 사라질 때까지 움직이지 않았고 무거운 침묵이 그들을 짓눌렀다.

곽곽 선생은 그를 수행하는 무사 서너 명과 함께 군중과 조금 거리를 두고 화형을 지켜보았다. 곽곽 선생은 혹시 있을지 모를 작은 실수를 찾으려는 듯 평소와 달리 조금 불안한 눈빛을 번뜩였다. 흑산의 도적떼는 해산했고 백성 역시 우두머리를 측은하게 생각할 뿐 절도사의 처형과 후속 조치에 만족하여 폭동을 일으킬 위험이 극히 작다는 것을 감안하면 곽곽 선생의 태도는 수상했다. 다행히 그런 점을 알아차리고 의아하게 여기는 이는 없었다. 곽곽 선생은 사형수의 시신이 누구도 알아볼 수 없을 만큼 완전히 불탄 후에야 천천히 자리를 떠났다. 원래 임무인 흑산의 도적 떼를 해결했으니 이제는 색목인을 처리할 차례였다.

2

짙은 갈색의 얼굴에 키가 작은 하인, 아니 하인이라 추정되는 남자는 이번에도 음식이 담긴 작은 상을 방에 들이고 조용히 사라졌다. 아침과 점심, 하루 두 번, 그는 정확한 시간에 음식이 담긴 상을 들고 나타났다. 나무로 만든 튼튼한 창살 앞에 도착하면 일단 상을 바닥에 내려놓고 허리춤에서 커다란 열쇠를 꺼냈다. 그리고는 자물쇠를 풀어 창살 한쪽에 있는 작은 문을 열었다. 그런 다음 상을 들고 감옥에 들어와 내려두고 다시 감옥 밖으로 나가 문을 닫고 자물쇠를 잠갔다. 그리고 대략 1시간쯤 지나 식사가 끝났을 무렵 비어버린 상을 수거해갔다.

물론 하인이 과묵한 성격이 아니었어도 대화는 가능하지 않았을 것이다. 쥬에서 외국어를 할 줄 아는 사람은 극히 드물었다. 심지어 이웃인 카락과 와의 말을 아는 사람도 거의 없었다. 따라서 하인은 색목인의 말을 알아듣지 못했을 테고 후안 역시 카락과 와의 말은 유창해도 쥬의 말은 한마디도 몰랐다. 더구나 와에서 들은 소문에 따르면 쥬를 다스리는 정부는 빗장을 굳게 닫아걸고 무역을 허가하지 않았는데, 그 명령을 어기면 처형한다고 했다. 그래서 너무 용감하여 무모하기로 유명한 전능자의 사도 수도회, 혈교에서 가장 맹목적인 집단도 쥬와 마주한 카락의 국경까지만 접근할 뿐 그 너머로는 감히 침투하지 못했다. 다행히 후안은 혈교의 열정적인 수도사가 아니라 약삭빠른 상인일 뿐이었다. 그리고 의도적으로 쥬를 향한 것도 아니었다. 그가 무역하는 상대는 와의 상군이었고 폭풍에 휩쓸려 쥬의 영토인 흑도 해안에 조난했을 뿐이다. 덕분에 흑도를 다스리는 관리도 후안을 비롯한 생존자를 처형하지 않고 구금했다. 다만 확실한 것은 아무것도 없었다. 후안 일행을 처형하지 않을지는 몰라도 유배하거나 노예로 팔아버릴 가능성은 배제할 수 없었다. 또 최종적으로는 돌려보내더라도 거기에 이르는 과정이 10년을 훌쩍 넘을 수도 있었다.

꼬리에 꼬리를 물고 떠오르는 생각에 머리가 복잡해진 후안은 저녁부터 먹기로 했다. 그러면서 혹시 고기가 있을까 하는 기대에 음식을 확인했다. 나무로 만든 작은 상에는 삶아서 버무린 보리와 좁쌀, 소금에 절여 발효한 생선, 역시 소금에 절여 발효한 녹색 채소가 각각 담긴 그릇 세 개와 좁쌀로 만든 발효주가 담긴 작은 도자기 병 하나가 있었다. 어디에도 고기는 없었고 심지어 달걀도 없었다. 후안 일행을 해안에서 구출하여 감옥에 가둔 이후 쥬의 관리가 제공하는 식사는 늘 그랬다. 고기와 달걀은 없었고 소금에 절여 발효한 생선의 맛은 끔찍했다. 소금에 절여 발효한 녹색 채소의 맛도 크게 다르지 않았다. 좁쌀로 만든 발효주는 미미한 단맛이 있어 그나마 나았으나 음식은 죽지 않으려는 목적으로 노력해야 먹을 수 있는 수준이었다. 덧붙여 홀로 음식을 먹는 것도 고통스러웠다. 쥬의 관리는 후안 일행을 전부 따로 가두었다. 후안 일행의 기약 없는 독방생활도 벌써 넉 달이 지나가고 있었다.

살기 위해서는 맛없는 음식도, 고통스러운 고독도 견딜 수밖에 없었다. 후안은 마음을 다잡고 음식을 먹기 시작했다. 삶아서 버무린 보리와 좁쌀은 껄끄러웠고 생선과 채소는 역겨웠으나 술의 힘을 빌려 욱여넣었다. 후안이 가까스로 절반쯤 음식을 비웠을 때 건물 바깥문이 열렸다가 닫히는 소리가 들렸다. 아침과 저녁을 챙겨주는 하인을 제외하고 누군가 찾아오는 일 자체가 매우 이례적이라 순간 후안은 신경을 곤두세웠다.

처음 보는 사내 몇몇이 나무로 만든 창살 너머에 나타났다. 모두 검은 옷을 입었고 그때까지 쥬에서 만난 사람 가운데 가장 건장했다. 사내들은 쥬뿐 아니라 와와 카락에서 만난 사람을 모두 포함해도 풍채가 아주 좋았다. 건장한 체구와 행동으로 미루어 무사일 가능성이 컸고 모두 차가운 표정과 무뚝뚝한 분위기였으나 딱 한 명은 후안을 바라보며 묘한 미소를 지었다. 다른 일행과 달리 검은 옷뿐 아니라 검은 두건까지 착용한 사내는 눈짓으로 감옥문을 가리켰다. 그러자 일행 가운데 하나가 자물쇠를 풀고 문을 열었고 사내는 천천히 후안이 갇혀 있는 공간으로 들어왔다.

"이름이 뭐지? 어디에서 왔나?"

놀랍게도 사내는 카락어로 물었다. 흑도 같은 외딴곳에서 카락어를 하는 사람을 만나다니! 후안은 깜짝 놀랐고 사내의 정체가 궁금했다. 카락어가 유창한 것으로 보아 사내는 아무래도 쥬의 국왕이 보낸 고위 관리인 듯했다. 확실히 사내가 풍기는 인상은 지금껏 마주한 관리와는 달랐다.

"후안이오. 나는 사반에서 온 상인이오."

그러자 사내는 후안 가까이 다가와 앉았다. 정확히 말하면 음식이 담긴 상 맞은편에 앉았고 후안은 사내를 자세히 살펴보았다. 날카롭게 찢어진 눈매와 얇은 입술이 도드라진 인상이었고 살기는 아니었으나 작은 몸짓에서 맹수의 기운, 당장이라도 달려들어 후안을 찢어놓을 듯한 힘이 느껴졌다.

"식사를 방해해서 미안하군."

사내의 묘한 말에 후안은 꿀꺽 침을 삼켰다. 잠깐의 침묵이 흘렀고 그 무게를 견디지 못한 후안이 먼저 입을 열었다.

"우리는 당신네 나라의 법을 어길 의도가 전혀 없소. 우리는 와의 상군과 직접 거래하는 상인일 뿐이오."

그러자 사내는 빙긋 웃으며 입을 열었다.

"그건 당신네 변명일 뿐이지. 와의 상군과 거래하는 상인이라는 증거가 없지 않나?"

증거라니? 후안 일행의 신분을 증명할 모든 문서는 배와 함께 사라졌다. 후안 일행은 옷도 제대로 챙기지 못했다. 그런데 갑자기 증거를 제시하라니! 억지에 불과했다.

"우리는 난파된 배의 생존자요! 문서 따위는 모두 배와 함께 바다가 삼켜버렸소!"

후안은 절박하게 소리쳤으나 여전히 사내는 싱긋대며 말했다.

"그럴 수도 있고 우리를 염탐하러 온 척후일 수도 있지. 심지어 흑도를 약탈하러 온 해적인데, 재수 없게 폭풍을 만났을 수도 있지. 당신네가 증거를 제시하지 않는 이상 우리는 모든 가능성을 생각할 수밖에 없어."

후안은 입술을 깨물었다. 사내는 후안의 사정을 잘 알면서도 의도적으로 압박하는 것이 틀림없었다.

"그런데 당신들 혹시 화기를 제작할 수 있나?"

화기라니? 사내의 질문은 뜬금없었다. 대포와 소총을 제작할 줄 아느냐니! 후안 일행은 조난된 상인과 선원일 뿐이었다.

"없소. 우리는 상인과 선원일 뿐이오."

그러자 사내는 한쪽 입술을 일그러뜨리며 웃은 다음 오른손으로 입술 주변을 쓰다듬었다.

"거짓말은 아니겠지? 혹시 화기를 제작할 수 있는 기술자가 있다면 사실대로 말하는 것이 좋을 거야. 색목인의 목을 자르는 것이 썩 내키지 않아도 못 할 일은 아니거든."

사내도 후안 일행이 평범한 상인과 선원일 뿐이란 사실을 아는 듯했다. 그럼에도 불구하고 확실히 확인하려고 압박하는 것이 틀림없었다. 그래서 후안은 단호하게 말했다.

"전능자의 이름을 걸고 말하겠소. 우리 가운데 그런 기술자는 없소!"

후안의 말에 사내는 고개를 끄덕이며 자리에서 일어났다. 그리고 천천히 감옥을 빠져나가면서 후안에게 말했다.

"곧 이 감옥을 떠날 거야. 물론 풀어주는 것은 아니지. 그래도 후안, 당신은 운이 좋아. 색목인 가운데 아직까지 국왕 전하를 만난 사람이 없거든."

3

흑도에서 가장 가까운 육지는 쥬가 아니라 와의 서쪽 끄트머리였다. 그러나 사신을 통해 진행하는 소규모 무역을 제외하면 쥬는 외부와 교류하지 않아 그 사이를 오가는 배는 거의 없었다. 그래서 흑도와 육지를 연결하는 배 거의 전부는 쥬의 남동쪽에 자리한 평해로 향했다. 절도부를 비롯한 주요 기관이 대부분 북쪽 항구에 자리한 것도 그 때문이었다. 그런데 흑도와 평해를 연결하는 뱃길은 순조롭게 항행해도 2주가 걸렸고 그나마 겨울에는 닫을 수밖에 없었다. 늦가을 무렵부터 초봄까지는 파도가 지나치게 높고 거칠어 배가 난파되거나 바다에서 길을 잃을 위험이 컸기 때문이다.

그러나 예외는 늘 있기 마련이었다. 늦가을이 아니라 이미 겨울 초입에 들어섰으나 부랴부랴 흑도의 북쪽 항구에서 평해를 향해 배를 띄울 수밖에 없었다. 다만 높고 거친 파도가 배를 삼키려고 호시탐탐 기회를 엿보는 겨울 바다인지라 흑도에서 가장 튼튼한 배를 유능한 선장과 노련한 선원으로 채워야 했다. 그런 이유 때문에 겨울을 맞이하여 달콤한 휴식을 꿈꾸던 선장이 반강제로 끌려왔다. 초겨울에 배를 띄워 평해로 향하는 것은 미친 짓이나 다름없어 단번에 거절해야 했지만 거절할 수 있는 상대가 아니었다. 곽곽 선생. 절도사의 목을 자르고 흑산의 도적떼를 토벌한 암행관이 국가의 중대사가 걸린 일이라며 윽박질러 도저히 응하지 않을 수 없었다. 곽곽 선생 같은 사람의 명령을 거절하여 고초를 겪기보다는 차라리 길을 잃고 겨울 바다를 헤매는 편이 편안할 터였다. 그래도 다른 관리와 달리 곽곽 선생은 선장과 선원에게 후한 보수를 약속했다. 평해에 도착하면 봄이 찾아올 때까지는 배를 띄울 수 없으니 그동안의 체류 비용도 지불하겠다고 제안했다. 물론 쥬의 관리는 백성과 맺은 약속을 지키지 않았으나 곽곽 선생은 그런 부류가 아니었다. 그는 적어도 자신이 뱉은 말은 늘 지켰다.

예상대로 겨울 바다는 거칠었다. 위험을 줄이려고 식량처럼 항해에 꼭 필요한 물품만 실었는데도 배는 하루에도 몇 번씩 휘청이며 위기를 맞았다. 선장과 선원은 멀미하지 않았으나 곽곽 선생의 수하들은 달랐다. 육지에서 태어나 배를 탈 기회가 적었던 그들은 예외 없이 선실 바닥을 토사물로 더럽혔다. 다만 곽곽 선생과 그들이 압송하는 색목인들은 멀미하지 않았다. 하기야 그 색목인들은 흑선을 타고 넓은 바다를 누비는 부류이니 당연했다. 그리고 곽곽 선생의 수하 가운데 딱 한 명은 전혀 멀미하지 않았다. 육지에서 태어난 사람이 아니라 흑도에서 태어나 자란 사람처럼 멀쩡했다. 곽곽 선생의 수하 가운데 흑도에서 태어나 자란 사람이 있을 리가 없어 매우 신기했다.

"얼마나 남았나?"

어느새 나타난 곽곽 선생이 선장에게 물었다. 항해를 시작하고 보름이 지난 상태였다. 다른 계절이라면 벌써 평해에 도착했을 테지만 초겨울이라 아직 닷새는 족히 남았다.

"글쎄요. 날씨에 달렸습니다만 아직 엿새는 남았습니다."

닷새쯤이면 평해에 도착할 수 있었지만 선장은 여유 있게 말했다. 곽곽 선생이 독특한 사람이긴 해도 관리라 조심할 필요가 있었다. 괜히 닷새라고 말했다가 그때까지 도착하지 못하면 처벌받을 수도 있었다.

"설마 닷새면 도착하는데, 혹시나 싶어 엿새라 말하는 것은 아니겠지?"

곽곽 선생이 묘한 미소와 함께 물었다. 그 순간 선장은 곽곽 선생이 자신의 생각을 꿰뚫어보는 것 같아 섬뜩했다.

"뭐, 그럴 수 있다고 생각하네. 바다는 예측하기 어려우니 닷새라고 말했다가 그때까지 도착하지 못하면 관리란 작자가 화내고 추궁할까 두려웠겠지? 아닌가?"

곽곽 선생은 껄껄 웃으며 말했으나 선장은 한층 섬뜩했다. 검은 옷과 검은 두건을 착용하고 쥬를 떠돌아다니는 암행관에게 사람의 마음을 읽고 앞날을 예측하는 신통력이 있다는 소문이 사실인 듯했다.

"그게 아니라 아무래도 확실하지 않아 감히 말씀드릴 수가 없었습니다."

선장은 겸연쩍게 말했고 곽곽 선생은 걱정하지 말라는 듯 선장의 어깨를 툭툭 쳤다.

"걱정하지 말게. 무사히 도착한다면 닷새도 좋고 엿새도 좋네. 그리고 약속했던 보수와 겨울 동안 평해에 머무르는 비용은 걱정하지 말게. 나는 약속을 지키는 사람일세."

그러면서 곽곽 선생은 거칠게 울부짖는 바다를 바라보았다. 흑산의 도적떼는 해결했으나 색목인에 관한 복잡하고 골치 아픈 문제는 이제부터 시작이었다. 육지에 도착하는 순간부터 마주할 많은 일에 곽곽 선생은 마음이 무거워졌다.

제5장
평해

1

쥬는 카락과 마주한 북쪽을 제외하면 동, 서, 남 삼면은 모두 바다로 둘러싸여 있었다. 동서 너비도 제법 넓었으나 남북으로 훨씬 길었고 평해는 남쪽 해안과 동쪽 해안이 만나는 지점에 위치한 거대 항구였다. 산과 바다가 만나는 곳이라 평탄한 땅이 적어 야트막한 비탈에 도시를 건설한 단점이 있었다. 그 대신 얕은 바다가 아니라 큰 배가 드나들 수 있는 깊은 바다였으며 거센 바람과 험한 파도로부터 산이 병풍처럼 보호하는 구조인 장점이 있어 수백 년 전부터 항구로 번성했다.

곽곽 선생 일행과 색목인을 태운 배가 고된 항해 끝에 평해 근처에 도착하여 부두를 향해 미끄러지듯 나아갈 때 조근은 갑판에 나와 놀란 표정으로 바라보았다. 흑도와 그 주변 바다에서 벗어난 적이 없던 터라 산을 병풍처럼 두른 거대한 항구에 압도되었다. 부두에 정박한 배의 수도 흑도의 북쪽 항구와는 비교할 수 없을 만큼 많고 종류도 다양했다. 심지어 바닥이 역삼각형 모양으로 도드라진 배, 와의 해적선처럼 생긴 배도 있었다.

"그렇게 두리번거리면 닳아빠진 평해 녀석들이 간까지 훔쳐 팔아버릴걸."

어느새 다가온 곽곽 선생이 웃으며 말했다. 조근은 부끄러워 얼굴을 붉혔다. 곽곽 선생을 처음 만났을 때만 해도 이렇지 않았다. 그때는 흑산의 도적떼를 호령하는 당당한 우두머리였다. 우두머리를 제외하고 도적떼를 모두 사면하겠노라는 제안을 받아들여 자신의 희생으로 오랫동안 함께했던 사람들을 살리기로 결심한 멋진 사내였다. 그런데 곽곽 선생이 도적떼 가운데 살인에 중독되어 백성으로 돌아갈 수 없는 자를 대신 처형하여 조근을 살려주면서 일이 꼬였다. 졸지에 곽곽 선생에게 목숨을 빚진 처지가 되었다. 또 어차피 흑도에서는 살 수 없는 처지였던 터라 자신의 수행원이 되라는 곽곽 선생의 제안을 따를 수밖에 없었다. 그러면서 곽곽 선생이 어른이면 조근은 아이고 곽곽 선생이 스승이면 조근은 제자인 관계에 이르렀다.

"해적선에 놀랐을 뿐이오."

해적선처럼 생긴 배보다 평해의 거대한 크기에 놀랐으나 조근은 자존심을 지키려고 거짓말을 했다. 다만 곽곽 선생 같은 부류를 속이기는 힘들지만 말이다. 곽곽 선생은 껄껄 웃으며 말했다.

"저 배는 해적선이 아닐세. 뭐, 알고 보면 해적질을 하는지는 몰라도 어쨌거나 공식적으로는 아니지."

공식적이라? 조근은 뜻을 알 수 없어 얼굴을 찌푸렸고 곽곽 선생은 미안하다는 표정으로 다시 웃었다.

"이런 이런, 공식적이란 말이 무슨 뜻인지 모르겠군. 공식적이란 말은 겉으로 당당하게 나타내는 부분이란 뜻이네. 그러니까 공식적으로 자네는 화형당해서 죽은 사람이지. 무슨 뜻인지 알겠나?"

조근은 천천히 고개를 끄덕였다. 그런데 다른 도적을 화형하고 자신을 살려준 것을 저렇게 함부로 말해도 괜찮은 것일까? 하긴 국왕을 비롯한 나리들의 입장에서는 도적떼가 사라지고 그 수괴를 처형했다는 공식적인 사실만 중요할 뿐 조근 같은 사람이 정말 죽었는지 따위에는 별다른 관심이 없었다.

"저 배는 와에서 온 교역선일세."

와에서 온 교역선이라? 그러자 다시 의문이 떠올랐다. 쥬는 교역을 금지하지 않았나? 색목인과는 아예 교류 자체를 금지했고 카락과 와도 1년에 한두 번 사신이 오갈 뿐이지 않은가? 그런데 와에서 온 교역선이라니? 또 와와 교역을 하려면 흑도가 훨씬 가까운데 정작 흑도에는 와에서 온 배가 없고 평해에는 있다니?

"놀랐나보네. 그러면 조금 있으면 더 놀라겠군. 평해에는 와인촌도 있거든. 말 그대로 와에서 온 상인과 선원이 사는 마을이 있어."

조근은 놀라 눈이 커졌으나 곽곽 선생은 아랑곳지 않고 계속 말을 이었다.

"10년 전부터 해적질이 뜸하지 않나? 왜 그랬을까? 생각해봐. 흑도에는 해적이 노략질하러 오면 맞서 싸우는 군대가 있을 뿐이지 않은가. 해적 소굴에 쳐들어가 소탕할 수군은 없지. 그런데 10년 전부터 해적질이 뜸해졌잖아."

곽곽 선생의 말에 조근은 해적이 뜸한 이유를 어렴풋이 알아차렸다.

"해적질을 포기하는 대신 평해에 와인촌을 열어준 걸세. 국왕 전하께서 와의 서쪽 끄트머리를 다스리는 영주에게 은혜를 베풀어 평해에서 선진문물을 배우는 것을 허락하는 협정을 맺었지. 와의 서쪽 끄트머리 지역인 구산을 다스리는 영주가 그런 은혜에 대한 보답으로 해적이 쥬를 노략질하지 못하도록 막는 것이 협정의 핵심이지. 구산영주에게 어려운 일은 아닐 거야. 해적 대부분이 실제로는 구산영주의 수하니까."

조근은 상황을 확실히 이해했다. 그러자 다시 의문이 생겼다.

"그러면 결국 와와 물건을 사고파는 것이 아니오?"

조근의 물음에 곽곽 선생의 얼굴에는 대견하다는 표정이 떠올랐다.

"역시 도적떼의 우두머리가 될 만하군. 맞네. 실제로는 교역을 하는 셈이지. 겉으로야 선진문물을 배우는 것만 허락한다고 했지만 그게 지켜지겠나? 평해에서는 와에서 건너온 진기한 물건을 구하기 쉽다네. 심지어 색목인의 물건도 돈만 충분하면 구할 수 있지. 그런 물건을 사사로이 구입하면 목이 달아나야 하지만 그랬다가는 평해절도사부터 목이 붙어 있지 않을 걸세."

그러면서 곽곽 선생은 조근의 어깨를 툭툭 치며 말했다.

"저녁에 와인촌에 가보게. 자네는 흑도에서만 자랐으니 별천지를 마주하게 될 거야."

2

색목인을 안전한 거처에 수용하고 곽곽 선생이 절도사와 저녁을 함께하며 수도인 한벌까지 색목인을 압송하는 계획을 논의하는 동안 조근은 자유롭게 평해를 탐색할 여유를 얻었다. 조근은 저녁에 와인촌에 가보라는 곽곽 선생의 말에 호기심에 끌려 와인촌으로 걸음을 옮겼다.

그렇게 마주한 와인촌의 모습에 처음에는 반쯤 넋이 나갔다. 와인의 생김새는 흑도 사람과 크게 다르지 않았으나 옷차림은 완전히 달랐고 걸음걸이조차 독특했다. 물론 육지에서 온 관리도 흑도 사람과는 이런저런 행동이 달랐으나 그래도 같은 말을 쓰며 큰 틀에서는 비슷했다. 반면 와인은 딴판이었다. 특히 얼굴 전체를 하얗게 바른 후 눈썹은 검게, 입술은 새빨갛게 칠한 여인이 술집 손님을 호객하려고 작은 악기를 뜯는 모습은 아름다우면서도 섬뜩했고 생경하면서도 눈을 떼기 어려울 만큼 매혹적이었다.

그러나 술집을 찾아 음식과 술을 맛보자 생각이 달라졌다. 원래 다른 사람의 말을 신뢰하는 것은 매우 위험하다. 상대가 골탕 먹이려 작정하고 속일 가능성이 있을 뿐 아니라 상대에게는 즐겁고 유쾌한 일이 정작 본인에게는 짜증나고 불쾌할 때도 종종 있기 때문이다. 와인촌의 술집에서 조근이 마주한 상황이 딱 그랬다. 일단 술이 너무 쿰쿰했다. 흑도에서 좁쌀을 증류하여 만든 술과는 달랐다. 증류하여 만든 술은 틀림없었으나 독주의 강렬한 느낌과 쿰쿰한 냄새가 섞여 눈살을 한껏 찌푸리게 만들었다. 그래도 음식과 비교하면 술은 나은 축에 속했다. 채소는 겉보기에 싱싱하고 상큼하게 보일 뿐 소금에 잔뜩 절여 뱉어버릴 만큼 짰다. 짚불에 구운 생선도 마찬가지였다. 소금에 절인 생선을 구할 수밖에 없는 곳이면 모를까 바닷가에서 신선한 생선을 구울 때 짜다못해 쓸 만큼 소금을 넣는 이유를 이해할 수 없었다. 최악은 고래 지방이었다. 지방 특유의 고소한 맛을 기대하며 씹는 순간 역시 엄청 짠맛과 함께 너무 딱딱하여 이가 아팠다. 그제야 고래 지방을 소금에 절여 말린 음식임을 깨달았다.

조근은 잔뜩 화난 표정으로 제대로 먹지도 못하고 마시지도 못한 술과 음식 값을 계산하고 술집을 나섰다. 일단 그렇게 기분이상하자 와인촌의 모든 것이 짜증났다. 이제는 더이상 아름답지도 않고 매혹적으로 느껴지지도 않았다. 색목인을 수용한 은신처이자 곽곽 선생 일행이 묵는 숙소로 돌아가기로 하고 서둘러 와인촌 입구로 향했다.

하지만 숙소로 돌아가는 길은 생각만큼 만만치 않았다. 조근에게 평해는 낯설 뿐 아니라 거대한 미로 같은 도시였다. 와인촌을 찾았을 때만 해도 해질녘이라 어스름한 빛이 있었으나 와인촌을 나설 무렵에는 어둠이 짙게 깔려 있었다. 같은 길도 밝은 낮과 어두운 밤에 드러나는 모습은 다르기 마련이었다. 그러다보니 조근은 헤맬 수밖에 없었다. 물론 그래도 걱정하지 않았다. 평해 같은 거대 도시에서 밤에 길을 잃고 헤매는 것이 평범한 사람에게는 위험할지 몰라도 조근에게는 대수롭지 않았다. 시간이 걸려도 어쨌거나 숙소로 돌아갈 수 있었기에 짜증만 조금 났을 뿐이었다.

그렇게 미로 같은 길을 얼마나 돌아다녔을까? 조근은 갑작스레 어수선한 분위기를 느꼈다. 무엇인가 부딪치는 듯한 덜커덩거리는 소리와 함께 정확히 알아듣기 힘든 욕설과 어지러운 발소리가 들렸다. 평범한 사람이었으면 두려움에 달아나거나 한쪽으로 물러났겠으나 조근은 오히려 소리가 들리는 곳으로 다가갔다. 모퉁이를 돌자 난잡한 광경이 눈에 들어왔다.

커다란 가마가 문이 열린 채 길 가운데 내팽개쳐진 것처럼 멈추어 있었다. 가마꾼으로 보이는 대여섯 명의 건장한 사내는 누군가를 찾으려는 듯 여기저기 살폈다. 조근은 어렵지 않게 상황을 이해했다. 아무래도 누군가 가마에서 탈출한 듯했다. 흑도에서도 절도사를 비롯한 관리가 백성 가운데 아름다운 여인이 있으면 가마를 이용하여 납치하는 사례가 적지 않았다. 따지고 보면 조근도 그런 사건의 희생자였다. 흑도절도사가 조근의 아내를 납치할 때도 그런 가마를 썼다. 그래서 조근은 자신도 모르게 허리춤에 찬 쇠몽둥이를 꺼내들고 가마꾼들에게 다가갔다.

하필 조근이 가마꾼들에게 가까이 다가갈 무렵 그들도 탈출한 여인을 발견했다. 가마에 이상이 생겨 잠깐 멈춘 틈을 타서 문을 열고 탈출하는 데는 성공했으나 작은 여인이 맨발로 어두운 거리를 뛰어 가마꾼 같은 건장한 사내의 추격을 따돌리기는 어려웠을 것이다. 잔뜩 화가 난 가마꾼들은 여인의 팔을 거칠게 잡아끌었으나 때리지는 않았다. 물론 당장이라도 주먹으로 얼굴을 뭉개버리고 싶었지만 그럴 수 없었다. 가마꾼들을 고용한 우두머리에게 여인은 귀중한 상품이었기에 가치를 떨어뜨리는 행동은 엄격히 금지했기 때문이다.

"뭐야? 이 새끼는? 귀찮으니까 꺼져!"

가마꾼들 가운데 하나가 조근을 발견하고 짜증스럽게 소리쳤다. 다행히 녀석은 조근의 오른손에 들린 쇠몽둥이를 보지 못한 듯했다. 쇠몽둥이는 대나무 굵기에 조근의 팔만한 길이라 매우 크지는 않았으나 그래서 재빠르게 휘두를 수 있었다. 쇠몽둥이를 보았다면 그는 그렇게 경솔하게 말하지 않았겠지만 그래도 결과는 크게 다르지 않았을 것이다. 절도사의 수하에게 납치당해 자결한 아내가 떠올라 조근은 이미 잔뜩 흥분해 있었기 때문이다. 조근은 말 한마디 내뱉지 않고 쇠몽둥이로 가마꾼의 정수리를 내려쳤다. 간결하면서도 빠르고 정확한 가격에 가마꾼은 비명도 지르지 못하고 쓰러졌다. 그제야 심상치 않은 상황을 파악한 다른 가마꾼들이 품에서 단검을 꺼내 조근을 에워쌌다.

"웬 놈이냐? 우리가 누구인지 아느냐?"

가마꾼들의 말에 조근은 코웃음쳤다. 자신이 누구인지 밝히면 가마꾼들이 알아들을까 싶었고 가마꾼들의 정체를 알아도 조근의 행동은 달라지지 않았을 터라 그런 말 자체가 우스웠다.

"닥치고 덤벼라!"

곽곽 선생은 비슷한 상황에서 상대를 한참 조롱했겠지만 조근은 달랐다. 주저리주저리 말을 늘어놓는 것을 싫어했고 그럴 말재주도 없었다. 또한 말과 달리 가마꾼들의 공격을 기다리지 않고 먼저 공격했다. 조근이 빠른 걸음으로 다가가자 가마꾼은 조근이 머리 쪽으로 쇠몽둥이를 휘두를 것이라 생각하여 허리를 뒤로 젖혔으나 예상과 달리 조근은 한쪽 무릎을 굽혀 몸을 약간 숙이면서 쇠몽둥이로 가마꾼의 무릎을 공격했다. 뼈가 부러지는 둔탁한 소리와 함께 가마꾼은 비명을 지르며 바닥에 나뒹굴었다. 조근은 신속하게 왼발에 체중을 잔뜩 실어 쓰러진 가마꾼의 머리를 짓밟았다. 다시 한번 뼈가 으스러지는 소리가 들렸고 가마꾼의 얼굴은 피범벅이 되었으며 뇌수가 터져나왔다. 도살당한 짐승처럼 팔다리에 경련이 일었다.

이제 남은 가마꾼은 세 명에 불과했고 그들은 이미 조근의 기세에 눌렸다. 조근의 정체를 어림짐작할 수도 없어 한층 무서웠다. 그래도 살아남을 방법은 싸우는 것뿐이라 이번에는 먼저 공격했다. 조근에게 다가서며 단검을 깊이 찔렀으나 조근의 쇠몽둥이가 훨씬 빨랐다. 조근은 쇠몽둥이로 단검을 쥔 손목을 정확하게 가격했다. 가마꾼은 단검을 놓쳤고 동시에 조근은 왼손으로 가마꾼의 목 앞쪽을 움켜잡았다. 놀랍게도 조근은 왼손만으로 가마꾼을 잡아올렸다. 숨이 막히는 고통에 가마꾼은 발버둥쳤으나 조근이 왼손에 힘을 가하자 이내 축 늘어졌다. 조근은 무시무시한 힘을 이용하여 왼손만으로 가마꾼의 숨통과 목뼈를 짓이겨놓았다.

조근이 축 늘어진 가마꾼을 바닥에 내동댕이치자 나머지 두 명은 얼어붙었다. 단검을 든 손을 벌벌 떨었다. 도망치고자 했으나 발이 떨어지지 않았다. 조근은 쇠몽둥이를 휘둘렀고 다시 한 명이 쓰러졌다. 그러는 동안 마지막 가마꾼은 가까스로 뒷걸음질했다. 물론 그래도 살아서 도망칠 수 없었다. 조근은 오른팔을 뒤로 젖혔다가 크게 반원을 그리며 회전시켜 쇠몽둥이를 던졌다. 날아간 쇠몽둥이는 도망치는 가마꾼의 뒤통수에 명중했다. 가마꾼은 쓰러졌다가 가까스로 일어났으나 어느새 다가온 조근이 주먹을 휘둘렀다. 가마꾼은 조근의 주먹에 턱을 가격당하고 다시 쓰러졌고 조근은 쓰러진 가마꾼의 가슴에 올라타 조금의 망설임도 없이 주먹질을 퍼부었다.

3

익성은 잔뜩 화가 치밀었다. 칼집을 움켜쥔 모양새부터 걸음걸이에 짜증과 분노가 한껏 드러나 있었다. 물론 사고나 실수가 일어나지 않으리란 법은 없었다. 어떤 일이든 예상치 못한 변수가 생기기 마련이었다. 특히 익성이 몸담은 일터에서는 그런 일이 더욱 빈번했다.

다만 이번에는 평범한 사고 혹은 대수롭지 않은 실수가 아니어서 짜증과 분노가 치밀 수밖에 없었다. 평해의 빈민가와 주변의 가난한 농촌에서 젊은 여자와 아이를 납치하여 와인촌을 통해 바다 건너로 팔아먹는 일을 하다보면 종종 납치한 상품이 도망쳤다. 그러므로 여자가 도망친 사건 자체는 그리 큰일이 아니었다. 그러나 이번에는 단순히 여자가 도망친 사건이 아니었다. 부하들의 실수로 여자가 도망친 것이 아니라 상품을 가마에 태워 운반하던 행렬을 누군가 습격했다. 감히 익성의 사업을 방해하다니! 정신 나간 사람이 아니고서야 평해에서 익성의 사업을 방해할 사람은 없었다. 솔직히 말하면 완전히 정신이 나간 미치광이도 익성의 이름을 들으면 무서워 움츠러들 터였다.

그런데 감히 익성의 부하들을 습격하고 상품을 빼돌리다니! 너무 당혹스러운 소식이라 처음 들었을 때는 익성도 자신의 귀를 의심했다. 하지만 깊은 새벽에 부랴부랴 길을 나서 습격당한 장소를 확인하자 매우 심각한 사건임을 깨달았다. 적들은 상품을 빼앗았을 뿐 아니라 익성의 부하들을 모두 살해했다. 건장한 부하 다섯이 문자 그대로 둔기에 맞아 죽었다. 한 명의 소행이 아니라 거대한 집단이 세운 용의주도한 계획의 결과가 틀림없었고 어떻게 하든 그 집단을 찾아 격퇴하지 않으면 익성의 사업 전체가 위험했다.

다행히 집단을 찾는 것은 어렵지 않았다. 습격이 성공하여 승리감에 취했거나 혹은 익성의 부하들을 살해하고 긴장이 풀렸는지 상대는 지나치게 많은 흔적을 남겨 야경꾼이 여자를 데리고 달아나는 사내가 어디로 향했는지 알려주었다. 야경꾼은 절도부가 화재를 감시하려고 고용한 관리라 언뜻 익성에게 협력하는 것이 생경했지만 평해에서는 당연한 일이었다. 평해에서 익성은 단순한 악당이 아니었기 때문이다. 범죄자, 그것도 인신매매 조직의 악랄하고 잔인한 우두머리가 틀림없었으나 익성에게는 든든한 뒷배가 있었다. 최관호. 그가 익성의 뒷배였으며 실질적인 동업자였다.

최관호가 누구인가? 그는 백색당 원로였고 평해에서 무소불위의 권력을 휘두르는 절도사였다. 서슬 퍼런 암행관조차 최관호에게는 조심스레 머리를 조아렸다. 그러므로 익성과 맞서는 일은 최관호를 대적하는 것이었으며 최관호를 대적하는 일은 백색당을 반대하는 것이었다. 그리고 백색당을 반대하는 것은 곧 국왕에 대한 반역이나 다름없었다. 그런 상황에서 감히 부하들을 살해하고 상품을 강탈하다니! 이런 이유로 익성은 부하들을 잔뜩 거느리고 야경꾼이 알려준 적의 소굴을 향하는 내내 점점 화가 치밀었다.

그런데 막상 야경꾼이 알려준 곳에 다다르자 전혀 예상하지 못한 장소에 조금 당황할 수밖에 없었다. 내수교 수도원이 야경꾼이 알려준 적의 소굴이었기 때문이다. 익성뿐 아니라 부하들도 마찬가지였다. 내수교 수도원이라니! 카락, 쥬, 와에 널리 퍼진 열교와는 매우 이질적이었으며 오히려 색목인의 종교인 혈교와 공통점이 많은 내수교는 1000년 이상 평화롭게 공존했다. 카락이든 쥬든 바다 건너 와에서든 어디에서나 소수파에 불과했으나 어떤 상황에서도 그런 처지에 어울리는 겸손하고 조용하며 선량한 태도를 잃지 않았다. 그러므로 분기탱천하며 찾은 적의 소굴이 내수교 수도원인 것에 놀랄 수밖에 없었다.

"문을 부숴라!"

짧은 고민 끝에 익성은 단호하게 명령했다. 물론 썩 내키는 결정은 아니었다. 익성은 내수교의 전능자를 믿지 않았으나 신을 모시는 장소를 공격하는 것이 확실히 꺼림칙했다. 그런 생각은 부하들도 마찬가지여서 익성의 명령에도 다들 머뭇거렸다. 더구나 내수교 수도원의 문을 부수는 것은 말처럼 쉽지 않았다. 내수교 수도원은 겉으로는 눈에 띄지 않는 수수한 외양이었으나 가마에서 구운 벽돌로 만들어 매우 튼튼했다. 관점에 따라 수도원보다 작은 요새에 가까웠기에 도끼질 따위로는 문을 부수기 어려웠다. 화약으로 날려버리거나 통나무를 공성퇴처럼 사용해야 했다.

"어서 부수라고!"

익성이 짜증 섞인 목소리로 고함친 후에야 부하들은 수도원의 문을 부술 만큼 크고 튼튼한 통나무를 찾기 시작했다. 하지만 그런 통나무를 찾는 일은 쉽지 않았다. 커다란 건물의 대들보에 어울리는 통나무를 평해의 복잡한 거리 한편에서, 특히 새벽의 절정을 지나 이른 아침을 맞이하는 시각에 찾기란 매우 어려웠다. 그렇다고 익성에게 "어디서 통나무를 구합니까?"라고 말할 수 없어 부하들은 우왕좌왕했다. 그런데 그때 갑자기 수도원의 튼튼한 문이 열렸다. 그러고는 열 명 남짓한 사내가 천천히 밖으로 나왔다. 그들은 모두 검은 옷을 입었으며 힘 있고 민첩한 동작과 손에 든 장검으로 보아 무사임에 틀림없었다. 불안한 긴장과 침묵이 두 집단 사이에 흘렀다.

"시장터의 왈패 새끼들이 겁도 없이 전능자의 집을 찾느냐?"

긴장과 침묵을 깨뜨린 쪽은 검은 옷을 입은 무리였다. 검은 옷을 입고 검은 두건을 쓴 건장한 사내, 우두머리인 듯한 자가 나서서 말했다. 특이하게도 사내의 무기만 장검이 아니라 곤봉이었다.

"전능자의 종이니 뭐니 하더니 여자를 탐하는 거냐? 어서 빼앗아간 여자를 내놓아라!"

익성도 지지 않고 소리쳤다. 그러자 사내가 몇 걸음 앞으로 나서더니 빙긋거렸다. 사내가 날카롭게 찢어진 눈매와 얇은 입술로 소리 없이 웃자 부하들뿐 아니라 익성은 섬뜩한 기분을 느꼈다.

"빼앗아가다니? 쥐새끼 같은 도적떼가 납치한 불쌍한 여자를 보호하고 있을 뿐이다."

그러면서 사내는 익성을 위아래로 훑었다.

"그러고 보니 네놈이 그 사악한 도적떼의 우두머리겠구나."

사내는 손에 든 곤봉을 몇 번 빙글빙글 돌렸다. 그러고는 그 끝으로 익성을 가리키며 말했다.

"네놈은 우두머리이니 고통스럽게 죽여주마."

그러더니 익성의 부하들을 둘러보며 껄껄 웃으며 말했다.

"부하들은 그냥 죽여주마. 너무 많아서 아쉽게도 빨리 죽일 수밖에 없으니!"

익성은 사내의 어이없는 말을 반박하려 입을 열었다. 그러나 한마디를 채 내뱉기도 전에 총성, 화약이 폭발하는 소리가 들렸다. 한 번이 아니라 가마솥에 콩을 볶는 것처럼 연속해서 들렸다.

그러더니 순식간에 열 명 남짓한 부하가 쓰러졌다. 화승총이 틀림없었다. 수도원 창문을 이용하여 사격을 퍼부은 것이었다. 그와 함께 검은 옷을 입은 사내들이 익성의 부하들을 덮쳤다. 사내들의 힘 있고 민첩한 동작에서 추측했듯 그들은 무시무시한 실력을 지닌 무사였다. 사내들이 가볍게 장검을 휘두를 때마다 익성의 부하들은 피를 뿜으며 나뒹굴었다. 익성은 눈앞에서 벌어지는 모습을 믿을 수 없었다. 상품 운반 행렬이 습격당한 것부터 시작하여 반나절 만에 이런 일이 벌어지리라곤 상상조차 할 수 없었다. 익성이 당황한 마음을 가까스로 추스리자 검은 옷을 입은 무리의 우두머리가 눈앞에 있었다.

"내가 누군지 알고 이러느냐!"

익성은 거칠게 소리쳤으나 사내는 한쪽 입술을 일그러뜨리며 웃었다. 그 조롱하는 웃음에 익성은 크게 칼을 휘둘렀으나 사내는 여유롭게 피한 다음 곤봉으로 익성의 오른 손목을 내리쳤다. 손목이 부러지는 통증에 익성은 칼을 놓쳤다. 사내는 재빠르게 익성의 등뒤를 돌아나오며 이번에는 왼쪽 무릎을 내리쳤다. 무릎뼈가 으스러지는 통증과 함께 익성은 털썩 주저앉았다. 사내는 곤봉으로 다시 왼쪽 쇄골을 내리쳤다. 오른 손목, 왼쪽 무릎, 왼쪽 쇄골이 부러진 익성은 털썩 주저앉아 고통을 느끼는 것 외에는 아무것도 하지 못했다.

"네놈이 누구인지는 그리 궁금하지 않다."

사내는 곤봉을 익성의 턱 아래에 대고 위로 들어올렸다. 익성은 사내와 눈을 마주할 수밖에 없었다. 사내의 눈은 재미있는 일을 발견한 아이처럼 반짝였다.

"그런데 네놈이 누구를 위해 일하는지, 여자를 어디로 팔아넘기는지는 궁금해졌다."

그러면서 사내는 과일이 얼마나 익었는지 확인하려는 것처럼 곤봉으로 익성의 이마를 가볍게 두들겼다.

"그래서 계획을 변경했다. 네놈을 좀더 살려두어야겠다. 그래야 나의 궁금증을 해결할 수 있을 테니까."

익성은 분노와 무력감을 동시에 느꼈다. 그래도 희망을 버리지 않았다. 일단 사내가 익성을 당장 죽이지 않고 정보를 빼내기로 마음먹었으니 그동안 절도사가 군대를 보내 자신을 구해주리라 기대했다. 물론 고문은 참아야겠으나 조금만 버티면 절도사의 군대가 도착하여 상황을 역전할 수 있을 것이었다. 익성이 그런 생각을 하는 동안 부하들은 모두 쓰러졌다. 놀랍게도 검은 옷을 입은 무리는 한 명도 쓰러지지 않았다. 부상을 입은 사람도 없었다. 익성의 부하들은 수적으로 우세했고, 나름대로 무기를 잘 다루었으며, 수도원 창문에서 쏘는 화승총도 처음의 일제사격 후에는 멈추었으나 검은 옷의 무리를 당할 수 없었다. 싸움이 아니라 일방적인 살육에 가까웠다. 검은 옷의 사내들은 쓰러진 사람들까지 꼼꼼하게 확인하여 아직 살아 있으면 숨통을 끊었다. 그런 행동을 하면서도 그들의 얼굴에는 별다른 표정이 떠오르지 않아 소름이 끼쳤다. 그렇게 정리가 끝나자 사내들은 익성을 거칠게 끌다시피 수도원 안으로 데려갔다.

제6장

백색당 원로

1

거대한 대포가 불을 뿜자 지축이 흔들렸고 흙먼지와 함께 불운한 병사의 팔다리가 날아갔다. 들판에는 대포를 쏘아대는 천동 같은 폭발음과 함께 욕설과 비명 섞인 고함이 난무했다. 그렇게 전투는 시작부터 국왕과 장군들의 예상을 빗나갔다.

백색당의 고위 관료뿐 아니라 장군들도 기껏해야 북쪽 국경을 어지럽히는 도적떼를 마주하리라 판단했다. 그들은 승리를 호언장담했다. 그러자 갑작스레 국왕이 직접 군대를 지휘하겠노라 선언했다. 물론 국왕에게는 군대를 지휘할 능력이 없었다. 아무리 군주라 하더라도 사냥에 따라붙는 몰이꾼조차 통제하지 못하는 사람이 갑자기 군대를 지휘할 수는 없었다. 실제로는 장군들이 지휘하고 국왕은 전장에 동행하여 승리의 영광만 누리겠다는 심산이었다. 헐벗고 굶주린 야만인에 불과하고 기껏해야 도적떼에 지나지 않는 무리라고 하니 감수할 위험도 거의 없을 터라 질투가 강하고 경박한 국왕이 충동적으로 내린 결정이었다.

덕분에 최관호를 비롯한 장군들은 심각한 곤경에 빠졌다. 카락군은 그들이 생각한 야만인이나 도적떼가 아니었기 때문이다. 주요 부위에 금속을 덧댄 가죽갑옷을 입고 물소뿔로 만든 활과 긴 도끼창으로 무장한 기병은 무시무시했고 포병은 색목인이 만든 대포를 운용하여 사정거리와 파괴력에서 압도했다. 반면 쥬의 군대는 솔직히 군대라 부르기도 민망했다. 창으로 무장한 보병이 대부분이라 이론적으로는 카락 기병을 효과적으로 물리칠 수 있으나 훈련과 규율이 필요했다. 기병의 돌격에도 움츠러들지 않고 강철 같은 대오를 유지하려면 당연했다. 그러나 쥬의 보병은 여기저기서 끌어모은 어중이떠중이에 지나지 않았고 기병을 마주하는 훈련을 받은 적도 없었다. 또 국왕을 호위하는 소규모 병력을 제외하면 기병은 없었고, 포병은 낡은 대포를 사용했으며, 궁수는 있으나 화승총을 지닌 포수는 한 명도 없었다.

그런 상황에서 카락군의 대포가 전투를 알리는 사격을 시작하자 쥬의 군대는 파도에 쓸려가는 모래성처럼 무너졌다. 포병은 대포를 버리고 달아났고 보병의 대열은 흐트러졌다. 그래도 궁수는 용감하게 화살을 날렸으나 큰 의미가 없었다. 다만 국왕은 당황하지 않고 말 위에서 꿋꿋하게 전장을 바라보았다. 언뜻 대단히 용감한 지도자처럼 보였으나 국왕은 대담한 용기와는 거리가 먼 인물이었다. 그가 침착했던 이유는 전장이 처음이라 상황을 파악하지 못했기 때문이다. 헐벗고 굶주린 야만인이며 시시껄렁한 도적떼에 지나지 않는다는 말만 믿고 전장에 나온 터라 그런 상황에서도 자신의 군대가 이기고 있다고 판단한 듯했다.

"전하, 여기는 위험하니 피하셔야 합니다."

보다 못한 최관호가 다가가 말하자 국왕은 깜짝 놀란 표정으로 돌아보았다. 우리가 이기고 있지 않았나? 우리가 이기고 있는데, 왜 피해야 하나? 딱 그런 표정이었다.

"전하, 어리석은 신들의 판단이 짧았사옵니다. 적이 비열하게도 간악한 색목인에게서 화포를 얻은 듯하옵니다."

그런 변명이라도 둘러댈 수밖에 없었다. 우리 군대는 형편없는 오합지졸이며 카락군을 지나치게 과소평가했다고 말할 수는 없지 않은가.

"무엇이라! 경들은 어찌하여 그런 것조차 예상하지 못했소!"

국왕은 격노하여 소리쳤다. 틀린 말은 아니었으나 그렇다고 정당한 반응도 아니었다. 장군들이 카락군을 과소평가한 것은 틀림없고 권력을 잡은 백색당이 군대를 제대로 관리하지 않은 것도 사실이었으나 백색당과 장군들이 아니었다면 국왕은 가난뱅이로 삶을 마쳤을 터였다. 백색당과 장군들이 봉기하여 흑색당의 과두제 정권을 무너뜨리지 않았다면 아예 왕실 자체가 흔적도 없이 사라졌을 것이 틀림없었다. 더구나 승리의 영광을 누리고자 전투에 관해 아무것도 모르면서 전장에 나온 것은 국왕 자신의 선택이 아니었는가.

"전하, 신들이 죽을죄를 지었사옵니다. 그러나 피하셔야 하옵니다. 전하가 계셔야 나라가 있사옵니다!"

그래도 국왕은 국왕인지라 최관호와 장군들은 진심을 가장하여 울부짖었다. 그러자 국왕도 못이기는 척 퇴각을 허락했다. 그러나 퇴각도 말처럼 쉽지 않았다. 쥬의 군대는 이미 붕괴하기 직전이라 함께 퇴각하기는 어려웠다. 장군들 가운데 일부는 남아 군대를 수습하고 나머지는 국왕을 호위하여 퇴각해야 했으나 누구도 남으려 하지 않았다. 운이 나쁘면 전장을 벗어나지 못하고 죽음을 맞이할 것이며 천신만고 끝에 퇴각에 성공해도 패배의 책임을 져야 했다. 국왕은 경박하고 졸렬하여 분풀이할 대상을 찾을 것이 틀림없었다. 그리하여 군대 대부분을 지휘관 없이 버려두고 국왕과 장군들은 전장을 이탈하여 도망쳤다.

하지만 카락군도 추적대를 보냈다. 가죽갑옷을 입고 활과 도끼창으로 무장한 주력 대신 면을 누빈 갑옷을 입고 활과 단검으로 무장하여 한층 날랜 경기병이 도망치는 국왕 일행 뒤를 따라붙었다. 가볍게 무장했으나 카락 기병답게 활 솜씨가 매서워 바람을 가르는 소리가 들릴 때마다 호위 병사가 말에서 고꾸라졌다. 험준한 산맥이 끝나고 제법 넓은 들판이 시작되는 곳에서 전투를 벌인 터라 도망치는 길이 죄다 좁은 산길인 탓에 추적대가 국왕 일행을 따라잡는 것은 시간문제였다.

최관호는 머릿속이 매우 복잡했다. 화살을 맞거나 추적대와 용 감하게 싸우다가 개죽음을 당하고 싶은 생각은 추호도 없었다. 어떻게 하든 살아야 했다. 여차하면 국왕을 제압하여 추적대에 넘길 수밖에 없다고 판단했다. 카락의 황제도 쥬를 다스리려면 앞잡이가 필요할 테니 국왕을 제압하여 바치고 생명과 지위를 구 걸하는 것도 최관호가 선택할 수 있는 방법 가운데 하나였다.

추적대가 거의 국왕 일행를 따라잡아 최관호의 망설임이 절정 에 다다를 무렵 좁은 산길 옆 무성한 수풀에서 둔탁한 폭음이 연 이어 들렸다. 매캐한 냄새와 함께 하얀 연기가 피어올랐고 카락 기병이 쓰러지기 시작했다. 이어 검은 사슬갑옷과 검은 투구를 쓴 병사들이 수풀에서 모습을 드러냈다. 끝이 낫처럼 휜 긴 창을 든 그들은 신속하게 추적대를 제압했다. 카락 기병은 대응하려 했으나 그들이 지닌 단검은 말 아래 사람을 공격하기에는 짧았고 활을 쏘기에는 지나치게 가까웠다. 무엇보다 수풀에서는 여전히 화승총 발사음이 들렸고 그때마다 카락 기병이 말에서 떨어졌다. 추적대는 승산이 없다고 판단하고 말머리를 돌려 사라졌다.

그제야 국왕 일행은 말에서 내려 숨을 돌렸으나 아직은 완전 히 안심할 수 없었다. 카락군을 물리친 것으로 보아 아군인 듯했 으나 아무리 생각해도 쥬에는 검은 갑옷과 검은 투구를 착용하고 화승총을 다루는 부대가 없었다. 국왕은 너무 지쳐 자포자기하는 심정으로 산길 한편에 털썩 주저앉았다. 최관호를 비롯한 장군들은 그런 국왕을 호위하려고 주변을 에워쌌다. 그때 건장한 사내가 다가왔다. 그가 투구를 벗자 중년 사내의 날카로운 인상이 드러났다.

"전하, 신은 화기총관 곽현입니다. 늦어서 죄송합니다."

화기총관이라? 낯선 명칭에 고개를 갸웃하던 최관호는 이내 사내의 정체를 알아차렸다. 소규모에 불과하나 쥬의 군대에서 화기군은 유일하게 화승총을 운용했다. 엄밀히 따지면 그들은 이방인으로 수백 년 전 왕실의 허락을 받고 쥬에 정착한 내수교도의 후예였다. 그들은 쥬에 정착하여 뿌리를 내리면서도 독특한 종교를 버리지 않고 공동체를 이루어 생활했으며 왕실의 보호를 받는 대신 화약을 다루는 소규모 부대를 제공했다. 물론 쥬의 군주들은 그런 화기군을 탐탁지 않게 생각하여 중요한 임무를 맡기는 경우는 극히 드물었고 이번에도 전장에서 멀리 떨어진 곳에 배치했다.

"오, 그래! 경이야말로 만고의 충신이다! 경이 아니었으면 짐이 목숨을 구했겠는가! 어서 가까이 오라!"

국왕의 경박하고 졸렬한 성격은 그런 상황에서도 드러났다. 불과 몇 시간 전까지만 해도 내수교란 말에 얼굴을 찌푸리던 사람이라고는 상상하기조차 힘들었다. 국왕의 말에 곽현은 투구와 무기를 바닥에 내려두고 다가와 한쪽 무릎을 꿇었다.

"전하, 더 빨리 오지 못해 송구합니다."

곽현의 절도 있는 말에 국왕은 체통도 없이 손을 허공에 휘저었다.

"아닐세, 아닐세. 자네 같은 충신을 전장에서 멀리 떨어진 곳에 배치한 짐의 불찰일세. 여기 이 녀석들은 도망치기에 급급했는데, 경은 용감하게 싸워 카락군을 물리쳤으니 만고의 충신이며 불세출의 용사일세! 참 든든하구먼."

최관호는 상황이 마음에 들지 않았으나 어쩔 수 없었다. 따지고 보면 국왕뿐 아니라 그들도 곽현에게 목숨을 빚진 셈이었다.

"여봐라, 경들은 당장 어명을 받들라!"

국왕은 갑작스레 근엄하게 소리쳤다. 국왕은 변덕이 심하고 충동적이었기에 최관호를 비롯한 장군들은 긴장했다. 패배의 책임을 물어 당장 몇 명을 참수하라 명령할 수도 있었기 때문이다. 다행히 국왕은 그런 명령을 내리지는 않았으나 최관호를 비롯한 장군들의 마음에 들지 않는 것은 마찬가지였다.

"짐은 화기총관 곽현의 충성과 무예를 높이 평가하여 암행총관에 임명한다. 그 지위는 곽현에서 그치지 않고 장자가 물려받아 대를 이어 왕실에 충성하라."

암행총관은 왕의 명령을 받아 신분을 숨기고 전국을 떠돌며 지방관의 부패를 척결하고 반역을 감시하는 암행관의 수장으로 아무나 오를 수 있는 자리가 아니었다. 그런데 내수교 녀석을 암행총관에 임명했을 뿐 아니라 세습할 권리까지 주다니! 최관호를 비롯한 장군들은 불만이 가득했으나 차마 내색하지 못했다. 그런데 국왕의 명령은 거기서 끝이 아니었다.

"또한 못난 장군들이 외적과 맞서 싸울 생각은 하지 않고 제한 몸 보전하고자 후퇴를 강권하는 상황에서 적은 병력으로 용감하게 싸워 적의 예봉을 물리쳤으니 이에 곽현과 그 장자에게 철권을 수여한다."

최관호를 비롯한 모두가 경악했다. 철권이라니! 국왕이 철권을 하사하면 군대를 일으켜 반역하는 죄를 짓지 않는 이상 어떤 죄를 저질러도 처벌받지 않는다. 그런 어마어마한 권리를 곽현뿐 아니라 그 아들에까지 수여하다니! 최관호는 몸을 부르르 떨었다. 평소라면 기를 쓰고 반대했을 것이다. 그러나 그럴 수 없었다. 그렇게 행동했다가는 자칫 패배의 책임을 뒤집어쓸 수 있었다. 국왕은 경박한데다 변덕과 질투가 심하고 충동적이었기 때문에 그런 상황에서 심기를 건드리면 처형당하기 십상이었다. 최관호를 비롯한 장군들은 머리를 조아리며 "국왕 전하 만세"를 외칠 수밖에 없었다.

40년 남짓한 시간이 흘렀다. 당시 약관이었던 국왕은 예순을 넘긴 늙은 군주가 되었고 최관호 역시 팔순의 노인이 되었다. 곽현은 이미 몇 년 전 세상을 떠났다. 그러나 최관호는 그 사건을 잊지 못했다. 백색당의 핵심으로 승승장구했고 팔순의 나이에도 평해절도사를 맡아 떵떵거리면서도 그 일만 생각하면 몸이 부르르 떨렸다. 열교 성인의 가르침을 무시하는 내수교도 따위가 암행총관에 오르고 철권을 받다니! 도저히 참을 수 없었다. 더구나 조용한 외골수인 곽현과 달리 그 아들, 그러니까 암행총관과 철권을 물려받은 곽곽이란 녀석은 작정하고 백색당을 괴롭혔다. 국왕의 위엄을 지킨다는 명분을 교묘하게 내세우며 틈만 나면 백색당을 공격했다. 녀석은 최근에도 백색당원인 흑도절도사를 처형했다. 그런 녀석이 표류한 색목인 선원들을 압송하는 길에 평해에 들렀으니 기분이 좋을 리 없었다. 절도부의 안가를 신뢰할 수 없다며 내수교 수도원에 거처를 정하더니 이른 오전에 절도부에서 회의를 열겠다고 갑작스레 통보했다. 암행총관의 명령을 절도사가 거절할 수는 없으나 감히 백색당의 원로인 자신을 이른 오전에 불러대다니! 최관호는 저택에서 절도부로 향하는 길 내내 분노로 몸을 부르르 떨었다.

2

최관호가 절도부를 향하며 느낀 분노는 시작에 불과했다. 절도부에 도착하자 전혀 예상하지 못한 일이 벌어졌다.

"절도사께서는 가마에서 내리시기 바랍니다."

검은 옷을 입은 무사가 무표정한 얼굴로 말했다. 물론 따지고 보면 틀린 말이 아니었다. 절도사와 같은 고위 관리가 가마를 탈 수는 있었으나 절도부 같은 행정기관에 도착하면 가마에서 내려야 했다. 가마를 타고 행정기관 내부로 들어갈 수 있는 사람은 국왕과 왕세자뿐이었다. 그러나 흑색당이 국왕을 몰아내고 과두정을 구성하기 전 국왕의 권위가 드높았던 시절의 이야기였다. 백색당이 봉기하여 흑색당의 과두정을 무너뜨리고 왕정복고를 이룬 후에는 국왕과 왕세자뿐 아니라 백색당의 실력자도 가마를 타고 행정기관에 드나들었다. 심지어 몇몇은 궁궐 내부에서도 가마를 탔다. 그러므로 최관호 같은 백색당 원로가 절도부 내부까지 가마를 이용하는 것은 당연했다. 특히 최관호는 여든이 넘은 노인이었고 한때는 장군으로 이름을 날린 인물이었다. 다만 오랜 세월 편안한 삶과 기름지고 달콤한 음식에 익숙해지다보니 이제는 몸이 지나치게 비만해져 최관호의 늙고 빈약한 무릎은 그런 몸을 감당하지 못해 짧은 거리라도 몇 번씩 쉬어야 했다. 그런데 절도부 입구부터 절도사의 집무실까지 걸으라니! 최관호는 모욕과 분노로 얼굴이 달아올랐다.

"감히! 이분이 누구신지 아느냐?"

최관호의 부관이 소리쳤으나 검은 옷의 무사는 그가 섬기는 주인처럼 무례했다.

"절도사 최관호가 아니오? 그렇다면 당신은 저기서 기다리는 분이 누구인지 아시오? 암행총관은 국왕 전하 외에는 누구에게도 머리를 숙이지 않소. 국법이 그러하니 절도사는 어서 가마에서 내려 나를 따라오시오."

역시 틀린 말은 아니었다. 암행총관은 국왕 외에는 누구의 명령도 따르지 않았다. 심지어 최관호 같은 절도사를 감시하고 관리하는 것이 암행총관의 임무이므로 곽곽 선생이 상급자가 틀림없었다. 다만 어디까지나 법을 문자 그대로 해석한 결과일 뿐이었다. 곽곽 선생은 내수교도에 불과했다. 당연히 백색당이 아니었다. 사실 곽씨 가문 자체가 불쾌하고 의심스러운 집단이었다. 백색당도 아니고 흑색당도 아니라니! 더구나 쥬의 토박이로 조상부터 열교를 믿는 가문임에도 불구하고 적지 않은 수가 내수교로 개종했다. 정상적인 가문이라면 내수교 개종자 같은 잡것을 문중에서 쫓아냈을 것이다. 어쨌든 회색당이며 내수교도인 곽곽 선생 따위가 암행총관이란 지위를 내세워 조롱하다니! 최관호는 분노가 머리끝까지 치밀었으나 어쩔 수 없었다. 가마에서 내려 천천히 걸음을 내디뎠다. 근육이 쪼그라든 다리는 후들후들 떨렸고 무릎은 당장이라도 부서질 듯 시큰거렸다. 부관과 가마꾼들이 부축하지 않았다면 몇 걸음만에 쓰러졌을 것이다.

최관호는 입술을 깨물고 걸음을 재촉했다. 절도부 정문에서 절도사 집무실까지 이르는 길은 생각보다 멀었다. 이내 최관호는 숨이 가빠졌고 땀이 비 오듯 쏟아졌다. 가까스로 집무실에 도착했을 때는 절도사의 화려한 관복이 땀으로 흠뻑 젖어 있었고 비대한 몸은 당장이라도 쓰러질 듯 숨을 몰아쉴 때마다 흔들렸다. 그런 최관호를 바라보는 곽곽 선생의 얼굴에는 얄미운 미소가 떠올랐다.

"오, 절도사, 오셨군요. 그런데 절도사는 무관이 아니었소? 국왕 전하께서 절도사에게 평해를 맡긴 것은 해적의 습격을 경계하기 위함이오. 그런데 절도부 정문에서 고작 여기까지 걸어오는데 이리 힘들어서야 어떻게 전장에서 병사를 지휘하겠소? 어디 칼이나 휘두를 수 있으시오? 아니, 귀는 들리시오? 눈은 침침하지 않으시오?"

곽곽 선생의 조롱에 최관호는 몸을 부르르 떨었다. 흠뻑 흘린 땀에 몸이 젖은 터라 그런 떨림은 더욱 커졌고 으슬으슬 추위가 엄습했다.

"겨울에 그렇게 땀을 흘리면 건장한 청년도 며칠 심하게 앓을 수 있소. 절도사는 나이도 많으니 참 걱정이구려. 절도사가 있어도 평해의 치안이 엉망진창인데, 그나마도 앓아누우면 국왕 전하의 백성은 누가 돌보며 국왕 전하의 땅과 바다는 누가 지킬 것인지 참으로 걱정이오."

최관호는 당장이라도 고함을 지르며 역정을 내고 싶었다. 그러나 역시 참을 수밖에 없었다. 곽곽 선생은 단순히 무례하며 경박한 왈패가 아니었다. 겉으로는 아무 말이나 함부로 지껄이는 듯해도 거기에는 정교하게 계산된 함정이 숨겨져 있었다. 이번에도 마찬가지였다. 곽곽 선생의 조롱에 최관호가 폭발하면 즉시 반역죄로 몰아세울 것이었다. 군대를 육성하고 지휘하는 임무에 충실하지 못한 것과 국왕의 신민과 영토를 돌보지 않은 것을 지적하자 절도사 최관호는 이에 분개하여 무례하게 행동했으니 그 죄가 가볍지 않다는 보고를 곽곽 선생은 천연덕스럽게 작성할 것이며 백색당이 미처 손쓸 틈도 없이 최관호는 머리가 달아날 터였다. 아니 그런 상황에서 곱게 머리만 달아나면 다행이었다. 곽곽 선생의 성격으로 미루어보면 최관호를 시장통에 묶고 군중에게 돌팔매질을 시킬지도 모를 일이었다. 그러므로 참아야 했다.

"죄송합니다. 제가 늙고 병들어 국왕 전하의 은혜로 하루하루를 살면서도 보답하지 못했으니 입이 백 개라도 할말이 없습니다."

최관호는 마음에도 없는 말을 주절이며 의자에 앉았다. 절도사 집무실의 상석은 이미 곽곽 선생이 차지하여 최관호는 큰 탁자 맞은편, 평소라면 절도사의 부하들이 앉는 곳에 자리할 수밖에 없었다.

"절도사, 나이만 많이 먹은 것이 아니라 거짓말 솜씨도 완숙한 경지에 이르렀구려. 절도사의 나이가 많은 것은 사실이나 병든 것과는 거리가 있지 않소? 적어도 내가 조사한 바에 따르면 절도사는 젊은이와 비교해도 여러 부분에서 뒤지지 않소."

곽곽 선생은 능글거리는 미소를 머금고 말했다. 최관호는 매우 불쾌했다. 그런데 단순히 불쾌한 것이 아니라 석연치 않은 감정이 떠올랐다. 곽곽 선생은 미치광이며 찢어 죽여도 시원치 않을 녀석이 틀림없었으나 사냥개처럼 집요하고 독사처럼 위험한 인물이었다. 피냄새를 놓치지 않는 맹수 같은 녀석이라 조그마한 약점을 들키는 것도 위험했다.

"그나저나 평해의 치안이 엉망이오. 국왕 전하께서 직접 심문하시도록 흑도에 조난한 색목인을 압송하는 임무를 수행하고 있소만 글쎄, 간밤에 무장한 무리가 우리를 습격했소. 색목인의 도착이야 그놈들의 생김새 때문에 숨기기 어렵다고 해도 도대체 치안을 어떻게 관리하길래 감히 도적이 무장하여 암행총관과 그 일행을 습격하는 것이오? 또 그들은 색목인의 목숨을 노리고 습격한 것이 틀림없소. 그렇다면 누군가 사주하지 않았겠소? 이건 가벼운 일이 아니오!"

최관호는 식었던 땀이 다시 맺히는 것을 느꼈다. 처음에는 너무 놀라 무슨 말인지 이해할 수 없었다. 밤에 기습이 있었다니! 암행관을 공격하는 것은 반역에 해당했다. 암행총관은 말할 것도 없었다. 더구나 색목인을 압송중이니 이만저만 큰일이 아니었다.

"내가 이래서 절도부의 안가에 머무르지 않았소. 도무지 믿을 수가 없지 않소? 솔직히 말하면 절도부에 있는 병사들도 믿을 수가 없소. 간밤에 우리를 공격한 도적이 여기 병사가 아니라고 누가 보장하겠소?"

심각한 상황이 틀림없었으나 최관호는 한마디도 할 수 없었다. 무슨 일인지 도무지 판단할 수 없었기 때문이다.

"그래도 다행히 기습을 이끈 우두머리를 생포했소. 녀석이 말이오. 그래도 우두머리라고 입이 여간 무겁지 않았소만 다행히 국왕 전하의 은덕으로 나중에는 입을 열고 착실하게 털어놓았소."

그러면서 곽곽 선생은 자리에서 일어났다.

"그럼, 따라오시오. 절도사도 직접 들어야 이해가 될 것이니."

3

어릴 때부터 조근은 담력이 강했다. 단순히 겁이 없고 거친 것이 아니라 웬만한 일에는 놀라지 않고 평정을 유지했다. 흑도 최고의 씨름꾼이자 몰이꾼으로 이름을 날리고 후에 도적떼의 우두머리 노릇을 할 때도 그런 성격은 큰 도움이 되었다. 또 몰이꾼과 도적떼 우두머리로 살아가며 평범한 사람은 겪지 않은 참혹하고 잔인한 상황을 자주 마주했다.

그러나 이번에는 조근도 소스라치게 놀랄 수밖에 없었다. 인신 매매 조직의 우두머리 익성을 심문하는 과정이 너무 끔찍했기 때문이다. 흑도 절도부의 몰이꾼으로 살던 시절에 심문과 고문을 적지 않게 목격했으나 아무리 육지에서 온 악랄한 관리도 곽곽 선생과 비교하면 어설픈 아이에 불과했다.

일단 곽곽 선생은 주변 상황을 파악하고 절도부로 자리를 옮겼다. 늘 조용히 움직이던 것과 달리 이번에는 암행총관의 깃발을 펄럭이며 요란하게 절도부로 향했다. 아무래도 절도부가 인신매매 조직과 내통하고 있을 가능성이 커서 암행총관의 깃발을 펄럭이며 공개적으로 움직이는 것이 안전하다고 판단한 듯했다. 암행총관을 위협하는 것은 국왕에 대한 반역이나 다름없어 인신매매 조직을 비호하는 절도부 관리도 그런 상황에서는 손을 쓰지 못할 터였다. 여기까지는 조근이 그때까지 지켜본 곽곽 선생답게 주도면밀했다. 절도부에 도착하여 심문을 시작할 때도 그랬다. 내수교 수도원이란 안전한 장소를 떠나 절도부에서 심문을 진행하는 이유는 그래야 익성의 진술을 공식적으로 사용할 수 있기 때문이었다. 그리하여 절도부의 기록관이 배석한 상황에서 심문을 시작할 때까지도 조근은 늘 경험했던 것과 크게 다르지 않으리라 예상했다.

그러나 상황은 조근의 예상과 조금씩 다른 방향으로 흘러갔다. 이미 쇄골과 무릎이 한쪽씩 부러진 익성을 의자에 묶고 곽곽 선생은 직접 심문, 정확히 말하면 고문에 나섰다. 그런데 곽곽 선생은 아무것도 묻지 않았다. 곽곽 선생은 차갑게 웃으며 나무망치를 들고 익성에게 다가갔다. 그러고는 익성의 손가락을 하나씩 내리쳤다. 손가락 하나를 으스러뜨리고 다음 손가락으로 넘어갈 때는 결코 서두르지 않았다. 냉소 가득한 얼굴로 익성을 바라보며 천천히 움직였다. 익성이 울부짖고 욕설을 퍼부어도 아무것도 들리지 않는 것처럼 개의치 않아 했다. 그렇게 열 개의 손가락을 모두 부스러뜨리자 같은 과정을 발가락에 반복했다. 발가락을 내리칠 때도 역시 천천히 여유롭게 움직였다. 그리하여 마지막 열 번째 발가락을 으스러뜨리자 익성이 반쯤 미쳐버린 표정으로 말했다.

"모, 모두 말하겠습니다. 제발! 암행총관 나리! 제발 이제 그만하세요! 무엇이든 모두 말하겠습니다!"

익성은 인신매매 조직의 우두머리였다. 무고하고 불쌍한 여인을 납치하여 노예로 팔아먹는 사악한 인간이었다. 조근은 그런 인간을 동정하지 않았다. 그러나 그 순간만큼은 조금이나마 익성이 불쌍하게 느껴졌다. 또 익성 같은 인간이 그렇게 단시간에 기가 꺾인 것에 놀랐다. 만약 곽곽 선생이 "누가 배후에 있느냐?"라고 물으며 손가락과 발가락을 하나씩 으스러뜨렸다면 익성은 악을 쓰며 버티었을 것이다. 그러나 아무것도 묻지 않고 또 상대가 비명을 지르든 욕설을 퍼붓든 아랑곳하지 않고 손가락과 발가락을 하나씩 천천히 망가뜨리는 데는 익성 같은 악당도 견디지 못했다. 발가락과 손가락이 하나씩 부러지는 엄청난 고통 외에도 곽곽 선생이 정말 악귀처럼 느껴졌기 때문이다. 특히 옅은 미소를 차갑게 머금은 표정은 고통 자체를 즐기는 얼굴이 틀림없었다.

"글쎄, 이걸 어쩌나, 갑자기 궁금증이 사라졌어. 네놈의 생각을 굳이 알아서 무얼 할까 싶거든."

곽곽 선생은 나무망치를 들어 익성의 손목을 내리쳤다. 그러자 이번에는 정말 울음이 들렸다. 공포에 질린 울음, 익성 같은 인간의 입에서 나올 것이라 전혀 예상할 수 없는 소리였다.

"나리, 나리, 나리, 제발 그냥 죽여주십시오. 제가 다 말하겠습니다. 그러니 그냥 죽여주십시오."

그제야 곽곽 선생은 너털웃음을 터뜨리며 나무망치를 바닥에 던졌다.

"역시 비열한 놈은 마음가짐이 약하구나. 고작 손가락 열 개, 발가락 열 개, 손목 하나를 분질렀을 뿐인데, 죽여달라고 울부짖다니! 네놈은 인신매매 조직의 수괴라며 부끄럽지도 않으냐? 이렇게 약해빠진 놈이 힘없는 사람에게는 기고만장했을 것이 아니냐!"

그러자 익성은 열띤 목소리로 진술했다. 처음부터 그는 배후를 말했다. 자신은 하수인에 불과하며 인신매매 조직으로 이익을 얻는 진짜 주인은 평해절도사 최관호라고 했다. 평해절도사가 인신매매 조직의 진짜 우두머리여서 그들의 사업은 방해받지 않았으며 평해뿐 아니라 주변에서 여자를 납치하여 와인촌의 노예 상인에게 넘긴다고 했다. 와인촌의 노예 상인과 거래하는 이유는 납치한 여자를 바다 건너 와에 팔아서 꼬리를 잡힐 위험이 적으며 또 와에는 은광이 많아 값도 후하기 때문이라고 말했다. 곽곽 선

생은 만족스러운 표정으로 익성의 이야기를 듣다가 갑자기 기록
관을 무시무시한 눈빛으로 바라보며 소리쳤다.

"네 이놈! 제대로 기록하거라. 최관호가 무섭거나 혹은 그 노
인과의 옛정을 생각해서 이상하게 기록했다가는 네놈뿐 아니라
네놈의 아내와 아이들 모두 여기로 끌려나와 차라리 빨리 죽여달
라며 울부짖을 것이다!"

익성의 입에서 나온 최관호란 이름에 반쯤 얼이 빠졌던 기록
관은 그제야 몸서리를 치며 붓을 들고 진술서를 작성하기 시작했
다. 그 모습을 본 곽곽 선생은 다시 너털웃음을 터뜨렸다. 그러고
는 한편에 있던 조근에게 말했다.

"여기서 죄인과 기록관을 잘 지키고 있게나. 오전이 되면 재미
있는 구경이 있을 걸세."

4

심문장에 들어서는 순간, 의자에 묶인 상태로 피투성이가 된
익성을 보는 순간 최관호는 걸음이 얼어붙었다. 그는 커다란 몽
둥이에 두들겨맞은 것처럼 휘청였다. 이미 화려한 관복이 땀에
젖은 터라 비대한 몸집의 노인이 반쯤 얼이 나가 휘청이는 모습
은 가관이었다.

"절도사, 왜 그렇게 놀라시오? 저 반역자와 구면이오? 아, 글
쎄, 저 녀석이 겁도 없이 도적떼를 이끌고 색목인을 살해하려고

암행총관을 공격했지 않소. 하마터면 정말 큰일날 뻔했소."

곽곽 선생은 싱긋 웃으며 기록관에게 성큼성큼 다가갔다. 기록관은 안절부절못하는 표정으로 자리에서 일어났다.

"진술은 모두 빠짐없이 기록했느냐? 또 절도부의 관인을 찍었느냐?"

곽곽 선생의 말에 기록관은 여전히 불안한 표정과 작은 목소리로 "분부대로 하였습니다"라고 대답했다. 그러자 곽곽 선생은 허리를 젖히며 웃음을 터뜨렸다.

"아니, 기록관! 국왕 전하의 은덕을 입어 하루하루 살아가는 백성이 그 도리를 다하지 않고 반역을 꾀했으니 죄를 묻는 것이 당연한데, 어찌하여 기록관의 태도가 이리도 당당하지 못한가? 혹시 기록관도 저 반역자와 내통했는가?"

곽곽 선생의 말에 기록관은 깜짝 놀라 고개를 저으며 "결코 아닙니다, 나리"라는 말을 몇 번이나 반복했다. 물론 곽곽 선생의 말에 기록관만 기겁한 것은 아니었다. 최관호도 얼굴이 하얗게 질렸다. 곽곽 선생은 그 모습을 보고 다시 얄밉게 웃으며 말했다.

"아니, 절도사, 왜 그러시오? 표정이 그게 무어요? 설마 반역자에 대한 처우가 너무 가혹하다고 생각하는 것이오? 국왕 전하를 능멸하는 사악한 죄인에게 동정이라도 느끼는 것이오? 그런 포시러운 마음으로 어찌하여 절도사의 책무를 감당하겠소?"

곽곽 선생은 껄껄 웃더니 갑작스레 싸늘한 표정으로 기록관을 바라보며 말했다.

"익성이 범죄 사실을 실토했느냐?"

기록관은 고개를 끄덕이며 대답했다.

"암행총관 나리. 죄인 익성이 일체의 범죄를 실토했습니다. 죄인은 원래 와인촌 근처에서 왈패질을 일삼던 자로 3년 전부터 평해와 인근 고을에서 부녀자를 납치하여 와인촌의 노예 상인에게 팔아넘겼습니다. 그러다가 암행총관 나리의 호위무사가 현장을 적발하자 후환을 막으려고 무장한 무리와 함께 암행총관 나리의 일행이 머무르는 내수교 수도원을 습격했습니다."

곽곽 선생은 만족스러운 표정으로 고개를 끄덕이며 다시 물었다.

"내가 암행총관이며 색목인을 이송한다는 소식을 알고 있더냐?"

곽곽 선생의 물음에 기록관의 얼굴에는 망설이는 표정이 떠올랐으나 이내 사라졌다. 목숨은 소중했기 때문이다.

"네, 인신매매하는 현장이 적발된 것은 우연에 가까우나 이미 그 이전부터 익성은 암행총관을 살해하고 색목인을 도륙하라는 사주를 받아 내수교 수도원을 습격할 준비에 있었습니다."

기록관의 말이 끝나기 무섭게 최관호가 크게 소리쳤다.

"네 이놈! 말을 삼가라!"

최관호는 곽곽 선생을 노려보며 말했다.

"암행총관! 이게 무슨 일이오! 감히 날조한 반역죄로 나를 모함하려는 것이오!"

분기탱천한 최관호와 달리 곽곽 선생은 능글맞게 웃으며 대응했다.

"절도사, 그 나이에 너무 흥분하면 급살을 맞을 수도 있소이다. 그러면 재판도 받지 못하고, 또 절도사에 어울리는 형벌로 죗값을 치르지도 못하니 자제하시오. 기록관, 계속 말하라!"

처음부터 안절부절못하던 기록관은 이제 온몸을 떨며 말을 이었다.

"익성에게 반역을 사주한 사람은 평해절도사 최관호이며 3년 전 익성이 인신매매를 시작할 때부터 그의 편의를 봐주었습니다. 익성은 최관호에게 정기적으로 여자와 은을 상납했으며 인신매매를 적발하려던 관리는 모두 좌천되었습니다."

최관호는 허리춤에 찬 칼을 뽑았다. 그러나 휘두르기도 전에 곽곽 선생이 주먹으로 최관호의 콧잔등을 후려쳤다. 코뼈가 부러지는 소리와 함께 최관호는 칼을 떨어뜨리고 주저앉았다. 비대한 몸에 비해 부실한 무릎과 다리로는 혼자서 일어서지 못했다.

"절도사! 암행총관의 목숨을 노려 칼을 뽑는 행위는 반역에 해당하오. 하긴 이미 반역죄를 저질렀으니 큰 차이는 없소만."

검은 옷을 입은 무사들이 순식간에 최관호를 에워쌌다. 그들은 최관호의 관복을 거칠게 찢어 벗기고 형틀을 채웠다. 속옷만 남아 반쯤 벌거숭이가 된 뚱뚱한 노인의 몸은 볼썽사나웠다.

"죄인 최관호는 들어라. 지금부터 절도사의 관직을 박탈한다. 반역죄를 저질렀으니 그에 따라 가족과 지인 모두 구금하여 심문한다. 반역죄는 중대한 범죄에 해당하는 만큼 나 암행총관 곽곽은 국왕 전하께서 부여한 권리에 따라 모든 재판을 관장하는 최고재판관으로 이경을 지명한다."

곽곽 선생의 말대로 조근에게는 확실히 모든 과정이 좋은 구경거리였다. 그런데 이경이 누구일까? 곽곽 선생이 직접 재판을 주관하지 않고 이경이란 자를 최고재판관으로 지목한 이유는 무엇일까? 조근은 갑자기 호기심에 휩싸였다.

이경 선생

1

쥬에서 과거제도는 단순히 관리를 등용하는 방법에 그치지 않았다. 적어도 2년에 한 번, 왕세자 책봉 혹은 왕자 탄생 같은 특별히 축하할 일이 있는 경우에는 훨씬 자주 시행하는 과거시험에서 좋은 성적을 거둔 모두가 관리에 등용되는 것은 아니었다. 따지고 보면 그렇게 배출되는 합격자 모두를 수용할 만큼 관리의 수요가 많지도 않았다. 과거제도 외에도 관직에 나아가는 방법은 다양하여 권력자의 아들, 힘 있는 가문의 일원은 굳이 과거시험을 치를 필요가 없었다. 그러나 열교를 굳게 신봉하는 백색당이 권력을 장악하면서 과거시험에서 좋은 성적을 거두는 것은 명예 혹은 체면과 관련된 문제가 되었다. 관직에 오르든 백색당의 이상에 맞게 은거하여 학문을 닦든 지방의 지주로 경제를 장악하든 과거시험은 영향력 있는 사람이 갖추어야 할 필수로 여겨졌다.

이경 선생도 젊은 시절 과거시험을 치렀다. 어릴 적부터 평해에서 신동으로 이름을 날린 터라 과거시험 자체는 고민할 필요가 없었으나 평해가 쥬의 남동쪽 끄트머리에 자리한 것이 문제였다. 과거시험을 치르려면 국왕이 거주하는 수도인 한벌까지 가야 했는데, 한벌은 쥬의 중앙에 위치하여 평해에서 출발하면 거의 한 달이 걸렸다. 또 가는 길도 순탄하지 않았다. 가장 좋은 방법은 평해에서 배를 타고 쥬의 복잡한 해안을 따라 한벌까지 항해하는 것이었으나 비용이 만만치 않아 젊은 날의 이경 선생에게는 그림의 떡이나 마찬가지였다. 그리하여 육로를 선택할 수밖에 없었는데, 육로는 멀고 고단할 뿐 아니라 위험했다. 특히 평야보다 산이 많은 쥬의 특징 때문에 산길에서 호랑이, 표범, 곰, 늑대 같은 맹수를 마주할 때가 많았다. 그래서 과거시험에 나섰다가 돌아오지 못하는 사람이 종종 있어 울창한 숲과 험준한 산길 입구에는 그런 위험한 길을 안전하게 호위해주는 일을 업으로 삼는 사람이 있었다. 물론 때로는 맹수보다 사람이 더 위험했으나 젊은 날의 이경 선생은 그런 위험까지 알아차리지 못했다.

"이 산에는 호랑이뿐 아니라 표범도 있고 늑대도 떼를 지어 다닌다오. 또 녀석들이 사람의 맛을 알아 당신네 같은 책상물림 서생은 서넛이 가도 어서 잡아 잡수시오 하고 외치는 꼴이오. 특히 당신네는 험한 일을 하지 않아 살이 부드러워 맹수가 무척이나 좋아한다오."

늑대가죽으로 만든 옷을 입은 사내가 으쓱하는 표정으로 말했다. 늦여름이 지나 초가을로 접어드는 시기라 늑대가죽으로 만든 옷이 더울 듯했으나 관심을 끌기에는 좋았다. 젊은 이경 선생도 사내의 말에 빠져들었다.

"그래서 얼마요?"

과거시험을 보러 한벌로 향하는 것이 틀림없는 젊은 사내들 가운데 한 명이 물었다. 그러자 늑대가죽옷을 입은 남자는 손가락 하나를 들면서 말했다.

"은자 한 냥이오!"

여기저기서 웅성거리는 소리가 들렸다. 작으면 작고 크면 크다고 할 수 있는 액수였으나 이경 선생 같은 평범한 서생에게는 만만한 액수가 아니었다.

"고작 고개 하나 넘어주면서 은자 한 냥이라니, 너무 비싸지 않소?"

가격을 물었던 사내가 툴툴거리는 표정으로 말했다. 그러나 늑대가죽옷을 입은 사내는 세상 물정 모르는 사람이라는 듯 너털웃음을 터뜨리며 대답했다.

"이거 성현의 말씀만 공부하더니 맹수의 무서움은 모르는구려. 고작 고개 하나가 아니라 밤을 네 번 보내야 하는 먼 길이오. 먹을 음식과 잠잘 곳을 제공하고 맹수로부터 목숨을 지켜주는 데 은자 한 냥이면 오히려 싼 가격이오. 당신네 모두 과거시험을 보러 가는 사람이라 특별히 사정을 봐준 거요. 물건을 팔러 다니는 상인이면 최소 은자 두 냥이오. 물건에 따라 더 비싸고."

이경 선생은 늑대가죽옷을 입은 사내의 말에 고개를 끄덕였다. 그럴 만했다. 사내 입장에서 은자 한 냥은 서생들의 사정을 봐준 것이 틀림없으리라. 그래도 이경 선생에게는 너무 비쌌다.

"은자 한 냥이라…… 도둑놈이 따로 없군. 우리는 은자 반 냥이오. 어떻소?"

우물쭈물하는 이경 선생에게 낯선 목소리가 속삭였다. 이경 선생이 다소 당황한 표정으로 돌아보니 웬 사내가 있었다. 멧돼지 가죽으로 만든 옷을 입고 긴 창을 든 사내는 덩치가 컸으나 인상은 온화했다. 늑대가죽옷을 입은 사내의 거친 분위기와는 완전 딴판이었다.

"가는 길에 음식과 잠잘 곳도 있습니까?"

이경 선생이 조심스레 물었다. 글을 읽는 사람으로 몰락했으나 귀족에 속하는 입장에서 음식과 잠자리 같은 문제를 입에 올리는 것이 부끄러웠기 때문이다. 그러자 사내는 걱정하지 말라는 표정으로 말했다.

"걱정하지 마세요. 음식도 충분하고 잠자리도 편안하게 준비했습니다."

덕분에 이경 선생은 다소 편안한 마음으로 사내를 따라 걸음을 옮겼다. 사내는 이경 선생을 조금 떨어진 장소로 데려갔고 그 곳에는 이미 예닐곱 명의 사내가 있었다. 대부분은 이경 선생처럼 과거시험을 보러 한벌로 향하는 서생이었으나 딱 한 명, 검은 옷을 입고 머리카락이 짧은 남자가 눈에 띄었다. 딱 벌어진 어깨에 굵은 허벅지를 지닌 남자는 이경 선생보다 대여섯 살은 어려 보였으나 인상이 사뭇 날카로워 보였다. 무엇보다 쥬의 귀족에서 짧은 머리카락은 매우 드물었다. 부모가 물려준 신체를 훼손하는 것은 열교에서는 금기였기 때문이다. 따라서 쥬에서 짧은 머리카락을 지닌 부류는 대부분 내수교 신자였다. 그런데 대부분의 귀족 가문은 내수교 신자를 파문하여 내수교 신자가 과거시험을 치르는 사례는 극히 드물었다. 그래서 이경 선생은 소년과 청년의 중간에 위치한 남자에게 호기심을 느꼈다.

"당신이 이경이란 사람이오?"

놀랍게도 그가 먼저 이경 선생에게 말을 걸었다. 이경 선생은 그가 자신의 이름을 아는 것에 깜짝 놀랐다.

"뭘 그렇게 놀랍니까? 당신이 그 유명한 평해의 신동이 맞소? 다섯 살에 글을 깨우쳤고, 일곱 살에 시를 썼으며, 열 살에는 사원의 학장이 글솜씨를 당하지 못했다는 그 이경이 맞소?"

그의 말투는 사뭇 도발적이었다. 사람의 입을 거치면 소문은 과장되기 마련이다와 같은 태도였다. 다만 이경 선생은 그 당돌함에 기분이 나쁘지 않았다. 외려 정곡을 찔린 듯해 겸연쩍었다.

"나는 곽곽이오. 앞으로 곽곽 선생이라 부르시오."

스스로 선생이라 칭하다니 이경 선생은 피식 실소를 터뜨렸다. 그러나 아직 소년티를 벗지 못한 남자는 농담삼아 말을 건넨 것이 아닌 듯했다. 이경 선생의 실소에 불쾌한 표정을 지었기 때문이다.

"보아하니 아직 약관에도 이르지 않은 것 같고 내수교도가 틀림없는데, 스스로 선생이라 칭하는 것은 과하지 않느냐?"

이경 선생은 부드럽게 타일렀으나 남자는 눈을 부라렸다.

"우리가 언제 봤다고 반말이오? 신동이니 천재니 하며 이름 좀 날리니 눈에 뵈는 것이 없소?"

남자, 그러니까 곽곽은 당장이라도 이경 선생의 멱살을 잡고 내동댕이칠 기세였다. 나이가 든 지금과 마찬가지로 젊은 날의 이경 선생도 폭력을 싫어했다. 폭력을 행사하는 법 따위는 알지도 못했다. 그래서 멈칫할 수밖에 없었다.

"보아하니 나이가 좀 많다고 반말하는 것 같은데, 열교의 경전이 그리 가르치오? 분명히 성현의 말씀에는 나이가 많고 적음이 중요하지 않다고 나오지 않소?"

곽곽의 말이 틀린 것은 아니었다. 그래서 이경 선생은 머쓱해졌다. 자신보다 어린 내수교도가 열교의 경전을 인용하며 반박하리라 예상하지 못했기 때문이다.

"그렇다면 미안하네. 그러나 우리는 신분이 다르지 않은가?"

이경 선생은 궁색하게 변명했다. 따지고 보면 역시 틀린 말은 아니었다. 귀족이라도 열교에서 내수교로 개종하면 가문에서 쫓겨나 신분이 낮아졌다. 그러니 이경 선생이 곽곽에게 반말해도 예에 어긋나지는 않았다. 그러나 곽곽은 코웃음쳤다.

"몰락해서 은자 한 냥이 버거워 은자 반 냥이란 말에 솔깃한 주제에 귀족은 무슨 귀족. 그리고 내가 귀족이 아니라고 어떻게 단정하시오? 머리카락이 짧아서? 내수교도는 무조건 귀족이 아닌 것 같소?"

이경 선생은 얼굴이 벌겋게 달아올랐으나 딱히 반박하지 못했다. 자신이 몰락한 귀족인 것도 틀림없는 사실이었으며 내수교로 개종해도 파문하지 않는 가문도 드물게 존재했다. 다행히 멧돼지 가죽으로 만든 옷을 입은 사내가 동료들과 함께 나타나 출발을 알려 설전은 거기서 끝났다. 멧돼지가죽옷을 입은 사내를 포함하여 열 명 남짓한 건장한 사내들이 긴 창과 쇠몽둥이로 무장하고 이경 선생과 곽곽을 포함하여 여덟 명의 일행을 호위했다.

듣던 것처럼 산길이 험했고 몇 시간이 지나자 길이 좁아지면서 숲이 울창해졌으며 산이 높아졌다. 당장이라도 호랑이와 표범이 튀어나올 듯해 이경 선생을 비롯한 서생들은 잔뜩 긴장했으나 곽곽만은 여유로웠다.

"이거 정말 글만 읽었나보군. 호랑이와 표범은 낮에 사냥하지 않소. 밤에 사냥하지. 배고파서 미쳐버릴 정도가 아니면 낮에 다니지 않소. 밤에 은밀하게 목덜미를 물어뜯는다오."

출발하기 전의 설전에도 아랑곳하지 않고 곽곽은 이죽거렸다. 이경 선생은 그런 곽곽을 이해하기 힘들었고 아예 엮이고 싶지 않아 입을 꾹 다물었다. 그러나 곽곽은 개의치 않고 말을 계속했다.

"원래 짐승보다 무서운 것이 사람이오. 주변을 보시오. 인적이 하나도 없소. 그리고 산에서 밤을 네 번 보내는 동안 음식과 잠자리를 제공하고 안전도 보장하면서 은자 반냥이면 수지가 맞겠소? 은자 한 냥이 적당한 거요. 은자 두 냥부터는 벗겨 먹는 것이고, 은자 한 냥이 적당하오. 은자 반냥은 아무래도 이상하지 않소?"

그러고 보니 곽곽의 말에 일리가 있었다. 은자 반냥으로는 장사가 될 것 같지 않았다. 그렇다면 왜 은자 반냥에 사람을 모은 것일까?

"모르겠소? 이 작자들은 죄다 도적이오. 한벌에 과거시험을 보러 가는 서생은 노잣돈을 지니고 있으니 도적에게 좋은 먹잇감이 아니겠소? 더구나 당신네는 아무 무기도 없지 않소? 뭐, 무기가 있다고 해도 당신네 같은 샌님들이 도적을 당하겠소?"

곽곽의 말을 듣는 순간 뒤통수부터 등줄기를 타고 식은땀이 흘러내렸다. 생각해보니 정말 도적이 틀림없었기 때문이다. 그때 멧돼지가죽옷을 입은 사내가 사악한 눈빛으로 돌아보며 말했다.

"어린놈이 눈치가 제법이구나. 그런데 네놈은 알면서도 왜 따라왔느냐?"

멧돼지가죽옷을 입은 사내가 두목인 듯했다. 그의 말과 함께 무장한 사내들이 그때까지 호위하던 일행에게 창과 칼을 일제히 겨누었다. 그런 상황에서도 곽곽 선생은 손뼉을 치며 깔깔 웃었다.

"당연히 알았지만 네놈들 명줄을 끊으려 따라왔다. 조금 전에도 처리할 수 있었지만 그러면 재미가 없지 않느냐?"

그러면서 곽곽은 허리춤에 찬 몽둥이를 뽑아들었다. 곽곽의 양손에 하나씩 들린 몽둥이는 흑단으로 만들어 얇은 쇠를 입힌 듯했다. 곽곽이 뿜어내는 살기가 만만치 않았으나 도적떼는 개의치 않아 했다.

"어린놈이 죽으려고 환장했구나!"

이경 선생의 기억은 그때부터 희미했다. 곽곽은 호랑이, 표범, 곰, 늑대 같은 맹수가 아니라 하늘에서 내려온 장수 혹은 지옥에서 온 전사처럼 싸웠다. 흑단 몽둥이가 바람을 가를 때마다 뼈가 으스러지는 소리, 풀썩이며 쓰러지는 소리와 함께 역한 피비린내가 퍼졌다. 압도적인 수적 우세에도 멧돼지가죽옷을 입은 사내가 이끄는 도적떼는 집에서 키우는 돼지처럼 도륙당했다. 잠깐 아수라장이 펼쳐진 후 도적떼는 바닥에 쓰러졌고 곽곽은 광기 가득한 표정으로 몽둥이를 들어 쓰러진 도적의 머리를 빠짐없이 부수었다. 이경 선생과 나머지 일행은 벌벌 떨며 지켜보는 것 외에는 아무엇도 할 수 없었다.

"나는 암행총관 곽현의 아들 암행관 곽곽이오. 국왕 전하의 명을 받들어 백성을 괴롭히는 무리를 토벌하러 왔소."

곽곽은 피범벅인 모습으로 암행관의 표식을 꺼내들었다. 그제야 이경 선생은 암행총관 곽현, 카락군과의 전투에서 국왕의 목숨을 구한 내수교도 장군을 떠올렸다.

그렇게 곽곽을 처음 만난 후 벌써 20년 남짓한 시간이 흘렀다. 첫인상은 서로가 유쾌하지 못했으나 이경 선생에게 곽곽은 생명의 은인이나 다름없어 두 사람은 여러 차이에도 꽤 가까운 친구가 되었다. 그해 이경 선생은 과거시험에서 급제했으나 벼슬하지 않고 평해로 돌아와 학문에 전념하여 쥬의 모든 사람이 존경하는 학자가 되었다. 따라서 절도사 최관호의 시시비비를 가리는 데 이경 선생보다 적합한 인물은 없었다. 물론 이경 선생은 내키지 않았으나 곽곽과의 의리를 생각하여 거절하지 못했다.

2

열교는 독특한 종교였다. 혈교와 내수교 같은 종교가 영혼의 구원 혹은 영원한 삶을 추구하는 반면, 열교는 세상을 효율적으로 통치하는 것을 목표로 했다. 학문을 닦아 벼슬에 오르고 이름을 떨치며 나라를 평안하게 하는 것을 추구했다. 그런데 한편으로는 학문이 깊고 명성이 높아도 벼슬을 마다하며 사원에 은거하는 사람을 처사라 부르며 가장 높이 추앙했다. 물론 처사도 세상과 완전히 유리한 존재는 아니었다. 사원에서 정치적 목적을 함께하는 제자를 양성하고 필요하면 국왕에게 공개적인 편지를 보냈다. 편지 내용은 단순한 충고부터 격렬한 항의까지 다양했고 처사의 명성이 높을수록 효과적이었다. 쉽게 말해 널리 추앙받는 처사는 국왕을 신랄하게 비판하는 편지를 보내도 무사했고 오히려 명성이 한층 높아졌으나 유명하지 않은 처사는 단순한 충고에도 목숨을 걸어야 했다.

그런 면에서 이경 선생은 처사 중의 처사에 해당했다. 어린 시절부터 신동으로 이름을 날렸고 스물네 살에 과거시험 수석을 차지했으나 벼슬을 마다하고 낙향하여 자그마한 사원을 지어 열교의 경전을 공부했다. 그러면서 경전을 해석하여 가르치는 일을 시작했는데, 이경 선생의 해석은 열교의 전통에 충실하면서도 혁신적이었다. 다들 이경 선생의 강의를 귀가 트이고 눈이 뜨이는 경험이라 평가했고 서른 무렵에 이미 훌륭한 학자로 인정받았다. 그뿐 아니라 국왕이 하사하는 고급스러운 사치품을 가난한 이를 돕는 데 사용하고 벼슬을 내려도 고사하여 마흔 무렵에는 쥬의 남부에서 으뜸가는 학자는 물론 한벌의 백색당 수뇌부조차 고개를 숙이는 처사가 되었다.

이제 40대 중반의 이경 선생은 삶의 절정기를 맞았다. 그러나 그런 명성에도 이경 선생의 옷차림은 평범했다. 단정하고 깨끗하게 세탁하여 정갈했으나 평범한 백성과 비교해도 남루했다. 또 곽곽 선생의 요청으로 절도부를 향할 때도 가마를 돌려보내고 직접 걸었다. 물론 부귀영화를 탐하지 않고 학문을 닦으며 나라를 걱정하는 사람을 처사라고 부르니 당연한 행동이었다. 다만 백색당이 흑색당을 축출하고 권력을 독점한 후부터 처사를 자처하며 겉으로는 그럴듯하게 행동하나 실제로는 몰래 재산을 모으고 이권에 개입하는 사람이 많았던 터라 이경 선생은 확실히 드문 존재였다.

절도부에 도착한 이경 선생은 곽곽 선생을 만나지 않고 바로 임시로 사용할 집무실로 향했다. 곽곽 선생을 만나지 않는 것이 최고재판관의 입장에서 바람직하다고 생각했기 때문이다. 곽곽 선생이 최관호에게 제기한 혐의를 판단하는 것이 자신이 수행할 임무이니 곽곽 선생을 미리 만나면 자칫 최관호에 대한 편견을 가질 수도 있다고 생각했다.

하지만 집무실에서 곽곽 선생이 제출한 증거를 살펴보자 그런 우려가 덧없이 느껴졌다. 입수한 장부만 보아도 최관호가 인신매매 조직의 우두머리임이 분명했다. 최관호의 저택에서 압수한 은괴도 와에서 생산하여 유통하는 것이 틀림없었고 시계처럼 쥬에서는 유통과 사용을 통제하는 색목인의 사치품도 많았다. 인신매매를 비롯하여 와와 불법적인 거래를 하지 않는 이상 그런 엄청난 양의 은괴와 색목인의 사치품을 최관호가 모을 방법이 없었다.

그래도 최관호에게 해명할 기회를 주어야 했다. 물론 적절한 해명보다는 일방적인 변명에 불과한 말을 들을 가능성이 컸지만 이경 선생은 실낱같은 희망을 버리지 못했다. 다름 아니라 피고가 최관호였기 때문이다. 최관호가 누구인가? 왕정복고를 이룩한 백색당의 봉기를 주동했고 카락군, 그 야만인의 군대가 침략했을 때도 국왕을 보필하여 전장에서 싸운 장군이 아니었는가. 카락군에게 참담하게 패하여 후퇴할 때도 국왕의 곁을 떠나지 않고 호위했으며 굴욕적인 강화조약을 맺은 후에는 곳곳의 절도사를 지내며 전쟁이 남긴 피해를 복구하는 데 주력했다. 국왕이 팔순을 넘긴 최관호를 평해절도사에 임명한 이유도 불법적인 무역을 감시하고 와의 해적으로부터 백성을 보호하기 위해서였다. 그런 최관호가 타락하여 와의 해적과 손을 잡아 백성을 팔아넘기며 막대한 부를 쌓았다는 것을 이경 선생은 믿고 싶지 않았다. 그래서 최관호를 만나려고 감옥으로 향하는 걸음은 무거울 수밖에 없었다.

　"오! 이경 선생! 이경 선생, 정말 다행이오!"

　이경 선생을 본 최관호는 눈을 반뜩이며 거친 목소리로 외쳤다. 이경 선생도 백색당의 일원이니 자신을 구해주리라 확신하는 듯했다. 이경 선생은 굳은 표정으로 최관호의 모습을 살펴보았다. 한마디로 표현하면 최관호의 몰골은 볼썽사나웠다. 중죄를 지은 범인이라 목에는 커다란 칼이 씌워져 있었고 손과 발은 쇠사슬에 묶여 있었다. 당장이라도 흘러내릴 듯한 비대한 몸에는 속옷만 덜렁 걸쳐져 있었는데, 그조차 땀과 먼지로 꾀죄죄했다.
이경 선생은 병사가 감옥문을 열 때까지 말없이 기다렸다.

"이경 선생, 이건 음모일세! 악랄한 사냥개 녀석이 꾸민 모함
에 불과하네! 내가 그럴 사람이 아니란 것은 선생도 알지 않나?"

이경 선생이 감옥에 들어오자 최관호는 쉴새없이 부르짖었다.
모두 암행총관의 모함이며 계략에 불과하다. 암행총관은 내수교
도라 다른 꿍꿍이가 있는 것이 틀림없다, 어쩌면 암행총관이야말
로 흑색당 잔당과 내통하는 반역자라 백색당의 핵심인 자신을 제
거하려는 것일 수도 있다고 말이다. 그러나 최관호는 그 어느 주
장도 합리적으로 설명하지 못했다. 객관적인 근거는 당연히 없었
고 그럴듯한 정황조차 말하지 못했다.

"그런데 저택에 있는 은괴는 무엇입니까? 절도사께서는 어디
에서 그토록 많은 은괴를 구하셨습니까? 더구나 그 은괴 모두 바
다 건너 야만인이 생산한 것이지 않습니까?"

이경 선생은 최관호의 장황하고 근거 없는 해명에 질려 단도직
입으로 물을 수밖에 없었다. 그러나 이경 선생의 말에 최관호는
조금도 당황하지 않고 말했다. 너무 당당해서 이경 선생이 당황
할 정도였다.

"이경 선생, 그 은괴는 암행총관이 몰래 가져다두었다네. 나를
모함하려고 꾸민 일이지!"

물론 곽곽 선생은 충분히 그런 일을 꾸밀 수 있었다. 그러나 아

무리 곽곽 선생이라도 그토록 많은 은괴를 구하기는 어려웠다. 더구나 그렇게 많은 은괴를 최관호의 저택으로 몰래 옮기기는 불가능했다. 최관호의 저택에서 발견한 은괴는 달구지 다섯 대가 필요할 만큼 양이 엄청났다. 소규모 군대를 일으킬 정도였다.

"절도사님 집에서 발견한 은괴는 달구지 다섯 대로 옮겨야 할 양입니다. 외딴 산골이라면 모를까 암행총관이 남의 눈에 띄지 않고 평해 중심가에서 그만한 양의 은괴를 옮기기는 매우 어렵습니다. 더구나 암행총관이 그렇게 많은 은괴를 어디서 구하겠습니까? 심지어 그는 흑도에서 임무를 수행하고 불과 며칠 전에 도착했습니다."

이경 선생은 차분하게 말했다. 그러자 최관호의 얼굴이 분노로 벌겋게 달아올랐다. 자신은 반역 죄인이며 이경 선생은 최고재판관이란 사실조차 잊은 듯했다.

"이경 선생! 그게 무슨 말이오! 지금 내 말을 믿지 못하겠다는 뜻이오? 나는 최관호요. 백색당이며 선생이 태어나기 전부터 국왕 전하를 모셨소! 어떻게 곽곽 같은 내수교 나부랭이의 말을 믿고 나를 의심한단 말이오!"

이경 선생은 크게 숨을 내쉬었다. 그때까지 품은 실낱같은 희망이 사라졌기 때문이다. 엄청난 양의 은괴에 대해 제대로 해명하지 못할뿐더러 그저 자신이 백색당 원로이니 믿어달라며 주장하는 것으로도 모자라 그 주장이 받아들여지지 않자 불같이 화내는 행동은 최관호 스스로 혐의를 자백하는 것이나 다름없었다. 더이상 대화할 이유가 없었다. 이경 선생은 천천히 감옥을 떠났다. 다만 떠나기 직전 병사에게 명령했다.

"죄인이 도주할 가능성은 희박하네. 손과 발의 쇠사슬은 몰라도 목에 채운 칼만큼은 풀어주게."

이경 선생이 최관호에게 해줄 수 있는 배려의 전부였다.

3

감옥에 갇힌 최관호를 만난 후 그날 밤 이경 선생은 잠을 이루지 못했다. 반역죄 같은 중죄는 최대한 빨리 처리하는 것이 원칙이라 밤이 지나 해가 떠오르면 재판이 열리기 때문이었다. 또 이경 선생은 최관호처럼 오랫동안 존경받은 백색당 원로가 바다 건너 해적에게 부녀자를 팔아넘기는 파렴치한 행각으로 엄청난 부를 쌓은 것에 크게 충격을 받았다. 게다가 곽곽 선생의 행동을 예상하기 어려운 것도 한몫했다. 최관호가 인신매매를 저지른 것은 확실했고 천인공노할 범죄임에 틀림없었으나 반역죄라 보기 어려운데도 굳이 반역죄를 혐의에 넣은 의도를 알 수 없었다. 아울러 곽곽 선생이 이경 선생을 만나러 오지 않은 것도 이상했다. 사건의 윤곽을 파악하고 최관호를 심문하기 전까지는 이경 선생 자신이 곽곽 선생을 만나지 않겠다고 결정했으나 그후에는 곽곽 선생이 만남을 피했다. 평소라면 틀림없이 찾아와 짓궂은 말을 늘어놓았을 곽곽 선생이 나타나지 않아 불안할 수밖에 없었다.

해가 떠오르고 새로운 날이 밝자 차라리 마음이 가벼워졌다. 어차피 마주할 수밖에 없는 일인 만큼 시간이 빨리 흐르는 편이 좋았다. 그래도 이경 선생은 최고재판관답게 평정을 유지하려 노력했다. 평소처럼 차와 간단한 음식으로 아침을 먹고 옷을 단정하게 입었다. 그러고는 이번에도 가마를 마다하고 걸어서 절도부로 향했다. 평해는 소문이 빠른 곳이라 이미 최관호의 이야기가 알려져 절도부로 향하는 내내 이경 선생은 사람들의 시선을 느꼈다. 씁쓸하게도 그리 긍정적인 시선은 아니었다. 청렴한 처사로 널리 존경받으나 이경 선생도 백색당이었기 때문이다. 사람들은 백색당인 이경 선생이 백색당 원로인 최관호를 제대로 재판할 수 있을지, 그의 파렴치한 범죄에 걸맞은 처분을 내릴 수 있을지 의문스러운 듯했다. 사실 이경 선생도 그 부분이 힘들었다. 최관호의 혐의에 반역죄를 추가하지 않아도 인신매매만으로도 극형에 해당했다. 참수, 교수, 독약 같은 평범한 형벌이 아니라 백성의 돌팔매에 맞아 죽거나 산 채로 불태우는 잔인한 형벌이 적절했다.

하지만 사람에게는 빛과 그림자의 양면성이 동시에 있기 마련이었다. 삶의 끄트머리에 인신매매 같은 범죄를 저질렀어도 최관호는 오랫동안 국왕을 모신 신하였으며 카락인과의 전쟁에서 싸운 장군이었다. 또 흑색당의 과두정을 몰아내고 왕정복고를 이룩한 주역이기도 했다. 그러므로 공과 과, 빛과 그림자를 동시에 따져야 하지 않을까? 절도부에 도착하여 절도사 집무실 밖 마당에 마련된 법정에 들어설 때도 이경 선생의 머릿속은 그런 생각으로 복잡했다.

집무실 밖 마당은 평소에도 절도사가 백성을 재판하는 곳이라 모두에게 익숙했다. 평소처럼 재판받는 죄인이 마당 한가운데에 있었고 정면 조금 높은 곳에는 재판관, 양옆에는 여러 관리가 늘어서 있었다. 다만 이경 선생이 재판관이며 절도사인 최관호가 죄인이란 점이 달랐다. 또 암행총관 곽곽 선생이 범인의 혐의를 고발하는 역할을 맡은 것도 달랐다.

"최관호는 평해절도사로 위로는 국왕 전하와 왕실을 지키고 아래로는 백성을 보살필 의무가 있다. 그러나 백성을 보살피지 않았을 뿐 아니라 바다 건너 야만인과 밀통하여 부녀자를 인신매매하였다. 또 국왕 전하의 뜻을 받들어 지방관을 감찰하는 암행총관과 그 일행을 공격하여 암행총관이 호송하는 색목인을 살해할 음모를 꾸몄다. 이런 범죄만으로도 극형이 마땅하나 최관호의 사악한 행위는 여기에서 그치지 않았다. 최관호는 인신매매를 통해 모은 막대한 자금을 이용하여 군대를 일으켜 한벌로 진격할 계획을 세웠다. 암행총관을 공격하여 살해하고 암행총관이 호송하는 색목인을 탈취하여 살해할 음모를 꾸민 것도 크게는 반란을 일으키려는 계획에 따랐다. 따라서 최관호에게는 극형이 마땅하며 동시에 그와 함께 반역을 도모한 무리를 마지막 한 명까지 찾아 발본색원할 필요가 있다."

곽곽 선생은 특유의 냉소 가득한 표정과 자신만만한 태도로 최관호의 혐의를 밝혔다. 인신매매와 암행총관을 공격한 혐의로 극형이 마땅하다는 부분까지는 비교적 잠잠했으나 반란에 대한 대목에 이르자 주변이 술렁였다. 반란은 인신매매보다 많은 조력자가 필요했다. 반란이 확실하다면 최관호뿐 아니라 가담한 조력자를 색출해야 했다. 그리고 다른 왕국과 마찬가지로 쥬에서 반란에 가담한 조력자를 색출할 때는 자백에 크게 의존했다. 그러니까 가담한 사람을 지목할 때까지 반역자로 밝혀진 인물을 고문했다. 따라서 이경 선생이 최관호를 반역자로 판단하면 고문과 함께 평해 전체에 피바람이 불 것이었기에 다들 긴장했다.

"이놈! 이 버러지 같은 내수교 녀석아! 어디서 그 더러운 혓바닥을 함부로 놀리느냐!"

손과 발에 쇠사슬을 차고 죄인 의자에 앉은 최관호가 곽곽 선생을 노려보며 소리쳤다. 하지만 이경 선생에게는 완전히 다른 태도로 말했다.

"이경 선생! 아니, 최고재판관님! 저는 젊어서는 사악한 흑색당을 물리치고 왕실을 복원하는 데 힘을 쏟았으며 카락과의 전장에서는 국왕 전하를 지켰습니다. 그뿐 아니라 늙어서도 국왕 전하의 명을 받들어 한벌에서 멀리 떨어진 이 바닷가에서 땅과 바다를 지키고 백성을 돌보았습니다. 그런데 인신매매라뇨! 반역이라뇨! 모두 사악한 곽곽의 모함과 날조에 불과합니다. 부디 최고 재판관께서는 사실에 기초하여 정의를 밝혀주소서!"

팔순의 최관호가 이제 불혹을 넘긴 이경 선생에게 머리를 조아리는 모습은 어색했다. 아무리 이경 선생이 이름을 날리는 학자이며 고결한 처사라도 평소라면 상상조차 못 할 상황이었다.

이경 선생은 한층 머릿속이 복잡했다. 최관호는 분명히 인신매매 조직의 우두머리였다. 그의 저택에서 발견한 엄청난 은괴가 증거였다. 더구나 찍힌 문양으로 보아 와에서 생산하고 유통하는 은괴가 틀림없었다. 최관호는 곽곽 선생이 자신을 모함하고자 은괴를 몰래 가져다두었다고 주장하나 그만한 양의 은괴를 몰래 옮기는 것은 불가능하고 암행총관이라도 그렇게 많은 은괴를 와에서 들여오기는 어려웠다.

하지만 인신매매와 반역은 다른 문제였다. 최관호가 정말 반란을 계획했을까? 은괴 양으로만 따지면 군대를 일으키기에 충분했다. 특히 평해는 쥬에서 와에 가장 가까운 항구라 무기를 수입하고 해적을 용병으로 고용하기도 쉬웠다. 그러나 최관호에게 반란을 일으킬 이유가 있나? 팔순의 노인이 반란을 일으켜 얻는 것이 무엇일까? 반란을 일으킬 생각이 없다면 최관호는 왜 인신매매를 통해 은괴를 모았을까? 팔순의 노인에게 그런 재물이 무슨 의미가 있을까?

"닥쳐라! 어찌하여 반역자가 함부로 국왕 전하를 입에 올리느냐!"

곽곽 선생이 최관호를 노려보며 매섭게 소리쳤다. 그러고는 이경 선생을 바라보며 말했다.

"최고재판관! 판결을 돕기 위해 증인을 대령하겠습니다. 증인은 최관호와 함께 인신매매를 행한 자로 반역을 함께 도모했습니다."

곽곽 선생의 말이 끝나기 무섭게 검은 옷을 입은 무사들, 그러니까 암행총관의 무사들이 쇠사슬에 묶인 사내를 질질 끌고 나왔다. 사내의 손가락과 발가락은 모두 으스러졌으며 매질을 당한 듯 등에도 상처가 가득했다. 사내는 이미 고통에 반쯤 기절한 상태였고 최관호의 옆, 아직 비어 있는 또다른 죄인 의자에 힘없이 주저앉았다.

"죄인은 이름이 무엇인가?"

곽곽 선생이 날카롭게 묻자 사내는 정신이 번쩍 돌아온 듯 겁에 질린 목소리로 답했다.

"소인은, 소인은 익성이라고 합니다."

곽곽 선생의 얼굴에 만족스러운 표정이 떠올랐다.

"죄인의 출신은 어디이며 무슨 일을 했나?"

익성은 다시 벌벌 떨며 대답했다.

"평해 토박이며 절도사 최관호 밑에서 일했습니다."

그러자 곽곽 선생이 얼굴을 찌푸리며 "정확하게 말하라!"라고 윽박질렀다. 익성은 겁에 질린 표정으로 빠르게 말을 이었다.

"최관호의 명령으로 평해와 근처 농가에서 젊은 여자와 소녀를 납치하여 와인촌의 상인에게 팔았습니다. 방해하는 사람은 모두 살해했고 납치하는 중에 반항이 심하여 죽인 여자도 있습니다. 그렇게 여자와 소녀를 와인촌의 상인에게 팔면 은괴를 받았으며 그 은괴는 모두 최관호에게 바쳤습니다. 그러면 최관호가 저희에게 달마다 보수를 지급했습니다."

익성의 말에 이번에는 최관호가 버럭 소리를 질렀다.

"여기가 어디라고 거짓말을 하느냐! 저 사악한 내수교 녀석과 밀통하여 감히 백색당 원로인 나를 모함하느냐! 네가 그러고도 무사할 줄 아느냐!"

쇠사슬에 묶인 죄인이어도 최관호는 최관호였다. 익성은 이제 곽곽 선생과 최관호, 양쪽의 눈치를 살피느라 완전히 움츠러들었다. 물론 곽곽 선생은 그런 상황을 참지 못했다. 그는 성큼성큼 최관호에게 다가갔다. 그러고는 허리춤에 찬 몽둥이를 뽑아 최관호의 오른쪽 팔뚝을 내리쳤다. 뼈가 부러지는 소리와 함께 최관호의 비명이 마당을 채웠다.

"이제는 절도사가 아니라 죄인일 뿐이니 말을 내뱉기 전에 생각부터 하시오."

곽곽 선생은 차가운 미소와 함께 최관호를 조롱했다. 그런 다음 익성을 노려보며 단호하게 말했다.

"계속하라!"

곽곽 선생의 몽둥이를 보자 익성은 얼굴이 하얗게 질렸다. 최관호를 겁낼 상황이 아니었다. 익성은 벌벌 떨며 급히 말을 내뱉었다.

"은, 은괴를 모으는 목적, 인신매매를 통해 자금을 모은 이유는 모두 반란입니다. 바다 건너 해적을 고용하고 여기저기 떠도는 왈패를 모아 국왕 전하가 계시는 한벌로 진격하는 것이 계획이었습니다. 모, 모두 최관호가 지시했고 최관호가 우두머리입니다."

곽곽 선생의 얼굴에 만족스러운 미소가 번졌다. 그는 갑자기 부드러운 목소리로 물었다.

"사실이 틀림없는가? 설마 거짓은 아니겠지?"

익성은 쇠사슬에 묶인 몸을 앞뒤로 흔들었다. 누가 보아도 공포에 질려 있었고 공포의 대상은 곽곽 선생이 틀림없었다.

"아, 아닙니다. 암행총관 나리, 하나도 남김없이 틀림없는 사실입니다. 최관호가 인신매매의 우두머리이며 그렇게 모은 자금으로 반란을 일으킬 계획이었습니다. 저는 어쩔 수 없이 동참했을 뿐입니다. 제가 싫어도 어떻게 절도사의 말을 거역하겠습니까!"

곽곽 선생은 자신도 모르게 피식 실소를 터뜨렸다. 이제 와서 익성이 마지못해 동참한 불쌍한 사람이며 따지고 보면 나도 피해자란 식으로 변명했기 때문이다.

"최고재판관, 어떻습니까? 죄인의 자백이 있으며 무엇보다 최관호의 저택에서 발견한 엄청난 양의 은괴는 부정할 수 없는 증거입니다. 이미 본관의 부하들이 와인촌을 급습하여 감금되어 있는 부녀자를 구출했고 노예 상인의 졸개들을 체포했습니다."

이경 선생은 침을 크게 삼켰다. 처음부터 인신매매의 증거는 명확했다. 그러나 곽곽 선생의 진짜 목표는 인신매매의 처벌이 아니었다. 그는 최관호를 반역죄로 처벌하고자 했다.

"반역죄에 대한 증거도 충분합니다. 군대를 일으켜 반역을 꾀할 의도 외에는 그렇게 많은 은괴를 설명할 수 없습니다. 더구나 인신매매부터 수족으로 일한 공모자의 자백도 있지 않습니까? 이제 최고재판관의 결단이 필요합니다. 반역을 꾀한 무리를 하나도 남김없이 찾아 뿌리 뽑는 것이야말로 백성의 도리가 아니겠습니까?"

이경 선생은 정말 최관호가 반역을 꾀했다고는 믿지 않았다. 엄청난 양의 은괴를 모은 이유를 설명하기에는 반역이 가장 적절했으나 충분하지 않았다. 덧붙여 익성의 자백도 미심쩍었다. 익성은 공포에 질려 곽곽 선생이 원하는 내용은 무엇이든 말할 가능성이 컸다. 그러나 그것만으로 반역죄에 대한 혐의를 기각하기는 어려웠다.

"죄인 최관호는 절도사의 신분으로 인신매매를 저질렀을 뿐 아니라 부정하게 모은 재물로 반역을 꾀하였다. 이에 반역의 수괴인 최관호를 비롯한 그 일당을 심문하여 한 명도 빠짐없이 색출할 것을 명한다."

이경 선생은 무겁게 선고했다. 최관호는 잔뜩 흥분하여 무슨 말인지 알아듣기 힘든 괴성을 질렀으며 곽곽 선생은 만족스럽게 너털웃음을 터뜨렸다.

4

최관호는 예상과 달리 오래 버티지 못했다. 백색당 원로일 뿐 아니라 카락군에 맞서 싸운 장군이란 명성이 무색하게 고통에 쉽게 무너졌다. 태양이 하루 중 가장 높은 지점에 다다르기 전에 최관호는 반역을 자백했고 음모에 가담한 이름을 털어놓았다. 최관호가 고통이 두려워 떨리는 목소리로 이름을 말할 때마다 암행총관의 무사가 절도부의 병사들을 데리고 출동했다. 그렇게 끌려온 사람은 처음에는 혐의를 부인하고 때때로 이경 선생과 곽곽 선생에게 분노를 터뜨렸으나 얼마 지나지 않아 고통에 굴복했다. 그러면 그 사람이 자백하며 털어놓는 이름을 토대로 다시 새로운 사람을 잡아와 같은 과정을 반복했다. 그리하여 주변이 어둑어둑하고 으스름한 시간에 이르자 평해에서 꽤나 힘 좀 누리던 백색당 인사 대부분이 잡혀왔다.

상황은 생각보다 빨리 일단락되었고 이경 선생은 겨우 긴장에서 풀려났다. 그러나 이경 선생의 고통은 끝나지 않았다. 첫번째 사람을 고문하여 얻은 이름으로 두번째 사람을 잡아오고 다시 고문하여 얻은 이름으로 세번째 사람을 끌고 오는 방식으로 이어지는 반역자 색출은 무고한 사람을 죄인으로 둔갑시키는 비극을 만들기 때문이었다. 실제로 그날 반역자로 확정된 사람 대부분은 무고한 부류가 틀림없었다.

그러나 사실과 진실은 다른 법. 사실은 항상 하나일 뿐이나 진실은 다양한 모습으로 가공될 수 있었다. 그리고 사실과 가공한 진실 사이의 간극을 좁히기 위해 이경 선생이 할 수 있는 일은 아무것도 없었다. 최고재판관이란 칭호가 무색하게 이경 선생은 그저 지켜볼 수밖에 없었다. 이경 선생은 어서 빨리 절도부를 떠나고 싶었으나 고문과 자백을 끝내고 형을 확정하는 서류를 작성하며 일을 마무리하기 전까지는 떠날 수 없어 그날 밤은 절도부에서 보내야 했다.

"암행총관께서 찾으십니다."

절도부에 마련한 임시 숙소에 몸을 누이기도 전에 곽곽 선생의 무사가 찾아왔다. 암행총관이란 말에 이경 선생은 화가 치밀었으나 그렇다고 만나지 않겠다고 말하기는 어려웠다. 아울러 곽곽 선생에게 묻고 싶은 것도 적지 않아 이경 선생은 무사를 따라나섰다.

"최고재판관을 모셔왔습니다."

곽곽 선생이 머무르는 방에 도착하자 무사는 짧게 말하고 이경 선생을 안으로 안내했다. 내부는 이경 선생에게 배정한 숙소와 크게 다르지 않았다. 침상과 탁자, 탁자에 딸린 의자 몇 개가 가구의 전부였고 탁자에는 간단한 음식이 차려져 있었다.

"이경 선생, 오셨습니까? 오늘 수고가 많으셨습니다."

곽곽 선생은 의자에 앉은 채 인사했다. 군이 따지면 곽곽 선생은 암행총관이며 국왕이 철권을 하사한 자라 이경 선생에게 예를 차릴 이유가 없었다. 최고재판관은 임시직일 뿐이며 지위 자체도 암행총관보다 높지 않았기 때문이다. 그러나 이경 선생이 연장자고 널리 존경받는 처사임을 감안하면 대부분은 의자에서 일어나 맞이했을 것이다. 물론 곽곽 선생은 예전부터 그런 일반적인 관행을 무시했다.

"긴 하루였으니 목부터 축이시죠."

이경 선생의 의사는 묻지도 않고 술병을 들어 잔에 부었다. 이경 선생은 술을 마실 기분이 아니었고 곽곽 선생의 무례한 행동이 평소보다 크게 거슬렸다.

"술을 마실 기분이 아니오."

이경 선생은 어울리지 않게 찌푸린 표정으로 말했다. 솔직한 심정은 화를 내고 싶었으나 찌푸린 표정이 이경 선생이 표현할 수 있는 최고의 분노였다.

"아래로는 인신매매로 백성을 괴롭히고 위로는 국왕 전하께 반역을 꾀한 무리를 일망타진했으니 이보다 기쁜 일이 어디 있습니까? 그러니 술을 마시기에 오늘보다 좋은 날도 드물지 않습니까?"

곽곽 선생은 이경 선생의 기분은 아랑곳하지 않고 히죽거리며 말했다. 조롱에 가까운 행동이라 이경 선생은 심한 모욕감을 느꼈다. 그러자 곽곽 선생은 어쩔 수 없다는 듯 너털웃음을 터뜨리고는 자신의 잔에 술을 부어 단숨에 들이켰다. 그러고는 빈 잔에 다시 술을 채우며 말했다.

"우리가 처음 만난 일을 기억합니까? 벌써 20년 전입니다만 선생께서는 그때부터 지금까지 변한 것이 없습니다."

변한 것이 없다니? 곽곽 선생의 갑작스러운 말을 이해하기 어려웠다. 뜬금없이 20년 전의 첫 만남을 언급하며 변한 것이 없다니? 그런 이경 선생을 보며 곽곽 선생은 다시 술잔을 비우며 웃음을 터뜨렸다.

"그때나 지금이나 선량하고 순진하다는 뜻입니다. 그러니 마음이 무겁겠습니다."

이경 선생은 아무 말도 하지 않았다. 마음이 무겁다는 말에 맞장구치면 자칫 반역자를 동정한 사람으로 몰릴 가능성이 있기 때문이었다.

"우리 사이에 그런 걱정까지 할 필요가 있습니까? 솔직하게 말해도 괜찮습니다. 솔직히 최관호가 타락한 인물은 틀림없어도 반역자는 아니라고 생각하지 않습니까? 반역에 가담한 자들도 모두 고문을 이기지 못하고 자백한 것일 뿐이라고 생각하지 않습니까?"

곽곽 선생은 이경 선생의 마음을 꿰뚫고 있었다. 이경 선생은 당황하여 얼굴이 붉어졌고 곽곽 선생의 얼굴에는 타인의 당혹스러움을 즐기는 야비한 미소가 떠올랐다.

"반역자로 정하고는 자백할 때까지 고문하고, 자백하면 다시 가담한 사람을 밝히라며 고문하고, 고통을 이기지 못해 이름을 내뱉으면 그 사람을 잡아와 같은 과정을 반복하고, 그렇게 해서 마음에 들지 않는 무리를 죄다 제거하는 방법은 당신네 백색당의 수법이 아닙니까? 흑색당을 쫓아내고 왕정복고를 이룬 다음 그런 식으로 백색당을 제외한 모두를 제거하지 않았습니까?"

이경 선생은 더욱 당황했다. 곽곽 선생의 말을 반박할 수 없었다.

"그런데 지금껏 백색당이 아닌 무리를 반역자로 몰아 제거할 때는 가만히 있더니 이제 당신네 백색당이 당하니 억울해서 분노가 쌓입니까? 당원을 직접 제거하니 마음이 불편합니까?"

곽곽 선생은 한쪽 입술을 일그러뜨리며 차갑게 웃었다. 그러고는 이경 선생을 노려보며 말했다.

"20년 전이나 지금이나 당신은 지나치게 순진한 머저리일 뿐입니다. 처사니 뭐니 유명해져도 단 한 걸음도 나아가지 못했군요!"

이경 선생은 아무 말도 할 수 없었다.

제8장

죽전

1

방은 따뜻했다. 시정잡배와 불한당이 드나드는 싸구려 선술집이 아니었으며 심지어 단순히 돈이 많다는 것만으로는 함부로 출입할 수 없는 고급스러운 기방이었기에 겨울과 초봄에도 난방이 충분했다. 다만 건조한 공기는 어쩔 수 없었다. 죽전은 내륙에 위치하고 산이 둘러싼 분지라 가을부터 봄까지는 비가 거의 내리지 않아 매우 건조하고 추웠다. 공기는 난방을 할수록 더더욱 건조해졌다. 그런 탓에 박민수는 몇 번이나 콜록거렸다. 건조하고 거친 공기가 목을 자극했다.

"젠장!"

기침을 멈춘 박민수는 불만이 가득한 표정으로 중얼거리며 술잔을 집어 벌컥벌컥 들이켰다. 그러나 술이 목구멍을 타고 넘어

148 곽곽선생뎐

가도 불만은 사라지지 않았다. 오히려 한층 더 짜증이 치밀었다. 술의 맛과 향이 박민수가 기대했던 것과 달랐던 것이다. 박민수는 한벌에서 태어나고 자라 쌀로 빚어 향긋하고 달콤한 술에 익숙했으나 죽전의 술은 보리로 만들어 증류해도 쌉쌀했다. 죽전 토박이는 그런 맛과 향에 구수하고 깊이가 있다며 열광했지만 박민수의 입장에서는 촌놈의 이상한 입맛에 불과했다. 그래서 그 불쾌한 맛과 향을 가시게 할 안주를 찾았으나 상에 차려진 음식도 죄다 마음에 들지 않았다.

"안주가 하나같이 맵고 짜구나. 신선한 음식을 좀 가져오너라."

박민수는 짜증 가득한 표정으로 기녀에게 말했다. 그렇지 않아도 기녀는 박민수의 얼굴을 살피며 안절부절못하던 터라 재빨리 방 밖에서 대기하던 하인에게 말했다. 그러자 얼마 지나지 않아 하인이 작은 접시를 대령했다.

"나리, 신선한 것을 찾으셔서 저희 집에서만 맛볼 수 있는 별미를 준비했습니다."

기녀가 생글생글 웃으며 말하자 박민수의 짜증도 조금은 사라졌고 호기심이 생겼다. 박민수는 젓가락으로 접시에 담긴 음식을 덥석 집었다. 그런데 조금 이상했다. 기대했던 음식이 아니었다. 젓가락으로 집어올린 음식은 얇고 긴 직사각형이면서 붉었다. 번들거리는 표면으로 보아 촉촉한 음식일 듯했고 무엇인지 어렵지 않게 추측할 수 있었다.

"이게 무엇이냐?"

박민수는 다시 한껏 얼굴을 찌푸리며 물었다. 박민수의 물음에 기녀는 조심스럽게 말했다.

"오늘 도축한 소의 엉덩잇살입니다. 건강한 소의 신선한 고기만 날것으로 먹을 수 있어 도축장에서도 아주 조금만 구할 수 있는 별미입니다."

소의 엉덩잇살이라니! 그래 보았자 날고기가 아닌가! 날고기를 먹다니! 역시 죽전 촌놈들은 몰상식한 야만인이 틀림없다! 그런 음식을 별미라고 하다니! 박민수는 잔뜩 찌푸린 얼굴로 젓가락을 던지듯 내려놓았다.

"가축의 고기를 익히지 않고 먹다니 제정신인가! 바다에서 잡은 생선이라면 모를까, 소의 엉덩잇살이라니!"

박민수의 호통에 기녀는 머리를 조아렸다. 박민수의 언행이 아니꼬웠으나 어쩔 수 없이 비위를 맞추어야 했다.

"나리, 그렇다면 바다에서 잡은 음식을 올릴까요?"

기녀의 말에 박민수는 고개를 끄덕였다. 그렇지. 바다에서 잡은 음식이라면 낫겠지. 그러나 잠시 후 하인이 가져온 접시에 담긴 음식은 소의 엉덩잇살만큼이나 기괴했다. 납작하게 자른 동그란 물체는 전체적으로 하얀색이었으나 테두리는 옅은 갈색이었다. 더구나 테두리에는 빨판도 있었다.

"이게 무엇이냐?"

박민수는 눈살을 찌푸리며 물었고 기녀는 눈치를 살피며 대답했다.

"나리, 문어입니다. 문어 다리를 살짝 삶아 먹기 좋게 썰었습니다. 문어는 먹물을 뿜는 생물이라 학문을 안다고도 합니다."

문어라고? 그 이상한 생물을 먹는다니! 정말 죽전 촌놈들은 제정신이 아니다. 먹을 것이 없어 그런 요상한 생물을 별미로 먹는단 말인가! 박민수는 화가 치밀었다. 죽전의 모든 것이 싫었다. 여름에는 너무 덥고 겨울은 춥고 건조했다. 내륙 깊숙이 자리한 분지여서 쌀은 구하기 어렵고 보리가 주식이며 음식은 하나같이 짜고 매웠다. 최악은 죽전 토박이였다. 미치광이 같은 놈들! 국왕을 살해하고 왕조를 폐한 후 포악한 과두정을 펼친 흑색당의 근거지가 바로 죽전이었으며 토박이 녀석들은 아직도 그 시절을 그리워하고 있었다. 그러니까 모두 반역자였다. 겉으로는 형벌이 무서워 쉬쉬하나 눈빛만 보아도 그 사악하고 발칙한 생각을 느낄 수 있었다. 하필이면 절도사로 부임한 첫 임지가 이런 곳이라니!

"오늘은 술맛도 없군. 관사로 갈 테니 준비하라."

박민수의 말에 기녀가 걱정스러운 표정으로 답했다.

"나리, 밤이 늦었습니다. 아직 공기가 찹니다. 주무시고 아침에 가시는 것이 어떨지요?"

기녀의 말이 쓸데없는 걱정은 아니었다. 너무 늦은 시간이었고 겨울이라 더 어둡고 추웠다. 그런 시간에 돌아다니는 것은 현명하지 않을 뿐 아니라 매우 위험했다. 특히 죽전이 아닌가. 흑색당의 과두정이 붕괴되고 왕정복고를 이룬 지도 50년 남짓 흘렀으나 죽전에는 여전히 반역의 기운이 충만하여 박민수 같은 백색당원은 안전에 주의를 기울여야 했다. 지난 50년 동안 살인이라 단정할 수 있는 물질적 증거가 명확하지 않은 죽음을 맞이한 절도사가 적지 않았기 때문이다.

"됐다. 기방에서 아침을 맞이하면 예에 어긋나느니라."

박민수가 근엄하게 말하자 기녀는 가까스로 웃음을 참았다. 기방에서 아침을 맞이하면 예에 어긋난다니! 그렇다면 아예 기방에 출입하지 않았어야 했다. 기방에 뻔질나게 드나들면서 예를 말하다니 우스웠다. 하기야 백색당은 늘 그랬다. 겉과 속이 다른 부류. 흑색당은 적어도 그런 위선자는 아니었다. 물론 기녀는 흑색당의 과두정을 경험하지 않았으나 노인들의 이야기를 들어보면 그랬다.

"가마를 준비하라고 일러라."

다행히 박민수는 기녀의 감정을 알아차리지 못했다. 기녀가 감정을 숨기는 데 뛰어나기도 했고 박민수는 백색당 수뇌의 아들로 자라 다른 사람의 감정을 살피는 것에 서툴렀다.

"알겠습니다."

기녀는 공손하게 대답하며 방에서 물러났다. 잠시 후 뜰에 가마가 도착하자 박민수는 겉옷을 걸치고 방을 나섰다. 뜰에는 가마와 가마를 옮길 가마꾼들 외에도 칼을 찬 무사 한 명이 박민수를 기다리고 있었다. 무사를 본 박민수의 표정이 편안해지는 것으로 보아 그를 크게 신뢰하는 듯했다. 무사는 박민수를 보자 고개를 숙여 예를 표했다. 박민수 역시 고개를 끄덕이고는 가마에 올랐다.

"나리, 살펴가소서!"

기녀는 밝게 웃으며 말했다. 이번에도 박민수는 고개만 끄덕였고 기녀는 가마가 뜰을 지나 대문을 지날 때까지 허리를 숙인 자세를 유지했다. 그러나 가마가 대문 너머로 사라지자 냉소 가득한 표정으로 일어서며 중얼거렸다.

"거머리 같은 백색당 새끼."

2

기방은 죽전 중심부에서 조금 떨어진 곳에 있었다. 아주 외진데는 아니었으나 그렇다고 오가는 길에 인적이 많은 데도 아니었다. 물론 모두 손님의 취향을 따른 선택이었다. 고급스러운 기방에 출입하는 부류는 많은 사람의 눈에 띄는 것을 바라지 않았다. 그래서 늦은 밤 기방에서 돌아오는 길은 꽤 위험했다. 도적이 덮칠 가능성도 있었고 호랑이가 출몰할 수도 있었다. 하지만 박민수는 걱정이 없었다. 허리춤에 방망이를 찬 가마꾼 모두 건장한 사내였고 무엇보다 호위무사의 실력이 출중했다. 기방뿐 아니라 박민수가 어디를 가든 동행하는 무사는 쥬의 남쪽 지역에서는 대적할 상대가 없다는 소문이 있을 만큼 실력이 뛰어났다. 게다가 죽전 출신으로는 드물게 백색당에 속했다. 물론 엄밀히 따지면 흑색당이었다가 왕정복고 무렵 백색당으로 전향한 무리, 그러니까 회색당에 속했으나 누구도 그의 충성을 의심하지 않았다. 왜냐하면 무사의 성이 곽씨였기 때문이다.

평현 곽씨는 죽전 근처에서 오랫동안 위세를 떨친 귀족이었다. 평현 곽씨는 쥬가 성립하기 이전부터 세력을 유지한 호족에 해당했고 종교와 당파를 따지지 않고 수용한다는 독특한 가풍을 자랑했다. 쉽게 말하면 평현 곽씨는 주로 열교를 따랐으나 내수교로 개종해도 파문하지 않았고 가문 내부에 백색당과 흑색당이 공존했다. 나쁘게 말하면 가문의 영광과 생존을 위해서는 언제든 깃발을 바꿀 수 있었고 좋게 말하면 다양성과 포용력이 뛰어나며 현실적이었다. 그러므로 흑색당에서 백색당으로 귀순한 세력의 후예라고 해도 평현 곽씨에 속하는 자가 백색당 천하인 작금의 상황에서 역심을 품을 가능성은 희박했다. 성공할 가능성이 거의 없는 일에 나서는 것은 평현 곽씨의 성향이 아니었기 때문이다.

"잠깐, 멈추어라!"

가마를 앞서가던 무사가 갑자기 소리쳤다. 박민수는 취기가 올라 가마에서 깜빡 잠이 들었다가 깜짝 놀라 깨어났다.

"나리, 호랑이가 있는 듯합니다."

무사가 나직이 말했다. 호랑이란 말에 박민수의 눈이 커졌다. 호랑이라니!

"호랑이가 앞에 있으니 너희도 방망이를 준비하여 앞으로 오너라."

무사가 차분하게 명령하자 가마꾼들은 저마다 방망이를 꼬나쥐고 앞으로 나섰다. 정확히 말하면 무사에게 다가갔다. 무사 역시 허리춤에 찬 장검을 뽑아들었고 모두의 시선이 호랑이가 숨어 있을 앞쪽 덤불로 쏠렸다.

그때 갑자기 무사가 뒤로 돌아서며 장검을 휘둘렀다. 바람을 가르는 소리에 이어 비명이 들렸고 무사 옆으로 다가왔던 가마꾼 두 명이 쓰러졌다. 놀랍게도 무사의 장검이 가마꾼을 향했던 것이다. 쓰러진 동료를 보며 나머지 가마꾼들은 달아나려 몸을 돌렸으나 얼어붙은 발걸음을 뗄 수 없었다. 무사의 장검이 다시 허공을 가르자 나머지 가마꾼들도 피를 뿌리며 쓰러졌다.

"무, 무엇이냐! 미쳤느냐!"

박민수는 말을 더듬었다. 그뿐 아니라 손도 벌벌 떨었다. 가마에서 일어나려 했으나 다리에 힘을 줄 수 없었다.

"절도사 나리, 생각만큼 아프지는 않을 거요."

무사의 장검에서는 피가 뚝뚝 떨어졌다.

"네, 네 이놈! 이게 무슨 짓이냐! 반, 반역이다! 이, 이놈아!"

박민수의 말에 무사는 싱긋 웃으며 차갑게 노려보았다.

"맞소. 반역이오. 곧 당신네 가문과 백색당 동료들도 지옥으로 따라갈 테니 외롭지는 않을 거요. 아, 그 국왕이란 작자도 같이 갈 것이니 지옥에서 단단히 준비하시오."

무사의 말에 박민수는 무엇이라 말하려 했으나 다시 입을 열기 전에 장검이 가슴에 꽂혔다. 무사는 가슴에 꽂힌 장검을 뽑아 가벼운 놀림으로 박민수의 곳곳을 도륙했다.

3

조근에게는 평해에서 마주하는 모든 것이 완전히 새로운 세계였다. 절도부에 딸린 노예로 태어났고 곽곽 선생을 만나기 전에는 흑도에서만 살았기 때문이다. 그래도 평해는 바다에 면한 항구라 그 규모에 놀랐을 뿐 아주 생경하지는 않았다. 그러나 평해를 떠나 내륙으로 향하자 접하는 모든 것이 너무 낯설었다. 바다와 해안은 멀리 사라졌고 심지어 넓은 들판도 없었다. 고개를 들어 사방을 둘러보아도 어디서든 산이 보였고 가끔 조그마한 밭과 거기에 딸린 마을을 만났다. 그러다가 갑자기 커다란 도시인 죽전이 나타났다. 험준한 산으로 둘러싸인 커다란 분지에 평해만큼이나 커다란 도시가 불쑥 나타났으니 조근에게는 낯섦과 생경함의 절정이었다.

그러나 낯섦과 생경함은 거기서 끝나지 않았다. 눈을 마주쳐도 좀처럼 웃지 않고 단단히 화가 난 듯한 차갑고 무거운 표정으로 무언가에 쫓기는 것처럼 서두르는 사람들도 어색했다. 또한 음식도 정말 이상했다. 논이 없고 비탈진 곳에 위치한 밭이 대부분이라 주로 깔깔한 보리밥이 나왔고 쌀밥을 찾아보기 힘든 것도 이해할 수 있었다. 흑도도 쌀이 귀해 보리와 조를 주로 먹었으니까. 그런데 보리밥과 함께 나오는 음식은 정말 견디기 어려웠다. 채소로 만든 절임은 지나치게 짜고 매웠다. 고기는 매우 귀해 기껏해야 소나 돼지의 내장을 구워 상에 올렸는데, 이 역시 지나치게 짰다. 거기에서 끝이 아니었다. 흑도에서는 찾아보기 힘든 엄청나게 짜고 비린 젓갈, 소금을 엄청나게 뿌려서 말린 생선 모두 조근은 삼키기조차 어려웠다. 최악은 상어고기였다. 상어는 흑도에서도 흔한 생선이었으나 죽전에서는 먹는 방법이 달랐다. 죽전 사람들은 상어를 적당한 크기로 자른 후 소금에 절여 숙성한 다음 굽거나 쪄서 먹었다. 조근은 상어를 그렇게 먹는 것을 도저히 이해할 수 없었다. 조근은 죽전의 모든 음식에서 짜디짠 소금 외에 다른 맛을 느낄 수 없었다.

"입에 맞지 않나보군."

곽곽 선생은 밥상을 앞에 두고도 젓가락 둘 곳을 찾지 못해 망설이는 조근을 보고 빙긋 웃으며 말했다. 조근은 반찬 투정을 들킨 아이처럼 겸연쩍은 표정으로 시큰둥하게 답했다.

"이건 먹을 수 있는 음식이 아니오. 죄다 소금일 뿐이지 않소."

조근의 말에 곽곽 선생은 너털웃음을 터뜨렸다. 그러고는 작은 잔에 술을 따르고 단번에 들이켰다.

"섬에서 비린 생선만 먹던 주제에 음식 투정을 하는 건가?"

곽곽 선생의 말에 조근의 얼굴이 붉어졌다. 곽곽 선생이 은근 슬쩍 조근의 고향인 흑도를 비하했으나 따지고 보면 조근이 먼저 곽곽 선생의 고향인 죽전 음식을 비하했으니 셈이 복잡했다.

"음식 투정이 아니라 먹을 수 없는 음식이지 않소. 이렇게 짠 음식을 먹으니 여기 사람들이 죄다 무뚝뚝하고 성마른 것이 아니오?"

곽곽 선생에게 목숨을 빚졌고 수행원에 불과한 신분이었으나 조근은 툴툴거렸다. 재미있게도 곽곽 선생은 부하들이 그런 식으로 툴툴거리는 것을 허용했다. 심지어 암행총관의 일을 집행할 때 곽곽 선생의 계획을 부하들이 반박하는 경우도 있었다. 물론 곽곽 선생은 매우 고집이 세서 웬만해서는 그런 반박을 수용하지 않았으나 늘 어느 정도는 참고하는 듯했다.

"음식이 짠 것은 여름이 길고 덥기 때문이다. 게다가 여기는 흑도와 평해처럼 물자가 풍부하지 않아. 동서남북 어디를 둘러봐도 산뿐이지 않느냐? 그래서 무엇이든 짜게 절이지 않으면 보관할 수 없다. 흑도와 평해처럼 매일 손쉽게 생선이며 조개를 구할 수 있는 곳이 아니란 말이다. 알겠느냐?"

곽곽 선생은 다시 술잔에 술을 따른 다음 말을 이었다.

"여름은 길고 더우며 겨울은 짧으나 춥고 건조하지. 또 식량은 늘 부족하니 당연히 말수가 적고 표정이 거칠고 행동이 빠른 것이다. 그러지 않고서야 살아남을 수 있겠느냐?"

암행총관과 수행원의 관계여서 굳이 시시콜콜 이해시킬 필요는 없었으나 곽곽 선생은 말을 계속했다. 그러자 묘하게 궁지에 몰린 듯한 기분을 느낀 조근이 슬그머니 반격했다.

"그렇다면 총관 나리는 고향이 죽전이면서 왜 그리 말씀이 많습니까?"

여느 귀족이라면 곱게 넘어가지 않을 말이었으나 곽곽 선생은 싱긋 웃을 뿐이었다.

"그러게. 예전부터 나도 그게 궁금했다. 하긴 내가 별나게 구는 면이 어디 그것뿐이겠느냐? 내수교를 믿는 이교도 나부랭이면서도 나라의 녹을 먹으며 국왕 전하의 명을 받들지 않느냐? 군인도 아니면서 무기를 가까이하고, 판관도 아니면서 남을 심판하여 처단하고, 귀족이면서도 반상의 구분을 어지럽히니 별종 중의 별종이지."

곽곽 선생의 말에 조근은 당황했다. 도무지 어떻게 반응해야 할지 가늠하기 어려웠다. 그때 방문이 열리고 다른 수행원이 들어와 곽곽 선생에게 다가갔다. 수행원이 귓속말을 건네자 곽곽 선생의 얼굴에 야릇한 미소가 떠올랐다. 곽곽 선생이 고개를 끄덕이자 수행원은 서둘러 방을 나섰다. 수행원이 사라지자 곽곽 선생은 조근을 바라보며 말했다.

"너도 나가보아라. 아무래도 죽전에 한동안 머무를 듯하니 짠 음식에 익숙해지거라."

4

어린 시절, 팔다리에 제법 힘이 붙고 또래와 함께 무리지어 어울리기 시작할 무렵 무현은 스승을 만났다. 다만 평현 곽씨의 여느 아이와 달리 무현은 열교 경전을 배우지 않았다. 그렇다고 글 짓기를 익힌 것도 아니었다. 무현의 스승은 쥬에서 제일가는 검객이었다. 평현 곽씨란 세도 있는 배경에도 무현이 경전이나 글짓기가 아니라 검술에 전념한 이유는 회색당이었기 때문이다. 평현 곽씨는 열교와 내수교, 백색당과 흑색당이 공존하는 가문이라 무현의 할아버지와 아버지는 흑색당 과두정이 붕괴되자 재빨리 백색당에 협력할 수 있었고 그럼으로써 회색당이 되었다. 이처럼 가문이 지닌 권력 덕분에 깃발을 바꾸어 생존했으나 주변의 시선은 곱지 않았다. 특히 무현이 마주한 상황은 한층 가혹했다. 무현의 스승은 쥬에서 손꼽히는 검객이었으며 동시에 열렬한 백색당원이라 처음부터 무현을 아주 싫어했다. 스승뿐 아니라 사형, 동기, 사제, 모두 백색당이라 괴롭힘은 끈질기고 집요했다.

그래도 열렬한 백색당원답게 타고난 위선자인 스승은 겉으로는 공정한 척했다. 그러나 가르칠 때 무현에게는 거의 관심을 기울이지 않았다. 무현의 연습 순서는 늘 끄트머리라 대충 흘러갈 때가 많았다. 설령 무현의 동작에 문제가 있어도 바로잡아주지 않았다. 무현의 상대로 항상 가장 뛰어난 아이를 골랐고 때로는 무현보다 나이가 많아 힘이 월등한 아이와 대련하게 했다. 심지어 무현에게는 금이 간 목검을 주었다. 무현이 궁지에 몰려도 대련을 끝내지 않아 흠씬 두들겨맞고 피투성이가 되는 일이 잦았다.

아이들은 더욱 노골적이었다. 집으로 돌아가는 길에 무현을 덮쳐 구타했다. 오전 훈련과 오후 대련 사이 점심을 먹을 때면 무현의 밥에 침을 뱉고 때로는 무리지어 무현을 제압한 후 개똥을 먹였다.

무현은 묵묵히 감내했다. 그런 가혹한 대우는 어떤 측면에서는 검술에 도움이 되었다. 금이 가 곧 부러질 목검으로 가장 강력한 학생을 상대했고 홀로 여럿과 싸우는 법을 익혔다. 물론 평범한 아이였다면 고통을 견디지 못하고 무너졌을 것이다. 그러나 무현은 평현 곽씨였다. 생존 본능과 투쟁 정신은 평현 곽씨를 규정하는 가장 큰 특징이었기에 무현은 고통을 이겨냈을 뿐 아니라 크게 성장했다.

다만 무현은 철저하게 자신의 실력을 숨겼다. 부러진 목검으로 스승의 수제자를 이길 경지에 올라도 일부러 졌다. 무리지어 덤비는 아이들을 제압할 실력을 갖추어도 일부러 제압당해 개똥을 먹었다. 스무 살이 되어 스승의 문하를 떠날 때 진검으로 스승과 대련하기 때문이었다. 무현의 목적은 스승에게 그 모든 악행의 대가를 받는 것이었기에 그때까지 철저히 실력을 감추었다.

스승은 수료식을 겸한 대련에서 무현을 얕보았다. 사실 스승도 그 대련을 기다리고 있었다. 진검으로 하는 대련을 기회삼아 무현을 살해하려는 것이 스승의 속셈이었다. 비슷한 목적을 지닌 두 사람의 대결인 셈이었다.

수료식의 대련은 유례없이 격렬했다. 스승과 무현의 특징은 완전히 달랐다. 스승이 아름다움과 질서를 강조하는 정통파였다면 무현은 동작의 아름다움과 질서 따위는 조금도 개의치 않고 오직 적을 제압하는 데만 집중했다. 그리고 그 차이가 승패를 갈랐다. 사실 실력은 여전히 스승이 뛰어났다. 그러나 생각과 달리 무현이 매우 강력하여 스승은 당황했다. 또한 무현의 공격적이고 실리적인 움직임은 스승의 아름답고 질서 있는 동작과는 상극이었다. 불꽃 튀는 접전 끝에 무현의 검이 스승의 오른손을 잘랐다. 정확히는 팔꿈치 부분을 깨끗하게 베었다. 피가 솟구치고 경악한 제자들이 뛰어가 지혈하는 동안 무현은 차갑게 웃었다.

원래는 그때 스승의 목을 노렸다. 그러나 그렇게 죽이면 너무 관대하다고 생각했다. 검을 잡는 오른손을 잘라 스승에게 절망 가득한 삶을 선사하는 것이 어울리는 형벌이라 판단하여 마지막 순간에 목이 아닌 오른 팔꿈치로 목표를 바꾸었다.

그렇게 무현은 쥬의 최고 검객이 되었다. 수료식의 대련이라 스승의 팔을 잘라 불구로 만들어도 범죄가 아니었다. 덕분에 큰 악명을 얻었으나 오히려 그것을 즐겼다. 회색당으로 살려면 사람들이 두려워하는 편이 유리했다.

"암행총관께서 오셨습니다."

부관의 말이 무현을 과거에서 현재로 돌렸다.

"모셔라."

무현은 짧게 말했다. 그러나 그 말이 끝나기 전에 문이 벌컥 열리며 곽곽 선생이 나타났다.

"이거 오랜만이네."

곽곽 선생은 쌍꺼풀 없이 가늘게 찢어진 눈과 얇은 입술이 도드라지게 웃으며 말했다. 그러고 보면 두 사람 모두 평현 곽씨로 꽤 가까운 인척이었으나 생김새는 완전히 달랐다. 무사다운 건장한 체격과 오뚝한 콧날만 비슷할 뿐이었다. 무현은 길고 곱슬한 머리카락, 쌍꺼풀 짙은 눈매, 적당히 도톰한 입술을 지닌 전형적인 미남이었기에 날카롭고 냉소적이며 때로는 거리의 싸움꾼 같은 곽곽 선생과는 거리가 있었다.

"암행총관에게는 절도사도 일어나서 예를 표하거늘, 일개 병마관 따위가 무엄하군!"

곽곽 선생은 입술을 일그러뜨리며 말했으나 장난기 가득할 뿐 진짜 화난 것은 아니었다. 그래서인지 무현 역시 시큰둥하게 반응했다.

"내수교를 믿는 이교도 따위에게 열교를 믿는 자가 굽신거릴 수는 없지 않소?"

무현의 말에 곽곽 선생은 껄껄 웃었다.

"간에 붙었다가 쓸개에 붙었다가 하는 회색당 나부랭이가 열교의 진리를 논하는 것이냐?"

물론 무현도 지지 않았다.

"말이 좋아 암행총관이지. 밀정과 자객의 우두머리이며 나라님의 사냥개일 뿐이지 않소? 총관이야말로 가문의 수치요."

반역죄 혹은 불경죄에 해당하는 말이었으나 곽곽 선생과 무현은 웃음을 터뜨리며 서로 가볍게 포옹했다. 오랜 친구 사이에나 가능한 행동이었으며 실제로도 그랬다. 두 사람은 탁자에 앉았다. 원래는 절도사가 있어야 할 집무실이었으나 그의 자리는 비어 있었다.

"박민수는 어떻게 된 일인가? 호랑이에게 물려 죽었다니?"

곽곽 선생은 여느 때처럼 곧장 본론으로 들어갔다. 무현은 어깨를 으쓱이며 대답했다.

"기방을 다녀오는 길에 당했다네. 밤이 깊고 날씨가 좋지 않아 기방에 머무르다 가자고 만류했네만 백색당 도련님이 어떤지 잘 알지 않나?"

곽곽 선생은 고개를 끄덕였다. 그러나 이내 얼굴을 찡긋거리며 말했다.

"그런데 의외로군. 쥬 최고의 검객인 자네가 고작 호랑이를 물리치지 못하다니."

곽곽 선생의 도발에 무현은 웃음을 터뜨렸다.

"칼 한 자루로 호랑이를 물리치는 것이 쉬운 줄 아나? 내 한 몸은 지킬 수 있어도 남을 보호하는 것은 다른 문제일세. 자네가 좋아하는 사냥과는 다르네. 몰이꾼도 없고 활이나 총도 없어. 칼 한 자루로 어두운 밤에 깊은 산길에서 호랑이를 상대하는 일이네."

곽곽 선생은 고개를 끄덕였다.

"그래도 의심스럽다면 박민수와 가마꾼들의 시신을 확인해보게."

무현은 천연덕스레 말했다. 무현의 빼어난 연기 덕분인지 곽곽 선생은 고개를 가로저었다.

"아닐세. 그럴 필요까지야 없지. 절도사가 호랑이에 물려 죽은 일은 암행총관의 업무가 아니니까. 게다가 색목인을 하루라도 빨리 압송해야 해서. 곧 출발할 테니 그동안 편의를 부탁하네."

곽곽 선생은 서둘러 자리에서 일어났고 무현은 고개를 끄덕였다.

제9장

폭동

1

사내들의 식사 예절은 형편없었다. 조근 자신도 다른 사람의 예절을 탓할 처지는 아니었지만 그래도 사내들은 확실히 지나쳤다. 덩치라도 작으면 모를까 딱 벌어진 어깨가 돋보이는 굵은 몸통에 튼실한 팔다리를 자랑하는 거구들이 젓가락과 숟가락에는 눈길 한번 주지 않고 저마다 손을 뻗어 멧돼지고기를 덥석 잡아 입으로 뜯는 모습은 사냥감을 찢어먹는 들개떼를 떠올리게 했다. 보리밥도 손으로 대충 뭉쳐서 먹었다.

"이봐, 거기 소금 있어?"

눈앞에 펼쳐진 아수라장 같은 모습에 놀라 우두커니 있던 조근에게 사내들 가운데 한 명이 거칠게 말했다. 소금이 없다고 대답하면 당장 주먹이라도 날릴 기세였다. 다행히 앞에 소금이 담긴 막사발이 있어 조근은 막사발을 사내에게 건네려 했다. 그 순간 조금이라도 멧돼지고기를 더 먹으려고 다투는 사내들 때문에 막사발이 그만 바닥에 떨어졌다. 운 좋게 막사발은 깨지지 않았으나 소금이 바닥에 쏟아졌다. 하지만 흙바닥이어서 소금은 쓸어 담을 수 없었다.

"야, 너 일부러 소금을 쏟았지?"

소금을 달라던 사내가 거칠게 말했다. 솔직히 사내들은 외모뿐 아니라 분위기도 모두 비슷비슷하여 전체로 느껴질 뿐 하나의 개인으로는 느껴지지 않았다. 거칠고 무례했으며 작은 꼬투리만 있어도 주먹을 휘두르는 왈패, 사내들은 모두 그랬다. 조근은 앞으로 닥칠 성가신 상황에 벌써부터 골치가 아팠다.

"일부러 그런 것은 아니오. 당신네가 정신 나간 것처럼 음식을 먹으니 그렇지 않소."

조근은 차근차근 말했다. 하지만 흑도 특유의 억양은 숨길 수 없었다. 사내들이 쓰는 거칠고 억세며 빠른 억양과 비교하면 조근의 말투는 너무 부드러워 확연히 도드라졌다.

"어쭈, 이 새끼, 말투가 왜 이래?"

소금을 달라던 사내뿐 아니라 다른 사내들도 조근을 쳐다보았다. 정확히 말하면 단순히 쳐다본 것이 아니라 노려보는 것에 가까웠다. 지난 며칠 동안 밥을 먹을 때마다, 휴식시간마다 별것도 아닌 일로 난투극이 벌어졌던 터라 조근은 잔뜩 긴장했다. 싸움이라면 누구에게도 뒤지지 않았으나 혼자서 여럿을 상대할 수도 있었기 때문이다. 소금을 달라던 사내가 자리에 일어나 조근에게 다가오며 그런 예상이 현실로 다가왔다. 그때 예상하지 못한 목소리가 주변을 압도했다.

"말투가 어때서? 이 새끼야!"

재미있게도 이번에도 말투가 이상했다. 사내들의 억양도, 조근 같은 흑도 억양도 아니었다. 쥬의 어디에도 속하지 않을 것만 같은 묘한 말투였다. 또한 외모도 말투만큼이나 특이했다. 그곳에 모인 사내들의 거구에 섞여 체격은 그리 도드라지지 않았지만 빡빡 깎은 머리가 돋보였다. 만교의 승려만 그렇게 머리카락을 깎는 터라 파계승을 떠올리게 했다.

빡빡머리 사내는 상대가 반응할 틈도 주지 않고 주먹을 날렸다. 빠르고 경쾌한 빡빡머리 사내의 주먹이 가볍게 상대의 목에 꽂혔다. 별반 세게 때리지 않은 듯했는데도 상대는 컥컥거리며 앞으로 고꾸라졌다.

"다들 밥이나 처먹어라. 말투가 어떻다, 소금을 건네달라, 이딴 개소리는 하지 말고 고개 숙이고 밥이나 처먹으라고!"

빡빡머리 사내의 살기등등한 기세에 나머지 사내들의 태도가 누그러졌다. 어차피 자기네와 직접 관련 있는 일이 아니기도 해서 다들 자리로 돌아가 다시 음식에 집중했다. 조근 입장에서는 성가시고 골치 아픈 일을 넘길 수 있어서 다행이었다. 그렇지 않아도 곽곽 선생이 쓸데없는 문제를 일으키지 않도록 각별히 조심하라고 일러두었기 때문이다. 조근도 자리에 앉아 멧돼지고기를 집어 식사를 계속하려던 찰나 빡빡머리 사내가 다가왔다. 사내가 너무 바싹 붙어 앉아 불편할 정도였다.

"당신이 조근인가?"

빡빡머리 사내는 덩치에 어울리지 않게 아주 작은 소리로 속삭였으나 조근은 소스라치게 놀랐다. 어떻게 자신의 진짜 이름을 아는 것일까? 조근은 휘둥그레진 눈을 숨기지 못했다. 빡빡머리 사내는 그런 조근을 두고 심술궂게 웃으며 말했다.

"걱정하지 말게. 당신네 우두머리가 보내서 왔으니까. 나는 후야라고 하네."

2

곽곽 선생은 조근에게 임무에 대해 세부적이고 구체적인 부분까지는 알려주지 않았다. 그저 죽전에 남아 병마관이 모집하는 호랑이를 잡는 부대에 침투하라고만 지시했다. 덧붙여 침투에 성공하면 후야라는 사람과 접선하라고 했다. 다만 후야라는 사람을 찾는 방법과 서로를 알아보는 절차에 대해서는 말하지 않았다. "노력하지 않아도 후야가 알아서 찾아올 것이다"라고만 알려주었을 뿐이다. 온갖 의문이 떠올랐으나 곽곽 선생은 묻는다고 대답하는 존재가 아니었다. 물어도 한층 아리송한 답만 할 뿐이라 조근은 수수께끼 같은 임무에 순순히 나설 수밖에 없었다.

호랑이를 잡는 부대에 침투하는 것은 어렵지 않았다. 그런데 왜 갑자기 호랑이를 잡으려 할까? 이유는 간단했다. 평범한 농민이 아니라 죽전절도사 박민수가 호랑이에 물려 죽었기 때문이다. 그래서 아직 국왕이 새로운 절도사를 임명하지 않아 병마관인 곽무현이 절도사의 임무를 대행하며 호랑이 퇴치에 나섰다.

하지만 호랑이 퇴치는 만만한 일이 아니었다. 절도부에 소속한 병사로는 호랑이를 효율적으로 상대하기 어려웠다. 절도부 병사들은 도적과 범죄자를 잡아 치안을 유지하고 혹시 있을지도 모르는 반란을 제압하는 데 익숙했기 때문이다. 가파른 산길과 울창한 숲에서 호랑이를 쫓아 사냥하는 것은 완전히 다른 일이었다. 그래서 병마관은 300명 가까운 호랑이 잡는 사냥꾼을 모집했다. 호랑이가 수십 명의 백성을 물어 죽일 때는 아무런 조치도 하지 않다가 절도사의 죽음에는 지나치게 반응하는 처사였다. 원래 절도사, 특히 백색당에 속한 절도사의 목숨은 수백, 수천의 백성과 같은 무게를 지니는 법이다. 병마관은 숙식을 제공하며 높은 보수를 약속하여 죽전 근처부터 멀리는 평해까지 많은 수의 사냥꾼을 데려왔다.

그런데 이상하게도 병마관은 사냥꾼만 모집하지 않았다. 호랑이를 잡으려면 포수가 필요했지만 화승총을 다루는 포수는 100명 정도에 불과했다. 나머지 200명은 여기저기에서 모은 왈패와 산적 같은 불한당이었다. 물론 호랑이 사냥에는 포수 외에도 몰이꾼이 필요하지만 그런 불한당은 몰이꾼에 적합하지 않았다. 그뿐 아니라 그들이 받는 훈련도 호랑이 사냥과는 거리가 멀었다. 호랑이를 사냥하려면 두어 명씩 조심스레 숨어서 사격해야 했는데, 큰 대열을 이루어 일제히 사격하는 법을 훈련했다. 나머지 200명도 창과 검, 쇠망치 같은 무기를 사용하여 싸우는 법 외에도 대열을 이루어 행군하고 기습에 대응하는 법을 훈련했다. 병마관 곽무현은 호랑이를 잡는 부대가 아니라 국왕을 잡는 부대, 반란군을 모은 셈이었다.

병마관이 모집한 사내들도 그런 사실을 알아차렸으나 그 누구도 내색하지 않았다. 도망쳐서 병마관을 고발할 수도 있었으나 생각만큼 쉬운 일이 아니었다. 병마관의 심복이 사내들을 훈련시킬 뿐 아니라 감시했다. 요행히 감시를 벗어나 도망쳐도 죽전은 험한 산에 둘러싸인 분지였다. 병마관과 함께 반란을 꾀하는 무리가 죽전에서 나가는 길을 통제할 것이 틀림없었다. 그렇다고 죽전에 있는 관리에게 고발할 수도 없었다. 절도사도 호랑이에게 물려 죽은 것이 아니라 병마관이 살해했을 것이며 관리들 가운데에도 병마관의 부하가 있을 가능성이 컸다. 그리고 사내들 대부분은 어차피 불한당이었다. 죽전과 평해 같은 곳을 떠돌며 거칠고 불법적인 일을 하며 하루하루 버티는 인생이었기에 반란군에 가담하는 것도 개의치 않아 했다. 혹시라도 운이 좋아 반란이 성공하면 팔자를 고칠 수 있을 테니까.

"어떻게 할 겁니까?"

접선한 지도 벌써 며칠이 지났으나 후야는 훈련에만 열심히 집중했다. 그래서 조근은 훈련이 끝난 늦은 오후에 조심스레 물을 수밖에 없었다. 곽곽 선생이 조근에게는 구체적인 내용을 알려주지 않은 것을 감안하면 후야는 무엇인가 알고 있는 것이 틀림없었다.

"당신, 육지 사람이 아니지? 흑도 사람이 틀림없군."

조근의 질문에 후야는 싱긋 웃으며 대화의 주제를 엉뚱하게 바꾸었다.

"내 고향이 지금 중요합니까?"

조근은 짜증을 감추지 않았다. 곽곽 선생의 빠르고 날카로운 말투와 비교하면 후야의 억양은 어색했으나 둘 다 상대의 물음에 답하지 않고 철저하게 자신이 원하는 것만 말하는 부분은 매우 비슷했다.

"당신네 우두머리는 늑대나 들개를 데려와 사냥개처럼 부리는 버릇이 있지. 보아하니 당신도 들개 아니면 늑대겠군. 도적떼를 토벌하러 흑도에 간다더니 거기서도 한 마리를 데려왔군그래."

늑대나 들개를 데려와 사냥개처럼 부리는 버릇이라. 틀린 말은 아니었다. 조근을 포함하여 곽곽 선생의 수행원 대부분이 그런 부류였다.

"네! 내 고향은 흑도요. 그럼 후야, 당신은 어디 출신입니까?"

후야는 어차피 곽곽 선생이 지시한 계획에 대해서는 말하지 않을 듯했다. 그래서 조근도 대화의 주제를 바꾸었다. 후야가 자신의 고향을 물어 자신도 후야의 고향을 묻기로 했다.

"글쎄, 고향은 태어난 곳일까? 아니면 자란 곳일까?"

태어난 곳과 자란 곳이라. 태어난 곳에서 자라는 경우가 많지만 후야는 확실히 그런 부류는 아니었다. 후야의 어색한 억양을 고려하면 쥬에서 자라지 않았을 가능성도 다분했다. 북쪽 국경 너머에 있는 카락인 마을에서 자랐거나 바다 건너 와에서 어린 시절을 보냈을지도 몰랐다.

"생각하면 골치 아프니 태어난 곳으로 하지."

후야는 조근을 뚫어지게 바라보며 말했다.

"내 고향은 여기야. 죽전이 내 고향이지."

죽전이라고? 조근은 도무지 믿을 수 없다는 표정을 숨길 수 없었다. 평해라면 모를까, 죽전이라니. 후야의 억양과 행동은 평해의 와인촌에 꼭 어울렸다. 평해와 와를 오가는 상인, 정확히 따지면 반쯤은 상인이고 반쯤은 해적인 남자와 와인촌 근처 유곽의 여인 사이에서 태어났다면 모를까, 죽전이라니!

"믿을 수 없다는 표정이네."

후야는 묘한 미소와 함께 말했다. 그러고 보니 곽곽 선생의 미소와도 비슷했다. 물론 곽곽 선생처럼 한쪽 얼굴을 일그러뜨리지는 않았으나 느낌이 비슷했다.

"태어난 곳과 자란 곳은 달라. 그래서 물었잖아. 태어난 곳이 고향인지, 아니면 자란 곳이 고향인지."

죽전에서 태어나고 평해에서 자랄 수도 있었다. 죽전에서 태어나고 바다 건너 와에서 자랄 수도 있었다. 그런데 그럴 가능성은 얼마나 될까? 조근은 죽전이 처음이었다(하긴 여태껏 흑도를 떠난 적이 없으니 모든 곳이 처음이지만). 그러나 죽전의 독특한 특징을 파악하는 데는 짧은 시간이면 충분했다. 내륙 깊숙한 곳에 자리했을 뿐 아니라 산으로 둘러싸인 죽전은 매우 보수적인 지역이었다. 그런 곳에서 태어난 사람이 고향을 떠날 가능성은 극히 드물었다. 평해, 심지어 바다 건너 와에 가서 살 가능성은 매우 희박했다.

하지만 후야는 이미 조근에게 관심을 기울이지 않았다. 자신의 고향에 대해 꼬리에 꼬리를 무는 생각에 한동안 아무 말도 하지 않았다.

3

쥬에서 매일 열리는 시장은 극히 드물었다. 수도인 한벌 그리고 와와 교역하는 항구인 평해에만 매일 물건을 사고파는 시장이 있을 뿐이었다. 나머지는 죄다 5일 혹은 10일에 한 번 열리는 시장이었다. 물론 항상 그랬던 것은 아니었다. 흑색당이 권력을 잡던 무렵, 국왕을 몰아내고 흑색당 과두정이 다스리던 시절에는 매일 시장이 열리는 곳이 많았다. 그런 차이의 원인은 간단했다. 백색당이 농업을 기반으로 검약과 자급자족을 강조하는 반면, 흑색당은 상업을 육성하고 광업에도 크게 관심을 기울였기 때문이다. 그래서 죽전에서는 장이 열릴 때마다 예전에는 이렇지 않았다고 회상하는 노인을 종종 만날 수 있었다. 다만 그런 노인조차 직접 매일 열리는 시장을 본 경우는 거의 없었다. 흑색당이 무너진 사건도 이제 반백 년이 지난 일이었기 때문이다.

어쨌든 5일에 한 번 열리고 과거와 달리 구할 수 있는 물품도 제한적이었지만 시장은 시장이었다. 그런 시장에는 먹을거리와 술이 빠질 수 없었다. 그래서 아직 정오가 되지 않았는데도 취기가 올라 얼굴이 발그레한 사내들이 이미 한편에 자리잡고 있었다. 다만 그들의 술과 음식은 보잘것없었다. 보리와 좁쌀로 만든 탁한 술과 가을에 수확하여 소금에 절인 채소, 반쯤 말린 생선이 전부였다. 죽전 주변의 척박한 환경을 반영하는 차림이었다. 문어처럼 생존력이 강한 해산물을 가져올 수는 있었으나 고급 기방처럼 부유층이 드나드는 곳에서나 먹을 수 있었다. 청어같이 기름지면서 싼 생선을 겨울바람에 꾸덕꾸덕하게 말린 음식이 시장을 찾는 평범한 사람에게는 친숙한 안줏거리였다. 지방이 많고 단백질이 삭은 특유의 눅진한 향이 나는 것이 죽전 사람들에게는 별미였다.

"이게 사람이 먹는 음식이야?"

주변과 완전히 구분되는 억양, 거무튀튀한 붕어떼에 하얀 잉어가 섞인 듯한 목소리가 보잘것없는 음식과 술을 나누던 사내들의 주의를 끌었다. 목소리의 주인도 그들처럼 노점 한편에서 술과 음식을 즐기려는 무리였다. 하지만 그들은 옷차림조차 주변과 어울리지 않았다. 그들을 본 많은 사람은 고개를 절레절레 흔들며 "한벌 놈들이군" 하고 중얼거렸다. 그랬다. 그 무리는 한벌에서 온 말단 관리였다. 죽전은 과거 흑색당 과두정의 본거지였다. 따지고 보면 흑색당의 고향에 해당하여 국왕과 백색당은 절도사뿐 아니라 말단 관리와 병사까지 많은 인원을 외부에서 파견했다. 죽전 출신으로 병마관을 맡은 곽무현은 매우 예외적인 사례였다. 그러다보니 백성과 관리 사이에는 늘 긴장감이 감돌았다(그런 긴장감은 신분을 가리지 않았다. 죽전과 주변 지역의 상류층도 대부분 회색당, 그러니까 흑색당에서 백색당으로 전향한 부류라 중앙에서 오는 관리를 좋아하지 않았다).

"흑색당 촌뜨기들은 어떻게 이런 음식을 먹을까? 이것도 음식이라고 할 수 있어?"

한벌 놈들이 생선을 씹었다가 뱉으며 말했다. 그들은 절인 채소도 입에 넣었다가 다시 뱉어냈다.

"이건 뭐야. 이렇게 짠 음식을 사람이 어떻게 먹어?"

그들은 못생긴 그릇에 든 술을 들이켰다. 아니, 한 모금을 머금었다가 역시 뱉어버렸다.

"술맛도 끝장이네. 여기는 쌀이 없어? 무슨 술이 이래?"

그들은 모두 네 명으로 치안을 담당하는 하급 관리였다. 관모와 관복을 착용하고 허리춤에는 박달나무를 은근한 불에 그을린 몽둥이를 차고 있었다.

"그만 가자. 역시 여기는 사람이 먹을 음식이 없어. 흑색당 촌뜨기가 먹는 개밥뿐이야."

사내들은 자리에서 일어났다. 그러자 못내 걱정스러운 표정으로 노점 주인이 다가왔다. 중년을 훌쩍 넘겨 노년에 가까운 부부가 노점을 운영하는 터라 남편인 늙수그레한 사내가 용기를 내한벌 놈들에게 다가갔다.

"나리, 음식이 부족해서 죄송합니다. 그래도 돈은 주십시오."

주인의 말에 관리들의 눈꼬리가 올라갔다.

"아니, 이따위 음식에 돈을 받는다고?"

관리들은 말에만 그치지 않았다. 관리 하나가 박달나무 몽둥이를 꺼내들었다. 그는 몽둥이로 주인의 턱을 위협적으로 들어올렸다.

"지금 보니 이 노인네는 사기꾼이야. 이런 음식을 팔고 돈을 받으려 하니 사기꾼이 아닌가?"

주인의 이마에 식은땀이 송골송골 맺혔다. 주인 남자뿐 아니라 남편을 지켜보는 아내도 안절부절못했다.

"우리가 누군지 아느냐? 우리는 한벌에서 너네 반역자 놈들을 감시하러 온 관리들이야. 나라님의 일을 하는 분이란 말이다. 알 겠느냐?"

그러고는 박달나무 몽둥이로 주인 남자의 허벅지를 내리쳤다. "아이고" 하는 비명과 함께 주인 남자가 바닥에 쓰러졌다. 하지 만 관리들의 폭행은 거기서 멈추지 않았다. 이번에는 네 명 모두 박달나무 몽둥이로 쓰러진 주인 남자를 두들겨팼다.

"이 흑색당 놈의 버릇을 고쳐야겠어. 움직이지 못하게 꽉 잡 아."

처음부터 적극적으로 나선 관리의 명령에 나머지 세 명이 행동 에 나섰다. 주인 남자는 바닥에 배를 깔고 쓰러진 상태였는데, 관 리 중 한 명이 그의 등에 올라탔다. 나머지 두 명은 주인 남자의 양팔을 붙잡은 다음 그의 머리카락을 잡아 위로 들어올렸다. 불 쌍한 주인 남자는 자칫 허리가 부러질 상황에 처했다.

"이게 사람이 먹을 음식인지 먹어보아라."

가장 사악한 적극적인 관리 녀석이 주인 남자의 입에 그들이 남긴 음식을 쑤셔넣었다. 폭행으로 의식도 온전하지 않은 주인 남자의 입에 음식을 우악스럽게 쑤셔넣어 숨이 막히기 직전이었 다. 주인 남자의 아내는 울음을 터뜨리며 머리를 조아리고 용서 를 구했다. 그러나 관리들은 낄낄거리며 상황을 즐겼다.

그때 어디선가 주먹만한 돌이 날아와 관리의 등에 맞았다. 화가 난 관리가 주변을 돌아보았지만 아무것도 볼 수 없었다. 엄청나게 많은 돌이 날아왔기 때문이다. 관리들이 트집을 잡을 때부터 주변에서 지켜본 사람들이 저마다 돌을 던졌다. 그것만으로도 관모가 벗겨지고 코가 부러지며 이마가 찢어져 얼굴이 피투성이가 되었으나 거기서 멈추지 않았다. 화가 난 군중은 관리들에게 달려들었다. 박달나무 몽둥이를 아무리 휘둘러도 수적 우세를 이기기는 어려웠다. 관리들은 여기저기 끌려다니며 폭행당해 이내 정신을 잃었지만 군중은 피를 원했다. 그래서 푸줏간에서 돼지고기를 자르던 커다란 칼을 들고 나와 관리들의 목과 팔, 다리를 차례대로 잘랐다.

"한별 새끼들을 끝장냅시다! 백색당 개새끼들의 씨를 말립시다!"

누가 시작했는지 알 수 없는 구호가 군중을 선동했다. 시장터에 모인 대부분이 그 말에 화답했다. 그러자 시장에서부터 살육이 시작되었다. 군중은 한별 사람, 정확히 말하면 죽전 사투리를 쓰지 않는 사람을 색출하여 관리들에게 했던 것처럼 도륙했다. 그런 일은 시장에서 끝나지 않았다. 시장을 넘어 죽전 전체로 번졌다.

제10장
사당을 불태워라

1

장터에서 일어난 폭동은 순식간에 죽전 전체로 퍼졌다. 죽전은 험준한 산이 둘러싼 분지여서 몇몇 통로만 통제하고 주변에 쌓은 산성만 지키면 외부의 공격으로부터 매우 안전한 반면, 내부에서 발생하는 위협에는 매우 취약했다. 더구나 노예와 하인, 가난한 농민부터 부유한 상류층까지 모두 한벌의 백색당이 파견한 관리에 대한 반감이 강했다. 그러다보니 폭동은 별다른 저항 없이 빠르게 일어났다. 흑색당 정권의 붕괴와 왕정복고, 곧이어 벌어진 카락과의 북방전쟁에서의 패배를 경험하며 쥬의 정규군이 매우 약화되어 수도인 한벌을 제외하고 치안의 상당 부분을 지역의 상류층에게 의존했기 때문이다. 죽전에서도 상류층은 한벌의 백색당에 대한 반감이 강했고 폭동 목적이 상류층의 약탈이 아니라 재수 없는 한벌 놈들의 도륙이어서 평소라면 어떻게 해서든 사람을 동원하여 폭동을 막았을 상류층도 자신의 저택만 지키며 나서지 않았다. 심지어 몇몇 상류층은 폭동을 이용하여 한벌 출신의 이웃을 살해하고 약탈했다.

"병마관은 대체 어디에 있는 거요?"

그런 상황에서 간신히 절도부로 피신한 관리들은 애가 탔다. 그들은 발을 동동 굴렀고 급기야 살아남은 관리 가운데 가장 지위가 높은 참사관이 회의실 책상을 내리치며 분통을 터뜨렸다. 절도부에 있는 병사는 기껏해야 100명 남짓이라 폭도가 들이닥치면 안전을 장담할 수 없었다. 절도부를 지키고 폭동을 진압하려면 주변 산성에 주둔한 병력이 필요했다. 그러나 산성을 지키는 병력을 동원할 권한은 절도사와 병마관에게만 있었다. 그런데 절도사는 유고했고 병마관은 모습을 드러내지 않았다.

"병마관을 기다리다가는 우리 식솔들이 죄다 폭도에게 죽을 지경입니다. 당장 절도부도 안전하지 않아요!"

회의실 원탁에 둘러앉은 대여섯 명의 사내는 하나같이 억양이 부드러웠다. 그들은 모두 한벌 출신이었고 동시에 백색당이었다.

"그러기에 애초에 이런 위험한 곳에 오는 것이 아니었어요. 부임되었을 때 사임하지 못한 것이 원통해요. 원통해!"

"여기에 있는 놈들은 죄다 거칠고 사나운 흑색당이오. 애초에 죄다 죽여야 했어요. 관용이니, 은혜니 베풀지 말고 죽전이란 곳이 아예 사라지도록 몰살해야 했어요! 죽전 놈들은 은혜를 원수로 갚는다더니!"

저마다 한마디씩 불평을 토했다. 조금이나마 불안을 떨치려는 행위였다. 참사관도 입에서 맴도는 말을 내뱉으려 했으나 이내 포기했다. 그래 보았자 변하는 것은 없었다. 심지어 애초에 죽전을 철저히 파괴해야 했다는 말도 따지고 보면 웃긴 이야기였다. 죽전과 그 주변에는 흑색당만 존재하는 것이 아니었기 때문이다. 죽전이 흑색당의 본거지임에는 틀림없었으나 죽전 근처에는 평현 곽씨의 거대한 영지가 있었다. 평현 곽씨가 어떤 무리인가? 그들은 흑색당도 아니며 백색당도 아니었다. 열교를 따르는 것도 아니었으며 그렇다고 만교나 내수교를 신봉하지도 않았다. 그들은 오직 자기네 가문의 번영과 생존을 목적으로 할 뿐이었다. 그래서 흑색당, 백색당, 회색당과도 협력하고 열교, 만교, 내수교 무엇이든 믿었다. 그들은 흑색당과 백색당이 권력을 주고받고 왕정이 무너졌다가 복고되는 혼란을 이용하여 강력한 힘을 구축했다. 그리하여 흑색당을 완전히 몰아내고 일당전제화를 이룩한 백색당도 평현 곽씨만큼은 어쩔 수 없었다. 암행총관조차 내수교를 믿는 평현 곽씨가 아닌가? 그런 상황에서 죽전을 도륙하자고? 따지고 보면 회색당도 평현 곽씨의 작품이었다. 누가 보아도 겉으로만 백색당으로 전향했을 뿐 여전히 흑색당이 틀림없는 사람이라도 평현 곽씨와 가까우면 살려줄 뿐 아니라 어느 정도 지위를 인정할 수밖에 없었다. 그것이 회색당의 시작이었으니까. 그러고 보면 병마관도 좋은 사례였다. 병마관의 할아버지와 아버지는 흑색당 수뇌에 해당했으나 평현 곽씨인 덕분에 왕정복고 후 백색당으로 전향하여 회색당이 되었다.

참사관의 생각이 거기에 이르렀을 때 회의실 문이 벌컥 열렸다. 병마관이었다. 무현은 갑옷을 차려입었으나 투구를 착용하지 않아 길고 곱슬한 머리카락이 나부꼈고 잘생긴 얼굴에서 날카로운 눈빛이 번뜩였다.

"병마관! 도대체 어디에 계셨소? 지금 폭도가 몰려다니며 관리의 가족을 살해하고 있소! 병마관이 어떻게 책임질 거요!"

회의실에 있던 관리들은 기다렸다는 듯 무현에게 불만을 쏟아냈다. 두어 명은 잔뜩 흥분해서 삿대질까지 했다. 그러나 무현의 표정은 조금도 변하지 않았다. 오히려 눈빛이 더욱 날카로워졌고 입꼬리에 차가운 미소가 떠올랐다. 참사관부터 무엇인가 분위기가 심상치 않음을 느꼈으나 달리 할 수 있는 것이 없었다.

"호랑이 잡는 포수를 모집하지 않았소? 그들이라도 어서 출동시켜 폭동을 막으시오."

참사관은 애써 불길한 예감을 억누르며 차분하게 말했다. 그러자 무현의 얼굴에 싱긋 웃는 표정이 떠올랐다. 그러더니 허리춤에 찬 칼을 뽑아들었다.

"포수들은 이미 출동했소. 지금쯤이면 호랑이 대신 사람을 사냥하고 있을 거요."

무현이 차갑게 말했다. 그러자 참사관을 제외한 관리들의 얼굴에 안도하는 표정이 떠올랐다. 하지만 참사관은 무현의 말에 담긴 뜻을 알아차렸다. 호랑이를 잡는 포수들은 사람을 사냥하고 있겠지만 그 사람이 폭도일 가능성은 희박했다. 참사관의 예상대로 무현의 표정이 한층 야비하게 바뀌었다.

"포수들은 당신네 백색당 벌레들을 잡아 죽이고 있을 거요."

무현은 말을 끝내기 전부터 칼을 휘둘렀다. 관리들은 그제야 상황을 파악했으나 너무 늦었다. 조금 일찍 상황을 알아차린 참사관의 운명도 크게 다르지 않았다. 비명과 피비린내는 회의실에만 국한되지 않았다. 무현이 회의실에서 참사관과 관리들을 도륙하는 동안 그의 부하들도 절도부를 청소했다. 한벌에서 파견된 사람, 백색당에 해당하는 사람이면 한 명도 살려두지 않는 것이 그들의 목표였다.

2

거무튀튀한 쇠몽둥이는 시간이 흐르면서 희생자의 피가 엉겨 붙어 검붉게 변했다. 물론 피만 엉겨 붙은 것이 아니었다. 작은 뼛조각과 두부처럼 부드러운 뇌 조직도 있었다. 평범한 사람은 그런 쇠몽둥이를 보기만 해도 허리를 숙이고 반쯤 소화한 음식물을 토했을 것이다. 그러나 조근은 달랐다. 그는 검붉게 변한 쇠몽둥이를 조금도 개의치 않아 했다. 그뿐 아니라 그 쇠몽둥이를 휘둘러 새로운 희생자의 두개골을 부수는 것도 마다하지 않았다.

다만 다른 이유 때문에 환멸을 느꼈다. 쇠몽둥이를 휘둘러 생명을 빼앗은 희생자 대부분은 제대로 저항하지 못했다. 어쩌다가 한 명씩 칼 혹은 몽둥이를 들고 저항했으나 그조차도 제대로 훈련받은 부류가 아니었다. 희생자 대부분은 민간인이었고 공포와 불안에 떨다가 무력하게 죽음을 맞이했다. 쇠몽둥이를 최대한 세게 휘둘러 단번에 목숨을 빼앗는 것, 그래서 고통을 줄이는 것이 베풀 수 있는 자비의 전부였다.

"어서 입을 열어!"

조근의 기분과 관계없이 살육은 계속되었다. 무현은 호랑이잡이를 구실삼아 모집한 300명을 50명씩 나누어 죽전과 그 주변으로 보냈다. 그들에게 주어진 임무는 매우 간단하고 명료했다. 한벌에서 파견된 관리 혹은 백색당과 관련 있는 사람을 모두 죽이고 그들이 지닌 귀중품을 약탈한 뒤 집을 불태우라고 명령했다. 그런데 한벌에서 파견된 관리, 백색당과 관련 있는 사람을 구분하는 것은 생각보다 어려웠다. 한벌 출신과 죽전 출신, 모두 외모가 비슷비슷했던 것이다. 구분하려면 말투와 억양을 살필 수밖에 없었다. 죽전 사투리가 아닌 말투, 한벌 출신 특유의 부드러운 억양을 찾아 처분의 기준으로 삼았다.

"아무 말이나 하라고! 어서!"

순순히 입을 여는 사람이 드물었다. 안락하고 화려한 저택에서 평온한 오후를 보내던 중 갑작스레 무장한 사내들이 들이닥쳐 문지기를 살해하고 주인의 가족부터 하인과 노예까지 죄다 뜰로 끌어내 모두 공포에 질려 벌벌 떨 뿐이었다.

"어서 말을 하라니까! 너부터 해!"

후야는 뽑아든 칼을 중년 남자에게 겨누었다. 아직 저녁에 이르지 않은 늦은 오후였기에 저택에 있는 남자 대부분은 하인이나 노예였으나 후야가 지목한 중년 남자는 신분이 높은 듯했다. 백색당은 열교의 온갖 규율을 아주 엄격하게 지켜 옷차림만으로도 신분을 짐작할 수 있었다.

"이, 이게 무슨 짓이냐!"

중년 남자는 체념한 듯 나름대로 위엄을 지켜 말했으나 안타깝게도 그의 억양은 지나치게 부드러웠다. 누가 보아도 한벌 출신이 틀림없었다.

"백색당이군."

후야는 대수롭지 않다는 듯 중얼거렸다. 그러고는 중년 남자가 미처 준비할 틈도 주지 않았을뿐더러 뜰로 끌려나온 20명 남짓한 사람들 중에 누구도 마음을 다잡을 여유도 주지 않고 칼을 휘둘렀다. 뛰어난 검객답게 후야의 일격은 매우 빠르고 정확하여 중년 남자의 머리가 바닥에 뒹굴었다. 중년 남자의 눈은 일어난 일을 믿지 못하겠다는 듯 크게 떠진 상태였고 머리를 잃은 몸뚱이는 손과 발을 버둥거리며 고꾸라졌다. 그러면서 뿜어진 피가 사방으로 튀었다. 비명이 여기저기서 터져나왔으나 후야의 표정은 냉랭했다.

"다음은 너!"

후야는 다시 칼끝으로 희생자를 지목했다. 그 상황이 만드는 부조리에 조근은 씁쓸하게 웃을 수밖에 없었다. 후야의 말투와 억양도 죽전 사투리와 완전히 달랐기 때문이다. 후야뿐 아니라 조근 자신도 마찬가지였다. 말투와 억양으로 따지면 후야와 조근도 죽음을 피할 수 없었다.

"이런 짓을 하고도 무사할 줄 아느냐!"

후야가 지목한 다음 희생자는 중년 남자의 아내인 듯했다. 한 벌에서 태어나 자랐으며 백색당에 해당하는 하급 귀족일 가능성이 컸다. 관리로 부임한 남편을 따라 죽전에 왔을 것이며 평소에는 촌뜨기 같은 흑색당 놈들이란 단어를 쉴새없이 뇌까렸을 것이 분명했다.

"걱정은 고맙다. 하지만 당신이 그것까지 걱정할 필요는 없다."

후야는 쥬의 언어로 말했겠지만 그의 말투와 억양은 쥬의 어디에도 해당되지 않았다. 만교의 승려 같은 빡빡머리, 날카롭게 찢어진 눈매와 얇은 입술, 거대한 체격을 지닌 후야는 말투와 억양뿐 아니라 존재 자체가 쥬의 어디에도 해당되지 않는 느낌이었다. 어쨌든 후야는 다시 칼을 휘둘렀고 이번에는 귀부인의 머리가 바닥에 굴렀다.

"그다음은 너다."

후야는 여전히 무표정으로 다음 희생자를 지목했다. 후야가 칼끝으로 가리키자 이번 희생자는 다리에 힘이 풀려 주저앉았다. 그러고는 흐느끼며 말했다.

"나리, 제발 살려주십시오. 저는 그냥 하인입니다."

그러자 놀랍게도 후야의 얼굴에 옅은 미소가 떠올랐다. 살려달라는 말에 죽전 특유의 억양이 섞여 있었다.

"너는 죽전 사람이군. 살려준다."

조근은 후야가 죽전 사투리를 구분하는 것이 신기했다. 정작 후야 자신은 괴상한 말투와 억양을 사용했지만 죽전 사투리를 정확하게 구분했다. 그러고 보면 죽전에서 태어났다는 말이 거짓이 아닌 듯했다.

그후로도 후야는 죽전 사투리 감별을 계속했다. 후야가 적극적으로 나선 이유는 호랑이잡이 300명을 50명씩 여섯 무리로 나누었을 때 후야가 한 무리의 우두머리가 되었기 때문이다. 만교 승려 같은 빡빡머리와 어색한 말투가 도드라졌지만 어차피 호랑이잡이는 모두 조금씩 이상했고 후야는 검술이 뛰어날뿐더러 주변을 휘어잡는 묘한 힘이 있어 사람을 통솔하는 역할에 어울렸다.

무현은 그렇게 호랑이잡이 무리를 나누면서 각각의 무리에 죽전과 주변 지역을 할당했다. 그러면서 해당 지역에 있는 관리와 백색당의 저택을 약탈하고 한벌 출신을 살해하라고 명령했다. 다만 평범한 죽전 사람을 약탈하거나 살해하는 행위는 엄금했다. 특히 평현 곽씨와 관련된 어떤 건물도 건드리지 말라고 몇 번이나 강조했다. 물론 호랑이잡이들은 일단 흥분하면 그런 지시 따위는 깡그리 무시할 가능성이 커서 그들을 통제하고자 무현은 무리마다 열 명씩 자신의 심복을 파견했다.

"이번에는 여기다!"

저택을 청소하고 나와 후야가 새로운 대상을 지목했을 때 무현이 파견한 심복 가운데 한 명이 얼굴을 찌푸리며 앞으로 나섰다.

"여기는 안 됩니다. 병마관께서 몇 번이나 당부하지 않았습니까. 여기는 평현 곽씨 가문의 사당입니다. 여기는 신경쓰지 말고 다른 저택으로 갑시다."

호랑이잡이의 경거망동을 통제하고자 무현이 파견한 심복은 모두 훌륭한 무사였다. 절도 있는 태도에서 칼솜씨에 대한 자신감이 드러났다. 또한 눈에서는 무현에 대한 굳건한 믿음과 충성이 느껴졌다. 하지만 후야는 그러거나 말거나 신경쓰지 않는다는 듯 시큰둥한 표정으로 말했다.

"평현 곽씨가 그렇게 대단한가? 벌레 같은 백색당 녀석들이 평현 곽씨의 사당에 피신했을 수도 있지 않은가? 그러니 확인해야지."

후야의 괴상한 억양은 억지를 보다 더 억지스럽게 만들었다. 무현의 심복들은 황당하다는 표정을 지었다.

"이봐. 50명쯤 통솔하는 자리에 올려주니 대단한 사람이라도 된 것 같아? 당신은 천박한 호랑이잡이, 돈 몇 푼만 주면 사람의 목이라도 따는 왈패일 뿐이야. 착각하지 말고 병마관께서 시킨 명령대로 행동하라고! 알겠나?"

거친 반응에도 후야는 빙그레 웃었다. 이미 알고 있었다는 듯, 그래 보았자 아무것도 아니라는 듯한 표정이었다.

"그런데 나도 할일이 있어. 그래서 불을 질러야겠어."

후야는 밑도 끝도 없이 사당에 불을 지르겠다고 주장했다. 무현의 심복들 입장에서는 기가 막히다 못해 황당할 지경이었다. 다만 조근은 그 상황이 조금 웃겼다. 후야가 어색한 억양으로 사당에 불을 지르겠다고 우기며 무현의 심복들과 맞서는 모습이 도무지 현실 같지 않았다. 하지만 조근은 방관자에 머무를 수 없었다. 곽곽 선생이 후야가 하는 일에 협력하라고 명령했기 때문이다. 그리하여 평현 곽씨의 사당에 불을 지르겠다는 목적과 이유를 알 수 없어도 도울 수밖에 없었다.

"그만두지. 어리석게 행동하지 마!"

무현의 심복들은 어쩔 수 없다는 표정으로 검을 뽑았다. 정신 나간 호랑이잡이 녀석이 불쌍해도 계속 우기면 베어버릴 수밖에! 녀석의 칼솜씨가 꽤 좋긴 해도 자기네 같은 무사에 비할 바는 아니라고 확신했다. 그러나 후야는 조금도 긴장하지 않았다. 오히려 무사들이 칼을 뽑아드는 상황을 즐기는 듯했다. 혼자서 열 명을 상대해야 했으나 조금도 움츠러들지 않았다. 물론 후야가 홀로 열 명을 상대할 필요는 없었다. 조근이 있었기 때문이다. 그래서 조근도 쇠몽둥이를 고쳐 잡았다.

"뭐야, 두 녀석이나 정신이 나갔군."

무사들도 조근의 가세를 알아차렸다. 여유만만한 후야와 달리 조근은 긴장을 떨쳐버릴 수 없어 꿀꺽 침을 삼켰다. 후야와 조근 둘이서 열 명의 무사를 상대하는 상황을 나머지 48명의 호랑이잡이는 재미난 구경거리를 만난 것처럼 지켜보았다. 그들 입장에서는 이긴 쪽을 따르면 그만이라 굳이 위험을 무릅쓰며 개입할 이유가 없었다.

"머저리들."

후야가 중얼거리며 공격에 나섰다. 후야의 검이 짧고 날카롭게 허공을 가르는 것을 보고 조근도 쇠몽둥이를 휘두르며 달려들었다. 무사들 역시 일제히 반응했다. 열 명과 두 명의 싸움이라 무사들이 압도적으로 유리했다. 그들은 후야와 조근을 단순히 에워싸는 것만으로도 제압할 수 있다고 확신했다. 하지만 후야와 조근이 평범한 싸움꾼일 경우에는 그랬다. 어쩌면 조근 같은 부류는 제압할 수 있을지도 몰랐다. 그러나 후야는 완전히 달랐다. 조근과 무현의 심복들이 그저 훌륭한 싸움꾼이었다면 후야는 인간과 괴물의 경계에 있는 존재였다. 그런 사실을 증명하듯 후야의 일격에 무사들의 대열이 흐트러졌다. 후야의 공격을 마주한 무사는 가까스로 날카로운 칼끝을 피했으나 검을 떨어뜨렸고 다시 주울 기회가 없었다. 부드럽게 이어지는 후야의 공격이 무사의 경동맥을 깨끗하게 잘랐기 때문이다. 분수처럼 피가 솟구치며 무사가 바닥에 쓰러졌다. 후야는 부드럽고 빠른 동작으로 다른 무사의 등뒤로 돌면서 다시 칼을 휘둘렀다. 이번에는 미처 몸을 돌리지 못한 무사의 등을 목에서부터 비스듬히 베었다. 그러면서 후야의 칼이 무사의 척수를 잘랐다. 무사는 경련을 일으키며 바닥에 쓰러져 다시는 일어나지 못했다.

후야에게 달려든 무사는 순식간에 다섯에서 셋으로 줄었다. 무사들은 허둥지둥할 수밖에 없었다. 그래도 나머지 셋이서 어떻게든 공세를 취하려 노력했으나 후야는 그런 기회를 허락하지 않았다. 후야는 커다란 체격에도 광대패의 외줄타기꾼처럼 부드럽고 빠르게 움직였고 칼날은 강력하고 무시무시했다. 후야가 칼을 휘두른 것은 여덟 번에 불과했으나 어느새 그를 상대하던 무사 다섯이 모두 쓰러졌다.

안타깝게도 조근은 그때까지 한 명도 쓰러뜨리지 못했다. 조근도 훌륭한 싸움꾼이었으나 무사들도 마찬가지여서 홀로 다섯 명을 상대하다보니 방어하기에 급급했다. 후야는 그 모습을 보고 고개를 절레절레 흔들더니 성큼 끼어들었다. 그러자 놀랍도록 짧은 시간에 균형이 무너졌다. 무사 세 명은 후야의 칼에, 두 명은 조근의 쇠몽둥이에 쓰러졌다.

"자, 이제 사당에 불을 질러!"

후야는 여전히 어색한 억양으로 소리쳤다. 넋 놓고 싸움을 지켜보던 호랑이잡이들은 그제야 정신을 차리고 사당의 커다란 문을 부수기 시작했다.

제11장
운명과 마주하라

1

장터에서 폭동이 일어났을 때 곽곽 선생은 죽전 근처 내수교 수도원에 있었다. "색목인을 한벌로 압송하는 것이 시급하다"라는 말로 무현을 속이고 몰래 머무르기에는 내수교 수도원만한 장소가 없었기 때문이다. 그래서 곽곽 선생은 폭동을 목격하지 못했다. 무현의 명령을 받은 호랑이잡이가 호랑이가 아니라 백색당원을 사냥하는 것도 직접 확인하지 못했다. 하지만 죽전 곳곳에서 피어오르는 연기를 멀리서 바라보는 것만으로도 무슨 일이 일어나는지 충분히 알 수 있었다.

우선 장터의 폭동은 우발적인 듯해도 실제로는 무현이 계획한 것이 틀림없었다. 백색당원 혹은 한벌에서 파견된 하급 관리가 이런저런 이유로 죽전 사람을 괴롭히는 행위는 하루 이틀 일이 아니었다. 특히 시장이 열릴 때는 늘상 일어나는 일상이었다. 다만 결정적인 행동이 없어 폭동으로 치닫지 않았을 뿐이다. 아마도 무현은 심복에게 그 결정적인 행동을 명령했을 것이다. 장터에서 백색당원과 하급 관리가 죽전 사람을 가혹하게 다루면 돌을 던지거나 직접 폭력을 행사하며 맞서라고 지시했을 것이다. 흑색당 과두정이 무너지고 왕정복고가 이루어진 후 죽전은 오랫동안 반역자의 고향으로 차별받고 억압당해 일단 처음 불씨만 일으키면 불길이 걷잡을 수 없이 번질 터였다.

물론 평소라면 폭동이 일어나도 초반에 진압되었을 것이다. 하지만 절도사는 유고했으며 진압할 책임이 있는 병마관이 배후인지라 폭동은 건조한 겨울 숲을 집어삼키는 산불처럼 장터를 넘어 죽전 전체로 번질 것이 자명했다. 사실 절도사 박민수가 사망했을 때부터 호랑이에게 물려 죽었다는 말을 순진하게 믿는 사람은 많지 않았다. 죽전 사람들 사이에서는 절도사가 살해당했고 곧 흑색당이 돌아온다는 소문이 퍼졌다. 그런 상황에서 무현은 300명의 호랑이잡이를 여섯 무리로 나누어 백색당과 한벌에서 파견된 관리를 처단하고 그들의 주거지를 약탈하도록 지시했을 것이다.

솔직히 곽곽 선생은 그 모든 과정을 떠올리며 짜릿한 쾌감을 느꼈다. 죽전 곳곳에서 피어오르는 연기를 보며 백색당원이 겪을 고난을 떠올리자 희열이 피부 아래, 혈관 구석구석으로 번졌다.

백색당원의 공포와 불안이 가득한 표정, 그들이 내뱉는 고통스러운 비명과 신음, 칼부림과 함께 솟구쳐 흩뿌려지는 피안개와 비릿한 냄새까지 그 모두를 직접 경험할 수 없어 못내 아쉬웠다.

당연히 암행총관에게 어울리지 않는 태도였다. 암행총관은 국왕의 직속 관리였다. 심지어 곽곽 선생은 면책권을 세습하는 고귀한 신분이며 국왕의 뜻을 받들어 관리를 감찰하고 왕국의 평화를 수호하는 자였다. 하지만 죄다 그럴듯하게 꾸민 자리에 지나지 않았다. 실상은 국왕을 위해 온갖 더러운 일을 마다하지 않는 밀정이었으며 악랄한 사냥개에 불과했다. 애초에 곽곽 선생에게는 선택권도 없었다. 사냥개로 태어나 사냥개로 살다가 사냥개로 죽을 운명이었다. 암행총관 외에는 아무것도 될 수 없었고 암행총관의 임무 외에는 아무것도 할 수 없었다. 그러다보니 위선자로 가득한 백색당을 처단하는 것이 곽곽 선생이 누릴 수 있는 유일한 기쁨이었다.

따지고 보면 매우 이율배반적인 상황이었다. 곽곽 선생은 처음부터 백색당을 경멸하고 증오했다. 백색당 역시 내수교를 믿는 곽곽 선생을 싫어했고 평현 곽씨 자체를 은근히 경계했다. 그래서 곽곽 선생은 암행총관으로 백색당의 일탈을 처벌하고 그들의 위선을 처단하는 것에 큰 기쁨을 느꼈지만 백색당의 부패를 척결할수록 국왕의 힘과 권위도 커졌다. 국왕이야말로 백색당의 우두머리이며 그들이 내세우는 신념의 본질과도 같아 곽곽 선생이 열정적으로 백색당을 처단할수록 백색당 정권은 더욱 공고해지는 셈이었다.

'그게 하늘이 정한 이치라면 어쩔 수 없지.'

생각이 거기까지 이르자 곽곽 선생은 씁쓸하게 웃었다. 하늘이든 신이든 운명이든 절대자가 심술을 부리면 인간은 그저 따를 뿐 거스를 수 없었다. 그때 곽곽 선생이 탄 말이 어느 문 앞에 도착했다. 거대한 문 너머에는 매우 호화스러운 저택이 펼쳐져 있었다. 국왕이 머무르는 궁전에 비교해도 크게 뒤지지 않는 규모였다.

곽곽 선생은 말에서 내렸다. 함께 도착한 열 명 남짓한 검은 옷의 무사도 곽곽 선생을 따라 말에서 내렸다. 그러자 문이 스르르 열렸다. 한참 전부터 곽곽 선생 일행을 인지하고 감시한 듯했다.

"어서 오십시오. 암행총관 나리. 원로들께서 기다리십니다."

문이 열리며 나타난 집사는 노년의 초입에 들어선 사내였다. 하지만 적지 않은 나이에도 팔과 다리에서 강건한 힘이 느껴졌고 옷차림은 고급스러울 뿐 아니라 깔끔했다. 동작 역시 마찬가지여서 예의, 절도, 당당함이 배어 있었다.

"너희는 여기에 있거라. 오래 걸리지 않는다."

곽곽 선생은 무사들에게 짧게 말하고 집사를 따라 안으로 사라졌다.

2

원로들이 기다리는 회의실은 저택 깊이 위치해 있었다. 그래서 생각보다 먼 거리를 걸어야 했다. 문을 통해 야트막한 담을 지나면 훌륭하게 관리된 정원이 나타났다. 그리고 다시 야트막한 담을 마주하여 문을 통과하면 새로운 정원이 펼쳐졌다. 신기하게도 정원은 모두 달랐다. 국왕의 궁궐도 정교함과 세밀함에서는 저택에 딸린 정원을 따라오지 못할 듯했다.

'올 때마다 점점 복잡해지는군.'

곽곽 선생의 얼굴에 냉소 가득한 표정이 떠올랐다. 어린 시절 아버지와 함께 처음 왔을 때부터 지금까지 평현 곽씨의 저택은 점점 커지고 정교해졌다. 평현 곽씨가 다스리는 거대한 영지도 마찬가지였다. 국왕의 권위를 인정하고 백색당에 협력은 하나 실제로는 국가 안의 국가에 가까웠다. 예전에도 그들은 강력했지만 흑색당 과두정, 백색당의 왕정복고를 거치면서 무소불위의 힘을 손에 넣었다. 그들이 협력하지 않으면 왕국의 동남부는 찢겨질 것이 분명했다.

"암행총관께서 오셨습니다."

어느덧 회의실에 도착했다. 집사가 공손하게 말하자 "모셔라"라는 말이 들리고 문이 열렸다. 거대한 저택에 어울리게 회의실은 호화로웠다. 병풍과 온갖 장식은 천박하지 않으면서도 은은한 기품이 넘쳤고 흑단으로 만든 커다란 원탁에는 열 명 남짓한 사내, 평현 곽씨의 원로들이 앉아 있었다.

"암행총관 곽곽이 인사드립니다."

곽곽 선생은 원로들을 향해 고개를 까닥이며 말했다. 곽곽 선생도 평현 곽씨이니 무릎을 꿇고 인사하는 것이 마땅하나 다른 측면에서는 암행총관이었다. 암행총관은 오직 국왕에게만 무릎을 꿇고 절했다. 그래서 가문의 원로에게는 고개를 까닥이는 것만으로도 충분했다.

"어서 앉게."

원로 중의 원로, 가문의 수장이 말했다. 곽곽 선생보다 스무 살가량 많은 그는 재미있게도 공식적인 지위가 없었다. 그저 평현 곽씨의 가주일 뿐이었다. 하지만 국왕 다음으로 강력한 존재라고 해도 틀린 말이 아니었다. 국왕을 제외하면 백색당의 당주 정도가 필적할 만했다(물론 백색당의 당주는 대개 추밀원장이라 공식적으로도 아주 높은 지위였다).

"암행총관은 직설적이지. 그래서 나도 단도직입으로 말하겠네."

곽곽 선생이 원탁에 앉기 무섭게 가주가 입을 열었다. 너무 빨리 물어 곽곽 선생에게 녹차를 내던 시동이 깜짝 놀랄 정도였다. 물론 곽곽 선생은 전혀 놀라지 않았다.

"죽전의 문제를 어떻게 처리할 텐가? 무현을 어찌하면 좋겠나?"

당연히 무현이 일으킨 반란 외에는 평현 곽씨의 원로들과 암행총관이 모일 문제가 없었다. 무현은 백색당과 한벌에서 파견된 관리는 물론 그들 가족까지 모두 학살했고 호랑이잡이와 기존의 심복 외에 인근 산성에 주둔한 병사도 다수 포섭했다. 그리하여 반란군 수는 1000명을 헤아렸다. 물론 당장 한벌로 진격하기에 충분한 수는 아니었다. 또한 아주 잘 훈련된 병력도 아니었다. 하지만 그들이 죽전에서 버티며 인근을 습격하면 국왕과 백색당도 곤란했다. 북방전쟁의 패배를 겪으며 정규군이 약화하여 그들만으로는 반란군을 진압하기 어려웠다.

"당연히 진압해야 합니다. 지극히 당연한 것이 아닙니까?"

그랬다. 암행총관에게 다른 대답이 있을까? 가주도 겸연쩍은 표정으로 너털웃음을 터뜨렸다.

"하긴 그렇지. 암행총관에게는 당연하겠지."

그러면서 곽곽 선생을 바라보며 말을 이었다.

"하지만 자네도 암행총관이기에 앞서 우리 가문의 일원일세. 가문이 없으면 자네도 없어. 가문의 입장에서 생각해보게."

가문의 입장이라. 확실히 평현 곽씨의 입장은 조금 곤란했다. 무현의 반란은 성공할 가능성이 희박했다. 꽤 오랫동안 국왕과 백색당을 괴롭힐지는 몰라도 결국에는 패배할 것이 틀림없었다. 그러므로 무현에게 협력할 수 없었다. 그렇다고 무현의 반란을 진압하기도 어려웠다. 공연한 일로 가문의 힘을 낭비할 수 없었다. 또한 죽전뿐 아니라 왕국의 동남부는 모두 백색당을 싫어했다. 흑색당의 고향이라 불리는 죽전을 비롯하여 동남부 전체가 흑색당 시절을 은근 그리워했다. 그런 상황에서 평현 곽씨가 나서서 무현의 반란을 진압하면 민심이 이반할 가능성이 컸다.

"가주께서는 걱정이 많으시겠습니다만, 이미 해결된 문제입니다."

곽곽 선생은 빙그레 웃으며 말했다. 그러자 모든 원로의 시선이 모아졌다.

"저는 내수교도라 입장이 조금 다릅니다만, 여러분은 모두 열교를 믿지 않으십니까? 또 반란의 괴수인 무현도 열교를 믿습니다."

곽곽 선생의 말에 다들 고개를 끄덕였다.

"그렇다면 열교에서는 무엇이 가장 중요합니까? 조상 아닙니까? 조상을 제대로 섬겨야 국가에도 충성할 수 있지 않습니까? 그런 점에서 무현은 이미 큰 죄를 지었습니다."

그제야 가주를 비롯한 원로들의 얼굴이 밝아졌다. 곽곽 선생은 자신만만한 웃음과 함께 말을 계속했다.

"무현의 반란군이 사당을 불태웠습니다. 더구나 그저 평범한 사당이 아니지 않습니까? 가문의 시조님을 모신 사당이지 않습니까? 그것만으로도 무현의 반란은 명분이 없습니다. 조상도 제대로 섬기지 못하는 자가 어찌하여 나라를 바로잡겠습니까? 이런 사실을 널리 알리면 민심의 이반을 막을 수 있습니다. 무현에게 동조하는 백성도 이 부분을 충분히 알리면 생각을 바꿀 것입니다."

가주는 매우 만족하여 몇 번 손뼉을 쳤다. 평소라면 경거망동이라 했겠지만 이번만큼은 원로들 가운데 어느 누구도 그렇게 생각하지 않았다.

"역시 암행총관이오. 그렇다면 암행총관이 가문의 사병을 지휘하겠소?"

가주의 말에 곽곽 선생은 의자에서 일어나 고개를 숙여 예를 표했다. 평현 곽씨의 사병은 수천을 헤아릴 뿐 아니라 장비와 훈련 면에서 모두 우수했다. 겨우 1000명을 헤아리는 반란군을 손쉽게 제압할 수 있었다. 무엇보다 평현 곽씨가 토벌에 나섰다는 소문이 퍼지면 죽전의 백성도 순식간에 반란에 등을 돌릴 터라 그저 시간만 끌어도 반란군은 붕괴될 수밖에 없었다.

3

햇빛은 찬란했다. 다만 봄에 접어들어도 죽전의 바람은 분지답게 차갑고 건조했다. 아침이 훌쩍 지났으나 무현은 눈이 부셔 제대로 뜨지 못했다. 그래도 자신을 바라보는 많은 시선을 느낄 수 있었다. 그런 시선 대부분에는 안타까움과 측은함이 담겨 있었으나 때때로 불안과 공포, 단순한 호기심도 있었다. 그럴 만도 했다. 무현은 오랫동안 쥬에서 최고의 검객으로 이름을 날렸고 백색당 출신이 아니면서도 병마관 같은 높은 자리에 오른 몇 안 되는 인물이었다. 게다가 불과 며칠 전까지도 검은 깃발을 내세워 호기롭게 흑색당의 부활을 선언한 지도자였다. 그런데 이제는 손목과 발목에 쇠사슬을 차고 오물이 잔뜩 엉겨붙은 속옷 차림으로, 심지어 흔한 짚신조차 신지 못한 맨발로 형장을 향해 걷고 있었다. 그런 그의 모습에 군중은 안타까움, 측은함, 불안, 공포, 호기심 가득한 눈으로 바라볼 수밖에 없었다.

반란은 원래 성공을 보장할 수 없는 도박이므로 후회는 없었다. 다만 어디서부터 어긋났는지 궁금했다. 일단 멍청한 박민수를 살해하고 호랑이에 물려갔다고 변명한 계획은 괜찮았다. 백색당 고위 관리가 호랑이에 물려 죽었으니 호랑이잡이를 모아 사냥에 나서는 것은 당연했다. 또 죽전 사람이 한벌 사람과 백색당에 품은 분노가 이미 절정에 달한 만큼 민심도 그의 편이었기에 죽전과 그 주변을 손쉽게 장악할 수 있으리라 판단했다. 실제로도 그랬다. 원래부터 그를 따르던 심복과 호랑이잡이, 거기에 죽전 주변 산성을 지키던 병사들까지 반란군은 순식간에 1000명까지 불어났다. 물론 한벌로 진격하여 국왕과 백색당을 무너뜨리기에는 부족한 병력이었으나 한벌은 무현의 목표가 아니었다. 반대 방향, 그러니까 평해로 진격하는 것이 무현의 계획이었다. 평해로 진격하여 와로 가는 무역로를 확보하면 손쉽게 군자금을 모을 수 있었다. 또 바다 건너 와는 물론 색목인과도 협력할 계획이었다. 특히 색목인 상인은 쥬와 교역을 간절히 원했다. 그래서 권력을 잡으면 전면적인 교역을 허락하기로 약속하는 대신 그들로부터 화승총, 대포, 용병, 함대를 지원받으려 했다. 그것만 성공하면 색목인의 함대와 용병을 이용하여 단번에 해상에서 한벌을 공략할 수 있었다.

하지만 이제 모두 산산이 부서진 환상이었다. 그 시기에 곽곽 선생이 나타났기 때문이다. 곽곽 선생이 흑도에 표류한 색목인을 한벌로 압송한다는 소문은 이미 들었으나 하필이면 박민수를 살해하며 계획을 시작했을 때 죽전에 나타날 줄은 몰랐다. 삶의 대부분을 국왕의 사냥개로 지낸 곽곽 선생이라 무현의 음모를 간파할 가능성이 컸으나 이미 실행에 옮긴 터라 중단할 수도 없었다. 곽곽 선생이 미처 눈치채지 못하기를 바라면서 전개했으나 불길한 예상은 빗나가지 않았다. 곽곽 선생은 음모를 알아차렸고 호랑이잡이에 부하들을 침투시켰다. 그리고 그 부하들이 평현 곽씨의 사당을 불태운 것이 틀림없었다. 사당이 불타면서 평현 곽씨는 죽전의 민심을 잃지 않고 반란을 진압할 구실을 찾았고 반면 무현은 중요한 명분을 잃었다.

솔직히 300명의 호랑이잡이가 250명으로 줄었을 때, 죽전의 여러 지역에 파견한 여섯 무리 가운데 하나가 돌아오지 않았을 때, 그 무리가 담당한 구역에서 평현 곽씨의 사당이 불탔을 때 무현은 다가올 파멸을 예상했다. 곽곽 선생이 평현 곽씨의 사병을 거느리고 들이닥칠 것이며 그들은 병력, 장비, 훈련 모든 면에서 반란군을 압도할 가능성이 컸다. 저항은 무의미하며 원래부터 무현을 따르던 심복을 제외하면 나머지는 평현 곽씨의 깃발만 보아도 도망칠 것이 틀림없었다.

실제로도 그랬다. 곽곽 선생이 이끄는 3000명의 군대가 접근하자 반란군은 스스로 붕괴했다. 무현은 절도부에서 우두커니 기다릴 수밖에 없었고 곽곽 선생이 도착하자 저항하지 않고 항복하는 대신 부하들의 선처를 부탁했다. 저항하기로 결심했다면 적을 수백 명쯤 베어버릴 수 있었으나 그럴 경우 무현의 심복도 몰살당할 터였다. 그러므로 항복하여 공개 처형을 감수하는 조건으로 심복을 구명하는 것이 무현에게 주어진 유일한 선택이었다.

그래도 죽음은 두려웠다. 마지막에 다가올 고통도 소름 끼치지만 보다 무서운 것은 그다음이었다. 죽음 후에는 과연 무엇이 있을까? 내세가 있을까? 영혼이 있을까? 무현 자신을 인식할 수 있는 무엇이라도 남아 있을까? 아니면 그 모두 헛된 바람이며 완전한 종말일까? 죽음이 완전한 종말이라면 그렇게 끝나는 삶의 의미는 무엇일까? 오랫동안 외면했던 질문이 무현을 괴롭혔다.

무현은 형장에 도착할 때까지 고민하고 또 고민했다. 검은 옷을 입은 무사들, 암행총관의 호위무사가 다가와 손목과 발목의 쇠사슬을 푸는 순간에야 비로소 형장에 도착했음을 깨달았다. 무사들은 쇠사슬을 푸는 대신 무현의 손목과 발목에 새로운 족쇄를 채웠다. 그러고는 아무리 힘을 가해도 손목과 발목에서 빠지지 않도록 족쇄를 힘껏 조였다. 그런 이유는 간단했다. 족쇄에 달린 쇠사슬 끝에 커다란 황소가 묶여 있었기 때문이다. 네 마리의 황소가 무현의 손목과 발목에 채워진 족쇄에 연결되어 있었다. 시간이 되면 무사들이 황소를 채찍질할 것이었고 그러면 무현의 몸은 네 갈래로 찢어질 터였다.

"나, 암행총관 곽곽은 국왕 전하의 뜻을 받들어 반역자 곽무현을 거열형에 처한다!"

곽곽 선생의 목소리는 익숙했다. 곧이어 황소를 채찍질하는 소리가 들렸다. 그것이 무현이 기억하는 마지막이었다.

제12장

바다를 건너라

1

쥬는 오래전부터 호랑이를 좋아했다. 그리하여 화로는 사냥감을 덮치기 직전 몸을 잔뜩 웅크리고 집중한 호랑이로 장식했다. 그 모습이 매우 정교하여 사냥의 긴장감이 생생하게 전해졌다. 그만큼 화로에는 많은 시간과 노력, 기술이 들어갔을 것이 분명했다. 당연히 가격도 비쌀 터였다. 평소라면 신기하여 한참 동안 눈을 떼지 못했을 것이다.

하지만 주변은 더욱 화려했다. 그러다보니 화로는 그저 평범해 보였고 이글거리는 숯을 담는 목적에만 충실한 물건에 불과했다. 오히려 화로에서 굽는 고기에 관심이 쏠렸다. 기다란 꼬챙이에 꿴 고기에서 지글거리는 기름이 숯에 떨어지면 치익 하고 연기가 피어오르며 고소한 냄새가 풍겼다. 소금이나 간장 아무것도 바르지 않은 고기가 그런 냄새를 풍길 줄은 상상조차 하지 못했다. 적어도 조근은 그랬다. 이전까지 조근은 그런 소고기를 먹어본 적이 없었다. 늙고 병든 소를 도축한 고기, 그마저도 도축 후 시간이 흘러 누린내가 풍기는 고기를 두어 번 먹었을 뿐이다. 고기 자체를 숯불에 굽는 것만으로도 고소한 냄새가 방을 가득 채우는 소고기는 처음이었다.

"멍청한 놈, 고기가 타!"

후야가 여전히 이상한 억양으로 말하며 조근의 손에서 꼬챙이를 빼앗았다. 그러고는 젓가락으로 고기를 빼내 맛을 보더니 인상을 잔뜩 찌푸렸다.

"먹을 수 없잖아! 이걸 누가 먹어!"

조근은 이해할 수 없었다. 고기는 완전히 익혀 먹어야 했다. 그렇지 않으면 단단히 고생할지도 모를 일이었다. 그런데 왜 이 빡빡머리는 험상궂은 표정으로 소리치는 것일까?

"적당히 익혀야 먹을 수 있어. 이건 숯덩이야. 멍청한 흑도 녀석."

후야는 꼬챙이에서 소고기를 빼내버렸다. 그러고는 아직 익히지 않은 고기가 꿰어진 다른 꼬챙이를 찾아 화로에 굽기 시작했다. 그 모습을 보니 조근은 웃음을 참기 어려웠다. 조금 전만 해도 후야의 말에 기분이 나빴지만 잔뜩 기대하는 표정으로 소고기를 굽는 모습이 너무 우스꽝스러웠다. 후야의 빡빡머리 때문에

엉터리 승려가 고기와 술을 탐하는 모습처럼 보였다. 물론 그렇다고 정말 웃을 수는 없었다. 그래서 화로와 소고기, 후야에게서 관심을 거두고 상에 차려진 다른 음식을 살펴보았다. 은 혹은 놋쇠로 만든 고급스러운 그릇과 쟁반에는 조근이 한 번도 맛보지 못한 음식이 수북이 담겨 있었다. 종류도 많아 무엇부터 먹어야 할지 결정하기 어려웠다. 한참 고민 끝에 술을 마시기로 했다. 호랑이 장식이 달린 술병을 집어 하얀 도자기 잔에 따르자 향긋한 냄새가 풍겼다. 조심스레 잔을 들어 입술에 대고 기울이자 기대를 저버리지 않는 달콤함이 입안 가득 채워졌다. 놀랍게도 벌꿀이 술의 재료였다. 귀하디귀한 벌꿀로 술을 담근 사실에 조근은 놀란 표정을 감추지 못했다.

"역시 흑도 촌놈이군. 벌꿀로 만든 술에 그렇게 감격하다니."

후야는 빈정거리면서 꼬챙이에 뀐 고기를 먹기 시작했다. 다만 젓가락을 사용하지 않았다. 꼬챙이에 뀐 고기를 빼서 품위 있게 먹는 것이 아니라 꼬챙이에 있는 상태 그대로 먹었다. 자칫 뜨거운 꼬챙이에 혀와 입술이 델 위험이 있었으나 후야는 능숙했다. 그래서 다시 웃음을 참기 어려웠다. 아무리 보아도 술과 고기를 탐하는 엉터리 승려, 만교의 파계승이 떠올랐다.

그러다가 문득 며칠 전 한벌에 처음 도착했을 때 목격한 모습이 떠올랐다. 후야와 함께 마주한 화려한 상차림과 비교하면 한벌의 첫인상은 너무 생경했다. 물론 흑도부터 시작하여 평해와 죽전까지 쥬의 모든 지역에서 부유한 자와 가난한 자의 삶은 극명하게 갈렸다. 절도부에 소속한 노예로 태어나 몰이꾼으로 이름을 날리고 도적떼의 우두머리로 살았기에 조근은 누구보다 잘 알고 있었다. 하지만 한벌은 상상의 범위를 초월했다. 한벌처럼 성 안과 성 밖의 삶이 다른 곳은 없었다.

한벌에 도착했을 때, 정확히 말하면 거대한 성벽에 이르렀을 때 목도한 삶은 지옥이란 단어 외에는 묘사할 방법이 없었다. 겨울이 지나고 봄이 오는 무렵이라 지난가을에 수확한 식량이 부족할 수밖에 없었지만 성 밖에서는 밥 짓는 냄새를 아예 맡을 수 없었다. 나무와 흙으로 대충 만든 조잡하고 키가 작은 집이 빽빽하게 들어서 있었으나 추위를 이겨내기 위해 나무를 태우는 매캐한 냄새만 코를 찌를 뿐 음식을 준비하는 구수한 냄새는 전혀 없었다. 살아 있는 사람은 대부분 굶주림과 추위를 견디기 위해 초라한 집 안에 누워 있었으나 거리에는 어떻게 하든 음식을 찾으러 밖에 나왔다가 쓰러져 죽음을 맞이한 사람들이 여기저기 널브러져 있었다. 그들은 하나같이 홀쭉한 뺨, 퀭한 눈, 앙상한 팔다리, 볼품없는 몸에 어울리지 않게 배가 볼록 나와 있었고 걸친 옷은 누더기 같았다. 아직 생명을 다하지 않은 사람도 있었으나 가쁜 숨만 몰아쉴 뿐 몸을 뒤척이지도 못해 죽음을 피할 가능성은 희박했다. 그나마 아직 날씨가 싸늘한 것이 다행이었다. 날씨가 따뜻해지면 여기저기 쌓인 시체에서 돌림병, 무시무시한 역병이 돌 것이 틀림없었다.

하지만 성문을 지나 성벽 안으로 들어오면 완전히 다른 세상이 펼쳐졌다. 커다란 돌과 자갈을 섞어 포장한 도로를 따라 야트막한 담장과 솟아오른 대문을 지닌 저택이 질서정연하게 자리했다. 하나의 건물로 구성된 집도 가끔 있었으나 대부분은 여러 건물로 이루어졌다. 게다가 나무를 태우는 성 밖의 집들과 달리 성안의 저택은 난방과 조리에 비싼 숯만 사용하여 음식을 조리하는 고소한 냄새만 풍겼다. 시장에서부터 갖가지 물건을 나르는 행렬과 치안을 담당하는 병사만 거리를 오갈 뿐 굶주림에 죽어가는 사람은 어디에도 없었다. 거지와 부랑아를 찾아보기조차 어려웠다. 색목인을 수용한 내수교 수도원—곽곽 선생은 항상 관청이 아니라 내수교 수도원에 색목인을 수용했다—과 후야와 조근을 비롯한 무사들이 자리한 기방은 그런 성안에서도 한층 한적하고 고급스러운 지역에 위치했다.

"뭐야, 여기는?"

그때 문이 벌컥 열렸다. 얇은 나무로 만든 틀에 품질 좋은 종이를 발라 만든 여닫이문이 부서질 만큼 거칠게 연 사람은 술에 잔뜩 취한 남자였다. 다만 아직 어린 티를 벗지 못해 10대 후반, 기껏해야 20대에 겨우 접어든 나이로 보였다. 눈은 흐리멍덩했고 뺨은 붉었으며 옷은 풀어헤쳐진 상태였다. 문소리에 놀란 기생과 하인이 황급히 달려와 양쪽에서 그 애송이를 부축했다. 절도부의 노예로 자란 탓에 조근은 자신도 모르게 눈을 피했으나 후야는 달랐다. 후야는 날카롭게 찢어진 눈매를 번뜩이며 애송이를 노려보았다.

"뭐야? 저놈은?"

후야의 눈빛이 마음에 들지 않은 듯 애송이는 부축하는 기생과 하인을 뿌리치고 휘청이는 걸음으로 후야에게 다가왔다. 그러고는 몸을 앞으로 숙여 후야를 빤히 쳐다보았다. 뿜어내는 술냄새에 후야가 얼굴을 찌푸렸으나 애송이는 알아차리지 못했다. 도리어 손으로 후야의 빡빡머리, 반질반질한 머리를 쓰다듬었다.

"이거 만교의 승려 놈이 아닌가? 어디 감히 승려가 기방에서 술을 마시느냐!"

애송이는 한껏 위엄을 부리려 했으나 혀가 꼬여 외려 더 우스꽝스럽기만 했다. 다만 후야와 조근, 누구도 웃지 않았다. 함께 음식과 술을 나누던 무사들도 마찬가지였다. 애송이를 제외한 모두가 싸늘하게 얼어붙었다. 앞으로 닥칠 끔찍한 상황을 예상했기 때문이다.

아니나 다를까. 후야가 벌떡 일어나며 오른손으로 애송이의 목을 잡았다. 그러고는 가볍게 허공으로 들어올렸다. 기생과 하인은 깜짝 놀라 무릎을 꿇고 주저앉았다. 후야는 애송이를 잠깐 흔들다가 바닥에 내동댕이쳤다. 나무로 만든 바닥이 부서지는 소리와 함께 애송이가 처박혔다. 허리부터 떨어졌으나 충격이 너무 심해 애송이는 기절하여 신음도 내지 못했다.

하지만 상황은 한층 악화되었다. 애송이의 일행이 커다란 소리에 밖으로 나왔다. 그들은 예닐곱 명쯤 되었고 모두 애송이와 비슷한 또래에 비슷한 차림이었다. 백색당의 유력자를 부모로 둔 철부지가 틀림없었다. 그들은 후야와 애송이의 모습으로 상황을 파악하고 분노했다. 그러나 누구도 선뜻 나서지 못했다. 사람을 나무로 만든 바닥에 내리꽂은 괴물을 상대할 엄두가 나지 않던 것이다. 하지만 부잣집 도련님은 절대 혼자 다니지 않았다. 한 벌의 성안은 치안이 매우 좋았지만 혹시나 모를 상황에 대비하여 몽둥이로 무장한 가마꾼들이 항상 따라다녔다. 열 명이 훌쩍 넘는 가마꾼이 몽둥이를 꼬나쥐고 나타나자 그제야 도련님들이 위엄을 찾았다.

"천한 것이 감히! 이분이 누군지 아느냐!"

도련님들 가운데 한 명이 삿대질하며 소리쳤다. 그러나 후야는 가소롭다는 듯 빙긋 웃으며 대답했다.

"당연히 모르지. 그래도 비린내나고 멍청한 애송이란 것은 안다!"

그러자 도련님의 얼굴이 벌겋게 변했다. 모욕과 분노를 참지 못해 입술을 바르르 떨며 가마꾼들에게 "저 천한 것을 제대로 가르치거라"라고 소리쳤다.

그 말을 들은 조근은 고개를 절레절레 흔들었다. 그러고는 벌꿀로 만든 술을 잔에 따라 들이켰다. 가마꾼들이 불쌍했기 때문이다. 가문의 위세만 믿고 평범한 사람을 괴롭혔을 테고 싸움질이라면 누구에게도 뒤지지 않는다며 자신하겠으나 후야는 괴물이었다. 아직 칼을 뽑지 않았지만 후야라면 맨손으로도 가마꾼을 전부 쓰러뜨리고도 남을 터였다. 솔직히 곽곽 선생 혹은 죽전의 무현도 후야를 제압할 수 있을지 의문스러웠다.

실제 상황도 조근의 예상대로 진행되었다. 첫번째 가마꾼이 호기롭게 덤볐으나 휘두른 몽둥이가 공중을 절반쯤 갈랐을 때 후야의 왼쪽 주먹이 가마꾼의 얼굴을 강타했다. 뼈가 부서지는 소리와 함께 가마꾼은 얼굴 가운데가 푹 꺼진 채로 쓰러졌다. 그 정도면 후야의 손도 성하지 않을 듯했으나 후야는 맨손이 아니었다. 어느새 밖은 거친 가죽, 안은 부드러운 천으로 덧댄 장갑을 끼고 있었다. 이어 비슷한 상황이 이어졌다. 가마꾼은 거친 기합과 함께 힘껏 몽둥이를 휘두르며 덤볐으나 한 번도 공격을 끝맺지 못했다. 후야의 무자비한 주먹 혹은 발길질이 그들을 후려팼고 몇몇은 팔을 잡혀 바닥에 내리꽂혔다. 마지막 서너 명은 두려움에 떨었으나 도망치면 도련님이 용서하지 않을 터라 어쩔 수 없이 덤볐고 역시 비슷한 결말을 맞이했다.

그렇게 후야는 가마꾼 무리를 해결했다. 후야는 약간 가쁜 숨을 몰아쉬며 이마에 흐르는 땀을 닦은 다음 도련님들을 바라보며 차갑게 웃었다. 입꼬리와 눈꼬리가 올라간 모습이 한층 더 무섭고 살기등등해 보였다. 도련님들은 얼어붙어 아무 말도 하지 못했고 후야는 맹수 같은 광기를 뿜어내며 천천히 다가섰다.

"모두 그만! 당장 멈추게!"

다행히 날카롭고 카랑카랑한 목소리가 다가올 살육을 막았다. 후야는 짧은 한숨을 내쉬고 시큰둥하게 자리로 돌아와 앉았다. 그러고는 벌꿀로 만든 술을 도자기째 들이켰다. 그제야 다시 위엄을 찾은 도련님들이 이번에는 카랑카랑한 목소리의 주인에게 따지듯 물었다.

"당신이 이 짐승의 주인이오? 그렇다면 톡톡히 대가를 치를 줄 아시오!"

그러자 카랑카랑한 목소리의 주인은 깔깔거리며 웃었다. 찢어진 눈매, 오똑한 콧날, 얇은 입술이 어우러져 약간 섬뜩한 분위기를 만들었다. 그는 용기를 내어 앞에 나선 도련님에게 다가가더니 뺨을 후려쳤다. 그 동작이 너무 빠르고 강력하여 뺨을 맞은 도련님은 휘청거리다가 쓰러졌다.

"내가 누군지 아느냐?"

카랑카랑한 목소리의 주인은 능글맞게 웃으며 물었다. 당연히 도련님들은 아무도 입을 열지 못했다. 그러자 카랑카랑한 목소리의 주인은 다시 껄껄 웃고 말했다.

"내가 바로 곽곽 선생일세."

2

　은산군은 기분이 좋지 않았다. 가마를 타고 기방을 향하는 내내 그랬다. 아니 기방에서 만나자는 연락을 받았을 때부터 그랬다. 태양이 지평선 아래로 사라지고 어둠이 깔리기 시작할 때 기방에 모여 시시덕거리며 허접한 짓거리를 일삼는 것은 왕족에게도, 옛 성현의 말씀을 따르는 열교 신자에게도 어울리지 않았다. 기방은 평소 걸음하지 않을뿐더러 머릿속으로도 떠올리지 않는 곳이었다. 하지만 은산군에게는 선택권이 없었다. 그래서 한층 부아가 치밀었다. 기방에서 암행총관을 만났을 때도 가슴 가득한 불만을 겨우 짓눌렀다. 불만을 말해보았자 암행총관은 눈 하나 깜짝하지 않을 사람일 뿐 아니라 현실적으로도 은산군 같은 방계 왕족보다 암행총관의 권력이 훨씬 강했기 때문이다.

　그래도 불만은 불만이었다. 특히 암행총관 수하들이 백색당 애송이들과 벌인 난투극을 마주하자 불만은 분노로 바뀌었다. 물론 백색당 애송이들도 문제였다. 사문난적에 불과한 흑색당과 달리 열교의 교리를 순수하게 따르는 무리가 백색당인데, 이제 스물 언저리에 있는 아이들이 부모의 권세를 믿고 기방을 출입하다니! 은산군은 기가 막혔다. 하지만 아무리 그래도 그들은 백색당원이었다. 옛 성현의 가르침을 공부하고 열교의 교리를 따르며 고귀한 혈통을 지녔다. 그러나 암행총관의 수하들은 한낱 무사, 천박한 밀정에 불과했다. 그런 미천한 작자들이 감히 백색당원을 폭행하다니! 도저히 용납할 수 없는 결례였다. 하지만 그렇다고 그들을 처벌할 수도 없었다. 나무라는 것조차 불가능했다. 왜냐하면 그들은 암행총관의 수하였기 때문이다.

그러고 보니 암행총관도 마음에 들지 않았다. 스스로 곽곽 선생이라 칭하며 거들먹거렸지만 엄밀히 따지면 선생은 열교의 학자를 부르는 호칭이었다. 또한 스스로 칭하는 것이 아니라 다른 사람이 높여 부르는 호칭이었다. 그러므로 내수교도인 암행총관에게는 어울리지 않는 호칭이었다. 하지만 이런 부분 역시 입 밖으로 내기 어려웠다. 암행총관은 내수교도라도 옛 성현의 말씀에 해박했고 맹독을 바른 단검 같은 혀를 지닌 자였다. 곽곽 선생이란 호칭을 지적하는 순간 온갖 궤변과 독설로 은산군의 머릿속을 짓밟을 것이 틀림없었다. 그것조차 운이 좋은 상황에나 그러했고 암행총관의 기분이 좋지 않을 때는 어떤 일이 발생할지 예상할 수 없었다. 누가 뭐래도 그는 국왕의 신임을 한 몸에 받는 암행총관이었고 반역을 뿌리 뽑고 관리의 부패를 밝히는 데 탁월하여 은산군 같은 방계 왕족쯤이야 아주 쉽게 괴롭힐 수 있었다.

은산군은 술로 불만과 분노를 가라앉히려 했으나 그마저도 녹록지 않았다. 맛있는 요리와 비싼 술이 상에 가득했으나 정작 은산군이 찾는 술은 없었다.

"은산군은 색목인의 술을 찾으시오?"

곽곽 선생은 은산군의 표정에서 귀신같이 마음을 읽었다. 그래서 은산군은 더욱 불쾌했고 한편으로는 곽곽 선생이 독사처럼 느껴져 섬뜩했다.

"그런데 은산군, 백색당원이 색목인의 술을 찾다니 이상하지 않소?"

곽곽 선생은 싱긋거리며 말했다. 한쪽 입술이 일그러지는 것으로 보아 쉽게 넘어가주지 않을 듯했다.

"쥬에서 재배하는 포도로는 색목인의 술을 만들 수 없지 않소? 그런 포도는 카락의 남쪽 끄트머리나 카락의 서쪽 국경에서나 재배할 수 있소. 그러니 색목인의 술은 죄다 밖에서 들여오는 것이지 않소?"

곽곽 선생의 말은 정확했다. 쥬에서 재배하는 포도로는 색목인의 술, 포도주를 담기 어려웠다. 그래서 쥬에서 유통하는 포도주는 모두 밀수품이었다. 열교의 가르침은 농업을 근본으로 삼고 상업과 광업을 억제하는 것이라 밀수품인 포도주를 즐기는 것은 백색당원에게 자랑스러운 일이 아니었다.

은산군은 얼굴이 붉게 물든 채 아무 말도 하지 못했다. 그러고 보니 상황이 우스웠다. 기방에서도 가장 깊숙한 곳에 위치한 밀실을 환하게 밝히는 양초도 밀수품이었다. 음식과 술을 담는 식기도 상당수는 유리였는데, 유리 역시 색목인이 만든 것이어서 밀수품이었다.

음식과 술이 가득한 상에 둘러앉은 세 사람도 아주 특이했다.

곽곽 선생은 여느 때처럼 검은 옷을 입었고 후야는 빡빡머리 때문에 만교 승려처럼 보였다. 반면 은산군은 왕족에 백색당원답게 하얀 옷을 단정하게 입고 두건을 착용했다. 곽곽 선생과 후야가 덩치가 큰 것과 달리 은산군은 깡마른 체격에 어딘지 모르게 신경질적인 얼굴이었다.

"그것만 문제겠어? 효도와 충성을 좋아하는 인간이잖아. 그런데 왕세자 옆에 붙어 있잖아."

억양과 말투가 어색해도 조롱이 틀림없는 발언을 한 이는 후야였다. 따지고 보면 틀린 말이 아니었다. 열교는 부모에게 효도하고 군주에게 충성하는 것을 최고의 덕목으로 여겼다. 특히 백색당은 거기에 어마어마하게 집착했다. 그런데 엄격한 백색당원인 은산군이 왕세자의 심복이었으니 이율배반적인 상황이 틀림없었다.

"당신네는 빈정거리거나 조롱하지 않으면 한순간도 참을 수 없는 거요?"

은산군이 참지 못하고 뾰로통하게 말하자 곽곽 선생과 후야 모두 웃음을 터뜨렸다.

"은산군, 당신네라니 뭔가 착각하는 것이 아니오? 나는 암행총관이오. 당신네와 별다른 관계가 없소. 은산군은 왕세자의 심복이고 후야는 왕세자의 밀정이니 당신네가 같은 파벌이 아니오?"

곽곽 선생의 말에 후야도 고개를 끄덕였다. 그러다가 바로잡을 것이 있다는 듯 정색하며 말했다.

"맞아. 하지만 왕세자를 따를 뿐이야. 저 인간과는 관계가 없어."

그러자 은산군도 화를 참을 수 없었다. 이건 도를 넘은 조롱이 틀림없었다.

"감히 왕세자 저하를 함부로 말하다니! 평현 곽씨, 당신네는 대체 어떤 족속이오! 흑색당의 세상일 때는 흑색당에 붙었다가 백색당의 세상일 때는 백색당에 붙는 간신배인 주제에!"

은산군은 말을 내뱉은 후 아차 하며 후회했으나 이미 늦었다. 그러나 다행히 곽곽 선생과 후야 모두 은산군의 말에 깔깔거릴 뿐 분노하지 않았다.

"은산군, 착각하지 마시오. 후야는 우리 가문이 아니오. 말투만 봐도 모르겠소? 후야는 와에서 굴러먹은 밀정이오. 지금은 쥬로 건너와 왕세자를 섬기고 있을 뿐 우리 가문과는 관계가 없소."

곽곽 선생은 여전히 은산군을 조롱했다. 후야가 평현 곽씨가 아니라니 무슨 말장난인가. 가문에서 쫓겨나 바다 건너 와에서 자랐어도 틀림없이 평현 곽씨의 혈통이다. 가문의 생존과 번영을 위협한다고 마음대로 잘라낼 수 있는 것이 아니다. 혈통은 천륜이 아닌가. 하늘이 정한 것을 어찌하여 인간이 마음대로 바꾸겠는가! 은산군은 다시 화가 치밀었다.

"암행총관, 그게 무슨 궤변이오! 저자가 지금은 후야라고 불려도 원래 이름은 곽훈이지 않습니까!"

그러자 곽곽 선생의 표정이 바뀌었다. 조금 전까지는 얼굴에 장난기가 가득했으나 지금은 표정이 싸늘했다. 곽곽 선생은 은산군을 무섭게 노려보며 말했다.

"은산군, 말을 삼가시오. 감히 역적의 아들을 입에 올리다니! 역적 곽산과 그 가족은 모두 처형되었소. 그런데도 역적의 아들이 살아 있다고 주장하는 거요? 심지어 그 일은 나의 부친께서 암행총관으로 직접 담당하셨소. 지금 감히 암행총관과 그 일에 의문을 품는 것이오?"

은산군은 입술을 깨물었다. 후야가 곽훈이며 곽훈이 후야인 것은 틀림없는 사실이다. 심지어 이름도 비슷하지 않나? 곽현, 곽곽 선생의 아버지가 암행총관일 때 최후의 흑색당원인 곽산과 그 일당을 처형하면서 곽산의 어린 아들만은 살려주었다. 다만 평현 곽씨의 힘이 아무리 커도 역적의 아들을 살려주는 것은 매우 위험한 일이었기에 바다 건너 와로 빼돌렸다. 그래서 공식적으로는 곽산과 그 가족 모두를 처형하여 곽훈은 존재하지 않는 인물이었다. 후야는 그저 와의 내수교 수도원에서 수도사로 자라다가 파문당한 후 돈만 주면 무슨 일이든 하며 살아가는 고아 출신 칼잡이였다. 지금 왕세자의 밀정으로 일하는 것도 계약일 뿐이었다.

"그냥 소문을 말했을 뿐이오. 곽산의 아들이 죽지 않고 살아 있을 것이란 소문은 많지 않소."

은산군은 겸연쩍게 말했다. 자존심이 상했지만 다른 방법이 없어 마지못해 입술을 달싹였다. 그 모습에 곽곽 선생은 다시 깔깔거렸다.

"은산군, 왕실 가족이며 왕세자의 심복이란 사람이 시정잡배처럼 소문을 믿어서야 되겠소?"

곽곽 선생은 은산군을 연이어 조롱했다. 은산군은 화가 치밀었으나 어쩔 수 없었다. 화제를 바꾸는 것이 할 수 있는 전부였다.

"암행총관, 그 이야기는 그만합시다. 우리가 모인 이유는 색목인 때문이 아닙니까?"

은산군의 말에 곽곽 선생은 승리자의 여유로운 미소를 지으며 고개를 끄덕였다. 은산군은 속이 쓰렸으나 꾹 참고 말을 이었다.

"왕세자 저하께서는 색목인의 처분에 관해 관심이 많으십니다. 색목인이 지닌 기술이 쥬의 발전에 크게 공헌할 수 있다고 생각하십니다."

은산군의 말에 곽곽 선생은 실소를 터뜨렸다. 왕세자도 순진하군. 색목인이라고 죄다 화승총과 대포를 만들고 흑선을 건조한다고 믿다니. 조난하여 흑도에 표류한 색목인은 상인과 선원이었다. 흑선을 운행하고 수리하는 기술이 있을 뿐이었다. 흑선을 건조할 능력은 물론 화승총이나 대포를 만들 기술은 더더욱 없었다.

"그 색목인은 상인과 선원일 뿐이오. 아무것도 공헌할 것이 없소. 더구나 은산군, 당신은 백색당원이 아니오? 백색당원이라면 당연히 색목인을 처형하자고 주장해야 하지 않소?"

은산군은 말문이 막혔다. 쥬에서 사는 대부분의 사람은 색목인이라면 당연히 화승총과 대포를 만든다고 생각했다. 왕세자와 은산군뿐 아니라 국왕과 백색당 수뇌 전부가 그렇게 생각했다. 쥬의 기술자도 화승총과 대포를 만들었지만 색목인의 대포와 화승총이 훨씬 성능이 우수하여 왕세자와 은산군은 그들을 이용하여 세력을 넓힐 계획이었다. 북방전쟁에서 카락에게 당한 수모, 열교를 제대로 섬기지 않는 천한 야만인에게 당한 수모를 갚아준다는 명분으로 왕세자는 자신이 통제하는 새로운 군대를 만들려 했다. 그 군대를 바탕으로 국왕을 따르는 백색당 구파를 무너뜨리고 백색당 신파와 함께 실권을 장악하는 것이 왕세자의 궁극적인 목표였다. 다만 관점에 따라 반역으로 보일 수도 있어 은밀히 진행해야 했다. 바다 건너에서 활동하던 낭인인 후야를 불러 암행총관에게 보낸 것도, 암행총관이 한벌에 도착하여 국왕을 알현한 날에 기방의 밀실에서 은밀한 모임을 가진 것도 모두 그런 이유였다. 그런데 압송한 색목인이 그저 선원과 상인일 뿐이라니! 은산군은 너무 충격받아 당황한 표정을 감추지 못했다.

"은산군, 문을 꽁꽁 걸어잠그고 조그마한 반도에 틀어박혀 떵떵거리는 백색당이 멍청한 줄은 예전부터 알았소만 이렇게 순진한 줄은 몰랐소. 정말 색목인이면 죄다 화승총과 대포를 만들 줄 알았소? 그리 따지면 카락인은 모두 말을 타고 와에는 해적만 있지 않겠소? 글도 깨치지 못한 무지렁이라면 모를까, 왕족이며 왕세자의 심복이란 작자가 이렇게 어리석다니, 놀랍소."

곽곽 선생은 냉소 가득한 표정으로 말했다. 곽곽 선생뿐 아니라 후야의 얼굴에도 조롱 섞인 표정이 떠올랐다. 은산군은 부끄러움과 모욕감이 동시에 밀려와 아무 말도 하지 못했다.

"하지만 걱정할 것 없소. 왕세자가 꼭 바란다면 내가 차선책을 선물하겠소."

곽곽 선생은 득의양양하게 술잔을 집어 한 모금 들이켰다. 그러고는 의미심장하게 덧붙였다.

"당연히 공짜는 아니오."

3

국왕은 안락하고 푹신한 의자에 비스듬히 앉았다. 지나치게 몸을 기울여 반쯤 누운 것이나 다름없었지만 금실과 은실로 울부짖는 호랑이를 수놓은 붉은 의자에 호랑이 문양이 찍힌 화려한 옷을 입은 터라 그 모습도 꽤 어울렸다. 특히 가슴까지 내려오는 하얀 수염, 깊게 주름진 눈매와 부리부리한 눈은 국왕을 늙은 호랑이, 나이가 들어도 여전히 강건한 맹수처럼 보이게 했다.

다만 국왕의 행동은 위엄 있는 군주와는 어울리지 않았다. 의자 옆에 놓인 유리그릇에 연신 손을 뻗어 무엇인가 움켜쥐고 입으로 가져갔다. 그러고는 쉴새없이 오도독오도독 씹어 먹었다. 덕분에 위엄 있는 호랑이가 아니라 심술궂은 늙은 고양이처럼 보였다. 국왕 자신도 어느 정도 그런 문제를 알았으나 설탕을 입힌 견과의 유혹을 뿌리치기는 힘들었다. 겉은 달콤하고 안은 고소하여 겉에 있는 설탕을 천천히 녹여 먹은 다음 견과를 깨물어 먹어도 좋고 아예 처음부터 어금니로 짓이겨 설탕과 견과의 맛을 동시에 느껴도 좋았다. 물론 엄밀히 따지면 매우 나쁜 취향이었다. 설탕과 견과 모두 쥬에서 재배할 수 없기 때문이다. 쥬에서는 벌꿀과 땅콩, 호두 정도만 생산했다. 국왕이 좋아하는 설탕과 아몬드는 죄다 수입해야 했다. 그러므로 백색당의 가르침에 따르면 지탄받아 마땅했다. 백색당은 농업을 근본으로 삼고 상업은 꼭 필요한 것이 아니면 제한했기 때문이다. 하지만 누가 감히 국왕에게 쓴소리를 할 수 있으랴? 심지어 백색당원도 저마다 설탕으로 만든 과자를 먹고 밀수한 포도주를 마시며 색목인이 만든 유리그릇을 사용했기에 누가 누구를 지적할 처지가 아니었다.

어쨌거나 국왕은 그날따라 유리그릇으로 향하는 손놀림이 한층 잦았다. 설탕을 입힌 견과를 쉴새없이 씹어야만 치밀어오르는 불만과 짜증을 겨우 억누를 수 있었다.

"왕세자 저하, 국토를 외적으로부터 지키는 것은 하늘이 내린 의무입니다. 그러니 허가를 받지 않고 무도하게 국토를 침범한 색목인을 참형에 처하시어 군주의 의무를 다하셔야 합니다."

추밀원장이었다. 백색당의 수장인 그는 회의를 시작할 때부터 색목인을 참형에 처하라고 주장했다. 국왕도 추밀원장의 주장이 마음에 들었다. 물론 깊이 생각해서 내린 판단은 아니었다. 참형에 처하는 쪽이 가장 간단했기 때문이다. 백색당 덕분에, 백색당이 흑색당 과두정을 무너뜨리고 왕정복고를 단행한 덕분에 약관의 나이에 왕위에 오른 후 국왕은 늘 그런 식으로 판단했다. 먼 미래에 일어날 일을 헤아리고자 사려 깊게 생각한 적은 거의 없었다. 그저 그때그때 가장 간단하고 편한 방법을 선택했다.

하지만 이번에는 그렇게 할 수 없었다. 왕세자에게 잠깐 국사를 맡겼기 때문이다. 왕세자도 서른을 넘긴 만큼 미래에 군주로서 겪을 일을 미리 경험하게 할 필요가 있어 반년쯤 국왕을 대리하도록 지시했다. 그런데 하필이면 복잡한 일이 연이어 터졌다. 색목인이 흑도에 표류했고, 평해절도사 최관호의 반역이 드러났으며, 죽전에서는 병마관이 절도사를 살해하고 반란을 일으켰다. 다행히 암행총관이 적절하게 일을 처리했다. 그러고 보면 운이 좋았다. 도적떼를 해결하고자 암행총관을 흑도에 보냈을 때 공교롭게도 색목인이 표류했다. 또 암행총관이 색목인을 한벌로 압송하고자 평해와 죽전을 통과할 때 반역과 반란을 밝혀내서 재앙을 미리 막을 수 있었다.

그러나 암행총관이 반역을 밝히고 반란을 진압할 수는 있어도 색목인의 처분까지 결정하기는 어려웠다. 색목인을 어떻게 처분할 것인지는 군주가 결정해야 했고 하필이면 왕세자에게 대리청정을 맡긴 터라 국왕은 지켜볼 수밖에 없었다.

"경의 말에도 일리가 있소. 그러나 듣기로 색목인은 풍랑에 배가 좌초되어 조난했다고 들었소. 그러니 고의로 국토를 침범한 것이 아니지 않소? 외적으로부터 국토를 지키는 것은 하늘이 군주에게 내린 엄한 명령이나 옛 성현의 가르침을 살펴보면 어려움에 처한 자에게 측은한 마음을 가지라고 하였소. 그렇지 않소, 추밀원장?"

왕세자는 또박또박 말했다. 울부짖는 호랑이가 아니라 웅크린 호랑이가 새겨진 것만 다를 뿐 옷차림은 국왕과 비슷했다. 하지만 외모는 완전히 달랐다. 큰 키와 매끈한 몸, 긴 팔다리를 지닌 왕세자는 짙은 눈썹과 깊은 눈매, 색목인의 조각상처럼 아름다운 콧날을 지닌 미남이었다. 때로는 국왕과 왕세자가 진짜 아버지와 아들이라 연상하기 힘들 만큼 두 사람의 외모는 완전히 달랐다.

"왕세자 저하, 하오나 그렇게 색목인에게 관용을 베푸시면 사악한 무리가 우리를 낮추어보고 함부로 국토를 침범하는 일이 잦아질까 두렵습니다. 색목인의 야욕은 끝이 없어 처음에는 신기한 물건을 선물로 보내며 교역을 요구하나 시간이 지나면 그들의 사악한 종교를 퍼뜨리고 백성을 노예로 잡아가며 마지막에는 우리를 정복하려 할 것이 틀림없습니다. 모든 사람을 측은하게 여기시는 왕세자 저하의 넓은 마음에는 소신도 깊이 공감하오나 이번 일은 색목인을 엄히 다스려야 합니다."

추밀원장은 물러서지 않았다. 물론 추밀원장의 주장도 나름대로 일리가 있었다. 하지만 추밀원장이 색목인의 처형을 촉구하는 진짜 이유는 따로 있었다. 왕세자가 색목인을 살려두고 그들을 이용하여 새로운 군대를 육성하려는 계획을 가진 것도, 그 계획의 진짜 목적도 잘 알고 있었기 때문이다. 추밀원장을 중심으로 한 백색당 구파를 몰아내고 백색당 신파와 협력하여 권력을 장악하는 것이 왕세자의 목적이며 색목인을 이용하여 새로운 군대를 육성하는 것이 그 계획의 핵심이었다. 따라서 추밀원장은 어떻게 하든 색목인을 처형하여 위험의 싹을 제거해야 했다.

"왕세자 저하, 제가 아뢰어도 되겠습니까?"

왕세자와 추밀원장의 대화에 은산군이 끼어들었다. 은산군은 백색당 신파의 핵심이라 왕세자는 반가운 얼굴로 고개를 끄덕였다.

"추밀원장의 말씀대로 색목인을 살려두면 사악한 무리가 이를 오해하여 국토를 침범할 위험이 큽니다."

은산군이 의외로 추밀원장을 옹호하자 회의실을 채운 대부분의 사람이 놀랐다.

"그러나 풍랑에 좌초하여 가까스로 목숨을 건진 이를 참형에 처한다면 그것 또한 옛 성현의 가르침에 어긋나는 행동이 틀림없습니다."

그럼 그렇지. 은산군이 추밀원장을 끝까지 옹호할 리가 없었다. 분명히 다른 꿍꿍이가 있을 터였다.

"그러니 색목인을 바다 건너 와로 돌려보내는 것이 옳습니다. 색목인은 와를 빈번하게 출입하며 와의 상군이 그들에게 하사한 땅도 있다고 합니다. 그러니 색목인을 와로 돌려보내는 것이 국토의 안전을 지키면서 옛 성현의 가르침을 받드는 방안이라 생각됩니다."

은산군의 말이 끝나자 회의실에는 정적이 감돌았다. 색목인을 와로 돌려보낸다니! 누구도 반대하기 힘든 제안이었다. 하지만 은산군의 진짜 속셈이 무엇인지 알 수 없어 추밀원장과 백색당 구파는 의구심을 떨쳐버릴 수 없었다.

"그렇다면 누가 사절로 가는 것이 좋겠습니까?"

왕세자의 물음에 이번에는 추밀원장이 나섰다. 모든 것이 은산군의 뜻대로 흘러가서는 곤란했다.

"암행총관이 적격입니다. 그러나 단순히 색목인을 돌려보내는 것일 뿐 아니라 와의 상군에게 사절을 보내 해적을 소탕하라고 요구할 필요도 있으니 외교에 능하고 왕실을 대표할 사람도 필요합니다."

그러면서 추밀원장은 번뜩이는 눈빛으로 은산군을 바라보았다.

"그래서 암행총관이 사절을 호위하고 은산군께서 국왕 전하의 친서를 전달하는 것을 추천합니다."

은산군을 제외하면 백색당 신파에는 별다른 인물이 없었다. 은산군을 와에 사절로 보내면 그동안 백색당 신파는 아무것도 할수 없었다. 또한 대리청정에 나선 왕세자도 은산군의 도움이 없으면 곤경에 처할 가능성이 컸다. 그래서 추밀원장은 왕세자가 제안을 거절하리라 판단했다.

"좋은 생각입니다. 추밀원장의 사려 깊은 통찰에는 감탄할 수밖에 없군요. 그럼 그렇게 진행하도록 합시다."

그제야 추밀원장은 자신이 왕세자의 술책에 놀아났다는 사실을 깨달았다. 그러나 왕세자가 아니라 곽곽 선생이 그 술책을 구상했다는 것은 전혀 몰랐다.

4

봄을 지나 초여름에 접어들자 쥬의 곳곳에서는 농사일에 활기가 띠었다. 쥬는 농업을 기반으로 하는 국가인 만큼 그 시기에는 모두 농사일을 최우선으로 했다. 하지만 이번에는 조금 달랐다. 한벌에서는 보기 드물게 큰 사절단이 꾸려졌다. 단순히 색목인을 돌려보내는 것이 아니라 와의 상군에게 국왕의 친서를 전달하는 목적도 있기 때문이었다. 더구나 와의 상군에게 마지막으로 사절을 보낸 것이 거의 10년 전이라 이래저래 규모가 커질 수밖에 없었고 한벌에서 죽전을 거쳐 평해로 가서 배에 오르는 통상적인 방법 대신 한벌을 관통하여 흐르는 거대한 강인 한수 하구에 배를 띄워 쥬의 연안을 따라 남쪽으로 항해한 다음, 평해에서 정비하여 바다 건너 와로 향하는 항로를 선택한 터라 거대한 선단을 조직해야 해서 더욱더 분주할 수밖에 없었다.

곽곽 선생을 만나기 전까지 흑도를 떠난 적이 없었던 조근에게는 그 모든 것이 매우 신기했다. 물론 그들 앞에는 녹록지 않은 일이 펼쳐질 것이 틀림없었으나 그때만 해도 조근은 얼마나 엄청난 사건이 기다릴지 전혀 예상하지 못했다.

제 2부

제1장

암도의 주인

1

은은하게 퍼지면서도 거칠고 진한 냄새, 설명하기 어렵지만 한 번 맡으면 언제든 구분할 수 있는 독특한 냄새, 송진이 틀림없었다. 송진은 나무로 만든 기구에 벌레가 꼬여 좀먹는 것을 방지하기 위해 사용하기도 하고 악기의 현을 유지할 때나 불을 일으킬 때도 사용하는 일상적인 물품이었다. 그러나 그 냄새는 결코 잊을 수 없는 기억을 떠오르게 했다.

정확히 기억나지 않지만 늦은 밤과 이른 새벽 경계에 있는 시간이었다. 짙은 구름이 달을 가려 어둠은 절정으로 치달았고 주변은 조용했다. 불과 하루 전까지도 밤낮을 가리지 않고 온갖 소리가 들렸다. 내용을 알기 힘든 고함, 욕설 섞인 비명, 고통에 찬 신음, 화약이 터지는 폭발음, 온갖 무기가 부딪치는 날카로운 파열음, 나무문이 부서지고 돌벽이 무너지는 소리. 며칠 동안 끊임없이 들리던 소리가 잦아든 후 찾아온 정적은 정말 불길했다. 아니, 불길한 일은 이미 일어났다. 어머니, 누나, 여동생이 모두 잠든 것처럼 평온한 표정으로 누워 있었으나 그들의 얼굴에는 작은 떨림도, 가슴도 오르내리지 않았다. 조금만 자세히 살펴보아도 산 사람이 아님을 알아차릴 수 있었다. 아주 화려하지는 않아도 정갈하고 고급스럽게 꾸민 방에서 살아 있는 사람은 소년과 아버지 둘뿐이었다. 낮까지만 해도 갑옷을 입고 검을 휘두르던 아버지는 쥬의 귀족이 큰 행사에서 입는 제례복으로 갈아입은 상태였다. 며칠 동안 잠을 자지 못해 눈은 붉게 충혈되었고 피부는 푸석푸석했으나 머리카락은 기름을 발라 정갈하게 매만진 상태였다. 아버지는 슬픔인지, 분노인지, 회한인지 좀처럼 알아차리기 힘든 표정으로 가족들의 시신에 송진을 바르고 있었다. 흑색당 최고의 무인답게 아버지의 손은 매우 빨랐지만 소년에게는 그 순간이 영원처럼 느껴졌다. 아버지가 송진을 바르는 작업을 끝내자 문이 열리고 작은 체구의 사내가 들어왔다.

가까이 다가오니 사내의 체구가 작은 이유를 알아차릴 수 있었다. 사내가 아니라 소년과 비슷한 또래였던 것이다. 그는 찢어진 눈과 오뚝한 콧날, 얇은 입술이 도드라져 인상이 매우 날카로웠다. 소년은 그가 어떻게 거기까지 왔는지 무척 궁금했다. 그 상황에서도 묻고 싶은 마음을 통제하기 힘들 만큼 궁금했다. 지난 몇

주 동안 성은 완전히 포위되었고 매일 격렬한 전투가 벌어졌는데, 자기 또래의 소년이 어떻게 거기까지 왔는지 정말 궁금했다.

"장군님, 암행총관께서는 더이상 기다릴 수 없다고 하십니다."

암행총관이란 말에 소년은 깜짝 놀랐다. 암행총관이라면 백색당의 사냥개가 아닌가? 성까지 그들을 추격했고 포위해서 공격한 것도 암행총관이었다! 성벽이 무너지고 성문이 부서진 터라 백색당의 개들이 도착할 것이라 예상했으나 이런 방식일 줄은 몰랐다. 그런데 아버지는 암행총관과 연락이 닿는 것일까? 최후의 흑색당원이라 불리는 아버지가 백색당의 개인 암행총관과 연락한다니! 아무리 같은 가문이라도 그게 무슨 말인가!

"현에게 고맙다고 전해다오. 그리고 약속을 꼭 지켜주었으면 한다."

아버지는 담담하게 말했고 정체불명의 소년은 다소 경박하게 답했다.

"암행총관께서는 약속을 어기지 않습니다."

그러자 아버지는 아니라는 듯 고개를 가로저었다.

"현은 당연히 지키겠지. 너한테 하는 말이다. 곽곽, 너도 약속의 일부다. 너도 언젠가는 암행총관이 되지 않느냐? 그러니 너도 약속을 지켜라."

아버지의 말에 정체불명의 소년은 다소 당황한 듯했다. 그러나 이내 평정을 되찾고 고개를 끄덕였다. 그러자 아버지는 소년을 바라보며 말했다.

"이제 너는 훈이 아니다. 더이상 평현의 곽씨 가문에도 속하지 않는다. 무엇보다 너는 쥬의 사람이 아니다. 너는 내 아들이 아니다. 내 아들 곽훈은 역적인 아버지와 함께 여기서 자결했으니까. 알겠느냐?"

소년은 아니라고 소리치려 했다. 20년 전에는 아버지의 명령에 복종했으나 이제는 그럴 수 없다고 대답하려 했다. 그러나 입이 떨어지지 않았다. 곽곽이란 정체불명의 소년에 이끌려 방에서 나왔다. 아버지가 가족들의 시신에 불을 지른 다음 검을 뽑아 목을 찔러 자결하는 것을 뒤로하고 나올 수밖에 없었다. 돌아가려 했으나 몸이 마음대로 움직이지 않았다. 소리치려 했으나 혀가 굳었다. 무엇이라도 하려고 몸부림치자 갑자기 그 모든 것이 사라졌다.

꿈이었다. 과거가 끝없이 되풀이되는 악몽 중의 악몽. 후야는 그렇게 꿈에서 깨어났다. 갑갑한 선실을 지나 갑판으로 나오니 먼동이 터오고 있었으며 수평선에 섬이 드러났다. 암도였다. 드디어 와의 입구에 도착했다.

2

쥬의 사절을 태운 배가 암도에 도착한 때는 이른 새벽, 먼동이 트기 시작할 무렵이었다. 소가인의 입장에서는 다행이었다. 쥬의 사절이든 상군부에서 보낸 감찰이든 그 무렵에 도착하는 것이 암도의 주인에게는 최선이었다. 암도 주변에는 암초가 많아 태양이 하늘 높이 떠올라 안개가 걷힐 때까지 입항하지 못하고 기다려야 하기 때문이었다. 그동안 암도의 주인은 까탈스러운 손님을 맞이할 준비를 할 수 있었다. 반면 사절이 한낮에 도착하면 그런 여유가 없었고 늦은 오후에 도착하면 정말 최악이었다. 어둠이 내리면 입항할 수 없어 서둘러야 하는데, 그러다보면 사절을 맞이하는 복잡한 절차에 문제가 발생하기 쉬웠다. 쥬의 왕실이든 와의 상군부든 체면치레를 좋아하여 조그마한 실수도 놓치지 않고 트집을 잡아 정말 성가셨다. 소가인의 할아버지 때는 실제로 늦은 오후에 도착한 상군부의 감찰을 맞이하는 과정에서 실수가 생겨 자칫 소씨 가문은 암도를 뺏길 뻔했다(그렇다면 사절이 저녁에 도착하면 어떨까? 다음 아침까지 입항을 기다려야 하니 한층 준비할 시간이 많아 좋을까? 아니었다. 암도를 지척에 두고도 상륙하지 못한 사절의 심기가 뒤틀려 한층 까탈스러울 위험이 있었다).

어쨌든 소가인에게는 다행이었다. 물론 다음 사절이 올 때는 또 가슴을 졸여야겠지만 그것은 소씨가 암도의 주인인 이상 감수해야 할 어려움이었다. 쥬와 와 사이에 자리한 섬들 중에 흑도와 암도를 제외한 나머지는 무인도거나 지나치게 작았다. 그런데 흑도가 확실히 쥬의 영토인 반면 암도는 애매했다. 와의 영토로 복속한 시간이 좀더 길었지만 쥬가 다스린 세월도 만만치 않았다.

그러다보니 암도의 주인은 쥬의 국왕과 와의 상군 모두의 눈치를 보아야 했다. 상군을 모시는 영주인 동시에 쥬의 국왕에게도 공물을 바쳤다. 다만 소씨 가문도 순진한 부류는 아니어서 교묘한 줄타기로 잇속을 차렸다. 거기에 그치지 않고 와나 쥬의 해안을 약탈한 해적에게 장물을 사들이기도 하고 때로는 노예 상인으로도 활동했다. 그렇지만 어쨌거나 암도의 소씨 가문은 매우 위태롭고 취약했다. 쥬와 와를 오가는 교묘한 줄타기로 이익을 취할 수도 있었으나 자칫 줄 아래로 미끄러질 위험도 컸다. 쥬와 와를 모두 섬기다보니 양쪽에서 잠재적인 배신자로 취급당할 가능성이 있었다. 또 암도는 문자 그대로 바위가 많고 농사지을 땅이 부족한 섬이라 생존하려면 교역에 나서야 했는데, 와는 상업과 공업을 억누르고 농업만 중시하는 완고한 국가라 무역이 쉽지 않았다. 그래서 궁여지책으로 해적의 장물을 거래할 수밖에 없었는데, 조금만 삐끗해도 소씨 가문 자체가 해적으로 몰릴 수 있었다.

"젠장."

생각이 거기까지 미치자 소가인은 혼잣말을 중얼거렸다. 바위투성이인 섬에서 반쯤은 해적이고 반쯤은 어부인 주민을 다스리는 신세가 짜증났다. 쥬의 국왕에도 굽실거리고 와의 상군에도 머리를 조아리는 신세가 처량했다. 말이 좋아 영주고 귀족이지 쥬에서도, 와에서도 소씨 가문은 해적 두목일 뿐이었다. 쥬와 와에서 사절이 올 때마다 차려입고 너스레를 떨며 비위를 맞추어야 하는 것에도 화가 치밀었다. 오늘도 아침부터 거추장스러운 예복을 입고 항구에 나와 바닷바람을 맞으며 서 있지 않은가!

"암도의 주인은 예를 갖추라!"

사절단 선두에 선 수행원의 외침과 함께 나팔소리가 울리자 소가인의 마음에서 짜증과 분노가 사라졌다. 소가인 개인의 입장에서는 짜증과 분노 같은 감정을 품을 수 있어도 암도의 주인, 소씨 가문의 가주는 그런 감정에 휘둘리면 안 되었다. 그런 감정을 앞세우면 암도를 지킬 수 없었다. 그래서 소가인은 양손을 앞에 모으고 고개를 살짝 숙인 자세를 취했다. 그러는 동안 사절단 선두는 모두 내렸고 드디어 우두머리가 갑판에 나타났다. 우두머리는 깡마른 체격이었으며 한눈에도 예민하고 까탈스럽게 보였다. 아니나 다를까. 함선과 부두를 연결한 다리를 지나자마자 그는 못마땅한 표정으로 멈추었다. 우두머리가 멈추자 당연히 행렬도 정지했고 소가인은 황급히 우두머리에게 뛰어갔다.

"암도 영주인 소가인이 인사 올립니다."

소가인은 양손을 이마에 대고는 허리를 굽혔다. 이번 사절단 우두머리는 쥬의 왕족이라 한층 예를 갖추어야 했다. 우두머리는 그런 소가인을 짐승을 살피듯 아래위로 훑어보았다.

"그대가 암도의 영주인가?"

그러자 소가인은 더욱 공손한 태도로 답했다.

"그렇습니다, 나리. 거친 바닷길에 얼마나 피곤하십니까? 보잘것없는 섬을 다스리는 소인이 부족하나마 음식과 숙소를 마련했으니 어서 가시지요."

그러나 우두머리는 움직일 생각이 없는 듯했다. 그는 잔뜩 찡그린 표정으로 손가락을 들어 위를 가리켰다. 손가락이 가리킨 곳에는 양산이 있었다. 실제로 햇빛을 가리는 것보다는 권위를 나타내는 용도로 사용하는 양산이었는데, 우두머리는 그것이 못마땅한 듯했다.

"그대는 이 양산에 문제가 없다고 생각하나?"

양산의 문제라. 소가인은 서둘러 양산을 살펴보았다. 특별한 문제는 없었다. 이전에도 쥬의 사절이 도착할 때마다 사용했던 터라 우두머리가 무엇을 트집을 잡는지 알아차릴 수 없었다. 그래서 머뭇거렸고 우두머리의 얼굴은 더욱 일그러졌다.

"작은 섬에서 해적 두목이나 하며 사는 야만인이라도 이건 너무하지 않나? 어찌 이렇게 성현의 가르침을 모른단 말인가!"

우두머리는 혀를 차며 모욕스러운 말을 내뱉었다. 소가인의 얼굴도 벌겋게 달아올랐다. 아무리 그래도 소가인은 암도의 영주였다. 자신이 다스리는 사람들 앞에서 그런 모욕을 당하리라 예상하지 못했다. 덧붙여 양산에 무슨 문제가 있는지도 도무지 알 수 없었고 그러다보니 해결하기도 어려웠다.

"영주는 왜 이렇게 답답하시오! 은산군께서는 왕실의 일원이시오. 그런데 이게 종친에게 어울리는 양산이라 생각하오?"

날카롭게 찢어진 눈매, 오뚝한 콧날, 얇은 입술, 곽곽 선생이었다. 보다못한 곽곽 선생이 입을 열자 그제야 소가인은 문제를 알아차렸다. 일반적으로 카락의 황실에 소속한 사람에게는 용, 쥬의 왕실에 소속한 사람에게는 호랑이가 그려진 물품을 사용해야 했는데, 소가인이 준비한 양산에는 아무런 무늬가 없었다.

"죄송합니다. 소인이 작은 섬에만 머무르다보니 아둔하여 큰 결례를 범했습니다. 부디 대국의 입장에서 너그럽게 헤아려주십시오. 나리, 정말 큰 죄를 지었습니다."

소가인이 무릎을 꿇고 외쳤다. 굴욕적이기 그지없는 행동이었으나 어쩔 수 없었다. 쥬의 방계 왕족 따위에게 굽실거려야 하는 자신의 팔자가 야속했을 뿐이다.

"앞으로는 주의하라."

은산군은 못 이기는 척 말했다. 그러나 그렇게 끝낼 은산군이 아니었다.

"영주는 행렬이 모두 내릴 때까지 일어나지 말라. 그래야 앞으로는 이런 실수를 저지르지 않을 것이니!"

지나친 처사였다. 사절단이 모두 함선에서 내려 부두를 떠날 때까지 무릎을 꿇고 있으라니! 암도가 작은 섬이라도 소가인은 영주였다. 자신이 다스리는 백성 앞에서 그런 수모를 당할 이유가 없었다. 하지만 현실적으로 소가인에게는 선택권이 없었다. 은산군의 행렬이 사라질 때까지 무릎을 꿇고 기다릴 수밖에 없었다.

3

은산군 일행, 쥬의 사절단을 맞이하는 연회는 무척 화려했다. 암도는 크기가 작고 바위가 많아 소돼지 같은 가축을 키우기 쉽지 않아 와는 육류를 장려하지 않았다. 연회에 오른 음식 대부분은 해산물이었으나 소, 돼지, 닭 같은 육류가 생각나지 않을 만큼 맛이 훌륭했다. 게다가 쥬나 와에서는 쉽게 구할 수 없는 술, 전장을 적시는 피처럼 검붉은 빛깔의 포도주를 곁들이니 한별의 호화로운 기방에 있는 것 같았다. 암도 같은 변방에서 그런 음식이라니! 은산군은 연회 내내 흡족했다. 호랑이가 그려지지 않은 양산 따위는 이미 머릿속에서 지워진 지 오래였다. 부두에서 소가인에게 준 모욕 따위는 까맣게 잊고 "돌아가면 국왕 전하께 자네의 충성과 노력을 특별히 보고하겠네"라며 말했다. 평소라면 은산군의 그런 행동을 비야냥거리며 날카로운 말을 던져 소가인을 궁지로 몰아넣었을 곽곽 선생도 그날따라 조용했다. 특유의 야릇한 미소를 띤 표정으로 포도주를 연신 들이켤 뿐 거의 입을 열지 않았다. 물론 쥬의 말이 통하지 않는 곳이라 그랬을 수도 있겠으나 곽곽 선생은 카락과 와의 말을 모두 구사할 줄 알았다. 심지어 혈교와 내수교의 경전에 사용하는 오래된 말도 알아 색목인과도 대화할 수 있었다. 그런데도 달변인 곽곽 선생이 좀처럼 입을 열지 않는 것이 이상했다.

조근은 연회가 마음에 들지 않았다. 소가인이 누구인가? 암도를 다스리는 소씨 가문은 해적의 두목이다. 틈만 나면 흑도 해안을 약탈할 뿐 아니라 고기잡이배를 공격하여 힘들게 잡은 생선을 빼앗고 어부들 가운데 젊고 건강한 남자를 납치하여 노예로 삼는 무리의 두목이다. 흑도도 쥬의 국왕이 다스리는 땅이니 소가인은 쥬의 백성을 약탈하고 납치하는 악당이다. 그러니 은산군이든 곽곽 선생이든 그 간악한 인간을 꾸짖고 벌해야 할 것이 아닌가? 최소한 흑도의 백성을 약탈하고 납치한 것에 대한 보상을 요구하고 앞으로는 결코 해적질을 하지 않겠다는 약속을 받아야 할 것이 아닌가? 그런데도 왕실의 일원이며 국왕을 대리하여 사절단을 이끄는 인간은 연회에 차려진 음식에 헤벌쭉하며 소가인을 칭찬하고 곽곽 선생도 평소와 달리 술만 마시고 있으니 화가 치밀었다. 하지만 조근이 할 수 있는 것은 없었다. 말석에 앉은 무사 주제에 무엇을 할 수 있겠는가? 주먹으로 상을 내리치며 격한 말을 던지려 해도 조근은 곽곽 선생과 달리 외국어를 조금도 몰랐다. 그러니 소리쳐보았자 소가인과 그 부하들은 무슨 말인지 모를 것이며 역관이 통역해줄 리도 없었다.

그래서 조근은 조용히 자리에서 일어나 밖으로 나왔다. 상에 차려진 음식은 모두 혀에 착착 붙었으며 술은 달콤했으나 조근에게는 거친 좁쌀밥과 마찬가지였다. 은산군과 사절단 모두가 해적 두목의 접대를 받으며 시시덕거리는 꼴을 보니 배알이 뒤틀려 도저히 참을 수 없었다. 다행히 말석에 자리한 무사에 불과한 조근이 자리를 떠나도 주의를 기울이는 사람이 없었다.

연회장을 벗어나자 정원이었다. 암도는 변방의 작은 섬이며 소가인은 해적 두목에 불과했지만 상군이 승인한 영주였다. 그래서 정원은 나름대로 아름다웠다. 오찬을 함께하는 연회였으나 길어지다보니 어느덧 해질녘이 되어 정원에서 바라보는 붉은 하늘이 아름다웠다. 연회에 배알이 뒤틀린 조근도 정원과 노을의 아름다움에는 만족했다.

그때 색목인의 술이 든 유리병을 조심스럽게 든 하인 둘이 조근의 곁을 지나쳤다. 그런데 조근을 방해하지 않으려고 지나치게 노력했는지 한 명이 균형을 잃고 비틀거리다가 그만 술병을 떨어뜨렸다. 술병이 와장창 깨지면서 피처럼 붉은 액체가 정원에 뿌려졌다. 아직 앳된 티를 벗지 못해 소녀에 가까운 하인들은 깜짝 놀라 벌벌 떨었다. 포도주는 색목인을 통해 구입하는 만큼 매우 비쌌고 유리병도 마찬가지여서 크게 책망을 받을 것이 틀림없었다. 조근은 자신이 그런 상황을 만든 것만 같아 미안했지만 말이 통하지 않아 우두커니 서 있을 수밖에 없었다.

"어떡해!"

조근은 자신의 귀를 의심했다. 하인들의 말이 귀에 들렸기 때문이다. 와에서 사용하는 낯선 말이 아니었다. 심지어 조근에게 아주 익숙한 말투였다. 얼굴이 하얗게 질려 곧 울음을 터뜨릴 것만 같은 하인들이 걱정하는 말을 주고받을수록 더욱 또렷하게 들렸다. 그들이 주고받는 말은 쥬의 말이었을 뿐 아니라 흑도 사투리였다. 그제야 조근은 두 하인이 해적에게 납치된 흑도 사람, 그렇게 와와 카락에 노예로 팔려간 수많은 사람 가운데 일부임을 알아차렸다. 그러나 그래도 달라지는 것은 없었다. 조근이 무엇을 할 수 있겠는가? 흑도 사투리로 위로의 말을 건네보았자 무슨 의미가 있을까? 오히려 두 하인의 마음만 아프게 할 터였다.

그 순간 그들을 감독하는 사람이 나타났다. 키가 작고 이마가 반쯤 벗어진 중년 사내였는데, 바닥에 뒹구는 깨진 유리병을 보자 진하고 굵은 눈썹을 꿈틀거리며 표정을 일그러뜨렸다. 그러고는 조근이 알아들을 수 없는 말로 소리치고 하인들의 멱살을 움켜잡았다. 체구가 크지 않았으나 아직 앳된 티를 벗지 못한 하인들은 그보다 훨씬 작았다. 그래서 중년 사내의 힘을 이기지 못하고 버둥거렸다. 중년 사내는 욕설이 분명한 말을 내뱉으며 하인들의 따귀를 때리기 시작했다. 두어 대를 때리는 것이 아니라 멱살을 단단히 움켜쥐고 입술이 터지고 코뼈가 부러질 때까지 갈겼다.

조근은 참을 수 없었다. 그냥 두면 중년 사내가 하인들을 죽일 것만 같았다. 유리병을 깨고 포도주를 쏟았다고 두들겨맞는 것을 용납할 수 없었다. 흑도 사람들이 노예로 끌려와 저런 대우를 받는 것을 보니 피가 거꾸로 솟는 듯했다. 조근은 자신도 모르게 중년 사내에게 다가가 오른 주먹을 휘둘렀다. 조근의 공격을 예상하지 못했을 뿐 아니라 체격과 힘의 차이도 엄청나서 중년 사내는 한 번의 타격만으로도 비틀거렸다. 그러나 조근은 이미 화가 치밀어 거기에서 멈출 생각이 없었다. 비틀거리며 뒷걸음질하는 사내를 따라 다시 왼 주먹을 휘둘렀다. 사내의 얼굴은 순식간에 피범벅이 되었다. 사내는 무엇이라 말했으나 이가 빠지고 아래턱이 부러져 제대로 발음하지 못했다. 평소라면 그쯤에서 평정을 찾았을 테지만 지금 상황은 달랐다. 피비린내는 조근을 더욱 자극했다. 조근은 사냥감을 쫓는 맹수처럼 비틀거리는 사내를 주먹으로 두들겨팼다. 조근의 주먹을 견디지 못하고 사내가 쓰러져도 흥분이 가라앉지 않았다. 조근은 쓰러진 사내의 가슴에 올라탔다. 그러고는 사내의 두개골을 부수고 뇌를 짓이길 최후의 일격을 준비했다.

"그만! 거기까지!"

카랑카랑하고 약간 높은 목소리, 곽곽 선생이었다. 그의 날카로운 목소리에 조근은 겨우 정신을 차렸다. 주변을 둘러보니 쓰러진 사내는 피범벅이 된 얼굴로 숨을 가쁘게 몰아쉬고 있었고 하인들은 새파랗게 질린 표정으로 주저앉아 울고 있었다. 곽곽 선생은 그럴 줄 알았다는 표정으로 특유의 냉소를 지으며 조근을 바라보고 있었다. 조근은 주먹뿐 아니라 가슴과 얼굴에도 사내의 피가 튀어 괴물처럼 보였다. 곧 은산군과 소가인을 비롯한 나머지 사람들도 정원으로 나왔다.

"소가인! 이게 어떻게 된 일입니까? 가신들의 관리가 엉망이군요."

모두 놀라 멈칫할 때 정적을 깬 사람은 역시 곽곽 선생이었다. 그는 어리둥절한 표정의 소가인을 매섭게 노려보며 말을 이었다.

"아무리 저 두 여인이 노예라도 백주에 겁간하려 들다니, 이게 암도의 수준이오? 특히 대국의 사절을 맞는 연회장에서 이런 불미스러운 일이라니! 당신네 가신이 노예를 겁간하려는 것을 우리 무사가 제지하니 감히 대국의 무사에게 주먹까지 휘둘렀소! 사절의 호위를 책임지는 입장에서 이 일은 결코 묵인할 수 없소."

역시 곽곽 선생다웠다. 곽곽 선생만 할 수 있는 임기응변이었다. 짧은 시간에 그럴듯하게 꾸며낸 새빨간 거짓말을 천연덕스레 늘어놓을 수 있는 인간은 적어도 조근이 알기로는 곽곽 선생뿐이었다. 물론 소가인은 곽곽 선생의 억지스러운 말을 믿을 수 없었으나 그렇다고 반박할 수도 없었다. 쥬의 국왕과 와의 상군을 모두 섬기는 처지였기 때문이다.

제2장

해적들

1

곽곽 선생은 아무 말도 하지 않았다. 좀처럼 속을 알기 힘든 야릇한 미소를 띠고 조심스레 다기를 꺼내 차를 우렸다. 그 시간만큼은 무시무시한 암행총관, 냉소적인 표정으로 날카로운 말을 내뱉는 괴짜의 모습을 떠올리기 어려웠다.

"어리석은 짓이 틀림없지만 자네에게 어울리긴 해."

곽곽 선생은 차를 마시기 전 은은한 향을 맡으면서 드디어 입을 열었다. 그러고는 조근의 앞에 놓인 잔에도 차를 따랐다. 크지 않은 방에는 곽곽 선생과 조근 둘뿐이었고 자그마한 탁자를 마주하고 앉아 있었다.

"암도에서는 차가 나지 않아. 따지고 보면 암도에서 나는 것은 생선뿐이지. 그래서 나머지는 죄다 밖에서 들여와야 해. 그러니

부지런히 생선을 잡아야겠지. 아니면 사람을 잡든가."

일그러진 미소를 떠올리며 말을 이어가자 곽곽 선생의 날카롭게 찢어진 눈매가 한층 도드라졌다. 웃는 것인지, 노려보는 것인지 알기 힘든 표정이었다.

"총관님, 그 여자들은 흑도 사람이었습니다. 틀림없습니다. 제 목을 걸고 말할 수 있습니다."

곽곽 선생이 무슨 말을 할지 어느 정도 예측했기에 조근은 더 이상 기다릴 수 없었다. 여자들은 흑도 사람이 분명했고 소가인은 해적을 부려 흑도 사람을 납치하여 노예로 파는 악당이 틀림없었다. 암도에는 생선밖에 잡히지 않아 생존을 위해 해적질을 할 수밖에 없다는 말 따위는 듣고 싶지 않았다. 백번 양보해도 암행총관이 할말은 아니라고 생각했다. 암행총관은 쥬의 관리이고 흑도는 쥬의 영토이며 흑도 사람은 쥬의 백성이 아닌가!

"그게 소가인의 가신을 때려죽이는 이유가 될 수는 없지. 그리고 자네 목은 이미 내 것이 아닌가?"

곽곽 선생은 능글맞게 웃으며 말했다. 틀린 말은 아니었다. 조근은 곽곽 선생에게 목숨을 빚졌다. 조근의 목숨은 곽곽 선생의 것이나 마찬가지였다. 또 소가인의 가신을 두들겨팬 것은 확실히 어리석었다. 개인의 일에서 끝나지 않고 사절단 전체의 문제가 될 뻔했으니까.

"그렇게 두들겨팬다고 나아지는 것은 없네. 물론 그 노예 둘은 자네 덕분에 곤경에서 벗어났겠지. 자네에게 두들겨맞은 녀석도 정신차렸을지 몰라. 하지만 해적들이 흑도에서 사람을 납치하는 것은 조금도 변하지 않아. 소가인이 그런 해적들의 뒷배가 되어주는 것도 마찬가지네. 자네가 소가인을 두들겨패도 변하지 않아. 아예 소가인의 목을 따도 결과는 같아. 다른 녀석이 암도의 주인이 되어 해적을 후원하겠지."

조근은 곽곽 선생의 말을 반박할 수 없었다. 그의 말처럼 소가인을 죽여도 문제를 해결하기는 어려웠다. 개인을 처벌하고 단죄해서 막을 수 있는 문제가 아니었다. 흑도와 쥬의 남부 해안을 노략질하는 해적을 퇴치하려면 나라님이 나서야 했다. 그러니까 사절단을 이끄는 은산군이 공식적으로 문제를 제기해야 했다.

"그럼 제가 은산군에게 아뢰겠습니다."

조근의 말에 곽곽 선생은 손뼉을 치며 깔깔거렸다.

"역시 도적떼의 우두머리답군. 아둔한 자는 우두머리가 될 수 없지."

빈정거리며 퍼붓는 독설이 곽곽 선생의 특기였으나 이번에는 칭찬이 틀림없었다. 다만 그저 칭찬으로 끝낼 곽곽 선생이 아니었다.

"하지만 역시 순진하기 짝이 없군. 그게 자네의 매력이긴 하지."

곽곽 선생은 차를 홀짝이며 말을 이었다.

"은산군은 왕족이네. 그것도 아주 야심만만한 인간이지. 왕세자의 심복이며 추밀원장과 앙숙이야. 고리타분한 노인네들을 제치고 권력을 탈취하는 방법을 생각하느라 다른 것에는 조금도 관심이 없어. 왕세자의 심복이지만 정말 왕세자를 추종하는지, 아니면 그저 권력을 얻으려는 방법에 불과한지 확실하지 않아."

은산군의 깡마른 체구와 이글거리는 눈빛이 떠올랐다. 아울러 양산에 호랑이무늬가 없다고 까탈스레 굴던 일이 생각났다.

"은산군은 흑도의 무지렁이 백성 따위야 어찌 되든 조금도 개의치 않을 작자네. 그게 나리님들이지. 은산군은 나리님들 중의 나리님이니 자네가 아무리 말해도 콧방귀조차 끼지 않을 것이네."

조근은 침을 꿀꺽 삼켰다. 그러고는 보다 공손하게 말했다.

"그럼 총관님께서 말씀해주십시오. 총관님은 은산군의 친구이지 않습니까?"

그러자 곽곽 선생은 너털웃음을 터뜨렸다.

"역시 자네는 순진하군. 친구는 무슨 친구. 고귀한 왕족 나부랭이께서 내수교 밀정놈과 친구일 리가 있겠나."

곽곽 선생은 잔에 든 차를 단숨에 마셨다.

"하지만 방법은 항상 있는 법이네."

2

봄을 지나 여름에 접어드는 시기에도 암도의 밤은 다소 쌀쌀했다. 여느 섬처럼 암도도 바람이 잦고 셌다. 정신없이 바쁜 하루를 보내다보니 거센 바람과 서늘한 공기에도 밤이 반가웠다. 소가인의 가신들에게는 더욱 그랬다. 쥬의 사절이나 상군부의 감찰을 맞이하는 일은 늘 껄끄럽고 힘들었기에 온종일 잔뜩 긴장해 있었다. 특히 그날은 연회가 끝날 즈음 쥬의 무사가 소가인의 가신—사실은 하인들 가운데에서 조금 높은 사람—을 두들겨패는 일까지 있었다. 쥬의 무사는 거칠고 강한 자여서 말리지 않았다면 가신을 때려죽였을 것이 분명했다. 그런데도 소가인은 아무 말도 하지 못했다. 도리어 쥬의 사절이 얼굴을 붉히며 "가신들을 어찌 관리하느냐?"고 소가인을 책망했다. 밤바람을 맞으며 술집에 모인 가신들은 모두 분노했다. 최소한 쥬의 사절에게 깊은 불만을 품었다.

"죽지는 않았는데, 사람 구실은 힘들겠어."

"영주께서는 어찌하여 이리도 모른 척할 수 있나?"

"돼먹지 못한 쥬놈이 하는 말을 들었나? 가신들 하나 제대로 관리하지 못하고 대국을 맞이하는 법도가 엉망이라며? 사람을 때려죽일 뻔했으면서 정말 어이가 없어."

"그래, 특히 그 녀석이 재수없었어. 검은 두건을 쓰고 눈이 찢어진 녀석, 정말 영주님만 아니었으면 한칼에 베어버렸을 걸세."

"그런데 그 녀석이 보통 사람이 아니래. 쥬에서는 이름만 들어도 벌벌 떠는 존재라는군. 검을 뽑고 한번 번쩍이면 상대는 목이 달아난다는군. 그러니 영주님이 계시지 않아도 자네는 아무엇도 못 해."

"쥬 놈들이 검을 알면 얼마나 안다고 그래? 그래 보았자 쥬에서나 유명하겠지. 쥬에 제대로 된 무사가 있나? 카락 놈들에게 박살난 어중이떠중이지."

"글쎄, 그 작자의 눈매를 보고도 그러나? 그건 살귀의 눈매일세. 열댓 명을 죽여도 그런 눈매가 되지는 않아. 그 작자는 최소한 수백 명을 죽였을 거야. 자네쯤은 검을 뽑지 않고도 베어버릴걸."

가신들은 삼삼오오 짝지어 술을 들이켜며 수다를 떨었다. 술집에는 그들 외에 다른 사람이 없었다. 정확히 말하면 처음에는 몇몇이 있었으나 가신들의 기운에 눌려 다들 자리를 피했다. 그러자 분위기가 한층 무르익었다. 그들은 쥬의 사절을 욕하고 무력한 신세를 한탄하며 술과 함께 스스로 위로했다.

"멍청하고 지질한 해적놈들이 말이 많구나."

커다란 웃음과 함께 울려퍼진 거친 말에 술집의 공기가 순식간에 얼어붙었다. 그런 말을 내뱉은 사내는 술집에서 가신이 아닌 유일한 손님이었다. 주변을 압도하는 큰 체격, 가죽을 덧댄 옷과 허리춤에 찬 검으로 보아 무사인 듯했다. 그러나 소가인의 휘하는 아니었다. 그렇다고 다른 누군가를 섬기는 무사도 아니었다. 그는 주인 없는 떠돌이 낭인에 불과했다. 물론 암도는 해적의 본거지인 만큼 낭인이 낯선 존재는 아니었다. 그러나 낭인 따위가 소가인의 가신을 조롱하다니! 쥬의 사절의 안하무인을 가까스로 참았던 터라 다들 화가 머리끝까지 치밀었다.

"근본도 없는 녀석이 어디서 함부로 입을 놀려!"

분위기가 험악해졌고 몇몇 가신이 사내에게 다가갔다. 그러나 사내는 눈 하나 깜짝이지 않았다. 커다란 체구에 만교의 승려 같은 민머리가 도드라진 사내는 아랑곳하지 않고 술을 들이켰다.

"해적 주제에 근본을 따지다니 우습군. 장물아비에다 밀수꾼이나 다름없는 소가인을 주인으로 섬기는 똥개들이 무사랍시고 떠드는 꼴이 정말 우스워."

사내의 도발이 선을 넘었다. 가신들은 잔뜩 화가 치밀었다. 쥬의 사절에게 당한 사건도 있어 이 무례한 낭인에게 분풀이하고자 결심했다. 벌써 몇몇은 검을 뽑았다. 그러자 사내도 자리에서 일어났다. 그는 여유만만한 태도로 가신들을 쓱 훑어보더니 천천히 칼을 뽑았다. 그런데 사내의 칼은 하나가 아니었다. 왼손에는 가신들과 다름없는 장검이 들려 있었으나 오른손에는 단검이 들려 있었다. 사내의 단검 모양이 특이했다. 한쪽 날은 평범한 검과 같았지만 반대편 날은 여인네가 사용하는 빗처럼 생겼다. 그 모습을 보자 잠깐 정적이 감돌았다. 이도류, 특히 장검과 특이한 단검을 사용하는 이도류는 흔하지 않았기 때문이다. 적어도 조무래기 낭인이 사용하는 검법은 아니었다.

"지질한 놈들, 귀찮게 하지 말고 빨리 덤벼라!"

사내는 다시 가신들을 조롱했다.

이도류니 뭐니 가릴 것이 없었다. 분노한 가신들은 사내를 갈가리 찢을 듯한 기세로 덤볐다. 가장 먼저 다가든 사람은 검을 제대로 휘두르지도 못했다. 호기롭게 달려들었으나 사내가 조금 전까지 앉았던 의자를 그를 향해 발로 밀자 그대로 걸려 고꾸라졌기 때문이다. 두번째 가신은 검을 휘두르는 데는 성공했다. 그러나 잔뜩 힘이 들어간 검은 크게 허공을 갈랐다. 가신의 검을 여유롭게 피한 사내는 칼자루를 쥔 손을 주먹처럼 사용하여 가신의 머리를 내리쳤다. 그러자 두번째 가신도 끈이 잘린 꼭두각시 인형처럼 쓰러졌다. 하지만 그런 상황에 이르러서도 가신들은 신중하지 않았다. 사실 소가인의 가신들은 대부분 해적 출신이었다. 해안을 습격하여 노략질하고 어부의 배를 쫓아와 수산물을 빼앗는 데나 익숙할 뿐 검술에는 서툴렀다. 그리하여 인원수와 기세로 밀어붙이면 이길 것이라 판단했다.

가신들은 사내에게 다가서기 무섭게 바닥에 쓰러졌다. 신기하게도 사내는 가신들을 걷어차거나 칼자루로 내리칠 뿐이었다. 마음만 먹으면 목을 벨 수 있는 상황에서도 기절만 시킬 뿐 목숨은 빼앗지 않았다. 물론 그런 모습이 한층 섬뜩했고 십여 명이 바닥에 나뒹굴자 남은 가신들은 현실을 깨달았다. 그들은 검을 거두고 조심스레 허리를 숙이며 예를 표했다. 그 모습을 본 사내는 만족스럽게 웃으며 말했다.

"이제 말이 좀 통하겠군."

3

다른 가신들처럼 산진도 새벽이 거의 끝나갈 무렵 술집에서 나와 집으로 향했다. 소가인의 다른 가신들처럼 그도 길고 긴 하루를 보냈다. 쥬에서 온 사절을 맞는 그 자체만으로도 만만하지 않았는데, 이번 사절단의 우두머리는 한층 까탈스러웠다. 고작 양산에 호랑이무늬가 없다는 이유만으로 소가인을 모욕하지 않았는가. 거기에서 그치지 않고 연회에서는 신분 낮은 무사가 소가인의 가신을 두들겨팼다. 단순한 폭행이 아니라 말리지 않았다면 틀림없이 죽었을 것이다. 그런데 쥬 놈들은 이번에도 소가인을 책망했다. 잔뜩 화가 치밀었으나 참을 수밖에 없는 처지라 그 쓰라린 마음을 달래고자 일과를 마치고 찾은 술집에서는 정체불명의 낭인이 나타나 가신들을 때려눕혔다. 다행히 산진은 그 낭인에게 덤비는 실수를 범하지 않았다. 함부로 덤비지 않는 것, 주변을 충분히 살핀 후에 행동하는 습관은 산진이 지금까지 살아남은 비결이었다.

산진이 그런 비결을 체득한 곳은 흑도였다. 정확히 말하면 그는 암도 출신이 아니었다. 와에서 태어나지도 않았다. 산진은 흑도에서 태어났고 그곳에서 어린 시절을 보냈다. 물론 어린 시절이라고 해보았자 별다를 것이 없었다. 어부의 아들로 태어나 고기잡이 외에는 다른 것을 전혀 배우지 못했다. 가난한 백성인지라 아주 어릴 때부터 나리들의 눈치를 보는 법만큼은 확실히 깨우쳤다. 그것을 깨우치지 못하면 살아남을 수가 없었다. 아버지를 따라 고기잡이에 나섰다가 해적을 만났을 때도, 해적에게 잡혀 노예로 끌려온 후에도 그 눈치보는 재주가 큰 도움이 되었다. 해적선의 노예에서 해적이 되고 다시 해적의 우두머리에 오르고 소가인이 가신이 되어 산진이란 이름을 하사받는 과정에서 그 재주 덕분에 몇 번이나 목숨을 구했다.

그래서 산진은 만교 승려를 연상케 하는 민머리 낭인이 가신들을 도발했을 때 함부로 나서지 않았다. 미치광이가 아니고서야 아무런 준비 없이 그렇게 도발할 리가 없었다. 실제로 민머리 낭인은 겁 없이 덤빈 가신들을 모두 때려눕혔다. 그런데 낭인은 독특하게도 칼자루와 주먹만 사용했다. 죽이고자 마음먹었다면 가신들을 모두 베어버릴 수도 있었는데, 아무래도 낭인에게는 다른 목적이 있는 듯했다. 그제야 산진은 조심스레 낭인에게 접근했다. 다른 가신들과 함께 허리를 숙이고 예를 표하며 "협객께서는 어찌하여 이 작은 섬을 찾으셨습니까?"라고 공손하게 물었다. 그러자 낭인은 껄껄 웃으며 "자네들은 주군을 모시는 무사로 어찌하여 부끄러움을 모르는가?"라고 답했다. 그 말에 산진은 믿을 만한 사람만 남기고 다른 가신들을 돌려보낸 후 낭인에게 가르침을 청했다.

낭인의 가르침은 간단했다. 어떤 측면에서는 예상대로였다. "무사의 명예를 지켜라", "주군과의 의리에 충실하라"가 낭인이 전한 전부였다. 무사의 명예와 주군과의 의무라. 대개 말하기는 쉬워도 행동으로 옮기기는 매우 어려웠다. 산진과 가신들이 처한 상황도 그랬다. 주군인 소가인이 모욕당했으니 산진을 비롯한 가신들이 해야 할 의무는 명확했다. 주군을 모욕한 사람을 베어버리는 것이 그들이 해야 할 일이었다. 상대가 쥬에서 온 사절이라도 예외 없었다. 쥬의 왕족이라도 마찬가지였다. 주군을 모욕한 사람을 살려 보내면 무사의 명예가 실추되었다. 그렇지 않아도 암도의 무사들을 해적이라며 푸대접하는 경우가 많았는데, 이번 일까지 알려지면 오랫동안 조롱당할 것이 틀림없었다.

그들의 주군인 소가인도 마찬가지였다. 한쪽으로는 상군을 섬기고 다른 쪽으로는 쥬의 국왕을 섬기는 잠재적인 배신자로 여겨지고 기껏해야 해적과 밀수꾼의 우두머리라 불리는 터라 다른 영주들이 한층 우습게 볼 것이었다. 그러므로 산진과 가신들은 기필코 주군을 모욕한 사절, 그러니까 은산군을 죽여야 했다. 다만 은산군을 죽여 소가인에 대한 의리를 지키면 이번에는 소가인의 주군인 상군에게 죄를 짓는 것이나 다름없었다. 따라서 산진이든 다른 가신이든 은산군을 죽인 사람은 현장에서 할복해야 했다. 그렇게 해야만 소가인에 대한 의리와 의무는 물론 상군에 대한 의리와 의무도 지킬 수 있을 터였다. 그렇게 된다면 와의 다른 지역에서도 암도를 바라보는 시선이 달라질 것이었다. 암도의 영주인 소가인과 그 가신들에 대한 평가도 달라질 것이었다. 그들은 더이상 잠재적인 배신자 혹은 밀수꾼과 해적으로 취급받지 않을 것이었다. 명예를 아는 남자, 무사 중의 무사, 와의 무사가 본받아야 할 사표로 추앙받을 것이 틀림없었다.

생각이 거기에 다다를 무렵 집에 도착했다. 산진이 조용히 문을 열자 마루가 삐걱거렸다. 누군가 아주 반갑게 달려나오는 것이 틀림없었다. 그가 누구인지는 어렵지 않게 추측할 수 있었다. 산진을 그렇게 반길 사람은 아들밖에 없었다. 대여섯 살 정도의 사내아이가 달려와 안겼다. 좀더 나이가 들면 부자간에 지킬 예의를 가르쳐야겠으나 아직까지는 감정을 마음껏 표현하도록 두었다.

"아버지~!"

산진은 깊은 새벽을 지나 이른 아침 가까운 시간까지 자신을 기다린 아이가 대견하고 애틋했다. 그런 아이를 품에 안고 산진은 미래를 그려보았다. 아버지가 소가인의 가신이니 아들도 대를 이어 소가인을 섬길 터였다. 그러면서 여전히 해적과 밀수꾼으로 취급당할 것이었다. 산진이 흑도 출신이라 아들에 대한 대우는 한층 각박할 것이었다. 아들은 산진 이상으로 살기 힘들 것이 틀림없었다. 산진의 현재가 아들이 이룰 수 있는 최고의 삶인 셈이었다. 답답하고 맥이 풀렸다.

그런데 은산군을 베어버리면 어떻게 될까? 은산군을 베어버린 다음 상군에 대한 의를 지키기 위해 할복한다면 어떻게 될까? 산진은 밀수꾼과 해적의 우두머리를 섬기는 노예 출신 가신에서 벗어나 단숨에 와의 모든 무사가 본받아야 할 모범으로 칭송받을 것이었다. 그러면 아들의 미래도 달라질 것이었다. 암도 같은 변방에서 소가인 같은 시시껄렁한 영주를 섬기는 것이 아니라 경성으로 불려가서 상군을 직접 모시는 무사가 될 것이었다. 산진의 아버지는 흑도에서 고기잡이로 삶을 마쳤고 산진은 해적 우두머리를 섬기다가 할복으로 삶을 끝낼지라도 산진의 아들은 직접 상군을 모시는 명예로운 무사로 살아갈 것이었다.

그리하여 산진은 마음을 굳혔다. 아들의 머리를 쓰다듬으면서 "너만큼은 고귀한 사람으로 살게 해주마"라고 중얼거렸다.

4

상군부의 감찰을 맞는 것과 와의 사절을 맞는 것, 과연 무엇이 더 힘들까? 모두 만만치 않았으나 후자가 한층 짜증나는 일임에는 틀림없었다. 적어도 소가인에게는 그랬다. 상군이 보낸 감찰은 소가인을 잠재적 배신자로 여기고 혹시라도 쥬의 국왕에게 암도를 바치지 않을지 면밀히 관찰했지만 그다지 거들먹거리지는 않았다. 해적 우두머리, 장물아비, 돼먹지 못한 야만인이라고 비아냥거리지도 않았다. 그렇게 비아냥거리는 녀석들은 모두 쥬에서 온 사절단이었다. 놈들은 대국에서 왔느니, 어리석은 야만인에게 문화의 혜택을 주고자 왔느니 하는 등의 개소리에 지나지 않는 말을 내뱉으며 거들먹거렸다. 특히 사절단의 우두머리가 백색당 수뇌에 해당하거나 쥬의 왕족이면 말할 것도 없었다.

그 가운데에서도 은산군은 최악이었다. 염장한 생선처럼 깡마른 녀석이 허영심은 고래보다 커서 왕족이랍시고 거들먹거리는 꼴이 정말 배알이 뒤틀렸다. 그런데다 재수 없는 일도 꼬리를 물었다. 왕족에게는 호랑이무늬가 있는 양산을 써야 하는 것을 깜빡했고 연회에서는 난투극이 벌어졌다. 암도에는 쥬에서 납치한 노예가 꽤 있었는데, 가신이 그런 노예를 가혹하게 다루는 모습을 하필이면 쥬의 무사가 목격한 것이 난투극의 원인이었다.

그래도 거기서 일이 마무리되어 다행이었다. 쥬의 해안에서 사람을 납치하여 노예로 부리는 것을 은산군이 문제삼았다면 아주 심각한 상황이 벌어졌을 것이다. 쥬의 백성을 납치하여 노예로 부리는 것은 쥬와 와 모두에서 금지하는 범죄였다. 하지만 흑도와 남부 해안은 와의 노예 상인이 좋아하는 공급처였다. 해적뿐 아니라 쥬의 관리들이 가난한 하층민을 팔아넘길 때도 많았다. 암도는 그런 노예무역의 전초기지였다. 쥬에서 잡혀온 노예는 암도를 통해 구산으로 팔렸다. 구산의 노예시장이 와에서 가장 크고 활기찬 것도, 구산영주가 엄청난 부를 축적한 것도 모두 그런 노예무역 덕분이었다. 그러므로 은산군이 노예를 문제삼지 않은 것이 천만다행이었다. 은산군의 허영심을 채우고 노여움을 달래기 위해 다시 거창한 연회를 주최해야 했지만 그 정도는 충분히 감내할 수 있었다.

"색목인의 술입니다. 카락 남부에서 재배한 포도가 아니라 멀리 색목인의 땅에서 재배한 포도로 빚었습니다. 지금까지 드신 술과 완전히 다를 것입니다."

소가인은 굽실거리며 은산군의 잔에 술을 따랐다. 검붉은 액체가 흐릿한 유리잔에 채워졌다. 은산군은 미심쩍은 표정으로 유리잔을 들었으나 술을 맛보자 금세 얼굴이 밝아졌다.

"역시 제대로 만든 술이오. 이렇게 달콤하고 강렬한 맛은 처음이네."

그러나 소가인의 평안은 오래가지 못했다.

"소가인, 입술에 침이나 바르고 거짓을 내뱉으시오. 그것도 카락 남부에서 재배한 포도로 빚은 술이 아니오?"

검은 두건, 날카롭게 찢어진 눈매, 오뚝한 콧날, 얇은 입술. 그랬다. 곽곽 선생이었다. 그가 이기죽거리자 얇은 입술이 한층 얄밉게 느껴졌다.

"총관님, 그게 무슨 말씀입니까? 소인이 감히 은산군 나리께 거짓말을 하다니요!"

소가인은 정색했으나 곽곽 선생은 입술을 일그러뜨리며 웃음을 터뜨렸다.

"쥬와 와를 통틀어 최고의 밀수꾼이자 장물아비인 당신이 그 것도 구별하지 못할 리가 없지."

곽곽 선생은 여전히 묘한 웃음을 머금고는 은산군의 잔을 빼앗 았다. 그러고는 검붉은 액체를 홀짝였다.

"포도로 술을 빚을 때 완전히 발효되기 전에 쌀로 만든 증류주 를 넣으면 이런 맛이 나지. 발효가 끝나면 포도가 지닌 달콤한 맛 이 사라지는데, 증류주를 넣으면 발효가 멈춰 달콤한 맛이 남거 든. 색목인의 방법은 포도주를 증류해 만든 술을 발효가 끝나지 않은 포도주에 섞는 것인데, 그러면 비용이 많이 들지. 그래서 쌀 로 만든 싸구려 증류주를 포도주에 섞으면 딱 이런 맛이지."

소가인은 뜨끔했다. 아니, 등줄기를 따라 식은땀이 흘렀다. 곽 곽 선생의 말이 정확했기 때문이다. 소가인이 한껏 부풀려 말한 술은 카락 남부에서 재배한 포도로 술을 빚어 완전히 발효되기 전에 싸구려 증류주를 첨가하는 방식으로 만들었다. 멀리 색목인 이 그들의 땅에서 술을 만드는 방법을 모방했으나 훨씬 싸게 만 드는 방식이었다. 그렇게 만든 술을 진짜 색목인의 술로 속여 유 통하는 것도 소가인의 사업이었다.

"이러니 소가인, 당신이 밀수꾼과 장물아비에서 벗어나지 못 하는 거야."

곽곽 선생이 너무 의기양양하여 얄미웠다. 소가인은 전전긍긍 했다. 자신이 속을 뻔했음을 깨달은 은산군은 얼굴이 벌겋게 달아올랐다. 소가인 따위에게 속을 뻔한 것도 화났지만 자신의 밑천을 들킨 것이 더욱 짜증났다. 곽곽 선생이 단번에 알아차리는 것을 왕족인 자신이 알아차리지 못하다니! 은산군은 부끄러웠다. 솔직히 마음 한편에서는 곽곽 선생에 대한 열등감이 모락모락 피어올랐다. 왕족이고 왕세자의 심복이며 백색당 신파의 핵심인 자신이 내수교를 믿는 밀정보다 못한 것 같아 도저히 참을 수 없었다. 당장이라도 소가인을 두들겨패고 싶었으나 그런 행동은 은산군 자신의 권위를 갉아먹는 것이라 차마 실행할 수 없었다. 그래서 은산군은 자리에서 벌떡 일어났다. 불쾌한 표정과 함께 자리를 떠나는 것, 그리하여 연회를 엎는 것이 은산군이 안전하게 취할 수 있는 행동이었다. 사실 그것만으로도 소가인은 며칠 밤을 제대로 자지 못할 터였다.

그런데 은산군이 자리에서 일어나 두어 걸음 정도 움직였을 때 소가인의 가신이 갑자기 튀어나왔다. 절벽에서 굴러내리는 돌조각처럼 위협적으로 달려나왔는데, 모두 멈칫했다. 은산군의 수행원뿐 아니라 소가인의 부하들도 마찬가지였다. 반면 굴러내리는 돌조각처럼 튀어나온 남자, 산진의 표정은 결연했다. 기필코 무엇인가 이루겠다는 결의가 느껴졌다. 그제야 사람들은 산진이 날카로운 단검, 양쪽에 날을 세운 단검을 움켜쥐고 있음을 알아차렸다. 산진은 오른손에 양날 단검을 꼬나쥐고 바람처럼 빠르며 파도처럼 강하고 황소처럼 대담하게 돌진했다. 그의 목표는 매우 명확했다. 양날 단검으로 은산군의 목덜미를 갈가리 찢어버리는 것, 경동맥을 잘라 피가 분수처럼 뿜어지게 하는 것이 목표였다. 연회에 참석한 대부분은 마법에 걸린 것처럼 무당에게 홀린 듯이 산진을 바라볼 뿐이었다. 응당 나서서 막아야 할 사람들도 다들 어안이 벙벙한 표정으로 바라볼 뿐이었다. 모두가 정지된 듯 넋 놓고 있는 상황에서 산진만 움직였다. 다른 이의 시간은 천천히 흐르는데 산진의 시간만 빨리 흐르는 듯했다. 거의 성공한 듯싶었다. 은산군에게 충분히 가까워졌고 허공을 가른 양날 단검이 은산군의 목을 찌를 듯했다.

그러나 안타깝게도 양날 단검은 은산군에게 다다르지 못했다. 마지막 순간에 번개처럼 검광이 번뜩였다. 곽곽 선생이었다. 모두가 산진의 기세에 눌려 허둥지둥하는 동안 곽곽 선생은 표범처럼 자리에서 일어나 은산군 곁으로 왔다. 그러고는 양날 단검이 은산군의 목을 찌르기 직전에 가볍게 검을 휘둘렀다. 곽곽 선생의 검은 산진의 오른 팔목을 깨끗하게 베었다. 산진의 오른손은 양날 단검을 쥔 채로 바닥에 떨어졌다. 잘린 팔목에서는 피가 뿜어져나왔고 은산군의 얼굴에 튀었다. 곽곽 선생은 거기서 멈추지 않았다. 산진의 오른 팔목을 자른 검이 다시 번쩍였고 이번에는 산진의 머리가 바닥에 떨어졌다. 곽곽 선생의 검이 너무 빨라 산진은 비명조차 지르지 못했다. 오른손과 머리를 잃어버린 산진의 몸뚱이는 비틀거리다가 바닥에 나뒹굴었다. 그러고도 한참이나 부들부들 떨었고 분수처럼 솟구친 피가 연회장을 적셨다. 특히 은산군은 피를 정면으로 맞아 괴물처럼 보였다.

5

손이 떨렸다. 열이 오르기 전에 나타나는 오한도 아니었으며 여름에 접어드는 무렵이라 날씨가 추운 것도 아니었다. 은산군은 쉴새없이 떨리는 손을 도저히 통제할 수 없었다. 눈빛도 흔들렸으며 영혼도 떨렸다. 은산군은 자신의 목을 향해 날아오는 양날 단검의 모습을 지울 수 없었다. 곽곽 선생이 조금만 늦었다면, 암살자가 조금만 빨랐다면 피를 분수처럼 뿜으며 쓰러진 것은 은산군이었을 것이다. 지금껏 한 번도 그런 상황을 마주한 적이 없어 충격이 더욱 컸다. 은산군처럼 왕정복고 후에 태어난 백색당 상류층은 대부분 살육을 경험하지 않았다. 그들이 경험하는 죽음 대부분은 질병으로 인한 것이었다. 적극적인 의도로 인간의 목숨을 빼앗는 행위라고는 기껏해야 사형집행을 구경하며 보았을 뿐이었다. 지금 솔직한 심정으로 은산군은 방에 틀어박혀 몸을 웅크린 채 손이 떨리지 않을 때까지 숨어 있고 싶었다.

하지만 그럴 수 없었다. 은산군은 사절단을 이끄는 수장이었다. 사건을 수습할 책임이 있었다. 더욱이 그런 모습을 곽곽 선생에게 보여줄 수 없었다. 그런 모습을 보이면 암행총관이 비웃을 것이 틀림없었기 때문이다. 그런데다 은산군이 사건을 수습하지 않으면 암행총관이 쥬의 국왕을 대리하여 사건을 수습할 것이 분명했다. 은산군은 그런 일은 결코 용납할 수 없었다. 그리하여 은산군은 온몸을 흠뻑 적신 피를 대충 닦아낸 다음 서둘러 옷을 갈아입었다. 양손은 계속 떨렸으나 어쩔 수 없었다. 은산군은 호위무사들을 데리고 다시 연회장으로 향했다. 곽곽 선생과 소가인 모두 연회장에 있었기 때문이다.

"소가인! 네 이놈! 감히 국왕 전하의 사신을 암살하려 하다니!"

연회장으로 돌아가 주빈 자리에 앉기 무섭게 은산군이 소리쳤다. 묘한 광경이었다. 산진의 시신은 치웠으나 바닥에는 여전히 핏자국이 있었다. 주빈 자리에 앉은 은산군은 양손을 조금씩 떨었다. 창백한 안색은 완전히 닦아내지 못한 피와 묘한 대조를 이루었다. 은산군 앞에 무릎을 꿇고 엎드린 소가인은 얼굴을 들지 못했으며 곽곽 선생은 묘한 표정으로 팔짱을 낀 채 서서 모두를 바라보았다.

"아닙니다. 은산군 나리. 맹세컨대 저는 정말 알지 못하는 일입니다. 어찌 제가 감히 국왕 전하의 사절을 해하려 하겠나이까."

소가인은 울부짖듯 말했다. 밀수꾼과 장물아비의 우두머리이며 숨 쉬는 것처럼 거짓말하는 인간이었으나 적어도 그 순간만큼은 진심이었다.

"거짓말하지 마라. 소가인! 우리를 몰살하고 상군에게 붙으려는 수작이 아니었더냐!"

　은산군은 목에 핏대가 오를 정도로 분기탱천하여 소리를 질렀다. 곽곽 선생은 그 모습이 조금 웃겼다. 소가인의 의도가 그랬다면 은산군만 암살할 리가 있었겠는가. 병사들을 동원하여 사절단을 몰살했겠지. 그리고 소가인 따위가 홀로 그런 일을 꾸밀 수 있겠는가. 상군이 허락하지 않으면 있을 수 없는 일이었다. 상식적으로 생각하면, 현실적으로 판단하면 누가 보아도 암살자의 독단적인 결정이 분명했다. 와의 독특한 문화를 안다면 충분히 예상할 수 있는 일이었다. 와에서 주군과 무사는 모두 복잡한 계약관계였다. 좋게 말하면 명예, 나쁘게 표현하면 체면으로 엮인 강력한 관계여서 명예를 잃거나 체면이 깎이는 것을 가장 두려워했다. 따라서 은산군이 양산에 호랑이무늬가 없다며 소가인을 모욕한 일은 쥬에서는 그냥 넘어갈 수 있을지라도 와에서는 도저히 용납할 수 없었다. 주군인 소가인이 모욕당했으니 암도의 무사들에게는 주군의 명예를 지켜야 할 의무가 생겼다. 주군의 명예를 지키는 일이 외국의 사절을 살해하는 일이라도 예외 없었다. 그러고는 외국의 사절을 함부로 살해한 일을 책임지고 자결하면 그만이었다. 그러므로 소가인이 배후가 아닌 것은 확실했다. 다만 은산군은 그렇게 생각하지 않았다. 배후에는 틀림없이 소가인이 있다고 믿었다.

　"네놈이 노예무역을 들키니 입막음하려고 벌인 일이 아니냐!"

은산군 입장에서는 그렇게 생각할 수밖에 없었다. 와의 문화를 제대로 알지 못했기에 당연했다.

"아닙니다, 은산군 나리. 소인이 어찌하여 감히 그런 일을 벌이겠습니까. 가신을 제대로 관리하지 못한 것은 소인의 잘못이오나 그런 사특한 생각은 결코 품지 않았나이다!"

소가인은 머리를 바닥에 찧으며 말했다. 그만큼 절박했고 그런 행동에 능숙하기도 했다.

"소가인, 다급하긴 다급한가보군. 누가 봐도 빤한 거짓을 늘어놓다니. 따지고 보면 지난 연회에서 당신네 가신이 겁간하려던 여인들도 모두 흑도에서 납치한 노예가 아니었나? 소가인! 쥬의 백성을 납치하여 노예로 파는 일은 상군도 엄격히 금지한 범죄란 것을 알겠지?"

곽곽 선생이 끼어들었다. 그러자 소가인은 한층 다급해졌다. 곽곽 선생은 은산군과 완전히 다른 인간이었다. 은산군은 허영심으로 가득한 왕족 나부랭이에 불과했지만 곽곽 선생은 훨씬 집요하고 무서운 인간이었다. 곽곽 선생이 노예무역을 문제삼아 물고 늘어지면 소가인의 처치는 매우 위험해질 수밖에 없었다. 은산군과 곽곽 선생이 상군에게 노예무역을 공식적으로 항의하면 상군은 꼬리 자르기를 할 터였다. 노예무역은 공공연한 비밀에 해당했지만 어쨌든 불법이었기에 상군은 소가인을 처형하는 것으로 무마하려 할 것이 틀림없었다. 사실 노예무역의 괴수는 구산영주였다. 소가인은 조무래기에 불과했다. 하지만 구산영주는 부유하고 강력하여 상군이 함부로 처형할 수 없는 반면 암도영주 따위야 소모품처럼 버릴 수 있었다.

"아닙니다! 그렇지 않습니다! 억울합니다. 총관께서도 제가 노예무역의 우두머리가 아닌 것을 아시지 않습니까! 노예무역의 우두머리는 구산영주입니다! 저는 구산영주의 협박을 이기지 못해 그저 항구만 빌려주었을 뿐입니다."

어쩔 수 없었다. 구산영주에게 책임을 전가하는 것이 소가인이 살 유일한 방법이었다. 물론 소가인의 입장에서는 구산영주의 미움을 사는 것도 위험했지만 당장 죽는 것보다는 나았다. 덧붙여 곽곽 선생이 있지 않은가. 소가인은 쥬와 와, 양쪽 모두의 상황에 밝았던 터라 암행총관이 어떤 인물인지 잘 알았다. 암행총관이 노예무역을 문제삼기로 결심했다면 구산영주도 쉽게 벗어나지 못할 것이었다.

6

함선은 드디어 암도를 떠났다. 은산군은 여전히 공포에서 벗어나지 못해 자신의 선실에 틀어박혔다. 조근은 익숙한 바닷바람을 쐬고자 갑판으로 나왔고 공교롭게도 곽곽 선생과 마주쳤다. 조근을 본 곽곽 선생은 싱긋 웃으며 말했다.

"자네가 원하는 방향으로 일이 흘러가니 기분이 어떤가?"

원하는 방향이라. 틀린 말은 아니었다. 조근은 은산군이 노예 문제를 정식으로 항의하길 바랐다. 흑도 사람들이 납치당해 노예로 팔리는 것을 조금이라도 막으려 했다. 그런 측면에서는 성공했다. 그러나 성공해도 무척 씁쓸했다.

"총관님께서는 마음이 불편하지 않습니까?"

조근이 다소 당돌하게 물었다. 처음 만났을 때부터 곽곽 선생은 목적을 이루는 데 수단을 가리지 않았다. 효율적인 방법이면 무엇이든 썼다. 그러다보니 적지 않은 목숨이 사라졌다. 암행총관 입장에서는 당연한 판단일 수도 있으나 곽곽 선생은 그럴 때마다 조금도 망설이지 않았다. 상대적으로 무고한 생명을 앗아갈 때도 마찬가지였다. 산진만 해도 그렇지 않은가. 산진은 평범한 무사이며 충성스러운 가신일 뿐이었다. 그럼에도 불구하고 곽곽 선생과 후야는 산진의 목숨을 이용하는 계획을 세웠으며 거침없이 실행했다.

"도적떼의 우두머리치고는 마음이 여리군. 나, 이 곽곽 선생은 조금도 불편하지 않아. 어차피 우리 모두는 장기판의 싸구려 말일 뿐이라네."

곽곽 선생은 너털웃음을 터뜨리며 바다를 바라보았다. 그러나 조근은 아무리 노력해도 그 말에 공감할 수 없었다.

제3장

열한번째 아들

1

멀리 지나치며 거래소를 본 사람은 시장이라 생각하지 못할 터였다. 병영 혹은 훈련소라 오해하기 딱 좋았다. 대부분 시장은 왕래하기 좋은 곳에 자리하고 동서남북 사방이 개방되어 사람으로 북적이기 마련인데, 히다의 거래소는 외진 곳에 위치할뿐더러 목책이 높이 둘러져 있었다. 게다가 며칠에 한 번씩 많은 사람이 이따금씩 드나드는 것을 제외하면 왕래도 뜸했다. 물론 히다가 거래하는 상품을 감안하면 그것은 당연했다. 히다가 거래하는 상품은 사람, 그것도 살아 있는 사람이었다. 그렇다. 히다는 노예상인이었다. 그래서 노예가 도망치지 못하게 거래소에 목책을 높이세웠다. 또한 상군부가 묵인한 공공연한 비밀에 해당해도 엄밀히따지면 노예무역은 불법인지라 외진 곳에 자리할 수밖에 없었다.

목책 내부를 보면 거래소의 특징이 더욱 도드라졌다. 노예를 남자와 여자, 어른과 아이로 나누어 수용하는 커다란 건물, 실질적으로는 감옥인 건물이 몇 동 있었다. 노예를 감시하는 초소가 여기저기 있었고 경비대의 숙소는 물론 히다가 사용하는 다소 호사스러운 건물이 있었다. 또한 거래소에서 생활하는 사람이 많은 만큼 식량과 물품을 보관하는 창고, 식당, 오물을 모으는 시설, 처리장이 있었다. 그중에서도 처리장은 다소 생소했다. 하지만 히다의 사업에서 처리장은 매우 중요했다. 히다가 해적들로부터 넘겨받은 노예들 가운데에는 간혹 늙은이와 병에 걸리거나 다친 환자가 있었다. 그들은 상품으로서 가치가 없는 존재였다. 처리장은 그런 사람들을 선별하여 작업하는 처형장이었다. 이는 마치 어부가 잡은 생선 가운데 이미 상한 것은 버리고, 도공이 구운 도자기 가운데 비뚤어진 것은 깨버리는 것처럼 히다도 그런 상품을 폐기할 수밖에 없었다.

다행히 그날은 처리장이 한가했다. 새로운 상품이 며칠 전에 들어와서 이미 선별과 처리가 끝났기 때문이다. 그래서 그날은 거래소에 피비린내가 풍기지 않았다. 오히려 식사시간이 다가와서 구수한 냄새가 퍼졌다. 특히 반쯤 말린 생선을 숯불에 굽는 냄새가 코를 자극하고 침을 고이게 했다. 물론 반쯤 말린 생선을 먹는 무리는 히다와 경비대 간부들뿐이었다. 경비대 대부분은 보리를 섞은 쌀에 약간 상한 생선과 시든 채소를 넣고 걸쭉하게 끓인

죽을 먹었다. 노예에게 주어지는 식사는 부실했다. 개돼지도 먹지 않을 듯한, 차마 음식이라 부르기도 힘든 것을 배급했다. 숟가락과 젓가락은 물론 그릇도 없었다. 소를 먹이는 여물통 같은 커다란 통에 부어주었다. 물론 모든 노예 상인이 히다처럼 상품을 취급하는 것은 아니었다. 몇몇은 노예에게 꽤 훌륭한 음식을 나누어주었다. 다만 그들이 히다보다 선량하다거나 히다가 그들보다 악랄해서가 아니었다. 모든 것은 사업적인 이유에서였다. 은광에 팔려갈 젊고 튼튼한 남자 노예에게는 자투리 생선이나 닭대가리 같은 것으로 만든 음식을 배급했다. 그래야 고객, 그러니까 은광을 경영하는 사람에게 비싼 값에 팔 수 있었다.

하지만 히다는 그런 상품을 취급하지 않았다. 은광에 팔 수 있는 젊고 건장한 남자는 죄다 구산으로 갔다. 구산영주가 와에서 노예무역을 실질적으로 관장하여 구산영주를 뒷배로 둔 구산의 노예 상인들이 가장 좋은 상품을 차지했다. 히다의 거래소는 모도에 있었는데, 모도영주는 구산영주와 비교하여 힘이 약할 뿐 아니라 노예무역을 반대하는 터라 그에게 오는 상품은 모두 보잘 것없었다.

사실 좋은 상품을 확보해도 문제였다. 홍청대는 구산과 달리 모도는 가난하여 노예의 수요가 얼마 안 되었다. 다만 모도가 항상 그랬던 것은 아니었다. 불과 4, 50년 전만 해도 모도는 와의 서쪽 해안에서 가장 번성한 중심지였다. 영주의 품계만 보아도 모도가 높았다. 이제는 명목상 지위에 불과하지만 여전히 상군이 임명한 서쪽의 지배자는 모도영주여서 형식적으로는 구산영주도 모도영주의 수하에 불과했다. 그러나 구산영주가 모도영주의 수하라고 하면 모두 실소를 터뜨릴 것이었다. 노예무역으로 막대한 부를 축적한 구산영주는 가난하고 힘없는 모도영주 따위가 무슨 말을 해도 무시할 터였다. 심지어 상군조차도 구산영주를 버겁게 생각한다는 소문이 돌았다. 그러니 어쩌겠는가. 히다 같은 조무래기는 그저 주어진 현실에 충실할 뿐이었다.

그때쯤 노예가 식사를 가져왔다. 노예시장이라 당연히 하인을 대신하여 노예가 일했지만 그 가운데에서도 히다에게 식사를 가져다주는 노예는 믿을 만했다. 건물에 갇혀 판매를 기다리는 상품과는 달랐다. 그들 스스로도 자기네가 평범한 노예와는 다르다고 생각했다.

히다는 노예가 가져온 음식을 바라보았다. 쌀밥, 숯불에 구운 정어리, 절임 채소로 차려져 있었다. 평범한 사람에게는 꽤 호사스러운 음식이었으나 히다는 짧게 한숨을 내쉬었다. 성공한 노예 상인이 누리는 음식과 비교하면 너무 초라했다. 구산의 노예 상인들은 세련된 자기를 물그릇, 밥그릇으로 사용하고 심지어 색목인이 만든 유리그릇에 음식을 담는다고 하지 않던가. 히다는 자신의 신세를 한탄하며 젓가락을 들어 생선살을 집었다.

"손님이 오셨습니다."

경비대장이 히다의 식사를 방해했다. 별 볼 일 없는 손님이면 경비대장이 응대하거나 기다리라고 했을 텐데, 식사중에 보고하는 것을 보면 큰손인 듯했다. 밥이야 조금 늦게 먹어도 그만이었다. 히다는 서둘러 자리에서 일어나 경비대장과 함께 응접실로 향했다.

응접실에 들어서는 순간 히다는 경비대장이 자신을 부른 이유를 알 수 있었다. 노예시장, 히다의 거래소를 찾은 손님은 단순한 고객이 아니었다. 정확히 말하면 고객이 아니었다. 그들은 열 명 남짓한 무리였는데, 일곱 명은 호위병인 듯했다. 호위병들은 검은 옷을 입고 검은 두건을 썼으며 각자 검, 쇠몽둥이, 철퇴 같은 무기로 무장하고 있었다. 감정을 드러내지 않는 무표정한 그들은 하나같이 건장했고 잘 훈련된 무사처럼 보였다.

그리고 나머지 세 명은 매우 특이했다. 먼저 호위병들처럼 검은 옷을 입고 검은 두건을 쓴 사내가 있었는데, 무표정한 호위병들과 달리 그의 얼굴에는 감정이 변화무쌍하게 드러났다. 가늘고 날카로운 눈매와 오뚝한 콧날, 얇은 입술을 지녀 날카롭고 냉정하면서도 광기어린 기운을 내뿜었다. 다음 인물은 만교의 승려를 연상하게 하는 빡빡머리였다. 다만 승려라고 하기에는 덩치가 컸고, 별다른 동작을 하지 않아도 위압감이 느껴졌으며, 묘하게도 무사처럼 입은데다 허리춤에 장검과 단검을 하나씩 차고 있었다. 좋게 말하면 낭인, 나쁘게 말하면 황금만 주면 무엇이든 하는 칼잡이가 틀림없었다. 그리고 마지막 사내, 사실 그 마지막 사내가 문제였다. 사내는 다른 일행과는 완전히 달랐다. 몰골이 처참했다. 한쪽 눈은 크게 부어올라 뜨지 못했고 코가 부러졌으며 치아도 몇 개쯤 빠진 듯했다. 옷 자체는 꽤 괜찮았으나 여기저기 찢어지고 피가 묻어 있었다. 신발이 벗겨진 발은 흙투성이였고 긴 거리를 걸었는지 상처도 많았다. 무엇보다 사내의 목에는 굵은 밧줄로 만든 올가미가 걸려 있었다. 만교 승려를 닮은 사내가 그 올가미의 끝을 쥐고 있었다. 이 마지막 사내가 심각한 문제인 이유는 무리에서 히다가 유일하게 아는 사람이었기 때문이다.

"당신이 여기 주인인가?"

검은 두건을 쓴 사내, 무리의 우두머리인 듯한 자가 입을 열었다. 유창하지만 약간 어색한 발음으로 보아 외국인이 분명했다.

"그렇소. 내가 이곳의 거래를 책임지고 있소."

히다는 애써 태연하게 말했다. 그러자 사내가 한쪽 입술을 일그러뜨리며 웃었다. 조롱하는 듯 보였지만 섬뜩하게 느껴졌다.

"그럼 제대로 찾아왔군. 노예로 팔았으면 하는 녀석이 있어서 말일세."

그러자 만교 승려를 닮은 사내가 올가미를 씌운 사내의 무릎 뒤를 사정없이 걷어찼다. 올가미에 묶인 사내는 비명과 함께 무릎을 꿇으며 주저앉았다.

"젊고 건강한 상품이네. 어쩌다보니 조금씩 깨진 부분이 있네만, 그거야 당신이 알아서 고치면 되지 않겠나?"

검은 두건을 쓴 사내의 얇은 입꼬리가 얄밉게 느껴지는 것도 잠시, 이내 히다는 공포에 휩싸였다. 히다의 부하인 올가미에 묶인 사내는 계획대로라면 구산의 항구에서 새로운 노예를 데리고 사나흘 후에 도착해야 했다. 그런데 정체불명의 무리에게 붙잡혀 나타난 것이 심각한 문제가 생긴 듯했다.

"얼마에 팔려고 하십니까?"

히다는 공손하게 물었다. 첫인사를 건넬 때만 해도 사뭇 당당했으나 그럴 상황이 아님을 깨달았기 때문이다.

"글쎄 은화 천 냥이면 어떤가?"

은화 천 냥이라니! 히다는 그만한 돈을 만져본 적이 없었다. 히다가 가진 모든 것을 처분해야 겨우 마련할 수 있는 금액이었다.

"놀랐나? 어서 상인답게 흥정을 붙여보게. 모든 거래의 꽃은 흥정이지 않은가?"

검은 두건을 쓴 사내가 싱글거리며 말했다. 히다는 두려움과 모욕감을 동시에 느꼈으나 애써 마음을 추슬렀다.

"어떤 분인지 모르겠습니다만 은화 천 냥은 엄청난 액수입니다."

히다는 일단 조금이라도 시간을 끌려 했다. 그러나 검은 두건을 쓴 사내는 재미없다는 듯 인상을 찡그렸다. 그러자 만교 승려를 닮은 사내가 올가미를 놓더니 장검을 뽑았다. 그러고는 무릎

꿇은 사내의 목을 단칼에 베었다. 사내의 머리가 힘없이 바닥에 굴렀고 잘린 목에서 뿜어지는 피는 응접실 천장까지 치솟았다. 히다의 얼굴도 순식간에 피범벅이 되었다. 그런 상황에서 나서야 할 경비대장은 싸울 의지가 완전히 꺾여 어린아이처럼 벌벌 떨었다. 히다는 사내들이 이미 경비대를 제압했음을 그제야 깨달았다.

"이봐, 은화 천 냥에는 자네 목숨값도 있어. 천만금, 억만금보다 소중한 것이 명줄인데, 그걸 모르나보군. 상품 가격을 아는 것이 흥정의 기본인데 안타깝군."

히다의 손이 떨리기 시작했다. 손뿐만이 아니었다. 턱이 덜덜거려 이가 딱딱 부딪쳤다.

"하지만 걱정하지 마. 네 녀석의 머릿속에 든 것이 필요하거든. 목이 달아닌 너석에게는 물을 수 없으니까."

검은 두건을 쓴 사내는 재미있다는 듯한 표정으로 히다에게 다가갔다. 그러더니 검을 뽑아 히다의 목을 겨누었다. 날카로운 검 끝이 목에 닿아 따끔거렸다. 검은 매우 예리하여 사내가 손목만 까닥여도 히다의 목을 베어버릴 듯했다. 히다는 얼어붙어 아무것도 하지 못했다.

"노예 대부분이 쥬에서 왔더군. 눈을 씻고 봐도 와에서 온 노예는 없어. 그런데 대체 어떻게 쥬 사람들이 여기에 있는 거지?"

물음에 대한 답은 간단했다. 해적이 흑도와 쥬의 남부 해안을 습격하여 노예로 팔 만한 사람을 납치하는 것은 공공연한 비밀이었다. 때로는 쥬 관리가 빈민을 팔아넘겼다. 이 역시 공공연한 비밀이라도 함부로 말할 수는 없었다. 노예무역은 불법이었다. 특히 쥬 백성을 납치하는 행위는 상군이 금지했다.

"머리를 굴려도 소용없어. 목이 달아났으면 좋겠나?"

히다는 침을 꿀꺽 삼키고는 "쥬에서 잡아온다고 들었습니다"라고 중얼거렸다. 그러자 검은 두건을 쓴 사내는 들리지 않으니 크게 말하라고 했다. 히다는 같은 내용을 다시 조금 크게 말했다.

"해적 두목은 누구지?"

이번에도 답은 간단했다. 해적 두목, 노예무역의 괴수는 구산영주였다. 암도의 소씨 가문도 한몫 거들었지만 구산영주의 하수인일 뿐이었다. 그러나 구산영주의 이름을 함부로 말할 수는 없었다.

"이거 왜 계속 이러시나? 누가 두목인지는 명백한데, 왜 입을 열지 않는 거지? 목이 달아나면 입이 무거운 것이 무슨 의미가 있을까?"

어쩔 수 없었다. 히다는 조심스레 입을 열었다.

"구, 구산영주입니다."

그러자 검은 두건을 쓴 사내는 히다의 목에서 검을 거두었다.

"장부는 어디 있나? 해적들과 거래하고 구산영주에게 상납금을 바친 장부가 없을 리 없지. 그 장부가 필요해."

장부라. 첩첩산중, 설상가상, 늑대의 아가리를 피하니 호랑이의 품속인 상황이었다. 해적에게 지불한 대금과 구산영주에게 바친 상납금을 기입한 장부는 자칫 엄청난 일을 만들 위험이 있었다. 상군은 노예무역을 금지했다. 공공연한 비밀이라 해도 상군의 명령을 어긴 것은 큰 범죄였다. 그런 일을 입증하는 장부를 정체불명의 사내에게 넘겨줄 수는 없었다.

"이봐, 같은 말을 반복해야겠나? 목이 달아나면 모든 게 끝인데, 뭘 고민하나?"

히다는 어쩔 수 없었다. 나중 일이 어찌 되든 장부를 넘길 수밖에.

2

암도를 떠나 모도에 도착했을 때 조근은 흥분했다. 정확히 말하면 멀리 해안에서 모도의 거대한 항구가 나타났을 때 무척 들떠 있었다. 그렇게 큰 항구는 처음 보았기 때문이다. 평해의 항구는 비교조차 되지 않을 만큼 거대했다. 그러나 가까이 다가가자 흥분은 실망으로 바뀌었다. 항구의 많은 부분이 방치되어 있었다. 배가 드나들며 화물을 내리고 사람이 오가는 곳은 극히 일부였다. 모도의 항구는 마치 죽음을 앞둔 거인 같았다. 항구뿐 아니라 모도의 중심부도 비슷했다. 건물은 낡았고 사람이 살지 않는 경우도 적지 않았다. 사람들도 활기가 없었다. 오히려 중심부를 벗어나자 상황이 나아졌다. 모도의 중심부를 벗어나 구산으로 향할수록, 모도와 구산의 경계에 가까워갈수록 홍청대는 기운이 느껴졌다.

곽곽 선생과 후야가 노예를 이송하는 행렬을 습격한 것도 구산과 모도의 경계였다. 이송대를 습격하는 것이 은산군과 사절단 대부분을 모도 중심부에 남겨두고 조근을 포함하여 20명의 무사들만 이끌고 길을 나선 목적이었다. 곽곽 선생은 노예를 구출한 다음 이송대 우두머리만 남겨두고 이송대원을 모두 죽였다. 그러고는 살려둔 우두머리를 고문하여 노예시장을 찾아냈다. 구산에서 노예를 사와 모도에 공급하는 시장, 즉 히다의 거래소는 여간해서는 찾기 힘든 외진 곳에 있었다. 곽곽 선생은 거기서도 피바람을 일으켰다. 그러고 보면 흑도에서 처음 만나 평해, 죽전, 한벌, 암도를 거치는 내내 곽곽 선생은 가는 곳마다 피바람을 불렀다. 암행총관 임무에 꼭 필요한 경우도 있었으나 필요 이상으로 살육을 즐겼다. 히다의 거래소에서도 히다가 장부를 내어주자 노예를 제외한 모두를 살해했다. 히다의 경비대는 애초에 곽곽 선생과 후야 같은 무사의 상대가 아니었다. 곽곽 선생은 노예만 구출하고 모두를 죽였을 뿐 아니라 거래소를 불태웠다. 군이 그렇게까지 할 이유가 있었을까 하고 의문스러웠다. 흑도에서 곽곽 선생을 처음 만났을 때만 해도 다른 관리들과 달리 유능하고 백성을 위한다고 생각했으나 시간이 지날수록 피에 굶주린 괴물이라 느껴졌다.

물론 곽곽 선생도 늘 변명거리는 있었다. 히다의 거래소를 불태우고 노예를 제외한 나머지 모두를 살해한 것은 비밀을 지키기 위해서라고 변명했다. 곽곽 선생은 쥬에서 파견한 사절이었고 후야는 한낱 밀정에 불과했다. 그들이 와에서 함부로 이런저런 일을 벌이는 것이 알려지면 심각한 문제가 발생할 수 있었다. 그럼에도 불구하고 곽곽 선생은 늘 지나쳤다. 조근은 더이상 곽곽 선생을 좋은 사람이라 생각하지 않았다. 존경스러운 인물, 백성을 위하는 관리라고도 생각하지 않았다. 곽곽 선생은 그럴듯한 명분을 내세워 피바람을 일으키고는 깔깔거리며 즐거워하는 괴물에 불과했다. 쥬의 흔한 탐관오리들, 백색당의 가식적인 위선자들보다 곽곽 선생이 나은 존재라고 확신할 수도 없었다. 그러나 조근에게는 선택권이 없었다. 무엇보다 곽곽 선생은 조근을 살려준 생명의 은인이었다. 세상에 생명보다 무거운 것이 있으랴.

"서쪽의 지배자, 모도의 영주께서 오십니다."

시종의 말이 조근을 생각에서 깨웠다. 물론 조근은 시종의 말을 알아듣지 못했다. 다만 분위기로 미루어 모도영주가 등장할 것을 눈치챘다. 은산군과 곽곽 선생을 비롯한 사절이 한참이나 집무실에서 기다렸기 때문이다.

영주의 집무실도 모도의 다른 부분과 닮아 있었다. 한때는 웅장했겠지만 이제는 낡고 퇴락했다. 오히려 너무 넓어 을씨년스러웠다. 한때는 가신과 무사로 가득했겠으나 이제는 은산군과 곽곽 선생, 그 두 사람을 호위하는 열 명 남짓한 무사들만 덩그러니 거대한 집무실에 있었다. 그들이 앉은 의자는 모두 흑단으로 만들어 엄청나게 사치스러웠으나 제대로 관리하지 않아 싸구려처럼 보였다.

이윽고 모습을 드러낸 서쪽의 지배자도 집무실이 주는 느낌과 다르지 않았다. 모도영주는 서쪽의 지배자란 칭호가 어울리지 않는 평범한 사내였다. 청년은 아니지만 그렇다고 중년도 아닌 나이, 작지 않지만 크지도 않은 키, 마르지 않았으나 비대하지도 않은 체형, 못생기지는 않았으나 잘생긴 얼굴도 아니었다. 너무 평범하여 수십 번을 마주쳐도 기억하기 힘든 외모였다. 영주 자리에 앉아 사절을 대하는 태도도 비슷했다. 흐리멍덩이란 단어는 어울리지 않으나 날카로움, 열정, 현명함 같은 단어를 떠올리기 힘든 눈빛, 그나마 우호적으로 평가하면 선량하다고 표현할 수 있는 눈빛이었다.

오히려 인상 깊은 쪽은 영주와 함께 입장한 노인이었다. 허리춤에 찬 검으로 보아 무사일 가능성이 큰 노인은 약간 말랐으나 다부진 몸, 주름이 졌으나 세월이 좀먹지 못한 강력한 눈매를 지녔으며 키도 보통 사람보다 머리 하나쯤 더 컸다. 모도영주가 자리에 앉자 노인은 그의 오른편에 서서 사절을 바라보았다.

"멀리서 오느라 수고하셨습니다. 나는 모리한입니다."

서쪽의 지배자는 목소리조차 평범했다.

3

비가 내리기 시작했다. 여름의 문턱을 넘는 시기의 흔한 날씨였다. 특히 모도와 구산 같은 와의 서쪽은 여름이 시작될 때 비가 잦았다. 비가 오면 이만저만 불편한 것이 아니었다. 가마나 수레를 사용하는 귀족은 여름에 맞이하는 손님 운운하며 그 정취를 즐기겠으나 후야처럼 발로 뛰어다니는 부류에게 비 내리는 길은 꽤 성가셨다. 신발에 진흙이 잔뜩 달라붙어 걸음이 무거워질 뿐 아니라 자칫 비싼 가죽신을 버릴 수도 있었다. 머리에 커다란 삿갓을 쓰고 어깨에 갈대로 만든 도롱이를 걸쳐도 결국에는 몸이 흠뻑 젖었다. 허리춤에 찬 검을 관리하는 데도 한층 주의를 기울여야 했다. 그러니 비가 내리는 날에는 웬만하면 바깥출입을 삼가는 것이 좋았다.

그러나 마음먹은 대로 하기 힘든 상황이 있기 마련이었다. 후야와 같은 밀정은 더더욱 그랬다. 무섭도록 어두운 새벽, 장대비가 쏟아져 컴컴한 낮, 안개가 끼어 한 치 앞도 분간하기 힘든 아침은 모두 밀정에게 가장 좋은 시간이었다. 특히 비 내리는 날에는 커다란 삿갓과 도롱이로 독특한 외모를 감출 수 있어 후야에게는 더할 나위 없이 좋았다. 만교 승려를 떠오르게 하는 빡빡머리의 거구가 허리춤에 장검과 단검을 차고 돌아다니면 평소에는 달갑지 않은 관심을 끌 수밖에 없었다.

"역시 운이 따르는 여자로군."

후야는 진창으로 변한 길을 걸으며 중얼거렸다. 확실히 그랬다. 그녀는 항상 운이 좋았다. 신이 그녀를 특별하게 여기는 것이 아닐까 싶을 만큼 행운이 따랐다. 심지어 모도를 덮친 무시무시한 역병조차 그녀에게는 행운으로 작용했다.

그러고 보면 역병이 모도와 구산을 포함한 와의 서쪽 해안을 휩쓴 것도 거의 20년 전이었다. 늦여름에 찾아온 역병은 겨울이 다가올 때까지 고작 두 달 남짓한 시간 동안 확산되다가 거짓말처럼 사라졌으나 무시무시한 피해를 남겼다. 노인과 아이, 부자와 빈민, 귀족과 노예를 가리지 않고 엄청난 생명을 앗아갔다. 마을이 사라지고 유력한 가문의 후계자가 몰살당하기도 했다.

모도를 다스리는 가문, 서쪽의 지배자인 모리 가문도 예외가 아니었다. 당시 모도영주에게는 아들이 12명이나 있어 권력투쟁을 걱정할 처지였으나 역병으로 순식간에 상황이 변했다. 첫째부터 열째까지 약속이나 한 것처럼 역병에 쓰러져 일어나지 못했다. 열한번째 아들과 열두번째 아들만 역병을 피했다. 어떻게 그 둘만 살아남았을까? 이유는 의외로 간단했다. 첫째부터 열째까지는 모리 가문의 저택에 살았으나 열한번째와 열두번째는 다른 곳에 살았기 때문이다. 서쪽의 지배자인 모리 가문은 후계 경쟁에서 소외된 낮은 순위의 아들을 혈교와 내수교 같은 이방 종교에 보내는 전통이 있었다. 그래서 열한번째인 모리한과 열두번째인 모리선은 각각 내수교와 혈교의 수도원에서 생활했다. 수도원은 외부와 접촉이 적고 다른 곳보다 위생이 훌륭하여 그 두 사람만 역병을 피할 수 있었다. 당시 모도영주는 역병에서 살아남았으나 자식 대부분을 잃은 충격에 시름시름 앓다가 다음 해 봄에 사망했다. 그리하여 후계자가 될 가능성이 전혀 없던 모리한이 새로운 서쪽의 지배자가 되었다.

그런데 후야가 만날 여인과 그것이 무슨 상관이냐고? 후야를 부른 여인, 밀정에게 새로운 임무를 맡길 여인이 바로 모리한의 부인이었다. 역병 덕분에 모도의 안주인이 된 억세게 운이 좋은 여인, 그녀가 부르지 않았다면 후야는 빗소리를 즐기며 술이나 홀짝였을 것이다. 은산군과 곽곽 선생은 쥬의 사절이라 모리한을 만나 연회에 참석하겠으나 후야는 아니었다. 후야는 사절의 공식 수행원이 아닌데다 왕세자가 은밀히 고용한 밀정일 뿐이라 그런 행사에 모습을 드러낼 수 없었다.

그러는 사이 약속 장소에 도착했다. 영주의 부인이 후야를 부른 곳은 저택이 아니었다. 내수교 수도원이었다. 모리한이 내수교 수도원에서 교육받을 때 부인을 만났으니 이상한 일은 아니었다. 또 쥬든 와든 카락이든 내수교 수도원만큼 사람의 눈을 피하기 좋은 곳이 없었다. 하지만 후야는 매우 불편했다. 그래서 사뭇 짜증스럽게 수도원의 문을 두들겼다. 나무에 철판을 덧댄 튼튼한 문이 거칠게 흔들리자 밖을 내다보는 자그마한 창이 열렸다. 좁은 창을 통해 날카로운 눈동자가 후야를 확인했고 곧 빗장이 풀리는 소리와 함께 문이 열렸다. 후야가 안으로 들어서기 무섭게 수도사는 문을 닫고 빗장을 내렸다. 후야는 삿갓과 갈대 도롱이를 벗어 물을 털어내고는 무심하게 바닥에 던졌다.

"여기는 전능자를 모시는 곳입니다. 검을 풀어 제게 맡기셔야 합니다."

수도사가 조용히 말했다. 검을 풀라고? 후야의 얼굴이 일그러졌다.

"싫다. 나는 파문당한 자다. 전능자건 성스러운 장소건 나와는 상관없다."

수도사의 얼굴에 난감한 표정이 떠올랐다. 수도사는 이제 20대 중반에 다다랐을 정도의 나이여서 그런 상황에 대처할 요령이 부족했다.

"그래도 전능자의 집에 오셨으니 법도를 지키셔야 합니다."

그러나 후야는 차갑게 굳은 표정으로 대답했다.

"내가 원해서 온 것이 아니다. 당신네가 원해서 불렀으니 내가 당신네에게 맞출 이유가 없다."

그러고는 바닥에 던졌던 삿갓을 다시 집었다.

"전능자니 법도니 계속 우기면 그냥 가겠다."

수도사는 어쩔 줄 몰라 했다. 그런 상황은 상상조차 못했기 때문이다. 다행히 그때 시녀가 나타났다.

"부인께서는 훈님의 뜻에 따르라고 하셨습니다."

그러자 수도사가 한발 물러났다. 다만 후야는 집어들었던 삿갓을 다시 바닥에 던지며 시큰둥하게 말했다.

"훈은 무슨 훈! 그 이름은 당신네가 나를 파문하면서 버렸다. 나는 후야다."

그랬다. 후야는 아버지가 죽던 날 평현 곽씨란 가문을 버렸고 내수교에서 파문당하며 훈이란 이름을 버렸다.

제4장

전능자의 사도회

1

구산의 항구는 독특했다. 쥬나 와의 어떤 항구와 비교해도 그랬다. 단순히 크고 화려하며 물자와 사람으로 북적여서가 아니었다. 그런 부분만 따지면 상군부의 항구가 훨씬 나았다. 물론 구산도 쥬와 와를 통틀어 손꼽히게 번영하는 항구였으나 가장 도드라진 특징은 흑선이었다. 쥬와 와, 카락의 어느 항구에도 구산처럼 많은 흑선이 드나들지 않았다. 심지어 항구의 가장 좋은 자리는 색목인이 차지했다. 그뿐 아니라 그곳은 그들의 땅이었다. 색목인이 직접 다스리는 지역이었다. 구산영주는 색목인과 협정을 맺어 항구 일부를 넘겨준 대신 그들과의 무역을 독점했다. 포도주, 유리 제품, 총과 대포는 물론 색목인이 정복하고 다스리는 땅에서 생산한 향료와 아편까지 온갖 물품이 구산을 통해 쏟아졌다.

또한 구산영주의 노예 사업에도 색목인의 도움이 컸다. 색목인도 노예가 필요했기 때문이다. 아울러 색목인은 눈에 보이지 않는 물품을 사고파는 사업에도 관심이 많았다. 인간의 영혼을 사고파는 사업, 다시 말해 종교가 색목인들의 궁극적인 관심사였다. 종교는 곧 권력이며 권력은 곧 돈을 의미했기에 영혼을 장악하는 것이야말로 가장 효율적인 정복이기도 했다. 다만 와는 호락호락하지 않았다. 카락이 오만하게 색목인의 종교를 무시하고 쥬가 강박적으로 문을 닫아거는 것과 달리 와의 영주들은 관대했다. 그러나 관대할 뿐 어느 누구도 선뜻 손을 내밀지 않았다. 총과 대포를 얻으려 했고 포도주와 유리 제품에는 관심을 보였으나 거기까지였다. 혈교에 관심을 보이는 이는 극히 드물었다. 눈이 파란 귀신들의 종교가 혈교에 관한 일반적인 인식이었다.

구산영주는 거기에서 기회를 포착했다. 당시 구산은 별 볼 일 없는 항구에 불과했다. 그곳에서 이루어지는 무역은 미미했고 어선이 주로 드나드는 작은 항구였다. 와의 서부 해안을 다스리는 서쪽의 지배자는 모도영주였으며 구산영주는 모도영주의 수하에 있었다. 하지만 구산영주가 색목인의 제안을 수용하면서 상황이 달라졌다. 구산영주는 혈교로 개종했고 항구 일부를 전능자의 사도회에 할양했다. 그 대가로 다른 영주들보다 훨씬 성능 좋은 총과 대포를 받았고 유리 제품과 포도주도 가장 품질 좋은 것은 구산영주가 독점했다. 또한 전능자의 사도는 단순한 수도회가 아니라 함대와 사병을 거느린 강력한 조직이었기에 그들과 손잡은 그 자체가 구산영주에게 큰 힘이 되었다. 게다가 구산에서 은광이 발견되면서 구산영주는 상군조차 함부로 대하기 힘든 존재가 되었다.

반면 모도영주는 몰락의 길을 걸었다. 모도는 보수적인 곳이며 서쪽의 지배자란 지위가 있어 운신의 폭이 크지 않아 색목인과 교역에 과감하게 나서지 못했다. 그런 중에 닥친 역병은 치명타였다. 모도영주의 아들들이 대부분 사망했고 모도영주도 곧 세상을 떠났기 때문이다. 그러면서 내수교에 귀의했던 열한번째 아들이 영주에 올랐는데, 백성들은 내수교도가 영주에 오르는 것을 달가워하지 않았다. 심지어 새로운 영주, 선대 모도영주의 열한번째 아들 모리한은 선량했지만 우유부단하고 무능했다. 그리하여 모도는 순식간에 몰락했다. 서쪽의 지배자란 허울 좋은 칭호만 남았을 뿐이다.

그래서인지 선대 모도영주의 열두번째 아들이자 당대 모도영주인 모리한의 하나뿐인 형제 모리선은 몇 년 전부터 구산에 머무르고 있었다. 물론 매우 이례적이었다. 가문을 중심으로 하는 봉건제도가 확립된 와에서 영주의 남자 친족이 다른 지역에 거주하는 경우는 극히 드물었다. 여자라면 결혼하여 다른 지역으로 떠날 수도 있었으나 남자 친족은 파문당하는 사례를 제외하면 가문의 영지를 떠나지 않았다. 파문당하지 않은 남자 친족이 가문의 영지를 떠나는 것은 그 자체가 잠재적인 반역이었다. 모리선도 그에 해당했다.

애초에 모리한과 모리선은 물과 기름 같은 존재였다. 어머니가 같고 아버지의 자리를 계승할 가능성이 희박하다는 공통점 외에는 모든 것이 달랐다. 두 사람은 어릴 때부터 모도영주의 저택을 떠나 각각 내수교 공동체와 혈교 공동체에서 교육받고 생활했다. 성격도 완전히 달랐다. 모리한은 평범한 삶을 그리워하는 선량한 남자였으나 모리선은 허영심과 권력욕이 가득한 사내였다. 그리하여 모리한이 모도영주에 오르는 순간부터 모리선은 반역을 꿈꾸었다. 형을 몰아내고 서쪽의 지배자가 되는 것이 그의 간절한 바람이며 강렬한 목표였다.

"더 빨리 가지 못하느냐! 이런 굼뜬 놈들!"

모리선이 가마꾼들에게 소리쳤다. 와도 쥬와 마찬가지로 여자는 벽과 지붕이 있는 가마를 사용했지만 남자는 벽과 지붕이 없는 개방된 가마를 탔다. 그래서 모리선의 신경질적인 목소리가 주변에 쩌렁쩌렁 울렸다. 그러나 구산의 항구 사람들은 별다른 관심을 보이지 않았다. 구산에는 가마를 타고 다니면서 거들먹거리는 경박한 인간, 벼락출세한 졸부가 넘쳐났다. 물론 모리선은 노예무역 혹은 색목인과의 무역으로 돈을 번 그런 무리와 자신을 구분하지 못하는 것을 알면 분노할 테지만 대부분의 구산 사람에게 선대 모도영주의 열두번째 아들은 아무 의미도 없는 지위였다. 심지어 서쪽의 지배자란 지위도 마찬가지였다. 하지만 구산에도 거기에 관심이 있는 소수가 존재했다. 모리선이 가마를 타고 색목인의 지역, 전능자의 사도회에 할양된 구역에 들어선 것도 그 때문이었다.

"젠장!"

모리선이 탄 가마가 낯선 건물에 멈추었다. 검은 돌로 만든 건물은 거대했으며 직선으로 이루어져 곡선은 찾아보기 힘들었다. 더구나 건물 전체가 하늘로 맹렬하게 뻗은 구조에 건물 끄트머리는 뾰족한 첨탑으로 이루어져 앞에 서면 대단히 위압적으로 느껴졌다. 모리선이 가마에서 내리며 욕설을 중얼거린 것도 건물에 짓눌리는 듯한 기분이 들었기 때문이다. 게다가 약속에 조금 늦은 터라 모리선은 불안과 긴장이 묻어나는 잰걸음으로 건물 입구로 향했다. 입구에 있는 거무튀튀한 거대한 강철문은 검은 돌로 만든 건물에 어울렸다. 모리선은 강철문 한편에 있는 작은 창을 조심스럽게 두들겼다. 몇 번 두들기자 금속이 미끄러지는 소리와 함께 작은 창이 열렸다. 창은 매우 작아 내부에서는 밖에 선 사람을 확인할 수 있어도 외부에서는 내부에 있는 사람의 눈과 코만 볼 수 있었다.

"전능자의 보잘것없는 종, 모리선입니다. 단장님과 약속이 있습니다."

평소와 달리 모리선은 매우 겸손하게 말했다. 어릴 때부터 혈교 공동체에서 자라 몸에 밴 습관이기도 했고 기고만장하게 행동할 수 있는 상황도 아니었다. 곧 강철문이 무시무시한 소리와 함께 조금 열렸다. 사람 한 명이 겨우 출입할 수 있는 그 틈을 통해 모리선이 건물로 들어갔다. 모리선이 사라지자 강철문은 다시 굳게 닫혀 마치 건물이 모리선을 잡아먹은 것만 같았다.

2

방은 단순히 넓은 것이 아니라 천장이 어마어마하게 높았다. 워낙 거대한 건물이라 다른 곳은 여러 층으로 이루어져 있었으나 그 방만큼은 하늘에 닿을 듯한 첨탑 아래에 위치해 천장이 건물만큼 높았다. 첨탑 꼭대기부터 배열된 유리창에서는 빛이 쏟아졌다. 그 빛 끝에는 흑단으로 만든 책상과 의자가 놓여 있었다. 책상과 의자에 화려한 장식은 없었으나 그래서 한층 위압적이었다. 의자 주변에 기구를 사용하여 세워둔 장검과 방패도 그런 분위기를 한껏 강화했다. 물론 장검은 평범한 남자 키에 육박할 만큼 커서 실제로 사용하는 일은 없을 듯했다. 아무래도 주인의 권위를 과시하는 용도인 것 같았다. 의자에 앉은 사내, 장검과 방패의 주인이며 그 방의 주인이고 나아가 건물의 우두머리인 남자도 그런 환경에 잘 어울렸다. 색목인치고는 키가 작았지만 네모난 턱, 굳게 다문 입술, 날카롭게 손질한 수염, 딱 벌어진 어깨, 탄탄한 팔다리, 사내가 누군지 모르는 사람도 움츠러들 수밖에 없으리라.

그런 사내가 천장 높은 곳에서 쏟아지는 빛을 받으며 있는 모습은 정말 전능자의 대리인, 전능자의 사도처럼 느껴졌다.

반면 사내 맞은편에 선 남자는 초라하고 볼품없었다. 사내보다 젊고 체격은 비슷했으나 도드라진 부분이 없었다. 무엇 하나 기억할 만한 특징이 없었다. 와의 귀족인 듯한 화려하고 사치스러운 차림새, 그것이 전부였다. 그런 이유 때문인지 남자는 잔뜩 긴장하고 약간 주눅이 든 모습이었다.

"전능자의 은혜와 영광을 찬양합니다. 보잘것없는 종 모리선이 단장님을 뵙습니다."

남자는 무릎을 꿇으며 공손하게 말했다. 예의 바르게 인사하는 보잘것없는 남자는 모리선이었다. 건물에 도착할 때까지 가마꾼들에게 보인 태도를 생각하면 지나치게 공손한 모습이 비굴하게 느껴졌다. 또한 모리한과 모리선은 많은 차이에도 평범해서 기억하기 힘든 존재란 것만큼은 같았다.

"모리선 형제, 일어나게."

단장은 무뚝뚝하게 말했다. 형제라고 불렀으나 조금도 따뜻하게 들리지 않아 모리선은 정말 일어나도 괜찮을지 망설였다.

"어떻게 보잘것없는 제가 전능자의 사도 앞에서 함부로 일어나겠습니까."

확실하지 않을 때는 낮은 자세가 최고였다. 다만 와의 복잡하고 미묘한 예절에 익숙한 터라 모리선은 기사단장의 냉랭한 태도에도 당황하지 않았다.

"됐네. 이제 그만 일어나게."

그제야 모리선은 조심스레 일어났다.

"오랜만이군. 무슨 일로 여길 찾았나?"

기사단장은 곧장 본론을 꺼냈다. 모리선을 좋아하지 않아 조금이라도 빨리 접견을 끝내고 싶었기 때문이다. 기사단장은 구산의 할양지를 통치할 뿐 아니라 와에 파견된 전능자의 사도회를 총괄하여 모리선 같은 조무래기 귀족에게 시간을 빼앗기고 싶지 않았다. 모리선에게 혈교 수도원에서 교육받고 자란 배경이 없었다면 아예 만나지도 않았을 것이다.

"기사단장님, 저는 모도의 불쌍한 영혼을 대표하여 여기에 왔습니다."

모리선은 눈물을 글썽이며 말했다. 그러나 지나치게 도드라진 가식이라 효과가 없었다. 오히려 기사단장은 그런 모습을 경멸했고 역겹게 생각했다. 하지만 모리선은 아랑곳하지 않고 말을 이었다.

"전능자께서 은혜를 베푸시어 구산은 영주부터 믿음의 형제이며 이렇게 수도회와 기사단도 있지 않습니까? 그러나 모도에는 기사단도, 수도회도 없습니다. 전능자의 말씀을 들을 수 있는 작은 예배처도 존재하지 않습니다. 어디 그뿐입니까? 모도를 다스리는 영주는 그저 이교도가 아닙니다. 사악한 이단, 전능자의 말씀을 비틀어 영혼을 어둠으로 인도하는 내수교도입니다."

모리선은 격정적으로 말했다. 그제야 기사단장도 흥미를 보였다. 역병이 덮쳐 모도영주의 아들들이 대부분 사망하고 내수교도인 열한번째 모리한과 혈교도인 열두번째 모리선만 생존한 것은 유명한 이야기였다. 다만 혈교 입장에서 크게 안타깝지는 않았다. 모리한까지 사망해서 혈교도인 모리선이 영주가 되었으면 매우 좋았겠지만 구산에 이미 기반을 마련하여 크게 아쉽지는 않았다. 더구나 모리선은 무능하고 경박했다. 그래서 기사단장도 무능하고 경박한 모리선이 그에 어울리지 않게 허영심과 권력욕으로 가득한 것이 흥미로웠을 뿐이다.

"모도의 영혼들이 빛을 갈망해도 암흑뿐이니 얼마나 불쌍합니까! 부디 기사단장께서 측은히 여기시어 전능자의 은혜를 나누어 주시길 간절히 부탁드립니다."

모리선의 요청은 간단했다. 모도의 불쌍한 영혼이니 뭐니 모두 그럴듯한 명분에 불과했고 형을 쫓아내고 영주가 되고 싶다가 핵심이었다. 아마도 모리선은 모리한과 자신을 제외한 나머지 형제가 모두 역병에 쓰러졌을 때부터 그런 바람을 지녔을 터였다. 모리한이 죽지 않고 살아남은 일을 너무 안타깝게 여겼을 것이다. 그래도 열한 명이나 있던 경쟁자가 이제는 한 명뿐이었기에 서쪽의 지배자란 꿈이 손가락 끝에 다가왔다고 여긴 듯싶었다. 더구나 모리한은 보잘것없는 내수교도였다. 내수교는 어느 곳에나 존재했지만 어디에서도 주류가 아닌 집단이었다. 반면 모리선은 혈교도였다. 혈교는 정복자의 종교였다. 굽신거리며 비굴한 생존을 이어가는 내수교 따위는 비교조차 할 수 없었다. 전능자의 사도회가 도와주면, 기사단장이 조금만 후원하면 손쉽게 모리한의 지위를 빼앗을 수 있다고 여기는 듯싶었다. 적어도 모리선은 그렇게 생각하고 있는 듯했다.

그러나 기사단장의 생각은 달랐다. 굳이 모리선을 후원할 필요를 느끼지 못했다. 우선 혈교에게는 이미 구산영주란 훌륭한 협력자가 있었다. 물론 기사단장은 구산영주가 예배마다 흘리는 눈물을 믿지 않았다. 구산영주가 진심으로 전능자를 따르거나 혈교의 복음을 이해한다고도 생각하지 않았다. 구산영주는 약삭빠른 기회주의자였다. 서쪽 해안의 구석지고 척박한 땅을 다스리던 그가 상군조차 함부로 대하지 못하는 강력한 영주로 발돋움하는 데 혈교가 꼭 필요했을 뿐이었다. 하지만 이유가 무엇이든 전능자의 사도회 입장에서 구산영주는 더할 나위 없이 좋은 협력자였다. 또 구산은 번성하는 항구여서 그 일부를 할양받았으니 적어도 아직까지는 다른 항구가 필요하지 않았다. 더구나 모도는 골치 아픈 곳이었다. 전통이 강하고 지나치게 보수적이었다. 오랫동안 현지화에 주력한 내수교조차 모리한이 영주에 오르자 주민들의 반감을 샀다. 또한 모도영주는 서쪽의 지배자로 상군을 언제든 알현할 수 있는 다섯 영주에 속했다. 그러므로 구산영주와는 완전히 달랐다. 구산영주야 혈교로 개종하든 만교에 출가하든 별다른 문제가 아니었지만 모도영주는 달랐다. 서쪽의 지배자가 혈교도가 되면 상군부의 의심과 경계만 커질 터였다. 그런데다 모리선은 무능했다. 모리한이 단순히 평범한 삶을 꿈꾸는 선량한 인간인 반면 모리선은 비열하고 경박하며 무능한 인간이었다. 애초에 영주에 어울리지 않았다.

"전능자의 이름을 함부로 말하지 말게. 전능자를 망령되이 일컫는 것은 대죄에 해당하네."

기사단장이 굳은 표정으로 말하자 모리선의 얼굴에 당황하는 표정이 떠올랐다.

"전능자의 섭리를 우리는 알 수 없다네. 어리석은 인간의 의지를 고집하지 말고 당신의 뜻에 맡겨야 하네."

완곡한 표현이었으나 거절이 확실했다. 전능자의 섭리나 당신의 뜻이 의미하는 바는 모두 모리한을 몰아내는 계획을 도와줄 수 없다는 통보였다. 모리선은 절망했다. 기사단장이 거절하면 어떤 색목인도 돕지 않을 것이었다. 모리선은 다시 무릎을 꿇었다.

"단장님, 부디 저를 불쌍히 여기소서! 이 어리석은 자에게 긍휼을 베푸소서!"

모리선은 경전에 나오는 말투로 부르짖었다. 무릎을 꿇은 것으로는 부족하여 머리를 조아리며 눈물을 흘렸다. 그러자 기사단장도 마냥 외면할 수 없었다. 전능자의 사도회가 공식적으로 개입하지 않는 도움은 큰 문제가 없을 것도 같았다. 성공하면 좋고 실패해도 그만인 수준의 작은 도움은 괜찮을 듯했다.

"그렇지만 기사들이 각자 기도의 응답을 따르는 것은 막을 수 없지."

다행이었다. 모리선은 정말 다행이라 생각했다. 기사단장의 말은 공식적인 지원은 어렵지만 몇몇 기사를 붙여주겠다는 뜻이었다. 최선의 결과는 아니어도 최악은 면했다. 물론 그것으로는 충분하지 않았다. 모리선은 어쩔 수 없이 구산의 다른 권력자를 찾아갈 수밖에 없었다.

3

사내는 잘생겼다. 적어도 그 점만큼은 대부분 동의했다. 사내를 경멸하고 혐오하며 증오하는 부류조차 "그래, 잘생긴 것은 맞아"라고 시큰둥하게 말했다. 사내도 그것을 잘 알았으며 장점으로 활용했다. 변방의 척박한 땅을 다스리는 보잘것없는 영주였던 시절부터 아름다움에 대한 감각만큼은 매우 뛰어나 상군조차 질투할 부를 쌓은 이제는 거칠 것이 없었다. 사내는 카락에서 수입한 비단을 색목인의 염료로 염색하여 옷을 지었다. 멀리 색목인의 땅에서 가져온 화려한 깃털로 장식을 만들고 금과 은, 루비와 수정을 아낌없이 사용했다. 그러면서도 천박하지 않고 고고한 느낌을 주도록 했다. 허리춤에 찬 검도 마찬가지였다. 순전히 아름다음에만 치중하여 정작 살육이란 본연의 기능에는 부합하지 않았으나 어차피 그가 검을 휘두르며 싸울 일은 없었다. 그를 대신하여 피 흘리며 쓰러지는 것도 개의치 않을 부하들이 많았기 때문이다. 물론 이는 모두 돈의 힘이었다. 돈이 적당히 많으면 배신의 이유가 되어 위험했지만 엄청나게 많으면 생명과 영혼조차 살 수 있는 법이었다. 다만 엄청나게 많은 돈은 그 자체가 주인이었다. 돈을 소유한 사람이 주인이 아니라 돈이 그 사람의 주인이었다. 엄청나게 많은 돈은 그 돈을 소유한 사람에게 끝없이 숭배할 것을 요구한다. 사내도 다르지 않았다. 사내는 이미 상상조차 못할 부를 모았으나 조금도 만족하지 못했다. 보다 큰 부를 얻는 것, 훨씬 높은 지위에 오르는 것, 한층 강력한 권력을 움켜쥐는 것에 골몰했다.

모리선의 접견을 허락한 것도 그런 이유였다. 서쪽의 지배자를 자신의 영향 아래 두고 부릴 수 있다면 움켜쥔 권력이 한층 강해질 것이었다. 물론 그것이 전부는 아니었다. 사내에게는 모리한을 쫓아내고 모리선을 모도영주에 올려야 할 현실적인 이유가 있었다. 모리한이 사내의 사업에 잠재적인 위험이었기 때문이다. 서쪽의 지배자인 모도영주는 구산영주의 상급자였다. 언제든 상군을 알현할 수 있는 다섯 영주에 해당했고 서쪽 해안의 다른 영주들을 감찰할 권한이 있었다. 그래서 구산영주가 주력하는 노예무역에 꽤 성가신 존재였다. 쥬의 남부 해안에서 노예 대부분을 데려오는 것을 감안하면 더욱 그랬다. 쥬 백성을 노예로 거래하는 것은 쥬 국왕뿐 아니라 상군도 칙령을 내려 금지한 행위였기 때문이다. 상군도 지금까지는 노예무역을 묵인했으나 모도영주가 알현하며 해당 문제를 거론하면 상황이 달라질 수도 있었다. 물론 그런 상황을 막고자 사내, 그러니까 구산영주는 모리한에게 여러 가지를 제안했다. 하지만 모리한의 반응은 미적지근했다. 매몰차게 뿌리치는 것은 아니었으나 그렇다고 흔쾌히 응하는 것도 아니었다. 노예무역에 대해서도 비슷했다. 공개적으로 문제 삼는 것은 아니었으나 모도 내부에서는 최대한 억제했다.

그런데 얼마 전부터 조금 분위기가 달라졌다. 정체불명의 무사들이 구산과 모도의 경계에 자리한 노예 거래소를 습격한다는 소식이 전해졌다. 그들은 노예를 해방했고, 노예 상인과 경비대를 한 명도 남김없이 살해했으며, 노예 거래소를 불태웠다. 물론 모도영주가 배후인지는 확실하지 않았지만 확실히 의심스러웠다. 더구나 쥬에서 사절이 도착했다. 쥬의 사절이 노예문제를 모도영주에게 항의하고 모도영주가 상군에게 보고하는 것은 정말 최악의 상황이었다.

"모리선이 영주님을 뵙습니다."

모리선이 조심스레 말했다.

기사단장과 모리선이 극명하게 대조되었던 것처럼 구산영주와 모리선도 마찬가지였다. 세련되고 아름다운 구산영주와 비교하면 모리선은 지극히 평범했다. 구산영주가 수컷 공작이면 모리선은 암컷 참새였다. 평소라면 사내는 모리선 따위를 절대 집무실에 들이지 않았을 것이다. 그러나 적어도 지금은 그를 환대할 이유가 있었다. 모리선을 반갑게 맞아 모리한을 제거하고 모도영주에 오르겠다는 꿈을 이루어줄 필요가 있었다. 물론 그러면서 모리선에게는 최대한 많은 것을 빼앗을 참이었다. 모리선이 모도영주가 되어도 서쪽의 지배자라는 허울 좋은 이름 외에는 아무것도 얻을 수 없게 해야 했다. 서쪽의 지배자를 자신의 꼭두각시로 두는 것이 구산영주의 바람이기 때문이었다.

"오, 미래의 모도영주를 뵙는군요. 서쪽의 지배자가 되실 분을 뵈오니 제게 큰 영광입니다."

구산영주는 한껏 웃으며 모리선을 맞이했다.

제5장

모리준의 아들들

1

"무사입네 하는 놈들, 죄다 웃기지도 않아. 검이 부러졌다고 죽네 마네 호들갑 떠는 것만 봐도 알 수 있지. 진짜 싸움은 알지도 못하고, 진짜 삶도 살아보지 못한 녀석들이야."

20년이 훌쩍 넘어 30년 가까운 시간이 흘렀으나 후야는 스승의 그 말만큼은 똑똑히 기억했다. 다만 티오는 스승이란 말에 겸연쩍은 표정으로 손사래 칠 것이 틀림없었다. 그는 스승이라 불리는 것을 무척 싫어했다. 무사와 검객 같은 단어도 마찬가지였다. 늘 자신을 칼잡이라 소개했다. 물론 와의 무사들에게 그는 정말 천박한 칼잡이에 불과했다. 어떤 주인도 섬기지 않았기 때문이다. 와의 엄격한 무사도는 주인을 섬기며 충성을 다하는 것, 주인을 위해 자신의 소중한 생명을 바치는 것을 최고의 명예로 여겼다. 주인 없는 무사인 낭인은 가련하고 불쌍한 존재여서 어떤 무사도 낭인이 되길 바라지 않았다. 이런저런 이유로 주인을 잃어 낭인이 되었다면 어떻게 하든 섬길 주인을 찾으려 노력했다. 그러므로 한 번도 주인을 섬기지 않았고 주인을 찾을 생각도 없으며 누군가에게 충성한다는 것을 떠올리기만 해도 소스라치는 티오는 역겨운 별종에 해당했다. 그래도 티오의 검술은 대단했다. 상군을 호위하는 무사도 티오를 마주하면 어린아이처럼 보인다는 소문이 있었고 서쪽 해안에서는 아예 견줄 만한 검객이 없었다.

티오의 검술은 굉장히 독특했고 와의 기준으로는 매우 악랄했다. 단순히 장검과 단검을 동시에 사용하는 이도류여서 그런 것이 아니었다. 티오 외에도 이도류를 사용하는 검객은 꽤 있었다. 티오가 악명을 떨친 이유는 특이한 단검을 사용했기 때문이다. 한쪽 날은 다른 단검과 같지만 반대쪽 날은 빗을 닮은 구조였다. 티오는 그 부분을 이용하여 상대의 검을 부러뜨렸다. 와의 무사에게 검은 생명과 같아서 그것이 부러진다는 것은 엄청난 불명예였다. 경우에 따라서는 죽음으로 갚아야 할 문제였다. 그렇기에 상대의 검을 부러뜨리는 티오를 모두 미워했다. 심지어 티오에게는 주인뿐 아니라 스승도 없었다. 와의 혈통도 아니었다. 색목인과 카락인의 혼혈일 가능성이 컸고 용병이나 밀정으로 일하면서 와까지 흘러왔으며 내수교를 믿는다는 것이 알려진 전부였다. 티오의 괴상한 검술은 용병과 밀정으로 살면서 자연스레 익힌 결과일 터였다.

그런 티오가 후야에게 검술을 가르친 이유도 알 수 없었다. 애초에 티오는 모리한의 검술 선생이었다. 제자 따위는 질색이라며 거절하는 티오를 모도영주가 직접 찾아와 설득한 끝에 모리한에게 검술을 가르치기 시작했다. 그 무렵 모리한은 이미 내수교 수도원에서 생활하고 있었는데, 후야—그때까지만 해도 훈이라 불렸다—도 같은 수도원에 있었다. 모도영주의 아들인 모리한이 수도원장부터 문지기까지 모두가 배려하고 사랑하는 아이였다면 바다 건너에서 흘러온 도망자인 후야는 천덕꾸러기였다. 아마 티오는 그런 후야에게 묘한 동질감을 느껴 모리한뿐 아니라 후야에게도 검술을 가르쳤는지 몰랐다. 그렇게 영주의 아들과 바다 건너에서 온 도망자가 같은 스승을 둔 동문이 되었다.

그런데 모리한과 후야의 실력 차이는 현격했다. 모리한은 검을 다루는 솜씨조차 평범했다. 상대의 검을 부러뜨리는 것이 티오가 전수한 검술의 핵심이었는데, 모리한은 끝까지 그 동작을 제대로 깨우치지 못했다. 반면 후야는 매우 뛰어났다. 오히려 스승인 티오보다 훨씬 공격적이었다. 검을 부러뜨리는 데 지나치게 집착하는 티오와 달리 후야는 적을 살육하는 것에 집중했다. 다만 후야는 자신이 스승보다 관대하다고 생각했다. 티오는 상대의 검을 부러뜨려 명예를 빼앗고 자결하도록 몰아세우는 반면, 자신은 상대의 목을 베어 고민 없는 죽음을 선사하여 훨씬 너그럽다는 다소 괴상한 논리였다.

어쨌든 무사들은 티오와 후야를 좋아하지 않았다. 모도영주를 섬기는 무사들도 마찬가지였다. 그들은 영주를 찾아가 티오를 모리한의 검술 선생으로 삼은 것을 격렬히 항의했다. 티오가 바다 건너에서 온 도망자인 후야를 모리한과 함께 가르치는 것에도 반대했다. 그러나 영주는 결정을 바꾸지 않았다. 그때만 해도 모리한은 열한번째 아들이라 영주가 될 가능성이 희박하여 무사들도 더이상 반대하지 않았다.

와베는 그때 반대하던 무사들의 중심인물이었다. 그는 대를 이어 모도영주를 섬기는 가문에서 태어났고 보통 사람보다 머리 하나는 큰 키에 마르고 탄탄한 체형과 단호한 인상이 도드라진 얼굴이 충성스럽고 명예를 소중히 여기는 무사의 전형에 꼭 어울리는 외모였다. 티오를 스승으로 삼는 것을 반대했으면서도 내수교 수도원에 자주 찾아와 모리한의 안위를 살폈던 것으로 보아 정말 충성스러운 가신일 가능성이 컸다. 다만 그 무렵에도 후야를 어떻게 생각하는지 알아내기 어려웠다. 다른 무사들과 달리 후야를 경멸하지는 않았으나 그렇다고 우호적인 것도 아니었다. 그냥 차가운 돌처럼 대해서 속내를 알 수 없었다.

후야는 눈앞에 펼쳐진 상황이 재미있었다. 모도의 도심에 있는 빈집, 지역 전체가 오랫동안 버려져 인적이 거의 끊긴 곳의 밀실에서 와베를 마주했던 것이다. 물론 와베 외에도 참석자가 있었다. 모리선, 선대영주의 열두번째 아들이며 모리한의 동생인 잠재적인 반역자도 그곳에 있었다. 후야, 와베, 모리선. 정말 떠올리기 힘든 구성이었다.

"본론을 이야기합시다. 우리가 쓸데없이 환담을 나눌 사이는 아니니까."

후야는 가볍게 웃으며 말했다. 사촌인 곽곽 선생만큼은 아니지만 후야의 미소에도 어딘지 모르게 차가운 조롱이 묻어났다. 후야의 말에 와베는 여전히 표정 변화가 없었고 모리선은 못내 안절부절못했다. 모리선은 후야 같은 부류에게 부탁한다는 것이 못마땅했으나 이율배반적이게도 이번에는 후야의 마음을 얻어야 했다.

"황금이든, 노예든, 무사의 지위든 말씀만 하시면 모두 약속하겠습니다."

모리선은 크게 숨을 삼키고 말했다. 그러나 후야는 너털웃음을 터뜨렸다.

"당신 계획이 성공하지 못하면 모두 헛된 약속이지 않은가? 더구나 나에게 무사의 지위는 우습고 노예는 거추장스러우며 황금은 다른 일로도 벌 수 있소. 굳이 동문을 배신하면서까지 당신을 도울 이유가 있을까?"

모리선의 얼굴이 굳었다. 반면 후야는 깔깔거렸다. 그러면서 와베를 바라보며 대뜸 말했다.

"황금, 노예, 높은 지위 따위는 이 영감한테도 그리 매력적이지 않을 것 같은데? 대대로 모리 가문을 섬긴 충신에게 그따위가 무슨 의미가 있겠나?"

와베는 여전히 반응하지 않았다. 평소처럼 표정 변화가 전혀 없었다. 그래서 모리선의 다급한 표정이 한층 대비되었다. 주인을 잃은 강아지처럼 어쩔 줄 몰라 하며 전전긍긍했다.

"모리준이 저승에서 통곡하겠군. 쓸 만한 아들들은 죄다 역병에 죽어버리고 머저리들만 살아남았으니. 하긴 똑똑한 아들이었으면 내수교나 혈교에 보내지 않았겠지."

후야는 계속 빈정거렸다. 그런데 와베의 입술이 잠깐 떨렸다. 아주 짧은 순간이었으나 감정 변화가 떠올랐다가 사라졌다. 그러나 모리선은 그 사실을 알아차리지 못했다. 후야의 빈정거림처럼 그는 확실히 머저리였다.

"걱정할 것 없어. 저 영감은 가문을 위해 모리한을 배신할 거야. 모리 가문을 위한 행동이니 엄밀히 따지면 배신이 아니지. 모리선, 당신도 모리한만큼 멍청하지만 그래도 혈교란 뒷배가 있잖아. 시시껄렁한 내수교와는 다르지."

그러자 모리선의 얼굴에 안도하는 표정이 떠올랐다. 그는 짧게 숨을 내쉰 후 자세를 고치며 후야에게 물었다.

"그럼 후야님, 당신은 무엇을 원합니까?"

후야는 잠깐 동안 빙긋 웃으며 아무 말도 하지 않았다. 그러다가 눈을 반짝이며 말했다.

"모리인, 모리한의 아내이자 당신의 형수, 그게 내가 원하는 대가요."

2

영주의 저택은 거대했다. 궁전이란 단어가 어울릴 정도였다. 그러나 사용하지 않는 장소가 많았다. 너무 오랫동안 사람의 손길이 닿지 않아 완전히 버려진 곳도 적지 않았다. 사실 모도 대부분이 그랬다. 빈집이 늘어가는 중심부, 찾아오는 배도 없고 싣고 내릴 화물도 없는 거대한 항구, 모도 전체가 마지막 숨을 몰아쉬는 거인, 쓰러져 죽음을 앞둔 병든 황소를 떠올리게 했다.

그래도 거대한 저택에서 모리한이 사용하는 곳은 잘 정돈되어 깔끔했다. 오랫동안 모리 가문을 섬긴 가신들과 하인들이 주변 상황에 아랑곳하지 않고 최선을 다했기 때문이다. 모리한의 서재도 마찬가지였다. 그곳만 보면 서쪽의 지배자란 칭호에 걸맞은 위세를 떨치던 시절과 크게 다르지 않았다. 내수교 수도원으로 떠나기 전 어린 모리한이 보았던 모습과 크게 달라지지 않았다. 모리한 앞에 놓인 다기도 매한가지였다. 쥬에서 만든 고급스러운 자기, 카락이 쥬를 침략하기 전, 왕이 아니라 흑색당 과두정이 다스리던 시절에 만든 화려하고 사치스러운 자기였다. 왕정복고가 이루어지고 백색당이 권력을 독점한 후부터는 쥬에서도 생산되지 않아 가격을 매기기 힘들 만큼 비싼 물건이었다.

모리한은 손을 뻗어 다기를 만지며 안에 담긴 물의 온도를 가늠했다. 모리한은 무력한 통치자이며 서투른 검객이 틀림없었으나 다도만큼은 뛰어났다. 그리고 좋은 친구이자 다정한 남편이고 관대한 아버지였다. 서쪽의 지배자에 오르지 않고 모리준의 열한 번째 아들로 살았다면, 내수교 성직자가 되어 수도원을 꾸리며 살았다면 존경받았을 것이다.

물 온도를 확인한 모리한은 차를 꺼냈다. 놀랍게도 차는 최상품이었다. 다른 것은 몰라도 차만큼은 양보할 수 없었다. 성벽을 보수할 돈, 검과 화승총을 살 돈, 거대한 저택을 유지할 돈, 그 모든 꼭 필요한 돈이 부족해도 차만큼은 최상품을 구입했다. 와베 같은 가신이 노골적으로 문제를 지적하며 만류해도 아랑곳하지 않았다.

아직 찻잎을 다기에 넣지 않았는데 통에서 꺼내는 것만으로도 은은한 향이 퍼졌고 모리한은 즐거웠다. 찻잎을 다기에 넣자 기쁨이 한층 배가되었다. 서쪽의 지배자니, 모도영주니 그따위 것 아무려면 어떤가! 모리선이든 구산영주든 그 자리를 탐내는 승냥이 같은 놈들에게 주어버리고 평범하게 살고 싶었다. 모리한은 그들이 훨씬 영주에 어울린다고 생각했다. 자신은 그냥 사랑스러운 아내와 아이들을 데리고 조용하게 살고 싶었다.

다기에 찻잎을 넣자 기다리는 시간이 다가왔다. 그런데 그날

따라 생각이 이상한 방향으로 흘러갔다. 갑자기 함께 검술을 배운 사형이 떠올랐다. 후야야말로 모리한에게는 가장 이해하기 힘든 존재였다. 쥬의 귀족으로 태어났지만 아버지가 흑색당의 잔당으로 몰려 처형되었고 구사일생으로 바다 건너 와로 피신한 사연에는 모리한도 측은함과 동정을 느꼈다. 바다 건너 낯선 타국에서도 흑색당 잔당이란 소문이 날까 두려워 내수교 수도원에 숨어 살아야 했으니 정말 불쌍했다.

그런데 후야는 조용히 지내지 않았다. 그런 처지라면 알아서 머리를 숙이며 몸을 낮추어야 할 텐데 후야는 제멋대로 행동했다. 또래 아이들이 "바다 건너에서 온 도망자", "가족이 모두 죽었는데 혼자 살겠다고 도망친 녀석"이라 놀릴 때마다 격하게 반응했다. 나무막대든 돌멩이든, 심지어 예배용 집기든 무기가 될 만한 것이면 무엇이든 가리지 않고 집어들어 상대에게 달려들었다. 그래 보았자 외톨이라 결국에는 무기(?)를 빼앗기고 아이들에게 외려 두들겨맞았으나 한 번도 참지 않았다. 그렇게 싸워보았자 아무것도 얻을 수 없고 고통만 커질 뿐인데, 왜 그러는지 모리한은 도무지 이해할 수 없었다.

그래도 티오의 지도 아래 함께 검술을 배우던 시절 후야는 모리한에게 우호적이었다. 검술을 배울 무렵의 후야는 덩치가 훌쩍 커져 더이상 괴롭힘을 당하는 외톨이가 아니었다. 오히려 온갖 이상한 이유로 언제 싸움을 벌일지 모르는 미치광이였는데, 모리한에게는 상냥했다. 영주의 아들과 도망자란 신분 차이에도 모리한을 정말 동생처럼 대했다.

다만 그런 관계는 지속되지 못했다. 모리인, 그때는 민슈인이라 불린 소녀가 등장하며 둘의 사이가 완전히 벌어졌다. 사실 모리한은 아직도 그 부분을 제대로 이해하지 못했다. 모리한과 결혼하여 이제는 모리인이라 불리는 민슈인은 당시에도 모리한의 약혼녀였다. 물론 민슈인과 모리한은 그때까지 거의 만난 적이 없었다. 모리준이 열한번째 아들인 모리한을 내수교에 보내기로 결정하면서 가문끼리 약속한 혼사였기 때문이다. 민슈 가문은 서쪽 해안에서 내수교를 믿는 얼마 되지 않는 귀족, 정말 극히 일부의 귀족 출신 내수교도에 해당하여 모리 가문과 민슈 가문 모두 그 결정에 만족했다.

그런데 후야가 끼어들었다. 그는 처음 본 순간부터 민슈인에게 끌렸고 모리한의 약혼녀란 사실에도 전혀 개의치 않아 했다. 뭐, 따지고 보면 민슈인의 태도도 조금 애매했다. 후야의 열렬한 구애를 승낙하지는 않았으나 그렇다고 거절하지도 않았다. 다만 모리한은 아내의 그런 태도를 십분 이해했다. 내수교도이면서 귀족으로 자란 민슈인이 완곡하게 거절하는 법을 지켰을 뿐이라 생각했다. 후야의 구애에 보인 다소 애매한 태도는 그런 귀족의 예절일 뿐이며 민슈인은 처음부터 지금까지 자신을 사랑한다고 믿었다.

어쨌든 수도원장을 비롯한 내수교의 고위층은 후야의 행동을 크게 걱정스러워했다. 당연했다. 다른 사람도 아닌 모도영주의 아들과 약혼한 여성을 사랑하는 것은 후야 개인뿐 아니라 서쪽 해안의 내수교 전체를 위험에 빠뜨리는 행동이었다. 하지만 후야는 그런 사항을 고려하는 부류가 아니었다. 급기야 그 문제로 수도원장을 비롯한 내수교 고위층과 충돌했다. 언제나처럼 후야는 조금도 물러서지 않아 상황은 점점 악화되었고 파문당하는 것으로 끝났다. 그렇게 후야가 수도원을 떠난 해에 역병이 모도를 비롯한 서쪽 해안을 휩쓸었다.

"늦은 시간이에요. 너무 늦게까지 깨어 있으면 건강에 좋지 않아요."

낭랑한 목소리, 가볍지도 않으며 그렇다고 무겁지도 않아 높낮이를 가늠하기 힘든 목소리, 그러나 언제 들어도 마음의 평안을 얻을 수 있는 목소리는 모리인이었다. 모리한이 늦게까지 침실에 오지 않자 직접 서재를 찾은 듯했다.

"방금 찻물을 넣었습니다. 잠시만 기다려요."

모리한은 가볍게 웃으며 말했다. 그러고는 모리인에게 의자에 앉으라고 손짓했다. 모리인도 가볍게 웃으며 고개를 끄덕인 후 천천히 의자에 앉았다. 키는 그리 크지 않았으나 목과 팔다리가 길고 군살이 거의 없는 체형이라 그런 사소한 동작도 매우 우아했다. 한 마리의 학이 내려앉는 것만 같았다. 그런 측면에서 모리인은 통치자의 아내에 정말 어울렸다. 얼굴 역시 아주 빼어난 미인은 아니었으나 차분한 인상에 기품이 넘쳤다. 가문끼리 약속한 정혼이었으나 모리한도 모리인의 그런 매력에 흠뻑 빠져들 수밖에 없었다. 후야도 그랬으리라. 가족을 잃고 바다 건너 도망친 후야에게는 모리인의 그런 기품 있는 안정감이 한층 매력적이었을 것이다.

"영주님, 드릴 말씀이 있어요."

모리인이 나긋나긋하게 말했다. 다만 다음에 이어질 내용은 결코 가볍지 않을 터였다. 모리인이 "드릴 말씀이 있어요"라고 말할 때는 늘 심각하고 무거운 주제가 이어졌기 때문이다. 모리한이 미처 알지 못한 문제와 알고 있지만 제대로 처리하지 못한 문제를 모리인은 그런 식으로 말하며 해결책을 제시했다. 때로는 아예 해결책을 진행하면서 모리한에게 통보했다. 그래서 모리한은 정신을 가다듬을 수밖에 없었다.

"영주님의 동생, 모리선에 대해 드릴 말씀이 있어요."

그랬다. 모리선, 모리준의 아들들 중에 모리한과 함께 역병에서 생존한 유일한 존재, 누구보다 가까워야 할 형제이나 잠재적인 반역자. 모리한도 그가 드릴 말씀의 주제일 것이라 어느 정도 예측했다.

"어서 말씀하세요."

모리한은 아무렇지 않은 척하며 담담하게 말했다. 그러나 이미 마음이 무거웠으며 가슴이 쿵쾅거리기 시작했다.

3

은산군은 기분이 좋지 않았다. 정확히 표현하면 매우 불쾌했다. 모리한이 보인 알쏭달쏭한 태도가 원인이었다. 모리한이 서쪽의 지배자란 그럴듯한 칭호를 지녔어도 어디까지나 상군의 수하일 뿐이었다. 또 의례적이고 명목적인 관계에 지나지 않아도 와는 쥬를 형님의 나라로 섬겼다. 쥬에서 파견하는 사절을 극진히 모시는 것도 그런 까닭이었다. 특히 은산군은 단순한 사절이 아니라 왕실의 일원으로 국왕을 대리했다. 따라서 은산군이 공식적으로 문제를 제기하면 모리한은 당연히 최대한 성의를 보여야 했다. 그러나 은산군이 노예 문제를 거론했을 때 모리한이 보인 태도는 애매했다. "사실로 밝혀지면 엄중히 문책하고 상군께 보고하겠습니다"가 전부였다. 사실로 밝혀지면이라니! 고기잡이나 하고 해적질이나 하며 먹고사는 야만인 따위가 감히 그런 말을 입에 올리다니! 평범한 사절도 아니며 쥬의 국왕을 직접 대리하는 자신에게 그런 태도로 말하다니! 서쪽의 지배자란 칭호만 있을 뿐 항구는 한산하며 도시의 집들은 비어가고 자신의 저택조차 관리하지 못할 만큼 몰락한 주제에 감히 자존심을 세우다니!

물론 어느 정도는 모리한의 상황을 이해했다. 모리한은 서쪽의 지배자란 칭호만 그럴듯할 뿐 실제로는 완전히 몰락하여 구산 영주의 노예무역을 단속할 힘이 없었다. 하지만 그렇더라도 상군에게 문제를 보고할 수는 있지 않은가! 은산군 일행을 상군부까지 직접 수행한 후에 따로 상군을 알현하여 노예문제를 보고하는 것이 모리한이 응당 해야 할 일이었다. 그런데 모리한은 은산군과 함께 상군부로 갈 의향이 전혀 없는 듯했다. 은산군 일행이 모도를 떠나는 날이 다가왔는데도 성대한 환송식을 열겠다고 하는 것이 전부였다. 성대한 환송식이라니! 그렇다면 모리한은 모도에 머무르겠다는 뜻이 아닌가! 그런 상황이라 은산군은 불쾌할 수밖에 없었다. 그리하여 환송식에도 잔뜩 찌푸린 얼굴로 나타났다.

더구나 성대한 환송식도 볼품없었다. 모도영주의 저택은 궁궐과 같아 뜰이 엄청나게 넓었다. 그래서 적절한 인원과 물품만 있으면 아주 거창하고 화려한 환송식을 열 수 있었다. 그러나 모리한은 인원과 물품 중 어느 것 하나 동원하지 못했다. 서쪽의 지배자로 위세를 날리던 시절 만든 깃발만 화려했고 그것조차 제대로 관리되지 않아 낡았으며 깃발 크기와 수에 비해 병사들이 너무 적었다. 게다가 병사들이 든 창, 허리에 찬 검, 입은 갑옷 모두 너무 낡아 초라했다. 환송식에 동원된 다른 물품도 마찬가지였다. 소가인이 암도에서 베푼 환송식이 호사스럽게 느껴질 만큼 모리한의 성대한 환송식은 볼품없었다.

환송식이 끝나고 모리한이 사절을 성문까지 경호하는 행사도 마찬가지였다. 모리한이 동원한 병사 수가 너무 적어 누가 누구를 경호하는 것인지 애매했다. 또 행렬이 지나가는 모도 중심부의 모습 역시 처참했다. 빈집이 여기저기 있는 정도가 아니라 아예 전체가 버려진 구역이 많았으며 아직 사람이 사는 곳도 제대로 관리하지 않아 퇴락했다. 시장과 환락가 풍경은 더욱 심했다. 한때는 온갖 물품이 넘쳐났을 판매대에는 생필품만 겨우 올라가 있었고 주정뱅이와 노름꾼, 기생과 호객꾼이 가득했을 골목은 텅 비어 도둑고양이만 이따금 지나갔다.

그러다보니 시간이 흐를수록 불쾌한 감정은 줄고 오히려 울적해졌다. 심지어 모리한이 측은하게 느껴질 정도였다. 노예 문제에 대해 애매모호한 태도를 보인 것을 어느 정도 이해할 수 있었다. 모리한은 은산군 일행과 함께 상군부로 갈 경비를 마련하는 것도 버거운 듯했다. 그리하여 모도 성문이 보일 즈음에는 마음이 한층 풀어졌다. 성문도 모도의 다른 부분과 크게 다르지 않았다. 제대로 보수하지 않은 성벽은 무너지기 직전이었으며 성문을 지키는 병사도 찾기 힘들었다. 성문의 망루에는 당연히 있어야 할 깃발조차 없었다.

아니다! 깃발이 없다니! 은산군은 눈을 크게 뜨고 주변을 살폈다. 와의 영주들은 깃발을 엄청나게 아꼈다. 모리한이 병사 수에 비해 지나치게 큰 깃발을 너무 많이 동원한 것만 보아도 알 수 있었다. 그런데 정작 성문에는 깃발이 없다니! 아주 심각한 문제였다. 분명히 무엇인가 이상한 일이 벌어질 예감이 들었다.

은산군은 두려웠다. 남성이 타는 가마는 주변이 개방되어 있고 은산군은 갑옷조차 입지 않았다. 그래서 불안한 표정으로 곽곽 선생을 바라보았다. 물론 곽곽 선생은 여느 때처럼 태연했다. 은산군이 탄 가마 바로 옆에서 평소와 조금도 다름없는 표정으로 말을 몰고 있었다. 다만 화려한 겉옷 아래 갑옷이 번쩍였다. 팔다리는 몰라도 흉갑을 착용한 것은 틀림없었다. 그 모습을 확인하자 안도와 배신감이 동시에 밀려왔다. 흉갑을 몰래 입은 것으로 보아 곽곽 선생이 무엇인가 일을 꾸민 것이 틀림없었다. 적어도 곧 닥칠 일을 예상한 듯했다. 그래서 안도했다. 곽곽 선생이 미리 알았으니 분명히 대비했을 것이다. 그러나 한편으로는 같은 이유로 배신감을 느꼈다. 곽곽 선생이 주도한 일이든 혹은 간접적으로 관련된 일이든 자신에게 숨겼기 때문이다. 그때 곽곽 선생이 은산군을 바라보며 눈웃음을 지었다. 자신의 마음을 들여다본 듯한 표정이라 은산군은 더욱 기분이 나빴다. 그래서 한마디 쏘아붙이려는 순간 거친 고함이 들렸다.

무슨 말인지 알아듣기 힘든 고함과 함께 성문 위 망루에 낯선 병사가 나타나 검은 깃발을 휘둘렀다. 그러자 한 무리의 병사가 성문에서 쏟아져나왔다. 성문을 지키던 병사들은 이미 제압당한 듯했으며 정체불명의 병사들이 성문 바로 밖에 매복해 있다가 은산군 일행이 다가오자 기습에 나선 것이 틀림없었다. 은산군은 허리춤을 더듬어 칼자루를 확인했다. 곽곽 선생과 후야 같은 검객은 아니었지만 어느 정도는 검을 다룰 수 있었다. 물론 그런 상황에도 곽곽 선생은 은산군을 보며 웃음을 터뜨렸다. 휘두르는 법을 제대로 아느냐는 표정이라 은산군은 더욱 기분이 나빴다.

"은산군을 모셔라. 저택으로 퇴각한다."

곽곽 선생이 소리치자 무사들은 알고 있던 것처럼 움직였다. 곽곽 선생과 후야가 모든 일을 작당했으리란 심증이 한층 굳어졌다. 그래도 은산군은 왕족답게 당황하지 않았다. 가마를 돌려 저택으로 돌아가는 상황에서도 자신을 습격한 무리를 살펴보았다. 100명이 훌쩍 넘었지만 200명에는 이르지 못할 규모였는데, 구성이 특이했다. 대부분은 낭인으로 섬길 주인을 갖지 못하고 떠도는 뜨내기 칼잡이가 틀림없었으나 아주 낯선 존재가 끼어 있었다. 최소한 십여 명은 될 듯한 그들은 기병이었으며 색목인이 틀림없었다. 체구가 컸고, 갑옷과 방패도 자른다는 기다란 검을 차고 있었으며, 특이한 모양의 투구와 반짝이는 흉갑, 짧은 화승총을 지니고 있었다. 또한 그들이 탄 말은 쥬와 와에서 키우는 것보다 훨씬 컸다. 그때까지 한 번도 직접 보지 못했으나 책에서 몇 번 읽은 혈교의 기사들이 분명했다. 혈교의 기사들이 개입했다면 아무리 곽곽 선생이라도 제대로 막을 수 있을지 의심스러웠다. 카락 기병조차 짧은 화승총과 무시무시한 장검, 튼튼한 흉갑을 입은 기사들에게 고전한다고 하지 않았던가! 그래서 은산군은 곽곽 선생을 바라보며 무엇이라도 말하려 했다.

그때 엄청난 폭음이 들렸다. 지진처럼 땅이 흔들렸다. 가마꾼들이 비틀거렸으며 은산군이 탄 가마도 휘청였다. 은산군은 놀란 표정으로 폭음이 들린 곳을 돌아보았다. 그러자 놀라운 광경이 눈에 들어왔다. 성문이 사라진 것이다. 엄청난 흙먼지가 피어올라 정확히 보이지는 않았으나 확실히 성문이 없었다. 성문뿐 아니라 주변 성벽도 무너진 듯했다. 그리고 검을 뽑아들고 돌진하는 곽곽 선생과 후야가 보였다.

4

어둡고 축축했다. 더운 계절이었으나 지하 깊숙이 자리한 공간은 여름과 겨울의 차이가 느껴지지 않았다. 낮과 밤의 변화도 마찬가지였다. 시간 개념이 아예 달라져서 정확히 얼마나 지났는지 알 수 없었다. 반나절 정도 지났으리라 생각한 시간이 며칠에 이르는 경우도 있었고 보름쯤 갇혔다고 느꼈으나 사나흘에 불과한 경우도 적지 않았다. 와에서 지하감옥에 갇히는 일은 그렇게 시간조차 뒤틀린 고통을 의미했다. 지하감옥은 아무나 경험하지 못했다. 십수 명을 살해한 흉악한 범죄자도 지하감옥에는 갇히지 않았다. 그런 범죄자는 광장으로 끌려나와 군중 앞에서 끔찍한 방법으로 죽음을 맞는 것이 어울렸다. 지하감옥에는 오히려 무고한 사람이 갇힐 때가 있었다. 모함당했거나 백성이 너무 존경하여 영주의 질투를 사거나 심지어 너무 부자여서 영주가 재산을 빼앗으려고 반역자란 누명을 씌우고 지하감옥에 감금하는 경우였다. 물론 모리선은 그런 무고한 부류는 아니었다. 그는 실제로 반역을 계획했으며 직접 무사들을 이끌고 모리한을 습격하여 반역자가 틀림없었다.

그래도 그는 자신이 지하감옥에 갇히리라고는 전혀 예상하지 못했다. 먼저 처음에는 계획이 성공하리라 확신했다. 기사단장으로부터 십여 명의 기사를 지원받았고 구산영주로부터 얻은 황금을 이용하여 낭인도 충분히 모았다. 게다가 모리한의 심복인 와베의 협력을 얻었고 서쪽 해안 최고의 밀정이란 후야도 포섭했다. 실패하려야 실패할 수 없는 계획이라 생각했다. 물론 지금 와서 생각하면 이상한 부분이 있었다. 와베란 내부 협력자가 있으니 야간을 틈타 모리한의 저택을 습격할 수도 있었는데, 굳이 쥬에서 온 사절을 환송할 때 공격한다는 부분이 수상했다. 쥬의 사절단에서 희생자가 생기면 심각한 문제로 번질 위험이 다분했기 때문이다. 어쨌거나 쥬는 형님의 나라니까. 그러나 모리선은 그런 문제까지 헤아리지 않았다. 조금만 유능한 부하가 있었다면 그 부분을 지적했겠으나 모리선에게는 그런 부하가 없었다. 모리선 주위에 모인 무리는 모리선처럼 하나같이 경박하고 졸렬했다. 그래도 성문에 있는 병사들을 손쉽게 제압할 때까지는 좋았다. 쥬에서 온 사절단과 모리한 일행이 성문으로 다가왔고 그들을 기세 좋게 습격할 때도 문제없었다. 곧 모리한의 목이 바닥에 나뒹굴고 자신이 영주가 되리라 생각했다.

그러나 모리선이 모은 작은 군대가 성문을 미처 모두 통과하지 못했을 때, 정확히 말하면 절반만 성문을 지났고 나머지 절반이 지나려는 순간 성문이 폭파되며 일이 어그러졌다. 많은 병력이 무너진 성문과 성벽에 깔렸고 나머지도 정신을 차리지 못한 반면, 모리한의 부하들은 조금도 당황하지 않았다. 그제야 모리선은 속았다는 사실을 깨달았다. 자신에게 동조해야 할 와베와 후야가 검을 뽑아들고 달려들었다. 게다가 쥬의 사절단을 호위하는 무사들은 정말 무시무시했다. 쥬에 과연 그런 무사들이 있었던가 싶을 만큼 효율적으로 살육하여 마치 그들이 도살자이고 모리선의 부하들이 가축처럼 느껴졌다.

그런 상황에서도 모리선은 자신이 무사할 것이라 생각했다. 전세가 기운 것을 확인하고 그는 검을 내동댕이치고 손을 높이 들었다. 그렇게 투항했으니 모리준의 아들인 자신을 죽이지는 않을 것이라 판단했다. 아예 자신을 함부로 다루지 못하리라 예상했다. 물론 검은 두건을 쓴 거구의 무사가 다가와 주먹을 휘둘렀을 때, 그 주먹이 자신의 턱에 꽂혔을 때 무엇인가 잘못되었다고 생각했으나 쥬의 무사가 자신이 누구인지 알아보지 못해 생긴 일이라 판단했다.

그러나 지하감옥에서 정신을 차렸을 때 상황이 예상과 다르다는 사실에 놀랐다. 그는 알몸인 채 손발이 가죽끈으로 의자에 묶여 있었다. 그뿐 아니라 눈은 두꺼운 천으로 가려져 눈을 떠도 아무것도 보이지 않았다. 자신이 모리선이며 모리준의 아들인 것을 밝히고 주변을 호통쳤으나 아무런 반응이 없었다. 다만 그때부터 끔찍한 소리가 들렸다. 고통에 몸부림치는 비명에 간간이 낯선 외국어가 들리는 것으로 보아 혈교 기사들인 듯했다. 혈교 기사들도 대부분 모리선처럼 생포된 것 같았고 무시무시하게 고문당하는 듯했다. 피와 배설물의 역겨운 냄새, 인간의 살을 찢고 뼈를 으스러뜨리는 소리, 뜨거운 금속으로 인간의 피부를 지지는 냄새, 울음소리, 호통소리, 외국어라 정확한 뜻은 알 수 없어도 어머니와 신을 찾는 것이 틀림없을 희미한 목소리가 뒤섞여 모리선의 귀와 코를 자극했다. 물론 모리선은 그저 묶여 있을 뿐 고문당하지 않았다. 그래서 더욱 두려웠다. 언젠가는 모리선에게도 차례가 돌아올 것이었기 때문이다.

"귀족도 별로 다르지 않군. 뭐, 그렇다는 거야 예전부터 알았지만 바다 건너는 좀 다른 줄 알았더니 그렇지도 않아."

유창하면서도 약간 발음이 어색하여 외국인이 틀림없다고 생각했다. 곧 그 예상이 사실로 드러났다. 낯선 발음의 주인이 모리선의 눈가리개를 벗겼기 때문이다. 오랫동안 눈이 가려진 채 있었으나 다행히 생각만큼 부시지는 않았다. 지하감옥 자체가 어두웠기 때문이다. 그래도 자신 앞에 있는 외국인의 얼굴을 확인하기에는 충분했다. 검은 두건을 썼고 체격이 건장했으며 날카롭게 찢어진 눈매, 오뚝한 콧날, 얇은 입술이 도드라진 사내였다.

"우선 소개부터 해야겠군. 쥬에서는 굳이 필요 없지만 아무래도 바다 건너에서는 소개가 필요하겠지."

그는 쾌활하게 말했다. 지하감옥이 아니라 연회에서 만난 것처럼.

"나는 곽곽 선생일세. 쥬에서는 암행총관이며 지금은 사절단의 호위를 책임지고 있지. 사절단을 이끄는 은산군은 왕실의 일원이며 국왕 전하를 대리하는 신분이라 각별한 주의가 필요하거든."

모리선은 곽곽 선생이니, 암행총관이니 자신에게는 별다를 것이 없다고 생각했다. 그래서 평소처럼 오만하게 말했다.

"나는 모리선이다! 모리준의 아들이며 모리한의 동생이다! 어서 결박을 풀어라!"

그러자 곽곽 선생은 너털웃음을 터뜨렸다. 그러더니 갑자기 바닥에서 쇠망치를 집었다. 그런 곽곽 선생의 표정을 본 순간 모리선은 얼어붙었다. 그러나 다행히 곽곽 선생은 모리선 쪽으로 향하지 않았다. 그는 모리선 바로 옆에 있는 의자에 묶인 사내에게 향했다. 노란 머리카락인 것으로 보아 혈교 기사인 듯했다. 사내는 이미 기절한 상태였지만 곽곽 선생은 쇠망치로 사내의 손을 내리쳤다. 정확히 말하면 가죽끈에 묶여 움직일 수 없는 사내의 손가락을 하나씩 내리쳤다. 못을 박는 것처럼 곽곽 선생은 열 손가락을 연이어 내리쳤고 기절했던 사내는 지하감옥이 크게 울릴 만큼 비명을 질렀다. 그 소리에 모리선은 자신도 모르게 오줌을

쌌다. 불쌍한 사내의 손가락이 모두 으스러지자 곽곽 선생은 쇠망치를 바닥에 내동댕이쳤다. 쨍그랑거리는 소리가 들렸고 모리선은 울음을 터뜨렸다.

"뭐야. 겨우 이 정도인가? 그렇게 대단한 귀족께서 무서워서 벌벌 떨며 잡종 개처럼 오줌을 싸다니, 정말 실망스럽군."

그러면서 곽곽 선생은 모리선에게 다가왔다. 그러고는 왼손으로 모리선의 목젖 주변을 움켜잡았다. 곽곽 선생이 천천히 힘을 주자 숨 막히는 느낌과 함께 엄청난 공포가 밀려왔다. 무엇보다 입술을 한쪽으로 일그러뜨리며 웃는 곽곽 선생 특유의 표정이 무시무시했다. 혈교 경전에 나오는 지옥에서 온 악마처럼 보였다.

"하지만 그게 현명한 선택일 수도 있어. 색목인들은 현명하지 못하더군. 혈교의 기사단장이 쥬의 사절을 살해하도록 명령했다는 것을 아무도 인정하지 않더라니까. 하긴 그런 것이 기사의 명예겠지."

곽곽 선생은 서로의 숨결을 느낄 수 있을 만큼 모리선의 얼굴 가까이 다가갔다. 그러면서 왼손으로는 여전히 모리선의 목을 움켜쥐고 서서히 졸랐다.

"더구나 순교잖아. 전능자의 뜻을 위해 고통당하고 이제 곧 생명을 바칠 테니 기사들 모두 내세에서 구원받고 상급이 클 거야. 그러고 보니 모리선, 당신도 혈교도잖아."

곽곽 선생은 이제 모리선의 귀에 속삭였다.

"그런데 정말 내세란 것이 있을까? 당신은 전능자가 존재한다고 믿나?"

곽곽 선생은 갑자기 모리선의 목을 움켜쥔 손을 놓고는 원래의 거리만큼 떨어졌다. 모리선은 가쁜 숨을 몰아쉬며 다시 울음을 터뜨렸다.

"뭐, 모리선, 당신은 기사들과 달리 믿음이 없나보군. 그래서 현명하게 선택할 수도 있겠어."

곽곽 선생은 바닥에 내동댕이쳤던 쇠망치를 다시 들었다. 그러고는 공중에 몇 번 휘두른 후 말을 이었다.

"쥬에서 온 사절단과 모리한을 살해하고 노예문제를 덮으려는 배후가 누구였나? 물론 구산영주와 혈교의 기사단장이 그 배후임은 이미 알고 있어. 모리선, 당신은 그저 꼭두각시에 불과하겠지. 이게 멀쩡한 손가락으로 살 수 있는 마지막 기회야. 혐의를 인정하고 우리와 함께 상군 앞에서 증언하게. 그러면 멀쩡한 손가락으로 살 수 있을지도 몰라."

모리선은 조금도 고민하지 않았다. 그는 울먹이면서 얼마든지 그러겠다고, 제발 고문하지 말라며 소리쳤다.

제6장
상군부

1

상군부는 경이로웠다. 적어도 조근에게는 아예 인간세상에 속하지 않는 곳, 전설과 민담에 등장하는 신선의 세상인 것만 같았다. 곽곽 선생을 만난 후부터 평해, 죽전, 한벌 같은 도시를 경험했으나 상군부는 완전히 달랐다. 문을 꼭꼭 닫아걸고 내부의 상업조차 억누르는 쥬와 달리 와는 문을 활짝 열고 교역에 힘을 쏟았다. 상대가 카락인이든 색목인이든, 심지어 해적이든 개의치 않았다. 이익을 남길 수 있다면 노예무역도 꺼리지 않았다. 그러다보니 그 정점에 있는 상군부에는 온갖 사람과 재화가 모였다. 또 그 모든 번영은 시장에서 가장 도드라졌다. 조근이 지금껏 한번도 보지 못한 물건과 동물이 가득했으며 시장 크기와 쌓여 있는 상품의 양도 엄청났다. 종류가 다양할 뿐 아니라 어마어마한 양을 자랑하는 많은 물품이 상군부에 모두 필요하다는 것도 놀라 웠다.

그래서 조근은 반쯤 얼이 나갔으나 동시에 해방감을 느꼈다. 곽곽 선생의 수하가 된 후 늘 눈에 띄지 않으려 노력했다. 검은 옷을 입은 암행총관의 무사는 공포와 불안을 일으키는 터라 주목 받을 수밖에 없었지만 철저히 그들 가운데 하나로 남아야 했다. 개인이 튀어서는 곤란했다. 암행부 구성원 가운데 개인으로 선명 한 색을 드러낼 수 있는 사람은 곽곽 선생뿐이었다. 더구나 조근 은 도적떼 우두머리였다. 곽곽 선생이 교묘한 방법으로 그를 사 형당할 위기에서 구했다는 사실은 절대 드러나서는 안 될 비밀이 었다. 물론 암행부 무사들, 특히 곽곽 선생을 직접 수행하는 부류 는 대부분 조근 같은 사연이 있었다. 세부적인 사연은 조금씩 달 랐으나 모두 곽곽 선생에게 목숨을 빚진 부류, 어떤 측면에서는 영혼을 저당잡힌 사례에 해당했다.

조근은 바다 건너 와에 도착하는 순간부터 자유를 느꼈다. 사 절단을 수행하는 만큼 여전히 지켜야 할 규범이 많았지만 혹시나 흑도 출신인 것이 드러날까, 행여나 흑산의 도적떼였다는 것이 밝혀질까 걱정하며 조심스레 행동할 필요는 없었다. 또 와에서는 조근 같은 사람이 주의를 끄는 경우가 드물었다. 적어도 사절단 이 들른 곳은 그랬다. 굳게 걸어 잠그고, 심지어 내부에서 교류하 는 것조차 억제하는 쥬와 달리 와는 좋든 나쁘든 온갖 종류의 교역을 장려하여 색목인과 카락인도 쉽게 눈에 띄는 터라 조근 정도는 별다른 관심을 끌지 못했다. 상군부의 시장은 그런 특징이 한층 도드라진 곳이라 조근이 느끼는 해방감도 절정에 달했다.

"촌닭이 따로 없네. 그만 좀 두리번거려."

시장을 오가는 다양한 사람과 그곳에 쌓인 온갖 상품을 정신없이 바라보는 조근을 후야가 타박했다. 하지만 조근은 개의치 않았다. 꿈에서도 눈앞에 펼쳐진 모습을 상상하지 못했고 자신이 그런 곳을 직접 경험하리라고는 전혀 예상하지 못했기에 후야가 조금 한심하게 바라보는 것도 알아차리지 못했다.

"하긴 소고기를 바싹 굽는 녀석이니, 뭐."

조근이 자신의 말에 반응하지 않자 후야는 약간 토라진 듯했다. 소고기를 탈 때까지 바싹 굽는 녀석, 곽곽 선생에게 목숨을 저당 잡히기 전에는 흑도를 떠난 적이 없어 한벌에서도 놀란 토끼 눈을 감추지 못했던 녀석이니 상군부, 특히 상군부 시장에서는 정신을 차리지 못하는 것이 당연했다. 그런 녀석과 최소한 반나절을 함께 보내야 한다니! 후야는 짜증이 밀려왔다.

후야가 조근을 떠맡은 사연은 이랬다. 상군부에 도착한 후로 은산군과 곽곽 선생은 상군을 알현하는 준비로 정신없이 바빴으나 조근 같은 하급 무사와 후야 같은 밀정은 아직 딱히 주어진 임무가 없어 잠시 한가했다. 그래서 상군부 시장을 구경하고자 길을 나섰는데, 조근이 외국어를 하나도 모르는 터라 후야가 함께 다닐 수밖에 없었다. 상군부 시장은 겉으로는 평화로워 보이지만 실제로는 좀도둑부터 사기꾼, 왈패에 이르기까지 온갖 부류의 포식자가 사냥감을 노리며 눈을 번뜩이는 곳이라 조근을 혼자 보낼 수 없었다. 조근이 혼자 다녀도 그런 무리에게 당하지는 않겠지만 그런 무리가 조근의 정체를 모르고 접근했다가 골치 아픈 일이 벌어질 수 있기 때문이었다. 사절단을 호위하는 하급 무사가 상군부 시장에서 왈패들을 때려눕히거나 사기꾼을 살해하면 일이 엄청나게 꼬일 수밖에 없다. 물론 후야에게 조근을 챙길 의무는 없었다. 다만 죽전에서 함께 임무를 수행하여 조근을 외면하지 못했다. 또 조근이 골치 아픈 상황에 휘말리면 사절단뿐 아니라 후야도 자신의 임무를 수행하는 데 어려움을 겪을 가능성이 컸다.

하지만 조근을 데리고 다니는 일은 성가시고 귀찮았다. 특히 조근이 두리번거리며 서성이다 야바위꾼 앞에 멈추자 후야는 얼굴을 잔뜩 찡그렸다. 야바위꾼에 관심을 보이다니 한숨이 절로 나왔다. 다만 굳이 말리지는 않았다. 후야는 의외로 그런 부분에 관대했다. 성가시고 귀찮아도 조근이 색다른 경험을 충분히 하도록 배려했다.

"상투적이군."

야바위꾼 놀음을 정신없이 바라보는 조근의 등뒤에서 후야가 나지막이 중얼거렸다. 다섯 개의 술잔을 거꾸로 뒤집어놓고 거기에 동그란 구슬을 숨기고는 구슬이 어디에 있는지 돈을 걸도록 하는 수작은 케케묵은 방식이었다. 상군부 시장뿐 아니라 카락과 쥬의 시장에서도 쉽게 찾을 수 있는 야바위 노름이었다.

"너, 대체 얼마나 촌놈이기에 이걸 좋아하나?"

후야가 어이없다는 듯 조근의 등뒤에서 속삭였다. 그러나 조근은 전혀 개의치 않았다. 신기한 것은 신기한 것이니 후야가 뭐라고 하든 신경쓰지 않았다. 물론 야바위 노름 자체는 신기하지 않았다. 그런 야바위 노름은 흑도에도 있었다. 하지만 야바위 노름에 사용하는 구슬이 달랐다. 흑도에서는 흙으로 구운 도기나 깎은 돌처럼 평범한 재료를 사용했지만 상군부 시장은 달랐다. 투명한 유리에 금박과 은박을 섞은 구슬이었고 단순히 금박과 은박으로 유리를 싼 것이 아니라 내부에 흩뿌린 것처럼 섞은 모습이라 신기했다. 어떻게 그런 물건을 만들 수 있는지 궁금했다. 말로만 듣던 색목인의 마법인지, 아니면 와에서도 그런 물건을 만들 수 있는지 궁금했다.

조근에게 살그머니 다가오는 사람이 있었다. 크지도 작지도 않은 키, 마르지도 뚱뚱하지도 않은 체구, 하루에 몇 번을 마주쳐도 제대로 기억할 수 없을 만큼 평범한 얼굴, 거기에 옷차림마저 수수한 사내였다. 그래서 조근도 사내에게 주의를 기울이지 않았다. 정확히 말하면 전혀 알아차리지 못했다. 조근의 반응에 사내는 만족했다. 득의양양한 표정을 지을 상황이었으나 사내의 얼굴은 조금도 변하지 않았다. 재빠르게 손을 뻗어 조근의 허리춤에서 은화가 든 주머니를 더듬을 때도 별다른 변화가 없었다. 은화가 들어 제법 묵직한 주머니를 빼낼 때도 조근은 여전히 아무것도 알아차리지 못해 성공한 것이나 마찬가지였지만 사내는 매우 침착했다. 은화 주머니를 갖고 사라지기 전까지는 그 표정과 자세를 유지해야 했다. 그 단계에서 조금만 경계를 늦추어도 실패할 수 있었다. 그것이 어설픈 초보와 사내 같은 기술자의 차이였다. 그리하여 사내는 은화 주머니를 조근의 품에서 감쪽같이 빼내 자신의 소매에 감추는 데 성공했다.

그 순간 무지막지한 힘을 느꼈다. 성난 황소가 뒷덜미를 밟는 것만 같았고 거대한 망치가 사내를 말뚝처럼 땅에 박아넣는 듯했다. 사내는 깜짝 놀라 자신의 뒷덜미를 잡고 밑으로 찍어 누르는 상대를 확인하고자 고개를 돌리려 했다. 하지만 뒷덜미를 잡은 손이 너무 억세고 거칠어 고개를 돌리지 못했다. 그래도 사내는 당황하지 않았다. 기술자였기 때문이다. 처음 소매치기를 시작할 때부터 지금까지 수많은 위기를 넘기고 살아남은 전문가답게 소매에 숨긴 은화 주머니를 재빨리 바닥에 떨어뜨렸다. 그러고는 오른손을 뻗어 허리춤에 숨긴 단검을 움켜쥐었다. 단검보다는 송곳에 가까워 끝이 매우 날카롭고 바다뱀의 독을 발라놓아 괴물 같은 상대에게도 치명상을 입힐 수 있었다. 또한 사내의 손은 누구보다 빠르고 정확하여 상대는 괜스레 남의 일에 참견한 대가를 톡톡히 치를 터였다.

그러나 사내의 바람은 이루어지지 않았다. 오른손을 휘둘러 뒷덜미를 잡은 상대를 찌르기 전에 오른팔을 움직일 수 없는 상황에 처했기 때문이다. 상대는 왼손으로 사내의 뒷덜미를 여전히 잡은 상태에서 사내의 오른쪽으로 살짝 걸어나와 자신의 오른 주먹으로 사내의 오른쪽 어깨, 정확히 말하면 오른쪽 쇄골을 가격했다. 엄청난 고통이 사내를 덮쳤을 뿐 아니라 쇄골이 부러져 오른팔이 축 늘어져 움직이지 않았다.

"상군부에는 먹을 것이 많아 쥐새끼가 사람처럼 크구나!"

후야였다. 후야는 조근의 은화 주머니를 슬쩍한 소매치기를 잡고 득의양양하게 소리쳤다. 그러나 소매치기, 아니 기술자는 그런 상황에서도 희망을 버리지 않았다. 후야가 무시무시한 괴물인 것은 틀림없었으나 역시 너무 빨리 안도했다고 판단했다. 사내 같은 기술자는 결코 혼자 움직이지 않기 때문이다. 지금처럼 일이 꼬이는 경우를 대비하여 성가신 참견쟁이를 처리하고자 서너 명의 동료, 단순한 소매치기가 아니라 칼잡이가 주변에 잠복해 있었다. 제아무리 괴물 같은 상대라도 혼자서 칼잡이 서넛을 상대하기는 힘들었다.

하지만 이번에도 사내의 예상은 빗나갔다. 물론 사내는 자신의 예상이 어떻게 빗나갔는지 지켜보지 못했다. 후야가 사내의 뒷덜미를 잡은 왼손을 힘껏 아래로 누르면서 오른 무릎을 들어 사내의 얼굴을 강타했던 것이다. 사내는 가까스로 목숨을 건졌으나 코뼈와 광대뼈가 산산이 조각나며 의식을 잃었다.

"쥐새끼들이 많군."

후야는 싱긋 웃으며 허리춤에서 검을 뽑았다. 여느 때처럼 장검과 단검을 동시에 뽑았고 후야의 활극을 감상하고자 모인 구경꾼들이 술렁거렸다. 만교의 승려 같은 차림의 남자가 무사처럼 검을 뽑았을 뿐 아니라 심지어 이도류였기 때문이다. 그 모습에 칼잡이들도 당황했으나 애써 별것 아닐 것이라 생각하며 스스로 위로했다. 어차피 싸울 수밖에 없는데, 겁을 집어먹고 긴장하면 더욱 불리했다. 또 기술자의 처참한 모습에 적지 않게 분노하여 어떻게 하든 후야를 쓰러뜨리고 싶기도 했다. 세 명의 칼잡이는 검을 뽑아 정체를 드러내고는 후야에게 달려들었다. 칼잡이들 모두 검에 바다뱀의 독을 바른 터라 작은 상처만으로도 후야를 쓰러뜨릴 수 있었다. 그러나 최초의 공격이 끝나자 칼잡이들은 작은 상처를 내는 것도 가능하지 않음을 깨달았다. 세 명의 칼잡이가 저마다 다른 방향에서 거의 동시에 덤볐지만 후야는 모두 여유롭게 피했다. 검은 허공을 갈랐고 칼잡이들은 균형을 잃고 휘청거렸다. 그제야 그들은 후야가 평범한 무사가 아니란 것, 겉멋만 들어 이도류를 흉내내는 시시껄렁한 부류가 아님을 눈치챘다.

하지만 이미 늦었다. 상대가 너무 강하여 도망치는 것조차 가능하지 않았기에 최선을 다해 싸울 수밖에 없었다. 그들은 다시 동시에 덤볐고 이번에는 후야도 피하지 않고 검으로 대응했다. 후야는 첫번째 칼잡이의 검을 가볍게 튕겨냈다. 후야의 움직임은 매우 경쾌했지만 첫번째 칼잡이는 거의 검을 놓칠 뻔했고 비틀거리며 밀려났다. 첫번째 칼잡이의 검을 튕겨내면서 자연스레 옆으로 몸을 돌린 후야는 이번에는 아래에서 위로 검을 휘둘렀다. 그러자 두번째 칼잡이의 양손, 검을 움켜쥔 양손이 손목에서 잘려나갔다. 칼잡이의 검은 양손과 함께 바닥에 나뒹굴었고 칼잡이는 비명을 지르며 털썩 무릎을 꿇었다. 후야는 다시 자연스레 몸을 돌렸고 처음과 비교하면 완전히 뒤로 돈 상황이 되어 세번째 칼잡이를 마주했다. 세번째 칼잡이는 어떻게 하든 공격을 성공하고자 갑작스레 허리를 숙이며 변칙적으로 움직였다. 그러나 속도에서 후야의 상대가 되지 못했다. 후야는 표범처럼 옆으로 비켜서서 검을 휘둘렀다. 이번에는 목을 겨냥하여 순식간에 칼잡이의 머리가 바닥에 떨어졌다. 머리를 잃은 칼잡이의 몸은 허리를 숙이고 검을 움켜쥔 상태로 몇 걸음 돌진했다. 그러고는 줄이 끊어진 꼭두각시처럼 바닥에 쓰러져 경련을 일으켰다.

그 모습을 감상한 후야는 만족한 듯 차갑게 웃으며 다시 첫번째 칼잡이와 마주했다. 첫번째 칼잡이는 자신이 살아남기 힘들다는 사실을 깨달았으나 다른 선택이 없었다. 그는 양손으로 검을 단단히 움켜쥐고 돌진했다. 그러나 이번에도 칼잡이의 검은 허공을 갈랐다. 칼잡이는 온 힘을 모아 필사적으로 검을 휘둘렀으나 후야는 연속되는 공격을 모두 피했다. 지나치게 힘이 들어가서 동작이 너무 커졌을 뿐 아니라 애초에 후야의 상대가 아니었다. 칼잡이의 공격을 여유롭게 피한 후야는 왼손에 든 장검을 휘둘렀다. 이번에도 후야의 공격은 빠르고 정확하여 매가 토끼를 낚아채는 것 같았다. 그러자 검을 떨어뜨린 칼잡이가 피투성이가 된 얼굴을 부여잡고 쓰러졌다. 후야가 목 대신 눈과 광대뼈가 있는 부위를 잘랐다. 그 덕분에 첫번째 칼잡이는 목숨은 건질 터였다. 그러나 부서진 얼굴을 지닌 장님으로 살아야 했기에 그것이 더 잔인한 처사일 수도 있었다.

구경꾼들은 경탄했다. 어디서도 그런 싸움을 구경하지 못했다. 심지어 전설과 민담에도 그런 칼솜씨는 등장하지 않았다. 구경꾼들은 찬양하는 눈빛으로 후야를 바라보았다. 후야가 쓰러뜨린 무리는 소매치기와 그 소매치기를 돕는 칼잡이였고 현행범으로 발각되었으므로 상군의 법에 따르면 후야는 죄가 없었다. 물론 딱한 가지 문제가 있었다. 후야가 무사인 경우에만 죄가 없었다. 와에서는 무사만 검을 휘둘러 법을 집행할 수 있었다. 그래서인지 곧 상군부의 병사들, 정확히 말하면 치안대 병사들이 나타났다. 가죽을 덧댄 갑옷을 입고 창과 몽둥이로 무장한 병사들의 수는 열댓 명을 헤아렸으나 정작 누구도 나서지 못했다. 그들은 그저 평범한 병사들이었기에 후야가 무서웠다. 다행히 잠깐의 대치 끝에 하급 간부가 도착했다.

"무사라면 신분을 밝혀라. 무사가 아니라면 상군부에서 함부로 검을 휘두른 죗값을 받아라."

하급 간부여도 상군부의 무사인지라 병사들과 달리 조금도 망설이지 않고 외쳤다. 물론 후야는 싱긋 웃으며 약간 조롱하는 태도를 보였다.

"어서 신분을 밝혀라!"

모욕당했다고 느껴서인지 치안대 무사는 흥분하여 소리쳤다. 그제야 후야는 너털웃음을 터뜨렸다.

"뭐야, 후지타의 졸개인가? 내가 무사가 아니면 제압할 자신은 있나?"

후야의 말은 정곡을 찔렀다. 솔직히 치안대의 무사도 후야를 제압할 자신이 없었다. 하지만 치안대를 이끄는 우두머리의 이름이 나온 이상 그냥 물러설 수 없었다.

"근본도 없는 칼잡이 주제에 감히 후지타님의 이름을 함부로 외치다니!"

무사의 말에 후야는 짧게 한숨을 내쉬었다. 야바위꾼, 소매치기, 칼잡이들, 치안대 무사까지 죄다 너무 상투적이고 전형적이었다. 오랜만에 상군부에 왔는데, 새로운 것이 하나도 없다니. 후야는 치안대 무사의 목을 자를 것인지, 검을 쥔 양손을 자를 것인지, 아니면 검만 부러뜨릴 것인지 고민했다. 사실 양손을 자르는 것이 가장 관대한 처분이었다. 검이 부러지는 것은 무사에게 너무 큰 불명예라 할복할 수밖에 없어 실제로는 목을 자르는 것이나 다름없었기 때문이다.

그러나 그런 상황은 오지 않았다. 후야의 고민이 끝나기 전에 요란한 말발굽소리와 함께 한 무리의 기병이 혼잡한 시장을 헤치고 나타났다. 구경꾼들은 기병들이 든 깃발을 확인하고 뒤로 물러났다. 치안대 병사들과 무사도 마찬가지였다. 후야 역시 칼집에 검을 다시 집어넣고는 팔짱을 낀 채 기병들을 맞이했다.

기병대 선두에 선 남자는 다른 기병들과 달리 갑옷을 입지 않아 누가 보아도 우두머리인 것이 드러났다. 말이 멈추자 그는 흙먼지가 가라앉기 전에 뛰어내렸다. 그러고는 후야에게 성큼성큼 다가갔다. 주변에 나뒹구는 시신과 끔찍하게 다친 부상자에도 전혀 움츠러들지 않았다. 후야와 비슷한 또래인 사내는 검게 그을린 피부에 탄탄한 체격이 도드라졌다. 후야가 미치광이 늑대라면 그는 끝까지 포기하지 않는 사냥개를 떠올리게 했다.

"오, 이게 뉘신가? 천하의 후지타님이 아니신가? 근본도 없는 칼잡이 나부랭이를 처리하고자 나리님께서 직접 나섰나보군!"

후야의 빈정거림에 후지타도 웃음을 터뜨렸다. 그러고는 부하들에게 주변을 정리하라는 듯 눈짓을 보내고 얼굴을 찡그리며 말했다.

"이쯤에서 그만하게. 아무리 자네라도 경거망동하면 어쩔 수 없어. 여기는 구산이나 모도가 아니야. 상군부네."

후지타의 말에 후야도 고개를 끄덕였다. 그제야 조근이 보이지 않음을 깨달았으나 개의치 않았다. 조근은 어리숙한 촌닭이 틀림없으나 자신의 몸은 지킬 수 있을 테니까.

흰옷을 입은 사람들

1

조근은 진절머리가 났다. 정말 지긋지긋했다. 인간의 뼈가 으스러지며 근육이 잘리는 소리, 코를 자극하는 피비린내, 날카로운 신음과 거칠게 몰아쉬다가 점차 잦아드는 숨소리 모두 지겹고 끔찍했다. 물론 곽곽 선생은 암행총관이었고 후야는 밀정이었다. 그들의 일에는 폭력이 따를 수밖에 없었다. 하지만 너무 지나쳤다. 군이 피를 보지 않아도 될 일에도 검을 휘둘렀다. 손가락을 부러뜨리면 충분한 상황에서는 팔을 뽑았고 팔을 비틀면 될 상황에서는 다리를 부러뜨렸다. 다리를 부러뜨려야 할 때는 서슴없이 목숨을 거두었다. 그들은 지옥에서 온 악귀처럼 폭력과 고통을 즐겼다. 흑도에서 평해, 죽전, 한벌을 지나 암도를 거쳐 바다 건너 모도와 구산에 이를 때까지 곽곽 선생과 후야는 살육을 일삼왔다. 주어진 임무는 훌륭하게 완수했지만 늘 죽음과 파괴가 따라다녔다. 조근은 그런 상황을 견디기 힘들었다.

시장의 소매치기만 해도 그렇다. 굳이 그렇게까지 할 필요가 있었을까? 소매치기 일당은 악당이 틀림없고 많은 무고한 사람을 괴롭혔을 것이다. 하지만 꼭 불구로 만들거나 죽일 필요는 없었다. 후야는 그렇게 하지 않고도 그들을 제압할 수 있었다. 더구나 그들을 잔인하게 처단하는 것이 임무에 꼭 필요한 일도 아니었다. 굳이 벌을 주겠다면 적당히 손목 정도만 분지를 수도 있었으나 후야는 목을 베고 양손을 잘랐으며 장님으로 만들었다. 물론 그래도 곽곽 선생과 비교하면 후야는 덜 냉혹했다. 후야는 조금이나마 인간처럼, 피부 아래에 따뜻한 피가 흐르는 존재처럼 느껴질 때가 있지만 곽곽 선생은 인간의 피를 먹고사는 차가운 악귀라 생각될 만큼 잔혹했다.

곽곽 선생과 후야가 일삼는 살육에 지친 조근은 후야가 소매치기 일당을 상대로 활극을 벌이는 동안 슬그머니 자리에서 빠져나왔다. 말이 전혀 통하지 않는 낯선 곳이었지만 잠시라도 살육에 미친 사람들과 떨어져 시간을 보내고 싶었다.

다만 막상 혼자가 되니 무엇을 해야 할지 갈피를 잡을 수 없었다. 은화는 충분했고 굳이 후야가 동행하지 않아도 조근은 위험에서 자신을 지킬 수 있었다. 따지고 보면 소매치기 일당을 도륙하여 쓸데없이 사건을 키운 쪽도 조근이 아니라 후야였다. 하지만 곽곽 선생의 수하가 된 후 무리에 소속되어 행동하다보니 순전히 홀로 시간을 보내는 것이 무척 어색했다.

"혹시 쥬에서 오셨습니까?"

조근은 갑자기 귀에 낯익은 억양의 언어가 들려 깜짝 놀랄 수밖에 없었다. 상군부 시장에는 온갖 사람이 섞여 있었기에 쥬 출신도 있었을 것이다. 그러나 조근의 귀에 들린 말은 흑도의 억양이었다. 흑도에서 자라지 않고서는 그런 억양을 사용하지 못했다. 상군부 시장에서 흑도 사람을 만나다니! 조근은 갑작스레 흥분했다.

"역시 제 예상이 맞군요. 그쪽도 흑도 출신이 틀림없군요."

조근에게 말을 건넨 사내는 대략 서른 살쯤으로 보였다. 젊고 키가 클 뿐 아니라 덩치도 상당했지만 미련스러울 정도로 뚱뚱하거나 거칠고 강한 느낌은 아니었다. 폭력을 업으로 삼는 사람은 확실히 아닌 듯했다. 얼굴도 그랬다. 낮은 주먹코와 동그란 눈, 두터운 입술은 선량하고 충직한 표정에 어울렸다. 날카롭게 찢어진 눈과 오똑한 코, 얇은 입술을 지닌 곽곽 선생과는 완전히 달랐다. 심지어 사내가 착용한 두건과 옷가지도 모두 흰색이었다. 두건부터 장갑까지 온통 검은색만 착용하는 곽곽 선생과는 정반대였다.

"놀란 눈빛을 보니 정말 흑도 사람이 맞군요. 괜찮습니다. 걱정하거나 경계할 이유가 없습니다."

사내는 진지한 표정으로 말했다. 사실 걱정할 필요가 없다느니, 경계할 이유가 없다느니와 같은 말을 내뱉으며 접근하는 녀석은 대부분 협잡꾼이었다. 하지만 사내는 그런 느낌이 아니었다. 협잡꾼이 흔히 하는 말을 하며 접근해도 상대에게 묘한 신뢰를 주었다.

"이런 소개가 늦었군요. 저는 전능자의 미천한 종인 강상수입니다. 형제님의 성함은 무엇입니까?"

전능자란 단어에 조근의 눈썹이 꿈틀거렸다. 전능자는 혈교와 내수교에서 섬기는 신이었다. 혈교와 내수교는 서로 이단이라며 헐뜯지만 실질적으로는 같은 신을 섬기고 교리도 거의 비슷했다. 그렇다면 아마도 사내는 혈교도일 것이다. 내수교도는 사내처럼 공개적으로 자신을 밝히는 경우가 드물었다.

내수교는 카락과 와, 심지어 쥬에도 존재했다. 어디서도 주류가 되지 못하고 조용히 음지에서 지내며 이상한 괴짜로 취급당해도 생존을 보장받았다. 반면 혈교는 매우 공격적이었다. 어떻게 하든 그들의 믿음을 전파하고자 안달이었다. 쥬에서 혈교는 금지되었다. 특히 백색당이 왕정복고를 이룬 후에는 혈교를 아주 엄격히 다스렸다. 카락도 비슷했다. 심하게 박해하지는 않았으나 공식적으로는 포교를 금지했다. 이에 비해 와는 혈교에 개방적이었다. 심지어 구산영주처럼 귀족이 개종하는 사례도 적지 않았다. 그러므로 상군부 시장에서 혈교 전도자를 마주해도 이상할 것이 없었다. 다만 흑도 출신인 사내가 어떻게 혈교의 전도자가 되었는지 궁금했다.

"이름을 꼭 밝혀야 합니까?"

조근은 사내의 눈을 들여다보며 말했다. 무례하게 느껴질 수 있는 공격적인 물음이었으나 사내의 눈은 여전히 선량했다.

"맞습니다. 전능자께서는 모든 것을 아시니 형제님이 굳이 이름을 밝힐 필요는 없습니다. 그럼 무명 형제라고 부르겠습니다."

무명 형제라. 사내는 읽고 쓰는 법을 아는 듯했다. 그렇지 않다면 무명이란 단어를 쓰지 않았을 것이다. 물론 조근처럼 문맹이라도 무명이란 단어를 아는 경우도 있었으나 일반적이지 않았다. 조근이 나리들이 사용하는 단어를 조금 아는 것은 절도부에 소속한 노예였기 때문이다.

"좋을 대로 하시오."

따지고 보면 사내를 계속 상대할 이유가 없었다. 평소라면 무시하고 지나쳤을 것이다. 상군부 시장 같은 낯선 장소에서 만났으니 더욱 그랬다. 낯선 곳에서 고향이 같다며 접근하는 작자는 대부분 사기꾼이나 협잡꾼이었다. 심지어 어리숙한 사람을 꼬드겨 노예로 넘기려는 경우도 있었다. 더욱이 조근은 혈교를 싫어했다. 내수교면 몰라도 혈교는 사악한 느낌이었다. 쥬에서는 혈교도가 눈동자 색이 다른 악귀에게 인간을 제물로 바친다는 소문이 많았다. 그러므로 무시하고 지나치는 것이 현명했다. 하지만 그럴 수 없었다. 묘하게도 사내의 말을 듣고 싶었다. 사내도 조근의 그런 마음을 눈치챈 듯했다.

"무명 형제님께서는 사절단을 수행하는 무사죠?"

사내는 조근의 정체를 정확하게 파악하고 있었다. 하지만 조근은 놀라지 않았다. 쥬는 여간해서는 외부와 교역하지 않았다. 그러므로 상군부 시장을 배회하는 쥬인은 상군을 알현하고자 들른 사절일 수밖에 없었다. 게다가 조근의 체격과 행색으로 보아 문관 혹은 역관에 해당할 가능성은 매우 낮았다. 눈치가 조금만 빨라도 어렵지 않게 추측할 수 있었다.

"그렇소. 당신은 누구요?"

사내에게 묘한 호감을 느꼈지만 조근은 애써 감정을 감추고 물었다. 사내는 특유의 선량한 웃음과 함께 대답했다.

"저는 전능자의 미천한 종일 뿐입니다."

전능자의 종이라. 조근은 사내가 스스로 종이라 소개하는 것을 이해할 수 없었다. 사내는 종, 그러니까 노예가 무엇인지, 그 단어에 어떤 의미가 담겨 있는지 제대로 알고 말하는 것일까? 노예는 주인의 소유물일 뿐이다. 단순히 주인의 기분이 나쁘다는 이유만으로 모진 고통을 당한다. 심지어 주인의 사소한 호기심에 남편과 아내가 헤어지고 부모와 자식이 떨어져 다시는 만날 수 없는 처치에 놓이기도 한다.

"종이라니 당신은 그게 무슨 뜻인지 알고 지껄이는 게요?"

조근이 굳은 표정으로 반문했으나 사내는 여전히 선량한 웃음을 거두지 않았다. 그러면서 자신의 양쪽 팔목을 걷었다. 길고 풍성한 소매 아래 드러난 팔목에는 커다란 문신이 있었다. 글을 깨우치지 못한 조근도 사내의 팔목에 새겨진 글자의 의미는 똑똑히 알았다. 태어날 때부터 노예일 뿐 아니라 어떤 경우에도 노예의 신분에서 벗어날 수 없다는 문신이었다. 조근은 절도부에 딸린 노예로 태어났어도 상황에 따라 노예의 신분을 면할 수 있는 반면, 사내는 어떤 경우에도 노예에서 벗어날 수 없는 최하층에 해당했다. 왕의 목숨을 구하는 공을 세워도 사내는 노예의 신분을 면할 수 없는 부류에 속했다. 그런 부류에만 사내와 같은 문신을 새겼다. 그래서 조근은 한동안 멍하게 있을 수밖에 없었다.

"무명 형제님, 미안해할 필요는 없습니다. 전능자의 종이란 소개에 거부감을 지니는 분이 많으니까요. 노예였던 적이 있으면 더욱 그렇지요."

조근은 뜨금했다. 사절단을 호위하는 무사란 신분을 알아차리는 것은 대수롭지 않았으나 사내가 자신의 출신까지 간파하자 약간 섬뜩했다. 노예 출신이 사절단을 호위하는 무사가 된 것이 이상하지 않은가? 특히 쥬처럼 신분제가 엄격한 곳에서는 상상하기 힘든 일이었다.

"걱정하지 마세요. 무명 형제님의 과거를 시시콜콜 알고 싶지는 않습니다. 그것은 전능자의 뜻이 아니니까요. 전능자께서는 과거가 아니라 미래를 위해 오늘 우리가 만나도록 섭리하셨습니다."

조근은 점점 사내의 말에 빨려들었다.

2

시장에서 벗어나면 바로 항구였다. 다양한 사람과 온갖 물품이 넘쳐나는 시장처럼 상군부 항구도 북적였다. 부두에는 배가 빽빽이 들어서 있었고 화물을 싣고 내리는 일꾼들이 쉴새없이 움직였다. 항구 한쪽에는 그런 일꾼들이 먹고 마시는 싸구려 선술집이 모여 있었다. 후지타가 몇몇 호위병만 거느리고 후야와 함께 찾은 장소도 그런 선술집이었다. 후야는 심드렁한 표정을 숨기지 않았다.

"치안대장이니, 상군을 직접 모시는 무사니 해도 별것 없군."

후야는 자투리 목재로 만든 허름한 탁자를 두고 후지타와 마주 앉은 채 못마땅한 듯 말했다.

"그 대단한 치안대장이 고작 항구의 선술집이라니, 역시 근본은 어쩔 수 없군."

다른 손님들을 모두 내보낸 터라 선술집에는 후야와 후지타, 호위병 서넛이 전부였다. 후야의 빈정거림에 호위병들의 얼굴이 어두워졌으나 정작 후지타는 껄껄 웃으며 대답했다.

"노예 상인의 아들이 출세한들 그 천한 피가 달라지겠나?"

후지타는 탁자에 놓인 술병을 집어 후야의 잔에 따른 뒤 자신의 잔에도 가득 술을 따랐다.

"그래도 노예 상인의 벼락출세한 아들과 무사를 흉내내는 밀정이 오랜만에 회포를 풀기에는 여기가 적당하지 않나?"

후지타의 말에도 후야는 여전히 시큰둥했다. 후지타가 따른 술을 단숨에 들이켜더니 잔뜩 얼굴을 찌푸렸다.

"싸구려답게 시큼털털하군. 치안대장이 되었다기에 상군부의 화려한 기방을 구경하나 싶었더니 부둣가 선술집이라니!"

아이처럼 짜증을 내며 보채는 후야의 모습에 후지타는 다시 너털웃음을 터뜨렸다.

"무사도 아닌 밀정놈이 사사로이 검을 뽑아 사람을 해쳤으니 감옥이 아니라 선술집인 것을 다행으로 알게."

그러나 후야는 눈 하나 깜박이지 않았다.

"밀정이라니 말을 조심하게. 치안대장이라고 해봤자 가신에 불과한데, 감히 서쪽의 지배자를 모욕하겠다는 건가?"

후야의 말에 후지타는 의아한 표정을 지었다. 뜬금없이 서쪽의 지배자라니?

"모리한과 이 후야님이 동문이란 것을 잊었나? 이 후야님은 모리한의 사형일세. 내가 근본도 없는 칼잡이면 서쪽의 지배자도 그런 셈이지."

후지타는 피식 웃었으나 곰곰이 따지면 틀린 말은 아니었다.

원래 티오는 떠돌이 칼잡이, 기껏해야 낭인에 불과했으나 모리준이 모리한의 검술 선생으로 초빙했고 모리한이 모도영주에 오르면서 상황이 복잡해졌다. 서쪽의 지배자가 떠돌이 칼잡이의 제자일 수는 없었다. 따라서 티오를 무사로 인정할 수밖에 없었다. 그렇다면 모리한과 함께 티오에게 검술을 배운 후야도 무사가 되어야 했다. 어쨌거나 명목상으로는 모리한이 후야의 사제니까.

"그렇다면 왜 무사의 신분을 밝히지 않았나?"

후지타의 물음에 이번에는 후야가 껄껄거렸다.

"치안대랍시고 경거망동하기에 얼마나 실력이 있는지 보고 싶었네."

후야의 대답에 후지타는 얼굴을 찡그렸다. 이 미치광이는 조금도 달라지지 않았군. 무사라고 신분을 밝히면 쉽게 해결될 일을 치안대와 싸우려 하다니. 만교의 승려가 칼부림을 벌인다는 보고에 후지타가 재빨리 대응하지 않았다면 큰일이 벌어졌을 것이다. 물론 후야가 아니라 치안대의 애꿎은 병사들이 쓰러졌겠지만.

"그리고 고명하신 치안대장님을 만날 가장 빠른 방법이 아닌가? 그냥 찾아갔다면 밀정놈에 불과한 옛 친구를 치안대장께서 만나주겠나?"

후지타도 천천히 술잔을 들어 한 모금 마셨다. 그러고는 후야를 바라보았다. 마지막으로 마주한 후로 10년 가까운 시간이 흘렀지만 후야는 거의 변하지 않은 듯했다. 칼솜씨는 말할 것도 없고 미치광이 같은 성격도 그대로였다. 후지타가 노예 상인의 아들이라 손가락질받는 낭인에서 치안대장이 되는 동안에도 후야는 여전히 미치광이인지, 능구렁이인지 가늠하기 힘든 밀정이었다.

"일개 밀정 따위가 치안대장을 만날 이유가 있나?"

후지타가 진지하게 물었다. 그러자 후야는 다시 빙긋 웃었다. 그러고는 주변을 확인한 후 천천히 말했다.

"치안대장에게는 볼일이 없네. 대신 상군께 전할 말이 있지."

그 말에 후지타의 표정이 바뀌었다. 상군이라니, 후야 녀석이 돌아버린 것일까. 상군은 밀정 따위가 알현할 수 있는 사람이 아니었다.

"놀라기는. 역시 충성스러운 사냥개답군. 상군께 말을 전하려는 사람은 내가 아닐세. 내가 섬기는 분이네."

후야가 섬기는 사람이라. 후지타는 그게 누구냐는 표정으로 후야를 바라보았다.

"바로 쥬의 왕세자네. 쥬의 왕세자가 상군께 은밀히 전할 말이 있네. 밀서를 받았고 내가 직접 전해야 하네."

쥬의 왕세자라. 후야는 쥬에서 온 도망자고 유능한 밀정이었다. 쥬도 백색당이니 흑색당이니 과두정이니 왕정복고니 하며 복잡하고 시끄러운 곳이라 후야 같은 밀정이 활약할 곳이 많을 터였다.

"그럼 나는 밀서를 전하기 위한 통로인 셈이군. 그렇다면 시장에서 시시껄렁한 좀도둑놈들의 목을 베고 손을 자르며 난장판을 벌인 것은 나를 만나려는 수작이었나?"

후야는 다시 웃음을 터뜨리며 고개를 끄덕였다.

"옛 친구가 어찌나 출세했는지 만날 수가 있어야지. 예전에는 노예 상인의 아들에 불과하여 국적도 없는 밀정놈이 어울릴 수 있었지만 이제는 상군부의 치안대장이 아닌가."

칭찬인지 조롱인지 모를 말에 후지타는 피식 웃었다. 그러더니 사뭇 진지한 표정으로 말했다.

"그런데 세상에 공짜는 없네. 통로에는 통행세가 있지. 특히 상군님께 가는 통로라면 통행세가 가벼울 수는 없다네. 밀정이니 그쯤은 알겠지?"

통행세라. 후야는 담담했다. 후지타의 말처럼 공짜는 없었다. 상군과의 알현을 주선하는 데는 당연히 대가가 따를 수밖에.

"대가가 무엇인가? 천하의 후지타가 재물이나 여자를 탐할 리는 없으니 더 복잡한 문제겠군."

후야의 말에 후지타는 다시 빙긋 웃었다. 역시 눈치가 빠르네라는 듯한 표정이었다.

"맞아. 다만 천하의 후야가 해결하지 못할 일은 아니야."

그러면서 천천히 말을 이었다.

"혹시 흰옷을 입은 사람들에 대해 들어봤나?"

제8장

믿음의 형제

1

상군부는 남쪽으로는 거대한 바다에 면했고 북쪽에는 험준한 하기산이 위치해 있었다. 하기산 아래에는 상군의 궁전을 비롯하여 통치와 관련된 다양한 건물과 함께 귀족 거주지가 있었고 남쪽에는 항구를 중심으로 시장과 상인의 거주지가 발달했다. 동쪽에는 일반 백성의 거주지가 있었으며 신분이 낮고 가난한 사람은 대부분 서쪽에 살았다. 상군부 지역이 이렇게 나뉘는 것은 당연한 이치였다. 하기산을 면한 북쪽은 방어에 유리할 뿐 아니라 덥고 무더운 여름에도 쾌적하여 상군을 비롯한 귀족이 살았다. 항구와 시장이 있는 남쪽은 상인의 거주지일 수밖에 없었다. 상군부 서쪽은 원래 늪지대였다. 상군부가 번성하며 늪지대를 메웠지만 주거 환경이 좋을 리 없었다. 홍수가 잦고 여름에는 모기와 같은 해충이 극성일 뿐 아니라 전염병에도 취약했다. 그리하여 가난하고 신분이 낮은 사람이 거주하는 빈민가가 형성될 수밖에 없었다.

황혼녘이 되어 어둠이 깔리면 서쪽 빈민가에도 나름 활기가 넘쳤다. 하루 벌어 하루 먹고사는 사람들, 내일에 대한 희망도 확신도 없는 사람들, 상군부에서 가장 지저분하고 힘든 일과 온갖 경멸과 냉대를 참아야 하는 일에 종사하는 사람들이 모여 싸구려 술집과 악명 높은 사창가에서 지친 삶을 잊었다. 낮에는 눈에 띄지 않던 늙은 창녀들이 나와 더이상 아름답지 않은 몸으로 애써 사내들을 유혹했고 늘어선 가판에서는 웬만한 사람은 거저 주어도 먹지 않을 시어빠진 탁주를 팔았다. 광대패 놀음이 이어지고 야바위꾼이 결코 이길 수 없는 도박으로 사람들을 현혹했다. 술에 취한 사람들이 서로 언성을 높이고 작은 일에도 주먹다짐이 벌어졌다.

하지만 그날은 달랐다. 창녀는 밖에 나서지 못했고 가판에 시어빠진 탁주를 내놓는 사람도 없었다. 야바위꾼 역시 미처 판을 벌이지 못했다. 광대패의 흥겨운 소리도 들리지 않았다. 다만 광대는 있었다. 그러나 여느 광대와는 완전히 달랐다. 웃긴 소리를 내뱉지도 않았고 우스꽝스러운 표정으로 재주를 넘거나 외줄을 타지도 않았다. 오히려 단호하고 날카로운 표정으로 사람들을 바라보며 꾸짖었다. 여느 광대가 그랬다면 당장 돌팔매질을 당하고 쫓겨났겠지만 그는 달랐다. 그가 매섭게 몰아세울수록 모여드는 사람이 많아졌다. 군중은 그의 말 한마디, 손짓 하나에 집중했다. 그의 눈길이 쏠리는 곳에 사람들의 눈길도 따라갔다. 시선뿐 아니라 생각과 감정 역시 그를 좇았다.

"가난하고 어리석은 자들이여, 삶에 지치고 허기진 자들이여, 헛된 욕망과 쾌락을 좇고 한순간 사라질 꿈을 꾸는 자들이여, 전능자의 복음에 귀를 기울이시오. 태양이 떠도 낮을 알지 못하고 해가 져도 어둠을 인지하지 못하는 자들이여, 더 늦기 전에 전능자의 말을 들으시오. 어리석고 헛된 관습과 생각에서 깨어나 바르게 바라보시오."

광대는 중간 키에 깡마른 사내였다. 하지만 날카로운 눈빛은 태양처럼 이글거렸고 팔다리에는 열정이 넘쳤다. 뾰족한 턱과 앙다문 입술은 격류 같은 말을 토해낼 때는 흐르는 폭포 같았고 다물고 있으면 결코 열리지 않는 성문 같았다. 무엇보다 그가 내뿜는 기운은 모두를 압도했다. 누구 하나 그를 거부할 수도, 반대할 수도 없었다. 내일도 없고 희망도 없는 사람들, 체념과 탄식 속에서만 살아가기에 누구에게도 귀를 기울이지 않는 사람들, 고단하고 피폐한 사람들조차 이 이상한 광대에게는 복종할 수밖에 없었다.

"전능자는 우리를 똑같이 만드셨습니다. 상군이든, 영주든 관계없습니다. 부유한 상인도 여러분과 전혀 다르지 않습니다. 전능자의 법과 진리 앞에 우리는 모두 평등합니다. 그 앞에서 우리는 모두 형제이며, 누구도 누구의 어깨 위에 설 수 없고, 누구도 다른 이의 발아래 설 필요가 없습니다."

그는 목청을 높이지 않았다. 팔을 휘두르지도 않았고 주먹도 쥐지 않았다. 침착하고 낭랑한 목소리로 차근차근 말했다. 그러나 새된 소리를 내지르는 어떤 사람보다 날카롭고 강력하게 사람들 마음을 파고들었다.

"어렵고 힘든 삶에 절망하지 마십시오. 자신을 파멸의 길로 인도하지 마십시오. 체념하고 탄식 섞인 숨을 내뱉지 마십시오. 전능자는 그 모두 바라지 않으십니다. 전능자에겐 한 명 한 명이 소중합니다. 여러분을 사랑하는 전능자께서 왜곡된 질서를 바로잡길 바라십니다. 어떤 형제든 헐벗고 굶주려선 안 됩니다. 가장 작고 연약한 형제도 똑같이 존중받고 상군이나 가난한 과부나 똑같이 대접받아야 합니다. 이건 권유가 아닙니다. 명령입니다. 우리 모두 그의 피조물이며 이 세상 무엇 하나 그의 손길을 거치지 않은 게 없습니다. 그는 언제라도 우리의 모든 것을 요구할 수 있는 주인이십니다. 돌이켜보십시오. 전능자께서 오늘 죽음으로 부르시면 상군도 거역할 수 없습니다. 그 누구도 인간의 힘으로 단 한순간도 생명을 연장할 수 없습니다. 이제 전능자의 말씀에 귀를 기울이십시오. 전능자는 이제 주인으로 어리석고 탐욕 가득한 종들에게 명령하십니다. 질서를 바로 세우고 모든 사람이 평등한 세상을 원하십니다."

광대는 말을 마친 뒤 모여든 사람들을 바라보았다. 금과 은을 정련하는 불꽃, 거친 강철마저도 녹여낼 것 같은 눈으로 바라보았다. 그는 거대한 무리를 쳐다보았지만 사람들 한 명, 한 명은 자신을 바라본다고 생각했다. 그의 눈은 단 한 사람도 놓아주지 않으며 촉구했다. 그러다 일어서서 천천히 걸음을 옮겼다. 경호원으로 보이는 거구의 사내 둘이 그를 따랐고 흰옷을 입은 한 무리가 쫓았다. 광대와 그 일행이 사라지자 사람들 역시 흩어졌다.

2

상군부와 구산 같은 도시의 특징은 쥬에서는 누리기 힘든 장점이었다. 쥬의 한벌과 평해 같은 곳에서는 낯선 인물이 너무 쉽게 도드라졌다. 물론 암행총관 입장에서는 꼭 나쁜 일이 아니었다. 암행총관의 정체를 숨기고 은밀히 수사와 공작을 진행하는 데는 불리했지만 음모와 반역을 꾸미는 무리 역시 쉽게 눈에 띄었기 때문이다. 쥬의 사회가 그런 특징을 지닌 것은 백색당이 상업과 공업을 억제하고 농업에만 주력하고 열교의 엄격한 신분제에 어긋나는 모든 사상과 종교를 핍박했기 때문이다.

그렇다면 백색당은 왜 그럴까? 이유는 간단했다. 반역이 가능하지 않은 국가, 어떤 경우에도 흔들리지 않고 변화하지 않는 사회를 이룩하는 것이 그들의 궁극적인 목적이었기 때문이다. 왕정복고 이후 쥬의 통치체제는 그런 측면에서는 정말 성공적이었다.

도적이 들끓고 해적이 무고한 자를 납치하여 바다 건너 노예로 팔아도, 군대의 기강이 무너지고 무기가 녹슬어도, 관리는 부패하고 성곽이 무너지며 국고가 비어도, 굶주린 백성이 차라리 노예가 되기를 원해도 아무것도 변할 수 없는 사회다보니 백색당과 왕족은 변함없이 안락한 삶을 누릴 수 있었다.

생각하면 역겨운 일이었다. 백색당은 거창한 가치와 고결한 도덕을 내세우나 죄다 가식과 위선이었다. 가치와 도덕은 그럴듯한 명분일 뿐이었다. 백색당에게는 자신들의 권력을 유지하는 것, 영원히 변하지 않는 사회를 만들어 자신들의 안락한 삶을 대대손손 이어가는 것만 중요했다. 물론 곽곽 선생은 암행총관이니 그런 백색당의 세상을 지키는 사냥개에 불과했다. 최관호 같은 백색당원을 잔인하게 처단할 때 말로 표현하기 힘든 행복을 느낄 만큼 백색당을 경멸하고 증오했지만 따지고 보면 그런 행위 역시 궁극적으로는 백색당의 세상을 공고하게 만들 뿐이었다. 곽곽 선생이 최관호 같은 인물을 처단할수록 왕권은 강해지고 백색당의 권력은 탄탄해졌다. 얼마나 이율배반적인가!

우울한 생각에 걸음이 빨라졌는지 곽곽 선생 앞에 하늘을 향해 뻗은 첨탑을 뽐내는 건물이 드러났다. 혈교의 성당이었다. 상군부 남쪽, 항구와 시장 사이에 위치한 성당은 거대할 뿐 아니라 화려했다. 와의 모든 혈교도를 이끄는 인물, 혈교 법왕이 직접 임명한 주교가 머무르는 곳이었다. 정체를 숨기고자 평소와 달리 카락 상인처럼 차려입은 곽곽 선생은 못마땅한 표정으로 건물을 훑어보았다. 혈교에 대한 묘한 반감에는 내수교도로 태어나 자란 배경이 한몫할 터였다. 게다가 암행총관 입장에서도 혈교는 위험한 존재였다. 혈교는 무엇이든 먹어치우는 탐욕스러운 불개미떼같아 조금만 방심해도 쥬를 뿌리부터 흔들 수 있었다. 따라서 혈교도를 제거하는 일은 암행총관의 주요 임무였다. 물론 그것은 어디까지나 쥬에서의 일이었고 와에 있는 혈교까지 공격할 이유는 없었다. 사실 와에서는 혈교의 위세가 강력하여 곽곽 선생의 계략 따위로는 조금도 흔들기 어려웠다.

"주교님을 뵈러 왔습니다."

문지기를 찾은 곽곽 선생은 공손하게 말했다. 평소라면 "주교를 보러 왔다", "주교에게 안내하라"라고 말했겠지만 이번에는 달랐다. 지나치게 공손하여 비굴할 정도였다. 물론 곽곽 선생은 상군부의 주교를 존경하지 않았다. 아예 조금도 존중하지 않았다. 위선과 가식으로 가득한 머저리란 측면에서는 백색당원과 조금도 다르지 않다고 생각했다. 다만 이번에는 암행총관이란 정체를 주변에 숨기고 주교와 협상할 일이 있었다.

"누구라고 전할까요?"

문지기의 말에 곽곽 선생은 싱긋 웃으며 대답했다.

"믿음의 형제가 바다 건너에서 왔다고 전하시오."

3

포르안은 주전자를 작은 잔에 기울였다. 잔과 주전자 모두 창백한 회색으로 화려함이 도드라지지 않았으나 매우 비싼 물건임이 틀림없었다. 은은하게 퍼지는 향긋한 냄새로 미루어 주전자에 든 차도 고급품이 분명했다. 차와 다기뿐 아니라 방 전체가 그랬다. 천박하게 화려함을 드러내는 대신 우아한 기품을 슬그머니 과시하는 분위기였다. 물론 처음부터 포르안이 그렇지는 않았다. 몰락한 귀족의 셋째 아들로 태어나 어쩔 수 없이 성직자가 된 터라 젊은 시절에는 경박한 야망과 천박한 욕심에 휘둘렸다. 물려받을 재산도, 그럴듯한 작위도 없어 그럴 수밖에 없었다. 색목인의 나라를 떠나 멀리 대륙의 동쪽으로 온 것도 그만큼 절박했기 때문이다. 심지어 동쪽의 가장 끄트머리인 와까지 온 것은 성공하겠다는 욕망이 경박한 만큼 강렬하고 천박한 만큼 집요했기 때문이다. 그 덕분에 포르안은 주교가 되었다. 그뿐 아니라 혈교도 와에서의 포교에 성공했다. 포르안이 와의 귀족들과 교류하며 품위 있고 고상한 안목을 뽐내기 시작한 것도 그때부터였다.

그러나 고결한 흉내내기를 한가하게 즐기는 것만으로는 주교의 자리를 유지할 수 없었다. 와에서 혈교의 영향력을 유지하는 것도 마찬가지였다. 골치 아프고 복잡하며 추악한 일을 끊임없이 해야 했다. 곽곽 선생이란 인간을 만나는 것도 그런 일에 해당했다. 암행총관이니 반역을 제외하고 그 어떤 범죄에 대해서도 면책이라고 하며 대단한 척 굴지만 실제로는 쥬의 국왕이 부리는 잔인한 사냥개일 뿐이었다. 더욱이 내수교도가 아닌가. 내수교는 믿음의 형제가 아니라 전능자의 이름을 망령되게 하는 사특한 이단이었다. 열교 혹은 만교를 믿는 부류가 차라리 나았다. 그럼에도 불구하고 주교는 그런 인간을 기꺼이 만나야 했다. 그저 만나는 것이 아니라 밀실로 불러 고급스러운 다기에 비싼 차를 대접해야 했다. 그래서 포르안은 탁자 맞은편에 앉은 곽곽 선생에게 미소를 지으며 그의 잔에도 차를 따랐다.

"안목이 훌륭하군요. 차가 우리의 명물이라도 색목인에게는 낯설 텐데 말입니다."

곽곽 선생이 웃으며 말했다. 그러자 날카롭게 찢어진 눈매가 더욱 가늘어져 눈동자가 거의 보이지 않았다. 거기에 얇은 입술과 오뚝한 콧날이 더해지니 포르안은 매우 불편했다. 더구나 말도 애매했다. 포르안의 안목을 칭찬하는 것인지, 은근히 조롱하는 것인지 판단하기 어려웠다.

"총관께서는 차를 잘 아나봅니다."

포르안은 애써 불쾌한 감정을 감추고 대답했다. 그러자 곽곽 선생이 껄껄거리며 웃었다.

"아닙니다. 차는 잘 모릅니다. 차보다는 포도주를 좋아합니다. 전능자께서 우리를 위해 흘리신 피가 떠오르니까요."

전능자의 피라니! 포르안은 화가 치밀었다. 이번에는 불쾌한 감정을 숨기지 못했다. 내수교도 따위가 전능자의 피를 언급하다니! 신성모독이 틀림없었다. 당장 놈을 끌어내 교수대에 매달아도 시원치 않았다. 하지만 쥬의 암행총관을 그렇게 처리할 수는 없었다. 더구나 아예 가능하지도 않았다. 부하들의 보고가 맞다면 곽곽 선생은 와에서도 찾기 힘든 검객이었다. 그것도 정정당당하게 대결하는 무사가 아니라 수단과 방법을 가리지 않는 밀정이었다. 포르안이 병사들을 부르기도 전에 목을 그어버릴 터였다.

"손님 대접이 부족해서 죄송합니다. 예배가 아니면 술을 마시지 않다보니 미처 헤아리지 못했군요."

포르안의 말에 곽곽 선생은 가볍게 웃었다.

"괜찮습니다. 오늘의 대화에는 술보다 차가 어울릴 테니까요."

곽곽 선생은 찻잔을 내려놓고 말을 이었다.

"주교께서는 오토모준을 아십니까? 물론 모르실 리가 없으리라 생각합니다. 와에서 오토모준보다 유명한 혈교 개종자는 없을 테니까요."

오토모준이라. 포르안은 애써 감정을 드러내지 않았으나 입술을 깨물고 싶은 심정이었다. 사실 언젠가는 이런 상황을 마주하리라 예상했다.

"오토모 형제는 신실한 신자이면서 구산을 훌륭하게 다스리는 영주가 아닙니까? 와의 영주에게 쥬의 암행총관께서 볼일이 있습니까?"

포르안은 시치미를 떼며 말했으나 곽곽 선생은 재미있다는 듯 입꼬리를 일그러뜨리며 웃었다.

"주교님께 신실한 신자인지는 모르겠습니다만 오토모준은 노예 상인의 우두머리입니다. 물론 카락과 와에서 무고한 사람을 잡아 노예로 파는 것은 이 암행총관이 상관할 바가 아닙니다. 색목인을 잡아서 노예로 팔아도 그건 주교님과 상군의 골칫거리겠죠."

곽곽 선생의 눈이 반짝이면서 입꼬리가 올라갔다. 사냥감의 약점을 간파한 포식자 같은 분위기였다.

"그러나 오토모준은 쥬의 백성을 납치하여 노예로 팔고 있습니다. 오토모준은 노예 상인의 우두머리일 뿐 아니라 해적의 두목이기도 합니다. 한층 우려스러운 것은 전능자의 사도회가 오토모준과 협력관계에 있다는 점입니다. 어찌 보면 와의 혈교 전체가 오토모준의 해적질과 노예 사업을 후원하는 셈이죠."

포르안은 낭패란 생각이 머리를 스쳤으나 애써 담담한 척했다.

"총관의 말씀대로라면 매우 심각한 일이 틀림없군요. 하지만 증거가 있습니까? 쥬에서는 암행총관일지 몰라도 여기는 상군이 다스리는 나라이며 오토모준은 상군의 충직한 영주입니다."

곽곽 선생이 손뼉을 치며 깔깔거렸다. 포르안은 그런 행동이 매우 거슬렸으나 얼굴을 찌푸리는 것 외에는 딱히 할 수 있는 일이 없었다.

"당연히 있습니다. 그뿐 아니라 전능자의 사도회가 모리선과 작당하여 서쪽의 지배자인 모리한의 암살을 모의했다는 증거도 있습니다. 아, 모의가 아니군요. 실행에 나섰습니다만 실패했죠. 더구나 모리한을 습격할 때, 하필이면 국왕 전하의 대리인이자 왕실 종친인 은산군이 현장에 있었습니다. 그러니 주교께서는 해명해야 할 일이 한두 가지가 아닙니다."

포르안은 궁지에 몰렸고 곽곽 선생은 잔인한 미소를 띤 표정으로 서서히 숨통을 죄었다.

"첫번째로 서쪽의 지배자를 암살하고자 했으니 상군에 대한 반역입니다. 두번째로 현장에 있던 은산군도 공격했으니 쥬에 대한 적대 행위입니다. 이에 대해서는 암행총관인 제게 해명하셔야 합니다. 마지막으로 모리한은 내수교도입니다. 믿음의 형제인 혈교가 반역자와 작당하여 내수교도인 영주를 암살하려 했으니 이것도 그냥 넘어갈 수는 없는 문제입니다."

포르안은 숨을 죽인 채 곽곽 선생을 바라보았다. 그가 제기한 내용은 모두 정말 심각한 문제였다. 하지만 은밀히 자신을 찾은 데는 다른 속셈이 있을 가능성이 컸다. 타협하고 협상할 내용이 없다면 자신을 찾아오지 않았을 것이다.

"물론 어디에나 해결책은 있습니다. 모리선과 기사단장은 괜찮습니다만 주교님은 아니니까요."

포르안은 고개를 끄덕이며 곽곽 선생을 바라보았다. 곽곽 선생에게 무엇을 제시할 것인지 표정으로 묻는 듯했다.

"오토모준을 파문하십시오. 오토모준은 파문하고 카락과 와의 혈교도에게 쥬의 해안을 침범하지 말라고 명령하십시오. 그렇다면 제가 가진 증거를 파기하겠습니다."

오토모준을 파문하는 것은 간단하지 않았다. 그러나 나쁜 제안은 아니었다. 하지만 주고받는 것이 협상의 원칙이었다. 포르안에게도 골칫거리가 있었다. 곽곽 선생과의 협상을 통해 그 골칫거리를 해결할 수 있다는 희망이 떠올랐다.

"좋습니다. 하지만 나도 부탁이 있습니다. 아마 총관의 능력이면 어렵지 않게 해결할 수 있을 겁니다."

곽곽 선생은 흥미롭다는 표정을 지었고 포르안은 천천히 말을 이었다.

"혹시 흰옷을 입은 광대를 아십니까?"

제9장

전능자의 소리를 들어라

1

흰옷을 입은 광대의 정체를 정확히 아는 사람은 없었다. 광대 자신도 정확히 알지 못했다. 그는 여느 광대처럼 광대패에서 광대로 태어났다. 그래서 어머니만 존재했다. 어머니를 중심으로 꾸려나가며 아버지가 누구인지는 굳이 따지지 않는 것이 광대패의 전통이었다. 다만 그는 훌륭한 광대가 아니었다. 바보 행세를 하며 사람들을 웃기기에는 너무 진지했고 시장에서 재주를 넘어 은화를 받기에는 몸이 굼떴다. 무엇보다 호기심이 지나쳤다. 해와 달이 어떻게 떠오르고 계절에 따라 별자리가 변하는 이치 같은 것도 궁금했지만 훨씬 위험한 의문을 품었다. 누구는 상군으로, 누구는 영주로, 누구는 무사로 태어난 반면 자신은 광대로 태어난 이유가 궁금했다. 그것을 누가 정하는지, 태어나 한번 정해지면 아무도 바꿀 수 없는지 너무 궁금했다. 그러다보니 광대패의 동료들은 그를 싫어했고 점차 멀리했다. 스스로 떠나지 않았다면 쫓겨났을 것이다.

물론 광대패를 떠나는 것은 자살행위였다. 당장 살아갈 방법이 막막했기 때문이다. 거지가 되어 구걸로 삶을 연명하거나 소매치기 혹은 해적이 될 수밖에 없었는데, 모두 만만하지 않았다. 거지 무리는 광대패만큼 엄격한 집단이라 웬만해서는 외부인을 받아들이지 않았다. 소매치기와 해적은 기술이 필요했다. 안타깝게도 광대는 아무것도 지니지 못했다.

다행히 그때 혈교 전도자를 만났다. 광대에게 혈교를 전하고 가르친 전도자는 포르안이나 기사단장과는 달리 그리 유명하지 않았고 성공하지도 못했다. 그 전도자는 혈교의 가르침을 지나치게 순진하게 이해했다. "전능자 앞에서는 모두가 평등하다", "부자가 탐욕을 버리지 못하면 천국에 갈 수 없다", "전능자는 부유한 권력자가 아니라 가난하고 힘없는 사람을 사랑하신다" 같은 가르침을 문자 그대로 믿고 따랐다. 대륙의 끄트머리에 위치한 와까지 밀려난 것도 그렇게 순진하고 위험한 생각을 품었기 때문이며 와에서조차 탁발 전도자밖에 될 수 없었던 것도 같은 이유에서였다. 하지만 광대에게는 훌륭한 스승이었다. 광대는 그를 통해 가슴에 품었던 의문 대부분을 해소했다. 그리고 시간이 흐르자 스승보다 훨씬 유능한 전도자가 되었다. 광대패에서 그의 성공을 방해하던 약점이 이제는 장점이 되었다. 바보 행세로 사람을 웃기거나 재주를 넘어 지갑을 여는 일에는 서툴렀으나 사람들을 꾸짖고 공허한 마음에 새로운 희망을 불어넣으며 세상을 변화시킬 의지를 품게 하는 데는 매우 뛰어났다. 그를 가르친 전도자가 혈교에서 파문당하고 이단으로 몰려 처형되자 잠깐 몸을 숨겼으나 스승의 가르침을 포기할 생각은 전혀 없었다. 2, 3년의 시간이 흐르고 위험한 탁발 전도자가 잊힐 무렵 광대는 상군부 빈민가에서 활동을 시작했다. 스승은 색목인이라 한계가 있었으나 그는 와에서 태어나 자랐다. 또 광대패 출신이라 빈민의 삶을 직접 경험하여 그들의 공감을 쉽게 이끌어냈다.

가스파르를 만난 것도 큰 행운이었다. 아버지가 카락인인 가스파르는 와에서 살아가는 여느 혼혈인처럼 해적 겸 상인으로 일했다. 그러다가 혈교로 개종한 후 새로운 삶을 시작했는데, 광대와 달리 군중의 마음을 흔드는 재능은 없었다. 하지만 훨씬 침착하고 신중했으며 현실적이었다. 그는 광대가 지닌 장점과 단점을 즉시 파악했다. 그뿐 아니라 광대가 외치는 가르침의 약점도 깨달았다. 혈교 경전을 문자 그대로 받아들여 권력있는 자와 부자를 비판하고 가난하고 불우한 자의 편에 서서 모두가 평등한 세상을 외치는 행위는 노예와 빈민 사이에서는 폭발적인 인기를 누릴 수 있지만 지배층의 반감을 사서 핍박당할 위험이 컸다. 그런 약점을 파악한 가스파르는 광대가 핍박을 교묘하게 피할 수 있도록 도왔다.

혈교를 이용하는 것이 가스파르의 전략이었다. 국왕을 중심으로 권력을 장악한 백색당이 지방 구석구석까지 관리를 파견하여 다스리는 쥬와 달리 와는 상군이 영주들의 우두머리로 가장 강력한 힘을 누렸지만 영주들도 그들의 영지에서는 폭넓은 자치권을 행사했다. 어떤 측면에서는 지역마다 작은 왕이 있었고 상군은 그런 왕들의 선임자에 불과했다. 혈교는 와의 독특한 통치 구조를 파고들어 세력을 넓혔다. 그러면서 구산영주처럼 상군도 무시하지 못하는 힘을 지닌 영주가 등장했고 모도영주처럼 강력했던 영주가 몰락하는 사례도 발생했다. 그래서 상군과 혈교는 서로 엄청나게 경계하면서도 적대하는 것을 피하고 협력하는 묘한 관계였다. 그러므로 광대가 혈교의 가르침을 명분으로 삼고 법왕과 주교의 우월한 지위를 인정하는 이상 상군도 공개적으로 광대를 핍박하기 어려웠다. 주교인 포르안의 입장에서도 광대가 법왕과 주교의 권위를 인정하고 상군을 비롯한 와의 귀족들만 비판하면 굳이 적대할 필요가 없었다.

그런데 광대와 가스파르에게 걱정거리가 생겼다. 물론 광대와 가스파르는 언젠가는 상군부가 행동에 나서리라 생각했다. 혈교의 이름을 교묘하게 이용하는 데도 한계가 있어 상군이 참지 못할 시기가 오리라 예상했다. 하지만 정작 그들에게 닥친 걱정거리는 상군부가 아니었다. 적어도 겉으로는 상군부와 관련 없는 것처럼 보였다. 그들이 마주한 걱정거리는 이율배반적이게도 그들과 아주 비슷한 존재였다.

광대와 가스파르에게 걱정거리를 던져주고, 나아가 그들을 위협하는 존재는 열 명 남짓한 작은 무리였다. 무리의 중심은 아직 앳된 티를 벗지 못한 소년이었으며 은으로 만든 사슬을 목에 걸고 다녔다. 소년의 정체가 무엇인지, 그들의 은신처가 어디인지 도무지 알 수 없었다. 그들은 광대가 빈민촌에서 집회를 열 때마다 홀연히 나타나 군중의 관심을 가로챘다. 앳된 티를 아직 벗지 못한 소년이었으나 입만 열면 흰옷을 입은 광대를 제압할 만큼 강력하고 매혹적인 말을 토해냈다. 더구나 은으로 만든 사슬을 목에 두르는 것 그 자체만으로도 관심을 끌 수밖에 없었다. 목에 두른 사슬은 노예를 의미했지만 상군만 은으로 된 사슬을 사용할 수 있었다. 물론 상군부에서 일하는 노예라고 해서 모두 은으로 만든 사슬을 목에 두르는 것은 아니었다. 상군이 특별히 총애하는 노예만 은으로 만든 사슬을 목에 둘렀으며 그런 노예는 평범한 무사가 상상할 수도 없는 권력을 누렸다. 그러나 소년은 상군의 노예가 아니었다. 소년의 정체를 알 수 없어도 그것만큼은 확실했다. 따라서 상군의 노예가 아니면서 목에 은으로 만든 사슬을 둘렀으니 그 자체가 반역에 해당했다. 소년이 전하는 말은 더욱 위험했다. 물론 처음 무리와 함께 모습을 드러냈을 때 가장 먼저 입을 연 사람은 소년이 아니었다. 평범한 인상을 지닌 중간 키의 남자가 먼저 말했다.

"세상의 권력에 고통받으면서도 그 멍에를 떨쳐내지 못하는 백성을 위해 외치는 당신의 소리는 오래전부터 들었습니다. 당신의 성난 목소리가 그들의 고통을 어루만지기에 오늘도 여기에 많은 형제가 모였습니다. 당신 같은 신실한 종이 슬픔과 체념 가운데 타락한 땅에서 일어나 전능자의 말씀을 전하고 구원자를 예비한다는 것은 오래전에 기록된 진실입니다. 그렇지만 당신은 구원자를 예비하는 많은 목소리 가운데 하나일 뿐입니다. 전능자께서 이미 오래전에 주신 예언에 이르기를 순결한 소년이 와서 전능자의 뜻에 따라 세상을 구원한다고 했습니다. 지금껏 외롭게 전능자의 뜻을 외친 광대여! 그대가 진정 선지자의 눈을 가졌다면 이제 볼 수 있을 것입니다. 그대가 진정 예언자의 귀를 가졌다면 이젠 들을 수 있을 것입니다. 전능자께선 이제 순결한 소년을 보내 당신의 길을 인도하고자 하십니다. 전능자께서는 이제 당신이 외치는 소리에서 벗어나 행동하길 바라십니다."

놀랍게도 사내는 군중이 아니라 광대를 향해 외쳤다. 사내의 말이 끝나자 소년이 앞으로 나섰다. 소년의 뺨은 상기되어 있었지만 긴장한 탓은 아니었다. 소년은 먼 하늘을 우러렀으며 아무도 보지 못하는 환상을 보는 듯했다. 팔다리가 조금씩 떨렸으나 두려움은 아니었다. 입을 열었을 때 목소리는 열망과 열정으로 가득했다.

"고통 가운데 외치는 광대는 들으라. 전능자께서는 더이상 외치는 소리만을 바라지 않으신다. 전능자께서는 행동을 원하신다. 핍박받고 고통받는 형제들이여, 너희의 신음은 이미 하늘까지 가득찼다. 아버지 전능자께선 더이상 고통을 바라지 않으신다. 이 땅이 더이상 피폐하여 뒤틀리는 것을 원하지 않으신다. 형제가 형제의 머리를 밟고 서길 바라지 않으시며, 형제가 형제의 피와 눈물로 배를 채우길 바라지 않으신다. 아버지 전능자께선 이제 모두에게 말씀하신다. 모두에게 명령하신다. 어서 일어나 질서를 바로 세우라. 전능자의 말씀을 듣고도 깨닫지 못한 자는 어리석은 자며, 깨닫고도 행동하지 않는 자는 가증스러운 자다. 가라. 형제의 피와 눈물로 기름진 배를 채우는 자를 벌하고 불의한 재물을 공평하게 나누라. 막아서는 창과 검을 겁내지 말라. 전능자의 뜻을 위해 생명을 희생한 자는 낙원에서 영생을 얻으리라. 고통 가운데 외치는 광대여, 전능자의 목소리를 자처한 광대여, 그대가 진정 충성스러운 종이라면 더이상 외치지 말고 행동하라. 이제 그대의 의무는 외침이 아니라 행동이다. 고함으로는 작은 돌멩이 하나 움직일 수 없다. 전능자께서 그대에게 주신 능력으로 불의한 성을 무너뜨리고 형제의 멍에를 풀어라. 어서 그대의 믿음을 보여라."

소년은 인간이 아닌 듯했다. 분명 그의 혀와 그의 입술에서 흘러나온 말이지만 소년에게 속한 것이 아닌 듯했다. 위대한 존재가 소년의 연약한 육체를 빌려 말하는 듯했다. 그것을 증명하는 것처럼 말을 마치자 소년은 허수아비가 쓰러지듯, 허깨비가 사라지듯 힘을 잃고 쓰러졌다. 소년과 함께 온 무리가 재빨리 부축하지 않았다면 차가운 바닥에 쓰러졌을 것이다.

그러자 군중은 소년의 말에 폭발적으로 반응했다. 마음 깊이 묻어둔 분노가 터져나와 소리쳤고 누구도 서부할 수 없었다. 그들은 흥분했고 당장이라도 일어설 듯했다. 단 한마디, 누군가의 단 한마디 말만 더 필요했을 뿐이다.

그러나 광대는 아무 말도 하지 못했다. 모든 사람이 그의 말 한마디, 흥분하고 고조된 분위기를 점화할 한마디를 기다렸지만 끝내 외면하며 침묵했다. 그저 날카롭게 소년과 그 무리를 바라볼 뿐이었다.

광대의 머릿속은 복잡했다. 날카로운 눈빛과 차갑고 침착한 표정 덕분에 드러나지 않았으나 당황하고 분노했다. 그는 소년을 진정한 신의 사자라고는 생각하지 않았다. 하지만 어떤 측면에서는 자신도 신의 뜻을 전하는 것인지 확신하지 못했다. 사실 이전에도 군중에게 외칠 때마다 몇 번씩 스스로 물었다.

과연 나는 신의 뜻을 제대로 알고 있나? 나는 정말 신의 뜻을 전하는 중인가? 진정 신의 나팔이며 외치는 소리일까? 처음에는 그렇다고 확신했으나 시간이 지날수록 사람들이 귀를 기울이고 무관심이 관심으로, 관심은 존경으로, 존경은 다시 숭배와 찬

양으로 바뀌어가자 오히려 점차 확신이 사라졌다. 어쩌면 여전히 광대에 불과한지도 몰랐다. 광대는 광대놀음에서는 무엇이든 될 수 있었다. 그러니 자신의 모든 행동도 광대놀음에 지나지 않을 수도 있었다. 그런데 이 소년은 누구인가? 은으로 만든 사슬을 목에 두르고 자신이 전능자가 보낸 구원자라며 신의 뜻을 받들라고 외쳐대는 이 아이는 누구인가? 자신처럼 광대놀음에 너무 깊게 빠져 현실과 혼동하는 다른 광대일까? 자신의 광대놀음이 마음에 들지 않아 끝내버리기 위해 누군가가 보낸 하수인일까? 하긴 그의 광대놀음을 두려워하는 자는 많았다. 상군과 상군부의 관리들, 부유한 상인들, 심지어 포르안 주교조차 광대를 싫어했고 그의 광대놀음을 두려워했다. 가난하고 굶주린 자들, 내일에 대한 희망 없이 오직 오늘만 존재하는 빈민만 광대와 광대놀음을 좋아했고 진지하게 귀를 기울였다.

"오늘은 말씀하지 않을 것입니다. 전능자의 뜻을 외치는 자는 많지만 모두 충실한 종은 아닙니다. 소년이여, 그대의 말이 진실인지는 오직 전능자만 아신다. 그분께 기도로 묻지 않고선 확신할 수 없으니 그만 돌아가라."

다행히 가스파르가 나서서 상황을 정리했다. 가스파르가 나서지 않았다면 소년이 처음 모습을 드러냈던 날에 엄청난 일이 벌어질 수도 있었다. 적어도 그런 면에서는 가스파르가 광대보다 훨씬 유능했다. 군중 앞에서 열변을 토하며 마음을 움직이는 것은 광대였으나 추종자를 조직하고, 자금을 모으고, 경호원을 고용하고, 빈민가의 세력가와 손잡아 서서히 세력을 불리는 것은 모두 가스파르의 일이었다. 광대에게는 그런 재능이 없었다. 가스파르가 없었다면 광대는 성공할 수 없었다. 물론 가스파르도 광대가 없었다면 아무것도 아니었다. 가스파르에게는 날이 선 칼과 같은 말로 사람들의 가슴에 뜨거운 생각을 불어넣는 능력이 없었다. 그래서 언제부턴가 두 사람은 하나였다. 광대가 없는 가스파르, 가스파르가 없는 광대 모두 무기력하고 의미가 없었다. 한쪽이 힘을 잃으면 나머지 한쪽도 그럴 수밖에 없었다. 그러므로 가스파르는 광대가 아니라 자신을 구한 셈이었다.

"전능자의 말씀을 의심하지 말라. 어리석은 자여, 눈을 들어 진실을 보라. 빛이 왔으나 어둠에 익숙한 자는 보지 못하리라."

정신을 차린 소년은 가스파르를 꾸짖고 사라졌다. 그리고 그런 일이 반복되었다. 열흘 남짓한 시간 동안 소년과 그 무리는 계속하여 나타나 광대와 가스파르를 괴롭혔다. 급기야 마지막에 나타났을 때 그들은 광대와 가스파르에게 싸늘하게 말했다.

"고통 가운데 외치는 광대여, 깨달을 시간을 주겠다. 그러나 언제까지나 주저한다면 전능자께선 다른 목소리를 택하시리라."

그것이 이틀 전이었다. 그래서 광대는 불안하고 긴장할 수밖에 없었다. 이제 다시 빈민가에 나서서 군중에게 가르침을 전해야 했기 때문이다. 분명히 소년과 그 무리도 나타날 터인데, 과연 무엇이라고 말해야 할까?

2

소년과 그 무리가 광장에 나타나면서 군중도 조금씩 변했다. 광대는 여전히 빈민가의 군중을 이끄는 우두머리였으나 그때까지 군중에게 일방적으로 가르치던 것과 달리 사람들도 조금씩 광대에게 요구하기 시작했다. 그저 광대의 말에 귀를 기울이며 충실히 복종하던 것과 달리 이제는 광대가 무엇인가 해주기를 바랐다. 그들의 우두머리가 되어 부유한 상인을 공격하여 부를 나누어주고, 나아가 상군이니 영주니 무사니 하는 층층이 쌓인 계급을 무너뜨려주기를 바랐다. 형형한 눈빛으로 사람을 하나하나 꿰뚫어보던 그 힘으로 그들을 이끌어 이 세상의 나라를 무너뜨리고 전능자 앞에서 모두 평등한 천상의 제국을 만들어주기를 바랐다. 소년의 목소리, 소년을 통해 외치는 전능자의 목소리에 귀를 기울이고 그 뜻을 이루어주기를 바랐다. 상군부의 서쪽 빈민가, 그곳에 모인 사람들에게는 지도자가 필요했다. 반란이라면 반란이었으며 혁명이라면 혁명이었다. 그들은 자신들을 모두가 평등한 세상, 천상의 제국으로 이끌 우두머리가 필요했고 광대가 그 역할을 맡으리라 기대했다.

그러나 광대와 가스파르가 주저하자 긴장과 불만이 쌓이기 시작했다. 소년과 그 무리가 광대를 향해 외치며 촉구할수록 긴장과 불만은 점점 커져 이제는 군중이 참아낼 수 없을 정도까지 이르렀다. 광대와 가스파르도 위험한 분위기를 느꼈다. 이제는 더이상 미룰 수 없다는 것, 무슨 일이든 이제는 일어날 수밖에 없다는 것을 본능적으로 알아차렸다. 하지만 광대는 무엇을 해야 할지 엄두를 내지 못했다. 가스파르는 소년과 그 무리에 휘둘리면 재앙이 일어날 것이라 판단했지만 군중을 설득할 힘이 없었다. 가스파르는 군중은 물론 광대도 제대로 설득하지 못했다. 광대에게 소년에게 휘둘리지 말고 맞서라고 말했으나 반응이 시큰둥했다. 소년은 가짜이며 네가 진짜이니 당당하게 물리치라고 말했으나 광대의 얼굴이 어두웠다. 불만과 긴장은 군중에게만 쌓인 것이 아니라 광대와 가스파르 사이에도 쌓였다.

소년과 그 무리가 나타나 광대와 가스파르를 꾸짖으며 촉구했고 이번에도 광대와 가스파르가 침묵하자 드디어 그 긴장과 불만이 터졌다. 정작 소년과 그 무리는 꾸짖는 것 외에는 별다른 말을 하지 않고 여느 때처럼 사라졌으나 군중에서 불만이 터져나왔다. 처음에는 무엇인지 알 수 없는 작디작은 속삭임이었으나 이내 산만한 웅성거림으로 변했고 얼마 지나지 않아 커다란 외침이 되었다. 더이상 미루지 말라, 당신이야말로 신의 뜻에 귀를 기울여라, 알고도 행하지 않는 어리석은 자는 바로 당신이 아닌가, 이제 이야기는 더이상 듣고 싶지 않다. 전능자의 평등을 우리에게 베풀어주고 천상의 제국을 보여달라. 군중은 거칠게 요구했다.

광대는 당혹감에 사로잡혔다. 가스파르는 더욱 당황했다. 가스파르는 그런 상황을 전혀 예측하지 못했다. 한 번도 그런 일을 생각하지 않았다. 모든 것이 너무 낯설었다. 사라져야 할까? 등을 돌리고 사라지면 군중도 곧 흩어질 터였다. 군중은 원래 그랬다. 쉽게 기뻐하고 쉽게 분노하며 또 쉽게 잊어버렸다. 오늘은 무엇이라도 해낼 것처럼 끓어오르지만 내일이면 깨끗이 잊어버렸다. 결의에 가득차서 외칠 때는 사냥터에 나선 늑대 무리 같았지만 조금만 지나면 우왕좌왕 어쩔 줄 모르는 가련한 양떼가 되었다.

이번에도 자리를 피하면 그만이었다. 그리고 소년과 그 무리를 제거하면 그만이었다. 상군부의 빈민가와 시장에는 청부업자와 떠돌이 칼잡이가 많았다. 그들을 넉넉하게 고용하면 틀림없이 소년과 그 무리를 처리할 수 있을 것이었다. 그래서 가스파르는 입술을 깨물며 앞으로 나섰다.

"모두 물러가라. 이미 전능자께서 경전에서 말씀하시지 않았느냐. 외치는 목소리는 많을 것이로되 참된 목소리는 적으며 저마다 전능자의 선지자라 칭하나 거짓된 자가 많다고 하셨다. 그러니 전능자의 목소리에 무례히 굴지 말라. 오직 전능자의 뜻만 따를 뿐이다. 너희의 어리석은 뜻에 끌려다니지 않는다!"

가스파르의 말에 군중은 잠잠해졌으나 잠시뿐이었다. 오히려 더 무서운 기세로 들썩이기 시작했다.

외치는 목소리는 많되 참된 목소리가 적다면 당신이야말로 거짓된 목소리가 아닌가. 신의 뜻을 말로만 받을 뿐 행하지 않는 것도 당신이 아닌가. 그렇게도 외쳐댄 전능자의 나라는 언제 온단 말인가.

군중의 술렁임은 걷잡을 수 없었고 그때 누군가 돌을 던졌다. 겨냥도 어설프고 힘도 모자란 돌은 가스파르의 발아래 떨어졌으나 그 돌이 군중을 폭발시켰다. 가스파르에게 연거푸 돌이 날아들기 시작했다. 돌에 맞은 가스파르는 순식간에 상처를 입고 피를 흘렸다. 가스파르는 망연자실한 표정으로 광대를 바라보았다. 자신이 항상 광대에게 그랬듯 광대도 자신을 도우리라 기대했다

"모두 멈춰라!"

가스파르의 기대대로 광대는 군중에게 소리쳤다. 그의 단호한 태도에 군중도 멈칫했다. 돌팔매질을 그쳤고 흥분한 군중은 숨을 고르며 광대를 바라보았다. 광대는 이글이글 타오르는 눈동자로 가스파르를 노려보며 성난 입술로 군중에게 소리쳤다.

"이자는 충실한 종이 아니다. 거짓된 소리로 지금껏 나의 눈과 귀를 속여 전능자의 뜻을 왜곡했다. 그렇다. 이자야말로 사악한 권세와 손잡고 지상의 왕을 섬기는 자다. 오, 가증스런 악마의 종이며, 전능자의 말을 가리는 배신자여, 왜 일찍 알아차리지 못했던가. 이제야 전능자께서 은혜를 베푸사 어둠에 현혹된 내 눈을 밝히셨다. 그렇다. 이 패역한 자를 끌어내 그 죄를 갚게 하라. 전능자의 뜻을 어지럽힌 자에게 관용은 없다."

가스파르는 자신의 눈과 귀를 의심했다. 그는 광대가 광대란 것을 깨닫지 못했다. 광대는 관중의 뜻에 따라 움직이기 마련인데, 그것을 이해하지 못했다. 그래서 가스파르는 당혹감과 배신감을 느끼며 분노에 떨었으나 고통의 시간은 짧았다. 무수히 날아든 돌에 곧 정신을 잃고 쓰러졌으며 그렇게 죽어갔다. 그러나 군중은 가스파르의 숨이 끊어진 후에도 한참 동안 돌을 던졌다. 군중은 무기력한 상대에게는 놀랄 만큼 잔인하기 마련이었다.

"이제 전능자의 목소리에 귀를 기울이시오. 전능자께선 오늘 지금 질서를 원하십니다. 왜곡된 모든 것을 바로잡고 전능자의 뜻대로 다시 세우길 바라십니다. 두려워 말고 망설이지 마십시오. 생명을 아끼지 마십시오. 만물을 주관하시는 전능자께선 영원한 생명을 약속하십니다. 오늘 전능자의 질서를 세우려다 죽는 자는 낙원에서 영원한 삶을 얻을 것입니다. 오늘 고통받고 불구가 되는 자는 전능자의 나라, 천상의 제국에서 더 큰 상을 받을 것입니다. 어서 일어나십시오. 전능자의 질서를 세우고 뜻을 따릅시다."

광대는 외쳤다. 자신도 놀랄 만큼 외쳐댔다. 그는 열병 같은 광기에 휩싸였다. 군중도 곧 전염되었다. 미칠 듯 꿈틀거리는 거대한 기운이 빈민가에 드리웠고 내일도 없이 오직 오늘만 살아가는 빈민들은 몽둥이든 돌멩이든 무엇이든 무기가 될 만한 것을 집어 광대를 따랐다. 건장한 남자도 있었지만 여자와 어린아이, 노인도 있었다. 그들 모두 천상의 제국을 위해 기꺼이 목숨 바칠 준비가 되어 있었다.

그들은 남쪽으로 향했다. 온갖 물자가 들어오는 항구와 시장, 부유한 상인의 거주지가 있는 남쪽으로 향했다. 질서를 바로 세우려면 상군부가 있는 북쪽을 공격해야 했으나 이상하게도 남쪽으로 향했다. 이유는 간단했다. 두려웠기 때문이다. 광기에 휩싸여도 상군부에 바로 쳐들어갈 엄두를 내지 못했다. 잘 훈련된 군대가 있는 곳부터 공격하고 싶지 않았다. 우선 남쪽의 항구와 시장으로 몰려가 손쉬운 상대부터 공격하려 했다. 더구나 남쪽에는 약탈할 것도 많았다. 어쩌면 항구에 정박한 배에서 몽둥이와 돌멩이가 아닌 진짜 무기를 탈취할 수 있을지도 몰랐다.

예상대로 남쪽은 쉬웠다. 상인들이 고용한 경비원들이 격렬히 저항했으나 중과부적했다. 그들은 긴 창을 들었고 화약 무기도 갖고 있었지만 수가 너무 적었다. 그들이 화약 무기를 사용하여 몇몇이 쓰러지자 군중의 광기는 더욱 폭발했다. 폭도로 변한 군중은 피를 보자 기름을 부은 불꽃처럼 더욱 거세게 들고일어났다. 경비원들이 사라지자 군중을 막는 이는 아무도 없었다. 창고문이 활짝 열렸다. 상인들의 저택도 마찬가지였다. 다행히 상인 대부분은 경비원들이 싸우는 동안 몸을 피해 희생자는 많지 않았다. 폭도로 변한 빈민들은 지금껏 한 번도 입지 못한 옷과 걸치지 못한 장신구, 맛보지 못한 음식과 마시지 못한 술을 마음껏 약탈했다. 여느 폭동이라면 약탈에 열중하다 그쯤에서 끝났을 것이다.

그러나 이번에는 달랐다. 값비싼 약탈품에 만족하고 돌아간 사람도 있었으나 훨씬 많은 사람이 새롭게 합류했다. 그러면서 경비대원의 무기로 무장했고 창고에 있는 무기와 갑옷도 놓치지 않고 사용했다. 돌멩이와 몽둥이만 들었던 폭도가 제법 혁명군 같은 모습을 갖추었다. 하지만 겉보기에만 그랬다. 색목인의 사슬 갑옷을 입고 검을 차고 화약 무기를 들었다고 해서 폭도가 군대로 변할 수는 없었다. 그저 좋은 무기를 지닌 폭도에 불과했다. 기세가 오를 때는 거칠게 몰아쳤지만 순식간에 질서를 잃고 모래로 쌓은 탑이 무너지는 것처럼 흩어질 가능성이 컸다. 광대도 그 사실을 잘 알았다. 그래서 두려웠다.

하지만 이제는 돌이킬 수 없었다. 그저 앞으로 닥칠 일을 떠올리고 싶지 않을 뿐이었다. 상군부가 폭동을 묵인할 리가 없었다. 게다가 보다 나은 무기로 무장한 군중들도 이쯤에서 그만두지 않을 것이 틀림없었다. 잔뜩 기세가 오른 군중이 남쪽을 벗어나면 상군부의 치안대가 기다릴 터였다. 그들은 폭도에게 자비나 관용을 전혀 베풀지 않았다. 군중은 무기력한 양떼처럼 학살당할 것이었다. 그 모든 것이 너무나 명백했지만 어쩔 수 없었다. 광대는 광대일 뿐이니까. 그는 군중이 가고자 하는 방향을 따를 수밖에 없었다. 달리는 호랑이에 올라탄 나그네처럼 어릿광대는 계속 돌진할 수밖에 없었다.

그때 희미하고 가냘프지만 한 가닥 희망이 보였다. 준비하고 기다리고 있을 치안대와 맞닥뜨리지 않을 수 있는 방법이 떠올랐다. 해답은 항구에 있었다. 항구에는 혈교의 성당이 있었다. 주교인 포르안이 거주하는 성당이 있었고 그 주변 부두에는 색목인의 함대가 정박해 있었다. 그것이 광대의 희망이었다. 지금껏 전능자의 이름을 들먹이며 사람들을 가르치고 선동했다. 따지고 보면 혈교의 복음과 진리를 전파한 셈이었다. 물론 법왕의 명령도 없었고 주교의 승인도 없었으나 분명 똑같은 신을 섬기는 것이었으므로 믿음의 형제를 모른 척할 리 없었다. 정말 운이 좋으면 주교의 지원을 받아 혁명을 성공시킬 수도 있었다. 색목인들도 이교도인 상군보다는 믿음의 형제를 반길 것이 틀림없었다. 그런 지원을 받지 못해도 지금껏 혈교를 많은 사람에게 전파했으니 광대의 목숨은 구해줄 것이었다. 어쩌면 사제 자리 하나쯤 얻을지도 모를 일이었다.

그 희망에 모든 것을 건 광대는 군중을 성당으로 이끌었다. 전능자를 믿는 형제들이었기에 분명 도와줄 것이라며 선동했다. 상군부의 치안대도 혈교의 기사단을 이길 수는 없다고 외쳤다. 광대의 말에 확신을 얻은 군중은 주저하지 않고 성당으로 몰려갔다. 누구도 광대의 말에 의문을 품지 않았고 단 한 명도 앞으로 닥칠 운명에 대해 신중히 생각하지 않았다. 그랬더라도 달라질 것은 없었지만.

3

성당에 몰려든 군중은 더이상 폭도가 아니었다. 창고와 저택을 약탈하던 때와 사뭇 달랐다. 분노에 가득차서 불을 지르기 위해 달려든 것도 아니었고 진귀한 물건에 눈이 멀어 약탈하기 위해 몰려든 것도 아니었다. 그들은 전능자의 이름으로 다가섰다. 흰 피부에 색깔 있는 눈을 지닌 그들도 똑같은 믿음의 형제라 생각하며 도움을 얻기 위해 다가섰다. 생김새뿐 아니라 말도 다르고 세상을 바라보는 눈동자 색깔조차 달랐지만 전능자의 믿음 아래 같은 형제였으며 전능자의 질서를 바로 세우는 일을 기꺼이 도우리라 믿었다. 성당에 이른 그들은 색목인에게도 익숙한 혈교의 찬양을 부르고 전능자의 이름을 외쳤다.

그러나 아무 반응도 없었다. 성당 근처에 있는 부두에 정박한 배들도 마찬가지였다. 지나치게 조용했다. 붉은 깃발을 단 크고 위풍당당한 전함부터 작은 상선까지 모두 창을 굳게 닫았고 갑판과 망루에 나와 있는 사람도 없었다. 평소에는 교체한 돛과 도구나 밧줄 따위로 어지럽던 갑판 역시 이상하리만치 깔끔했다. 모두 조금씩 이상하다고 생각할 무렵 갑판 아래 굳게 닫혔던 창이 열렸다. 한 척만 그런 것이 아니었다. 색목인의 모든 배가 배의 옆구리를 따라 갑판 아래 열을 짓고 있는 창을 열었다. 그 창들은 고개를 내밀어 밖을 살피는 평범한 용도가 아니었다. 대포, 색목인의 무시무시한 화약 무기가 탄환을 뿜어내는 통로였다. 그래서 줄지어 열린 창들에 둥글고 거무튀튀한 포구가 나타났을 때는 이미 너무 늦었다.

공포에 질린 사람들이 흩어질 틈도 주지 않고 대포가 불을 뿜었다. 귀를 찢을 듯한 폭음과 함께 하얀 연기가 피어올랐다. 배들은 굳게 맨 밧줄과 깊이 내린 닻에도 반동으로 크게 휘청이며 요동쳤다. 포구를 떠난 강철 탄환은 인간의 육체를 갈가리 찢었다. 순식간에 하얀 연기 아래 매캐한 화약 냄새와 비릿한 피비린내가 진동했다.

두번째 사격을 위해 대포를 장전하는 짧은 시간 동안 군중은 흩어지기 시작했다. 산산이 찢긴 희생자들의 살과 피를 뒤집어쓴 사람들은 살기 위해 고함을 지르며 달렸지만 서로 부딪쳐 엉키고 쓰러질 뿐이었다. 몇몇은 배를 향해 약탈한 화승총을 쏘았지만 소용없었다. 장전이 끝나자 부두에 정박한 배들이 다시 차례대로 불을 내뿜었다. 다시 사람들이 쓰러졌고 시장 건물과 창고에도 몇 발이 명중하여 불길이 치솟았다.

세번째 사격을 위해 장전하는 짧은 시간이 찾아오자 이번에는 지난번과 비교할 수 없는 무시무시한 공포가 군중을 휩쓸었다. 사람들은 부두에서 벗어나기 위해 이리저리 필사적으로 뛰었지만 혼란에 빠진 양떼 같은 인파를 헤치기란 쉽지 않았다. 무장한 사람들은 길을 트기 위해 기꺼이 동료에게 무기를 사용했으나 효과는 없었다. 한층 혼란이 심해져서 아수라장이 되었을 뿐이다.

광대의 혁명 혹은 폭동은 거기서 끝났다. 포격이 몇 차례 이어진 후 성당의 문이 열리고 혈교의 기사단원들이 나타났으나 정작 그들에게 덤비는 사람은 아무도 없었다.

제10장

맹수와 사냥개, 뱀

1

동쪽 바다에서 떠오른 태양이 상군부를 유난히 밝게 비추었다. 하늘에 구름은 전혀 없었으며 그날따라 안개도 끼지 않았다. 모든 것이 새롭고 상쾌하게 다가왔으나 서둘러야 했다. 아침이 지나면 오전에도 더위가 몰아칠 터였다. 거대한 바다를 마주한 상군부의 여름은 습도가 높을 뿐 아니라 소금기까지 더해져 더위에 익숙한 사람도 견디기 힘들었다. 그러므로 상군을 알현하려면 일찍 출발해야 했다. 조금만 늦어도 알현을 마치고 돌아오는 길에 무시무시한 더위와 마주할 수밖에 없을 것이었다.

그래서 곽곽 선생은 일찍부터 서둘렀으나 안타깝게도 빨리 출발하지 못했다. 은산군이 미적거렸기 때문이다. 어떤 예복을 입을 것인가, 숙소에서 상군의 궁정까지 말과 가마 가운데 어떤 것을 탈 것인가와 같은 문제를 두고 은산군과 곽곽 선생이 부딪친 것도 한몫했다. 곽곽 선생은 은산군에게 무사 복장으로 허리춤에 검을 차고 말을 타라고 조언했다. 쥬와 달리 와는 무사를 중심으로 구성된 사회이며 상군 역시 모든 무사의 우두머리에 해당했기 때문이다. 그래서 대부분의 영주는 상군을 알현할 때도 허리춤에 찬 검을 풀지 않았다. 하지만 은산군은 그럴 수 없다고 고집했다. 자신은 문명인이며 쥬의 왕족이라 야만인과는 다르다고 했다. 검을 지니는 것은 열교의 예에 어긋나며 왕족은 꼭 필요한 경우가 아니면 말을 타지 않는다고 목소리를 높였다. 곽곽 선생은 그런 태도가 상군과의 대화에 도움이 되지 않을 것이라며 강경하게 설득했으나 백색당원답게 은산군은 요지부동이었다.

그리하여 은산군은 백색당원답게 열교의 예에 부합하는 거추장스러운 예복을 하나도 빠짐없이 갖추어 입고 가마에 올랐으며 상군부의 치안대장인 후지타가 직접 선두에서 경호를 이끌었다. 곽곽 선생은 검은 옷을 입고 허리춤에 칼을 찬 복장으로 말에 올라 은산군의 가마 옆에 자리했다. 은산군과의 실랑이 덕분에 시간이 늦어져 이미 공기가 후덥지근하여 이마에 땀이 송글송글 맺히는 것으로도 모자라 등을 타고 흘러내렸다. 그래서 곽곽 선생은 기분이 좋지 않았다. 가마에 탄 은산군을 보자 짜증이 극에 달했다. 예복을 잔뜩 입어 깡마른 체격이 더욱 도드라졌고 땀에 흠뻑 젖은 상태로 가마에 앉아 있는 모습이 정말 우스꽝스러웠다.

"지질한 머저리 녀석!"

곽곽 선생은 누구에게도 들리지 않을 만큼 작은 소리로 중얼거렸다. 왕족이란 놈들은 대부분 지질했고 백색당원은 거의 머저리였다. 그러니 은산군은 지질한 머저리일 수밖에 없었다. 은산군 자신이 왕족이며 백색당원인 것을 자랑스럽게 여겼지만 어디까지나 착각이었다. 이번 사절단만 보아도 그랬다. 명목상으로는 은산군이 사절단을 이끄는 수장에 해당했지만 그는 아무것도 하지 못했다. 기껏해야 암도에서 양산에 호랑이무늬가 있네 없네 하며 소가인을 들볶았을 뿐이다. 은산군은 사절단의 목적도 제대로 이해하지 못했다. 흑도에 표류한 색목인을 귀환시키고 아울러 오랫동안 중단했던 상군과의 교류를 재개하는 것은 표면적인 목적일 뿐이었다. 왕과 백색당은 혹시 상군이 흑도를 비롯한 남부 해안에 대해 엉뚱한 야심을 품지 않았는지 확인하고자 했다.

왕세자의 뜻은 한층 은밀했다. 그는 왕과 백색당 구파를 몰아내고 권력을 장악하는 데 와에서 도움을 받으려 했다. 왕세자는 반역을 꿈꾸었고 거기에 필요한 지원을 와에서 찾으려 했다. 백색당이 권력을 장악하면서 흑색당은 완전히 몰락했고 회색당도 명맥만 유지하는 상황이라 쥬에서는 반역에 힘을 보탤 세력을 찾을 수 없었다. 또 카락은 쥬의 내란에 별다른 관심이 없었다. 그러므로 왕세자가 기댈 곳은 상군 혹은 혈교였다. 그래서 왕세자는 혈교와의 교섭에는 곽곽 선생을, 상군과의 교섭에는 후야를 선택했다. 다만 두 사람 중 상급자는 곽곽 선생이었다. 혈교와 상군부 모두 도움을 주려 한다면 어느 쪽을 선택할 것인지, 양쪽의 이해관계가 충돌한다면 어느 쪽과 협력할 것인지 최종적으로 선택하고 지휘할 권한을 곽곽 선생에게 주었다. 그 모든 임무에서 은산군은 철저하게 배제되었다. 백색당 신파의 우두머리이며 모두가 왕세자의 심복이라 인정하는 인물이었으나 정작 왕세자는 그의 충성과 능력 어느 것도 신뢰하지 않았다.

곽곽 선생은 다시 한번 가늘고 날카로운 눈매를 번뜩이며 은산군을 훑어보았다. 은산군은 검을 휘두른 적도 없고 주먹을 제대로 쥐어본 적도 없을 듯했다. 이 깡마른 인간은 자존심과 혈통을 제외하면 특출한 것이 전혀 없었다. 머리가 나쁜 편은 아니었지만 모략이 뛰어난 것은 아니었다. 훌륭하게 교육받은 덕분에 글은 곧잘 썼지만 그렇다고 똑똑한 문필은 아니었다. 육체적 능력은 더욱 보잘것없었다. 왕족이 아니었다면 은산군 같은 몸으로는 입에 풀칠도 어려울 것이었다. 왕족으로 태어나지 않았다면, 그의 아버지가 백색당의 거물이 아니었다면 은산군은 아무것도 아니었다. 은산군이 누리는 모든 것은 출생과 함께 저절로 주어졌다. 은산군이 직접 노력해서 얻은 것은 없었다. 은산군은 그저 엄청나게 운이 좋았을 뿐이었다.

물론 곽곽 선생도 암행총관의 아들로 태어났다. 암행총관의 자리뿐 아니라 철권도 물려받았으니 평범한 사람과 비교하면 커다란 특혜였다. 하지만 그것이 행운일까? 암행총관으로 태어났고 죽을 때까지 암행총관 외에 다른 존재가 될 수 없다. 곽곽 선생은 국왕의 우두머리 사냥개로 태어났고 죽을 때까지 그 임무에 충실해야 한다. 남들은 암행총관의 서슬퍼런 권력을 부러워하지만 그것이 정말 부러운 운명일까? 아니다. 사냥개로 태어나 사냥개로 죽어야 하는 삶은 결코 행복하지 않다. 기쁨도 없고 평안도 없다. 정말 부러워할 만큼 운이 좋은 녀석은 은산군이었다. 스스로 이룬 것이 전혀 없지만 운 좋게 왕족이자 백색당의 거물로 태어나 기고만장하게 굴지 않는가.

다만 곽곽 선생의 삶도 최악은 아니었다. 최악은 후야였다. 그 불쌍한 녀석은 아버지의 죽음과 함께 가문을 버리고 바다 건너 낯선 땅으로 도망쳐야 했다. 그곳에서도 순탄하지 못했다. 아버지를 부정해야 하는 반역자의 자식 주제에 민슈인을 사랑하지 않았는가. 그 쓸데없는 감정 때문에 녀석은 내수교에서 쫓겨났고 가문에 이어 이름도 버려야 했다. 곽산의 아들 곽훈도 존재하지 않고 내수교도 훈도 이제는 없었다. 가문도, 이름도, 믿음도, 그 무엇도 가지지 못한 밀정 후야만 존재할 뿐이었다. 따지고 보면 곽곽 선생과 후야는 무척 가까운 친척이었지만 후야가 곽훈이란 사실이 알려지는 순간 곽곽 선생은 후야를 죽여야 했다.

그런 생각에 곽곽 선생은 얼굴을 찌푸렸다. 그는 기분을 전환하고자 주변을 둘러보았다. 공교롭게도 막 시장을 지나는 찰나였다. 불과 며칠 전에 폭동이 휩쓸고 지나갔음에도 불구하고 그 흔적을 찾기 어려웠다. 시장은 여느 때처럼 활기찼다.

'과연 제대로 선택한 걸까?'

곽곽 선생답지 않게 머릿속에 의문이 떠올랐다. 곽곽 선생은 포르안과 교섭했고 후야는 후지타를 통해 상군에게 왕세자의 뜻을 전했다. 포르안과 상군, 모두 왕세자의 제안에 관심을 보였는데, 흥미롭게도 그들이 왕세자와 교섭하는 대가로 요구한 일이 똑같았다. 주교와 상군 모두 흰옷을 입은 광대를 처리하기를 원했다.

상군의 입장에서는 광대가 혈교의 신앙을 전파하면서 세력을 키우는 것이 매우 찜찜했다. 와의 통치체제에 심각한 도전이었으나 그렇다고 무턱대고 핍박할 수도 없었다. 그런 박해는 광대를 순교자로 만들어 오히려 빈민들의 불만을 폭발시킬 위험이 있었다. 또 혈교에게 와의 내정에 간섭할 구실을 줄 수도 있었다. 그래서 상군은 자신이 개입하지 않고 광대를 제거하고 싶어했다. 상군부가 개입하지 않을 뿐 아니라 혈교에 의해 광대가 사라지면 더욱 좋았다.

주교 입장에서도 광대는 껄끄러웠다. 광대가 혈교의 복음을 지나치게 곧이곧대로 해석했기 때문이다. 모두가 평등한 나라, 전능자 앞에서 모두가 똑같이 존중받는 천상의 제국은 혈교의 교회 조직에도 매우 위협적이었다. 그렇다고 빈민 사이에서 큰 인기를 누리는 광대를 함부로 제거하면 와에서 혈교의 입지가 흔들릴 터였다. 전능자의 복음을 충실하게 전파하는 광대를 혈교가 핍박하면 누가 그런 종교를 믿겠는가? 그래서 주교는 상군부에 의해 광대가 사라지기를 바랐다.

곽곽 선생은 고민 끝에 상군을 선택했다. 그래서 내수교도 협력자들을 이용하여 공작을 펼쳤다. 광대와 가스파르의 약점을 파고들어 그들이 설익은 단계에서 폭동을 일으키도록 몰아세웠다. 또한 폭동의 대상이 시장과 항구로 향하고 포르안이 폭동을 진압할 수밖에 없도록 유도했다. 주교를 버리고 상군과 손잡는 선택이었는데, 그것이 현명했는지는 확신할 수 없었다. 주교의 도움을 얻는 일은 색목인을 끌어들이는 것이라 상군의 지원을 받는 것보다 쥬의 백성들이 훨씬 큰 반감을 느낄 것이라 판단하여 상군의 요청을 수용했으나 석연치 않은 면이 있었다. 구산영주의 노예무역에 상군이 연루되어 있는 것처럼 느껴졌기 때문이다. 구산영주가 쥬의 남부 해안에서 납치하여 파는 노예를 가장 많이 사용하는 곳이 상군의 은광이었다. 상군이 은광에서 얻는 막대한 수입으로 색목인에게서 화약 무기와 갑옷을 구입하고 색목인의 흑선을 모방한 선박을 대규모로 건조하는 것도 불길했다. 와에서는 지방 영주가 상군에게 반기를 드는 일이 드물지 않았지만 최근에는 그만큼 강력한 영주가 없었다. 기껏해야 구산영주 정도일 뿐이었다. 그렇다면 그 많은 무기와 함대가 왜 필요할까? 혹시 쥬를 침공하려는 것이 아닌지 불안했다. 만약 상군이 그런 뜻을 품었다면 왕세자의 은밀한 제의는 심각한 실수였다. 적에게 우리의 취약점을 알려준 것이었기 때문이다.

생각이 거기까지 이르렀을 때 은산군과 곽곽 선생은 드디어 상군의 궁정에 도착했다.

2

쥬의 궁정과 비교하여 상군의 궁정이 가장 크게 다른 점은 혹시 있을지 모르는 기습에 대한 강박적인 대비였다. 일단 궁정 외부에 높은 외벽과 깊은 해자가 둘러져 있었고 그곳을 지나도 다시 내벽이 존재했다. 내벽을 지나야 비로소 진짜 궁정이 나타났는데, 상군의 집무실까지 이르는 통로는 매우 복잡하여 미로나 다름없었다. 서너 명부터 열댓 명까지 다양한 수의 병사들이 몸을 숨길 수 있는 밀실이 미로 곳곳에 있었는데, 곽곽 선생과 후야 같은 부류가 아니면 그 존재를 알아차리기 어려웠다. 마루를 밟을 때마다 삐걱대는 소리가 나도록 만들어서 고양이가 아니고서는 조용히 통과하는 것이 어려웠다.

그런데 정작 상군을 알현하는 영주들은 대부분 검을 찬 상태였다. 영주뿐 아니라 평범한 무사도 검을 풀지 않고 상군을 알현할 수 있었다. 은산군과 곽곽 선생 같은 외국사절도 마찬가지였다. 무사에 해당하면 누구나 검을 소지한 채로 상군을 알현할 수 있었다. 하지만 함부로 뽑아서는 안 되었다. 상군의 허락 없이 궁정에서 검을 뽑으면 누구든 죽음으로 값을 치러야 했다. 그래도 국왕을 알현할 때 장군이라도 무기를 해제해야 하고 대부분은 무장한 상태로는 궁정에 출입조차 할 수 없는 쥬와 비교하면 완전히 달랐다. 백색당의 우두머리인 추밀원장도 무기를 지니고는 궁정에 출입할 수 없었다. 쥬에서 무기를 지니고 궁정에 출입할 수 있는 사람은 국왕의 경호병을 제외하면 곽곽 선생뿐이었다. 국왕의 사냥개인 곽곽 선생만 무장한 채 궁정에 출입하고 국왕을 알현할 수 있었다.

곽곽 선생은 모두가 무장한 상태로 상군의 궁정을 출입하는 것이 무척 낯설었다. 곽곽 선생도 상군의 궁정은 처음이라 은근히 긴장할 수밖에 없었다. 더구나 곽곽 선생의 선택이 옳았는지 밝혀질 순간이기도 했다. 곽곽 선생의 두 가지 요구, 노예무역을 단속하고 쥬의 국경을 존중하라는 공식적인 요구와 왕세자가 국왕의 권력을 찬탈하는 것을 도와달라는 은밀한 요구를 모두 승낙한다면 상군은 구산영주에게 죄를 물어 격하하고 서쪽의 지배자인 모리한이 모도뿐 아니라 구산까지 다스리도록 조치할 것이었다. 그러나 상군이 구산영주를 격하하지 않는다면, 그저 형식적인 질책에 그친다면 왕세자를 돕지 않겠다는 뜻일 뿐 아니라 쥬의 남부 해안을 침략하려는 야망을 드러낸 것일 수도 있었다.

그러다보니 곽곽 선생은 공연히 은산군에게 짜증이 치밀었다.

왕세자의 심복이자 사절단의 수장이지만 이 말라깽이가 도대체 무엇을 했나? 호랑이무늬 양산을 내놓으라며 심통을 부린 것이 정말 전부였다. 무사를 존중하는 와의 문화를 감안하여 검을 차고 무사처럼 입으라는 충고조차 무시했다. 그 덕분에 상군의 궁정을 드나드는 신분 높은 남자 가운데 검을 소지하지 않은 사람은 은산군뿐이었다.

상군의 알현을 눈앞에 둔 지금도 마찬가지였다. 은산군의 머릿속에는 의전에 대한 생각밖에 없을 터였다. 궁정에서도 검을 차고 돌아다니는 야만인들에게 대국의 왕족이자 문명인으로 자신의 위세를 뽐내고 그에 어울리게 대우받는 데만 골몰할 것이 틀림없었다. 왕세자가 준 은밀한 임무도, 국왕의 사절로 감당해야할 공식적인 임무도 은산군에게는 별반 중요하지 않을 듯싶었다. 솔직히 그것을 제대로 이해하는지 의심스러웠다.

미로 같은 통로를 걸어 상군의 집무실로 향하는 동안 그런 짜증은 점점 커졌다. 은산군을 주먹으로 두들겨패고 싶을 단계에 이르렀으나 다행히 그때 상군의 집무실에 도착했다. 집무실 앞을 지키는 무사들이 크고 당당한 목소리로 사절의 도착을 알리자 곧 문이 열렸다.

상군의 집무실은 생각보다 화려하지 않았다. 색목인과 오랫동안 교역했으나 그런 분위기도 없었다. 다만 매우 질서정연했고 거기에서 강한 힘이 느껴졌다. 집무실 구조도 그랬다. 집무실은 입구부터 긴 직사각형 모양이었으며 입구 맞은편에는 상군이 앉는 커다란 의자가 있었다. 그리고 상군의 의자를 중심으로 양쪽에서 신하들이 서로 마주보며 줄지어 서 있었다. 알현하는 사람은 양쪽에 늘어선 신하들 가운데를 지나 상군을 마주보며 걸어야 해서 기가 꺾일 수밖에 없었다.

상군도 그런 분위기에 어울렸다. 중년을 넘어 노년 초입에 이른 나이여서 머리카락이 희끗희끗했으나 팔다리는 튼튼했고 등은 꼿꼿했다. 꽉 다문 입술에서는 의지가 느껴졌다. 그러나 정의롭거나 선량한 눈은 아니었다. 상군은 맹수의 탐욕스러운 눈을 가졌다. 배를 채우고 나면 다시 배가 고플 때까지 다른 동물을 해치지 않는 평범한 맹수와 달리 단순한 유희를 위해 살육을 저지르는 괴물의 눈을 닮았다. 그 눈을 마주하는 순간 곽곽 선생은 섬뜩했다. 그리고 이내 자신의 선택을 후회하기 시작했다. 알현하기 전까지 상군을 직접 마주하지 못한 것이 문제였다. 상군이 풍기는 분위기를 미리 알았다면 포르안을 선택했을 것이다. 그리하여 혈교가 흰옷 입은 광대의 추종자를 살육하도록 몰아세우는 대신 흰옷 입은 광대가 이끄는 폭도가 상군부를 공격하도록 조종했을 것이다.

사실 상군을 직접 마주해서 그 분위기를 확인하지 않았어도 그렇게 선택하는 것이 현명했다. 포르안이 흰옷 입은 광대를 진압하게 만들면 와에서 혈교의 세력은 위축될 수밖에 없었다. 전능자의 이름으로 혈교의 복음을 전파한 흰옷 입은 광대를 혈교 주교인 포르안이 잔인하게 진압했으니 빈민과 노예 사이에서 기세좋게 퍼지던 혈교가 주춤할 수밖에 없었다. 그렇게 되면 상군은 내부 문제를 떨쳐내고 외부로 향할 수 있었다. 다시 말해 혈교를 신경쓸 필요가 없으니 쥬의 남부 해안에 대한 야욕을 마음껏 드러낼 수 있었다.

반면 포르안을 선택하면 상군은 매우 곤란한 입장이 되었을 것이다. 후지타가 이끄는 치안대는 흰옷 입은 광대의 추종자들을 손쉽게 제압했을 것이 틀림없었으나 평등한 세상, 천상의 제국을 부르짖는 무리를 그렇게 진압하면 혈교의 불꽃은 더욱 거세게 타오를 것이었다. 포르안은 그것을 교묘하게 이용하여 포교활동을 강화할 것이며 그런 상황에서 상군은 내부 문제에 골몰할 수밖에 없을 터였다.

곽곽 선생은 왜 포르안이 아니라 상군을 선택했을까? 조금만 생각해보아도 포르안을 선택하는 것이 합리적인데, 곽곽 선생 같은 사람이 왜 그런 실수를 저질렀을까? 이유는 의외로 간단했다. 혈교를 미워했기 때문이다. 내수교도인 곽곽 선생은 백색당을 증오하는 것만큼 혈교도 싫어했다. 우습게도 그런 개인적인 감정을 임무에 개입했고 이제 대가를 마주할 수밖에 없었다.

집무실 양쪽에 선 신하들 가운데에서 구산영주를 발견하자 곽곽 선생은 마음이 더욱 무거워졌다. 구산영주는 곽곽 선생이 와에서 만난 남자 가운데 가장 멋있었다. 와가 아니라 쥬까지 포함해도 그렇게 아름다운 남자는 없을 것이었다. 그러나 아름다운 만큼 사악한 느낌이었다. 구산영주는 뱀을 떠올리게 했다. 온갖 사악한 재료를 모아 빚은 악마의 뱀 같았다.

구산영주가 곽곽 선생을 보며 의미심장한 미소를 머금자 모든 것이 명확해졌다. 상군은 곽곽 선생의 요청을 들어주지 않을 터였다. 왕세자를 지원하지도 않을 것이며 구산영주의 노예무역을 단속하지도 않을 것이었다. 구산영주가 격하되고 모리한이 구산을 통치하는 일은 일어나지 않을 것이었다. 겉으로는 구산영주를 책망하고 노예무역을 단속하겠다고 말하겠으나 모두 말에 불과할 것이었다. 실제로는 구산영주를 내세워 흑도와 쥬의 남쪽 해안에 대한 침략을 노골화할 것이 틀림없었다.

곽곽 선생은 알현에 집중할 수 없었다. 어차피 거기서 무슨 말이 오가든 의미가 없었다. 은산군 같은 머저리에게나 중요할 뿐이었다. 임무가 모두 실패했다는 것, 왕세자를 도와 백색당을 도려낼 기회가 사라진 것뿐 아니라 자칫 거대한 전쟁이 쥬를 덮칠 수 있다는 두려움에 곽곽 선생은 평정을 유지할 수 없었다.

어릴 때부터 이야기꾼이 되고 싶었다. 따스한 화로 혹은 은은히 타오르는 모닥불을 배경삼아 '환상의 제국'을 그려내고 매혹적인 이야기를 빚고 싶었다. 그러나 온전한 허구로 이야기를 구성하기에는 경험이 부족했다. 긴 이야기를 올곧게 이끌 힘도 충분하지 않았다.

그래서 현실에 기반한 이야기부터 시작했다. 임상의사로 겪은 일을 엮어 메디컬에세이를 몇 권 펴냈다. 의학의 역사를 재료로 이용하여 가벼운 인문교양서도 썼다.

그런 시간과 노력을 바탕으로 이제 드디어 진짜 이야기꾼으로 첫걸음을 내디디려 한다.

밀정의 아들로 태어나서 죽을 때까지 밀정으로 살 수밖에 없는 사내, 어디에도 소속되지 못하며 반인반신 같은 능력을 지녔으나 암울한 현실을 바꾸지 못하는 사내의 신나고 서글픈 모험에 당신을 초대한다.

2023년 겨울
곽경훈

곽곽선생뎐

초판 인쇄 2023년 12월 4일
초판 발행 2023년 12월 14일

지은이 곽경훈

편집 박민영 정소리 | 디자인 이혜진 | 마케팅 배희주 김선진
저작권 박지영 형소진 최은진 서연주 오서영
브랜딩 함유지 함근아 고보미 박민재 김희숙 박다솔 조다현 정승민 배진성
제작 강신은 김동욱 이순호 | 제작처 영신사

펴낸곳 (주)교유당 | 펴낸이 신정민
출판등록 2019년 5월 24일 제406-2019-000052호

주소 10881 경기도 파주시 회동길 210
문의전화 031-955-8891(마케팅) 031-955-2692(편집) 031-955-8855(팩스)
전자우편 gyoyudang@munhak.com

인스타그램 @thinkgoods | 트위터 @think_paper | 페이스북 @thinkgoods

ISBN 979-11-92968-85-8 03810